НА ОДНОМ ДЫХАНИИ

Себастьян Жапризо

ЛЮБИМЕЦ ЖЕНЩИН

РОМАН

R U
M
JAPRISOT

ЛИМБУС ПРЕСС
Санкт-Петербург
2001

Перевод Александра Волкова (глава "Зозо"), Маргариты Волковой (глава "Белинда"), Александра Давыдова (глава "Фру-Фру"), Владилена Каспарова (глава "Мари-Мартина"), Екатерины Кожевниковой (главы "Каролина", "Толедо") и Валерия Орлова (главы "20.15", "Эмма", "Йоко", "21.10").

Себастьян Жапризо
Любимец женщин: Роман. – СПб.: Лимбус Пресс, 2001. – 392 с.

Остросюжетный любовный роман. Несколько женщин из разных слоев общества рассказывают об одном и том же возлюбленном, у каждой из них он свой; до самого конца остается неясным, кто из них и при каких обстоятельствах его убил.

ISBN 5-8370-0146-8

– Если б он не видел тебя во сне, где бы, интересно, ты была?

– Там, где я и есть, конечно, – сказала Алиса.

– А вот и ошибаешься, – возразил с презрением Траляля. – Тебя бы тогда вообще нигде не было! Ты просто снишься ему во сне.

Льюис Кэрролл.
Алиса в Зазеркалье [1]

20.15

И тут упрямый молодой человек говорит себе: я все-таки пойду. И он в самом деле делает попытку.

С трудом оторвавшись от песка, он вновь встает на ноги, зажимая правой рукой ту пакость, что расползается по его белоснежной тенниске.

Насколько хватает глаз, затуманенных стекающим со лба потом – или это слезы усталости? – вокруг пустой пляж и пустой океан.

В этот вечерний час солнце висит над горизонтом красным шаром, на песке краснеет другой шар – забытый ребенком мяч, – и пятно на белой тенниске тоже красное. В этот предзакатный час гостиничные рестораны уже наполняются голосами и скрипом отодвигаемых стульев, а забывчивые дети в непривычных для них гостиничных номерах требуют свои мячики, всеми силами оттягивая нежеланную минуту укладываться спать: к этому часу жизнь покидает песчаный пляж и над ним разносятся только крики чаек и шум прибоя.

Упрямый молодой человек – так он себя называет – спотыкаясь бредет вдоль кромки океана, согнувшись и зажимая рукой рану на груди, не зная, откуда он идет и куда, зная лишь, что непременно должен идти,

---

[1] Перевод Н. Демуровой.

делать шаг за шагом, пока ноги способны его нести, пока он не повалился на песок.

Сколько раз уже он падал и вновь поднимался? Ему вспоминается, как долго лежал он ничком на песке, лежал целую вечность, как в неотвязном дурном сне. Солнце тогда стояло высоко и палило нещадно. Он был в беспамятстве, был неподвижной завязью в мире нерожденных, но ощущал спиной солнечный жар, а грудью – противную вязкую жижу. И как раз в тот самый миг, когда он собрался было открыть глаза, перед ним промелькнуло блаженное освежающее видение – он так хотел удержать его в памяти, но не смог.

Теперь, с усилием делая шаг за шагом, переваливаясь всей тяжестью, он отдает себе отчет в том, что уклон уводит его к пене прибоя, что нужно свернуть, иначе при очередном падении он окажется в воде и ему придет конец.

Упрямый молодой человек так или иначе скоро умрет, говорит он себе. К нему подбирается адский огонь. Он уже не в силах бежать. Не в силах идти. А если бы он на секунду остановился (но он не должен этого делать), если бы огляделся вокруг сквозь пелену пота и песка, то увидел бы, что помощи ждать неоткуда, что ему до нее не добраться, что он один-одинешенек, грудь у него пробита пулей из ружья, жизнь давным-давно утекает сквозь эту дыру, и самое лучшее или, вернее, наименее глупое, что он сейчас может сделать, – это повернуть назад, чтобы умереть не утопленником.

Но он не поворачивает: он тратит последние остатки сил на то, чтобы наискось пересечь пляж, одолевая подъем и качаясь как пьяный, – и снова падает.

Поначалу лишь на колени. Задыхающийся, растерянный, он локтями и коленями пытается отвоевать у океана еще несколько метров песка. Затем, осознав, что дальше уже не продвинется, он просто откидывается навзничь с открытыми глазами.

Пустынно даже небо.

Через час-другой, размышляет этот безудержный фантазер – так он себя именует, – в эту самую точку неба поднимется луна и раздвоится, отразившись в моих потухших зрачках.

А может, и нет, говорит он себе. Через час-другой волны прилива, повинуясь луне, уже подхватят меня и унесут в открытое море. Меня не найдут никогда – разве что неведомый рыбак Бог знает где между здешним побережьем и берегом обеих Америк и Бог знает когда выловит меня сетями вместе с косяком макрели, которая к тому времени на три четверти меня обглодает.

Молодой человек смеживает веки.

Он пытается вновь вызвать видение, что так согрело ему душу, посетив его, когда он только-только приходил в сознание и еще не дотронулся рукой до груди и не обнаружил в ней эту кровоточащую жуть. Но это ему не удается. Если меня унесет прилив, говорит он себе, меня начнут разыскивать, примутся допрашивать тех, кто меня знал. Искать будут месяцы, а может, и годы, пока не оставят надежду найти меня среди живых. Я останусь в памяти бесшабашным молодым авантюристом, о котором говорят не иначе как понизив голос, и который исчез летним вечером на одном злополучном пляже, оставив после себя не больше следов, чем пена времени.

Он с усилием приподнимается на локте, чтобы разглядеть отпечатки своих шагов, оценить пройденный путь. Истоптанный за день песок недоступен для расшифровки. Молодой человек отчетливо помнит детский мячик, что лежал неподалеку, когда он решил в последний раз встать и идти, но теперь нет и его – то ли он лишь вообразил его себе, то ли не может его видеть, потому что тот лежит в какой-нибудь ямке, которая с одинаковым успехом может быть как у черта на куличках, так и на расстоянии броска камня.

Откинувшись на спину, он снова закрывает глаза. Дыхания его почти не слышно. Ему не больно. Да по-настоящему и не страшно. Интересно, как долго ему ощущать ладонью биение своего сердца? И выпадет ли ему шанс, прежде чем все остановится – его сердце, закат солнца и коловращение галактик, – вновь насладиться тем неуловимым видением? И кого будут допрашивать, когда сволочная макрель выест ему мозги? Ведь все истины, подлинные и мнимые, все небылицы потускнеют в стрекоте дряхлой пишущей машинки судебного секретаря, еще более затемняя печальную тайну его смерти. ·

И как раз в ту минуту, когда этот бесшабашный молодой авантюрист уже располагается в будущем, чтобы дать там волю своим безудержным фантазиям, до него долетает аромат олеандров, потом чей-то смех, и его вновь осеняет то самое забытое им видение, столь же яркое, как и в первый раз, и до того умиротворяющее, до того явственное, что он не может не признать в нем знамения небес.

На него, будто посланная дуновением, летит стоящая на качелях светловолосая девушка в белоснежном муслине, с голыми руками и ногами, с сияющим на солнце лицом, неумело прячущая счастливую улыбку. А когда, пройдя верхнюю точку, она уносится назад, в великолепии лета возникает другая, страстная, как цыганка, с черными очами и пламенным сердцем: она минует его и в свою очередь исчезает, чтобы ее тотчас сменила третья, с осанкой маркизы и нахальной мордашкой, уносящая в вихре своих юбок медовый привкус олеандров.

И он, чье сердце трудится все тяжелее, насчитывает их четыре, потом пять, восторгается то золотистой грудью в вырезе блузки, то мелькнувшей над шелковым чулком ослепительной полоской плоти – а уж катающихся на качелях он мог бы насчитать и шесть, и семь, и десять, но ни одна не заставит его позабыть первую, ее лебединую шею, волнующую гибкость ее стана и золото ее взгляда.

Если уж мне непременно нужно отправиться в мир иной, то лучше бы – любуясь ею, думает распростертый на песке молодой человек, хранимый счастливой звездой.

Именно так он чаще всего именовал себя.

ЭММА

В ту пору мне только-только исполнилось двадцать лет.

Я работала художницей в рекламном агентстве (тогда еще говорили – бюро), окна которого выходили на порт Сен-Жюльена-де-л’Осеан. Опыта у меня было всего ничего, но окружающие ценили меня за кроткий нрав и приветливость, за послушание и старательность в работе.

Я вышла замуж за управляющего.

У нас было десять августовских дней на свадебное путешествие, и мы решили прокатиться на автомобиле в Испанию. Мой жених, господин Северен, купил и отдал переоборудовать старый фургон, служивший во время войны санитарной каретой. Я, разумеется, имею в виду Первую мировую войну. Позади переднего сиденья в нем располагались два ящика для одежды, они же служили и постелями, был там умывальник с бачком и кухонный столик. Мой жених собственноручно выкрасил весь фургон снаружи в грязно-песочный цвет, который он с гордостью именовал “художественно желтым”, но, поскольку своими руками ему никогда не удавалось создать ничего художественного, на каждом боку фургона отчетливо проступал большущий красный крест.

Свадебный обед состоялся в гостинице “Купальщик”, с джаз-оркестром и играми на поцелуй в качестве выигрыша. Думаю, я была довольна, если не считать того, что мой жених – а вернее, уже супруг – переходил от стола к столу со стаканом в руке, разговаривая по своему обыкновению очень громко, и я немного беспокоилась, потому что с наступлением ночи нам предстояло уезжать, а он не из тех мужчин, которые могут позволить женщине сесть за руль.

Часам к семи-восьми гостей заметно поприбавилось, и все они очень развеселились, принялись дурачиться, заглядывать на кухню; пиршество разгорелось с новой силой. Мы воспользовались этим, чтобы улизнуть. Я обняла родителей, которые отводили глаза, скрывая волнение, – ведь я покидала их впервые. Что же касается супруга, то у него родни не осталось, если не считать старшего брата, которого он когда-то давным-давно укусил за ухо в ссоре из-за лошади и с которым с тех самых пор не виделся. Насколько я помню, ко дню нашей свадьбы эта лошадь уже много лет как издохла.

Одной из главных моих забот в тот день было сберечь свое восхитительное белое платье, в котором венчалась еще моя мать, а перед ней – бабушка. К тогдашней моде его приспособила одна дама из Ре, все хвалили ее за талант портнихи. У меня сохранился снимок, сделанный на ступенях церкви после венчания, – прилагаю его к своим показаниям, чтобы вы могли увидеть, какое чудесное на мне было платье, несмотря на наши довольно скромные средства, и, разумеется, как я вообще выглядела в свои двадцать лет, за несколько часов до событий, поломавших всю мою жизнь. Фотографию не возвращайте. Мне так и не хватило духу бросить ее в огонь, потому что на ней рядом со мной стоят мои родители, но при взгляде на нее я не могу удержаться от слез.

На черно-белой фотографии формата почтовой открытки Эмма предстает высокой, стройной, пригожей блон-

динкой со светлыми – вероятно, голубыми – глазами и меланхолической улыбкой. Платье на ней и впрямь роскошное – атласное, с кружевной отделкой. Высокую пышную прическу скрепляет венок из флердоранжа, а лоб украшают затейливо уложенные завитки. Рядом в сером фраке ее супруг Северен – мужчина лет сорока, коротконогий, с заостренным лицом, весьма самоуверенного вида. (Примечание Мари-Мартины Лепаж, адвоката.)

Наш отъезд, похоже, прошел незамеченным. От этого я испытала лишь облегчение, потому что весь вечер с опаской ожидала шуточек и намеков, которые понесутся нам вдогонку. В ту пору испугать меня было проще простого.

Мой супруг, перетрудившись за день, уже давно снял фрак и манишку. Садясь за руль, он бросил их назад, на одну из постелей в фургоне. Я же была одета так же, как утром, только сняла с головы венок и положила его на колени.

Сен-Жюльен-де-л'Осеан – морской курорт на оконечности вытянутого полуострова, носящего название косы Двух Америк. Сегодня его славу затмили такие замечательные курорты, как Фура или Марен, но тогда он насчитывал с тысячу душ зимой и не менее пяти тысяч – в сезон летом.

Вдоль главной дороги, ведущей на материк, на всем ее протяжении сменяют друг друга устричные садки и выгоны, окруженные болотцами. Помню, что в вечернем тумане нас провожало большое красное солнце, скользившее по водным зеркалам.

Ночь застигла нас еще на полуострове. Разомлевший от вина, мой муж не засыпал только благодаря ухабам. Я не осмеливалась ничего ему говорить, потому что малейшее замечание приводило его в бешенство, а еще потому, что мне было не так-то легко отделаться от приобретенной на работе привычки повиноваться ему. В конце концов он сам с уверенностью собственника положил руку на мое колено и прокричал сквозь грохот и тарахтенье:

– Проведем нашу первую брачную ночь здесь, пока я еще на что-то гожусь!

Съехав с дороги, он остановил фургон на опушке соснового бора. Мы вышли каждый со своей стороны и направились к входу в “гнездышко любви”, как называл заднюю часть фургона мой муж. Я ненадолго задержалась у двери, чтобы насладиться прохладой и послушать ночных птиц.

Когда я поднялась в фургон, Северен успел зажечь спиртовку и облачиться в пижаму, купленную им по случаю свадьбы, голубую в желтую и черную полоску, на нагрудном кармане которой были вышиты его инициалы. Хвастливо заявив мне: “Я все предусмотрел”, он вытащил из ящика бутылку игристого и поставил ее на столик вместе с двумя металлическими чарками. Мне не хотелось вина, но я выпила немного, чтобы избежать ссоры. Потом, видя, что я сижу на одном из матрасов не поднимая глаз и не говоря ни слова, муж вздохнул:

– Ладно, я понял.

Он закурил сигарету и вышел из фургона – прогуляться, пока я разденусь. Прикрывая створки двери, которую он оставил открытой, я увидела, что он усаживается немного поодаль, на насыпи.

Я расстегнула крючки на платье и аккуратно сняла его через голову. Видимо, шорох ткани у самых моих ушей помешал мне услышать другой звук, поскольку я тотчас почувствовала, как меня хватают в охапку и грубая рука зажимает мне рот. Я даже не успела удивиться столь нелепой выходке мужа. Глухой, сдавленный голос – не голос Северена – скомандовал мне:

– Тихо! Не шевелитесь!

Сердце словно оборвалось у меня в груди.

Потом меня опрокинули навзничь, почти оторвав от пола. В свете спиртовки я мельком увидела рослого молодого человека с бритым наголо черепом и со щетиной на лице, в рубахе грубого полотна без ворота. От него воняло болотом. Он прижимал меня к себе, и я ничего больше не видела, но по звукам догадалась, что он запирает дверь фургона.

После этого он лихорадочно прошептал:

— Если будете слушаться меня, я не причиню вам зла.

При этих словах он склонился надо мной и вперил взгляд своих темных глаз в мои. Я не знала, как дать ему понять, что он меня душит, но он, должно быть, прочел в моем взгляде, что я слишком перепугана, чтобы защищаться, и убрал ладонь с моего рта. Не давая мне опомниться, он потащил меня, задыхающуюся, полуголую, к переднему сиденью, говоря все тем же хриплым, прерывающимся голосом:

— Сейчас вы сядете за руль, и мы поедем.

По пути он задул спиртовку. Я собралась было возразить, что почти не умею водить машину — и это было правдой, — но он перебил меня:

— Делайте что я говорю, иначе я убью вас.

Я перелезла через спинку сиденья. Он остался сидеть сзади, сдавив мне шею железной хваткой. У меня вылетело из головы, как нужно трогаться. Ощупью я нашла стартер. Уже он сам, этот мужчина, когда я покатила в темноте, протянул руку поверх моего плеча и включил фары.

Изо всех сил выворачивая руль, чтобы выехать на дорогу, я услышала, как по полу покатились бутылка игристого и чарки. Я растерянно оглянулась, и на глаза мне попалась фигура моего мужа. Должно быть, когда заработал мотор, он вскочил на ноги и теперь так и стоял на том же месте. Лица его я различить не могла, но сама его окаменелость свидетельствовала об ужасном состоянии, в каком он пребывал. Воистину живым укором был этот бедолага, брошенный в брачную ночь босым, в одной пижаме на опушке леса.

Мы покатили на материк. Мужчина, теряя терпение, орал мне в самое ухо, чтобы я поторопилась. Я ехала так быстро, как только могла, но наша колымага с ее "заново перебранным" мотором не выжимала больше шестидесяти километров в час.

Полуостров соединен с материком тридцатиметровым мостом, переброшенным через пролив, чье песчаное дно обычно обнажено и покрывается водой лишь в самые большие приливы, в период равноденствия. Задолго до моста мужчина приказал мне остановить машину и выключить фары. Я обернулась посмотреть на него. Сидя на койке, где я оставила платье, он вытаскивал из своих башмаков шнурки. Рубаха и штаны его, из той же грубой ткани, были заляпаны грязью.

Он связал шнурки в один, потом с кошачьим проворством поднялся на ноги и сорвал с моей шеи, потянув кверху, цепочку. Особой боли я не почувствовала, но не удержалась и вскрикнула. Он угрожающе занес надо мной ручищу и гаркнул:

– Замолчите!

После чего, стоя и касаясь бритой головой потолка фургона, он снял с моей цепочки висевший на ней золотой медальон и прицепил его к шнурку. Медальон был моей первой в жизни драгоценностью – его подарили мне на крестины. На медальоне была выгравирована Святая Дева с Христом-младенцем на руках. Несмотря на скудное освещение, мужчина очень ловко управлялся с этими мелкими предметами.

– Вот, – сказал он, – так будет правдоподобнее.

Он скомандовал, чтобы я приподняла волосы, и накинул мне на шею шнурок – так, что медальон оказался спереди. Я почувствовала, что это самая настоящая удавка: он слегка потянул за конец, чтобы до меня быстрее дошло. Держа мою голову запрокинутой и прижимаясь к моей щеке колючей щетиной, он зашептал почти дружески, что было ужаснее любого крика:

– Скоро нам придется встречаться с людьми. Так вы уж постарайтесь быть на высоте. Одно неверное слово – и я вас задушу!

Мы снова пустились в путь. Я не в силах подобрать слова, чтобы описать свое тогдашнее состояние. Я мечтала об одном: проснуться. Проносившийся за стеклами пейзаж, хоть и виденный многократно, казался мне чужим и незнакомым, как в кошмаре. Меня бросало то в жар, то в холод.

Внезапно на фоне темного неба вырисовался мост. У въезда на него суетились фигуры с фонарями. Зажглись прожектора. Я притормозила и почувствовала, что мужчина, лежавший позади меня на полу, плотнее прижался к ящику и потянул шнурок под завесой из моих волос. Он спросил:

– Сколько их?

Голос был резкий и, как и его рука, ничуть не дрожал. Приблизившись, я насчитала семерых, о чем и сказала ему.

В свете моих фар и светивших навстречу прожекторов я увидела, что это солдаты в серо-голубой форме, с винтовками и в касках и что они перегородили дорогу двойным рядом рогаток. Того, кто командовал ими и сейчас шел ко мне, подняв вверх руку, чтобы я остановилась, я знала, потому что не раз встречала его в городе. Это был черноволосый верзила с грубым лицом и расплющенным носом боксера: унтер-офицер Котиньяк.

Он тоже узнал фургон моего мужа. Подойдя к дверце с моей стороны, он спросил:

– Это вы, Эмма?

Нас освещали беспощадно яркие прожектора заставы, в свете которых люди и предметы отбрасывали непроглядно черные тени, и подошедший тоже показался мне каким-то призраком.

Он сказал мне:

– Из крепости сбежал заключенный. Вы не заметили ли ничего необычного по дороге сюда?

Я слегка откинула голову под натяжением шнурка на шее, но это вполне можно было отнести на счет удивления. Я сказала, что нет, и даже сумела добавить почти естественным тоном:

– Нам никто не повстречался.

Я сидела за рулем и смотрела на него снизу вверх, и на мне не было ничего, кроме коротенькой комбинации и белых чулок. В тени каски выражения его лица было не различить, но я знала, что он разглядывает меня с некоторой подозрительностью. Он спросил:

– Где ваш муж?

Я ответила:

– Сзади. Он спит.

И опустила глаза. Сердце мое стучало так, что его, наверное, было слышно снаружи. Сама не знаю, чего мне тогда больше хотелось: чтобы он обнаружил незнакомца за моей спиной или чтобы пропустил нас. Я почувствовала, что он скосил глаза в глубь фургона, но лишь на миг, даже не склонившись ниже к дверце, а потом вновь задержал взгляд на моих голых плечах и высоко открытых коленках. Наконец он пробормотал – я так и не поняла хода его мыслей:

– И верно, ведь у вас была первая брачная ночь.

И отступил.

Снова оказавшись на свету, он взмахнул рукой, приказывая своим солдатам освободить мне проезд. Стараясь придать голосу твердость, чтобы скрыть замешательство, он сказал мне:

– Будьте осторожны, Эмма. Человек, которого мы ищем, – настоящее чудовище. – Поколебавшись, посуровевшим тоном он добавил: – Изнасилование и убийство.

Я открыла рот – быть может, собираясь воззвать о помощи, – но мужчина за сиденьем догадался об этом и дернул за шнурок, сильнее, чем в первый раз, и я невольно запрокинула голову и закрыла глаза. Унтер-офицер Котиньяк – теперь-то я знаю – принял это за естественную реакцию новобрачной, еще не оправившейся от шока первых объятий, и разозлился на себя за то, что напугал меня больше, чем было необходимо.

Уж и не помню, как мне удалось тронуться с места. Я проехала мимо серо-голубых солдат по узкому проезду между их крытым брезентом грузовиком и рогатками. Двое или трое солдат подняли фонари, чтобы рассмотреть меня получше, и один из них, заметив банты из белого тюля, украшавшие бывшую санитарную карету, даже крикнул:

– Да здравствует новобрачная!

На мосту я прибавила газу.

Минуту спустя незнакомец позади меня поднялся, и я почувствовала, что шнурок скользит по моей шее. Освобождая меня от удавки, он сказал:

– Вы хорошая девушка, Эмма. Если вы и впредь будете такой же умницей, то скоро останетесь одна, целая и невредимая.

Я услышала, как он шарит в ящиках под постелями, как потом перешагнул через спинку сиденья и очутился рядом со мной, держа в руках баночку из тех припасов, которыми снабдила нас на дорогу моя мать. Он принялся есть – сначала пальцами, затем опрокидывая баночку прямо в рот. Я не видела, что он ест, и не чувствовала запаха еды – все перебивала вонь болота. Он молча жевал, уставившись на дорогу перед собой, невозмутимый, как нотариус в своей конторе, а когда я, ведя машину, не удержалась и посмотрела на него, он заставил меня отвернуться, ткнув в щеку грязным пальцем.

Опорожнив баночку, он опустил стекло и выкинул ее на дорогу. Затем сказал:

– Я со вчерашнего утра ничего не жрал, кроме устриц, которых удалось стибрить. Разбивал их камнями. – Потом без всякого перехода добавил: – Скоро будет перекресток. Свернете направо, к Ангулему.

После того как мы благополучно миновали заставу, мною овладело вялое облегчение – ослабли туго натянутые нервы, опустела голова. Прежде чем осмелиться заговорить, я долго подбирала слова. Я знала: как только я это сделаю, отчаянно сдерживаемые слезы брызнут у меня из глаз и покажут ему, что я, слабая и глупая, всецело в его власти.

Чтобы отвлечься от этих горьких мыслей, я принялась старательно вглядываться в темноту за светом фар и наконец выдавила из себя:

– Почему бы вам не оставить меня здесь и не продолжить путь одному? Вы поедете быстрее, если сами будете за рулем.

Несмотря на все мои усилия, голос мой предательски дрожал и слезы вдруг затуманили зрение.

Даже не взглянув на меня, он ответил:

– Вы говорите это, лишь бы что-то сказать. Я и сам пока не знаю, как будет лучше.

Мы углубились в Шаранту. Эти края он хорошо знал или уже изучил по карте перед побегом. Я оставила попытки заговорить, а он выходил из своей обманчивой дремоты лишь для того, чтобы указать мне очередное направление, ни разу не обмолвившись о том, куда же мы все-таки едем. Мало-помалу я поняла, что едем мы в никуда. Казалось, единственная его цель – проноситься сквозь уснувшие деревушки, будоража их тишину. В то время движение по ночам отнюдь не было оживленным, тем более на тех узких дорогах, по которым мне выпало ехать. Навстречу нам попались от силы две машины, но оба раза при виде их он протягивал руку к рулю и как безумный давил на гудок, после чего с удовлетворенным вздохом откидывался на спинку сиденья.

Он был без часов, как и я, но о времени имел гораздо лучшее представление, потому что иногда мог пригнуться и посмотреть в окошко на стрелки часов на фронтоне церкви. Наступила и такая минута, когда он, довольно долго понаблюдав за мной, странно потеплевшим голосом произнес:

— Вот что, через полчасика мы остановимся где-нибудь, где вы сможете поспать.

Однако до этого "где-нибудь" мы так и не добрались. Спустя несколько минут на лесной дороге мотор фургона кашлянул несколько раз и смолк. Бак опустел на небольшом уклоне, но мой спутник заорал, чтобы я продолжала ехать. По его приказанию ниже я круто свернула на грунтовую дорогу, ведущую в глубь леса. В свете фар замелькали деревья, и я подумала, что мы сейчас разобьемся.

Когда фургон, несколько раз перевалившись с боку на бок, наконец остановился, мой спутник устроил скандал. Должно быть, он обвинял меня в том, что я не заметила, что кончается бензин. Я могла бы ему ответить – в первую очередь, что не имела о бензине ни малейшего понятия, – но была так измотана, что даже не слышала его слов. Сил у меня хватило лишь на то, чтобы уронить голову на скрещенные на руле руки. И я тотчас уснула.

Мне показалось, что он затормошил меня сразу же, но, когда я открыла глаза, уже рассвело. Мужчина стоял у моей дверцы в заляпанной грязью тюремной одежде, с бритым черепом, многодневной щетиной и сверлил меня черными глазами. Кошмар продолжался.

Он сказал мне, что я проспала три часа и он тоже. Я обернулась к "гнездышку любви". Все вперемешку валялось на полу: продукты, одежда, мои кастрюли – все. Я взглянула на него сквозь слезы ярости, но он и глазом не моргнул. Он сказал словно о чем-то само собой разумеющемся:

— Мне нужны были деньги на бензин.

— А вы не могли спросить у меня? – прокричала я.

Он улыбнулся, и меня удивили его белоснежные зубы, которые так не вязались со всем его обликом. Он сказал мне:

– Я еще много чего искал, но нашел только это.

И внезапно поднес к моим глазам бритву моего мужа с открытым лезвием. Я невольно отпрянула на сиденье. Очень медленно он сложил бритву и произнес:

– Ну, выходите.

Сквозь ветви деревьев еще только проглядывало утреннее солнце. В коротенькой комбинации меня пробирала дрожь. Мы направились к задней двери фургона. От лесной прохлады я вся сжалась. Он спросил, хочу ли я есть, или пить, или сходить по нужде. Я сказала, что хотела бы хоть что-то на себя накинуть. Бесстрастным тоном он ответил:

– Это невозможно.

Спорить я не стала. Поборов стыд, я сказала, что мне действительно надо несколько минут побыть одной. Он указал на дерево поблизости:

– Там! И зарубите себе на носу, что я бегаю быстрее вас.

Потом, когда я вернулась, он дал мне стаканчик теплого кофе и две плитки шоколада. Стоя рядом, он не спускал с меня глаз, но я глаз не поднимала. Я смотрела на его башмаки, которые он успел зашнуровать, и спрашивала себя, долго ли он еще будет держать меня пленницей, долго ли будет здесь кружить, пока его не поймают.

Едва я допила последний глоток, как он повлек меня к деревьям. Мысль о том, что он собирается меня убить, не приходила мне в голову – зачем ему тогда было поить меня кофе? – но тревога во мне росла.

Он остановился у подножия дуба, откуда еще был виден фургон. На земле лежала груда тряпья, которая почему-то была мне знакома. Он подобрал ее, и тут я поняла, что это такое: он разорвал мою одежду на полосы, чтобы сделать из нее веревку. А для чего ему могла понадобиться веревка, как не для того, чтобы привязать меня?

Я отскочила назад и закричала. Мне впервые по-настоящему захотелось убежать. Каблуки моих туфель увязали в мягкой земле, и не успела я сделать и трех шагов, как была сбита с ног, перевернута на спину и пригвождена к земле, как жаба. Упираясь коленом мне в живот и бешено вращая глазами, он прорычал:

– Никогда больше не делайте этого! Никогда!

Потом он, нимало не церемонясь, подтащил меня к дубу, усадил, завел руки мне за спину и привязал к стволу, и все это время я плакала. Одну туфлю я потеряла, другую он сам стащил у меня с ноги и зашвырнул подальше. Под конец он сделал мне из остатков простыни кляп, и это напугало меня больше всего.

Но самое страшное ожидало меня впереди.

Встав и отдышавшись, он с минуту смотрел на меня, не говоря ни слова. А потом чудно́ так улыбнулся, поднес руки к своим ушам и внезапно, даже не поморщившись, сорвал – да-да, сорвал – всю кожу с черепа!

Я захрипела под кляпом и закрыла глаза.

Когда я набралась мужества их открыть, он стоял на прежнем месте и теребил в руках, пробуя на растяжение, резиновую шапочку, похожую на разрезанную пополам камеру от мяча, – приглядевшись, я поняла, что это и есть половинка камеры. Волосы у него были приглажены назад и приклеены к голове.

– Я хитер как лис, вы увидите, – сказал он и ушел, оставив меня.

Я увидела, как он вошел в фургон. Пробыл в нем какое-то время – от дерева я не могла услышать, что он там делает. Как могла, я пыталась освободиться от пут, но скоро убедилась, что единственный способ убежать – это вырвать с корнями дуб, к которому я привязана, и унести его на себе.

Наконец мужчина появился снова и подошел ко мне – или он разыгрывал со мной очередную шутку, или передо мной был уже кто-то совсем другой. Умытый, чисто выбритый, с ниспадающими на лоб блестящими светлыми волосами. Мужчина был в белой тенниске, в летних брюках – штанины он удлинил, опустив на них отвороты, – и в мокасинах: все это он позаимствовал из гардероба мужа. В руках он держал старый бидон, какие расставляют в лесу, когда подкармливают зерном фазанов. Ни дать ни взять мирный автомобилист, не дотянувший до заправочной станции. Как же я его ненавидела!

Он сказал мне:

– Тут неподалеку деревня. Я быстренько.

А я подумала, что сегодня воскресенье и найти бензин будет не так-то просто.

Я провожала его взглядом, пока он не скрылся из виду. Я не плакала. Я собиралась с силами, чтобы вырвать с корнями дуб.

Привязанной к дереву я оставалась долго.

По ветвям вверх карабкалось солнце, и мне становилось все жарче и жарче. По поляне, где я маялась, прошествовал королевский фазан. Бросив на меня беглый взгляд, он продолжил свой путь, поглощенный своими проблемами. Я старалась не думать о змеях, о хищных муравьях, о прочих тварях, пусть даже не существующих в природе, но питавших когда-то мои детские страхи.

К этому часу – а было, наверное, около восьми или половины девятого – мой муж, хоть и босой и в пижаме, должно быть, уже давным-давно поднял тревогу. Проследить путь такого фургона, как наш, размалеванного в “художественно желтый” цвет и разукрашенного тюлем, как праздничный торт – кремом, не составляло особого труда. Я была уверена, что наше местонахождение с точностью до нескольких километров уже установлено. На ноги подняты жандармы всей округи. Кто знает, может, они уже прочесывают окрестные леса и появятся тут с минуты на минуту. Мне остается лишь дышать носом, что весьма полезно для здоровья, и спокойно ждать.

Правда, во мне шевелилось сомнение – одно-единственное, оно тем не менее не переставало меня точить. Мой муж не видел, как в "гнездышко любви" пробрался мужчина. Он присутствовал лишь при необъяснимом, ни с чем не сообразном отъезде фургона, за рулем которого сидела я. Что мог заключить из происшедшего своим ограниченным умишком этот редкостный болван? Я достаточно хорошо знала его, чтобы ответить: он просто-напросто решил, что я удрала, потому что не люблю его – он достаточно хорошо меня знал, чтобы это понять, – и страшусь брачной ночи. А в таком случае продолжение виделось мне так ясно, как если бы я все это время находилась рядом с ним. Будучи чересчур спесив и слишком кичась своей должностью какого-никакого начальника, чтобы поведать о своем злоключении у дверей первого же дома, где светились бы окна, он протопал по обочине дороги, высоко вскидывая босые ступни, до самого Сен-Жюльена-де-л'Осеан; добрался до дома, крадучись вдоль стен, грязный, с разбитыми в кровь ногами, и в три часа утра улегся спать, вынашивая планы мести, которые собирался привести в исполнение, как только я вернусь, поскольку был убежден, что у такой курицы, как я, не хватит духу бежать куда глаза глядят – разве что к своей тетушке на денек-другой; уснул и спит поныне, равно как и жандармы.

От этих мыслей я вновь пришла в отчаяние и тут вдруг услышала, как поблизости треснул сучок. Донеслись и другие звуки – я прислушивалась к ним трепеща и затаив дыхание. Кто-то пробирался сквозь чащу. С кляпом во рту я могла лишь хрюкать, но никогда еще ни один поросенок не вкладывал в хрюканье столько пыла. Свободны у меня были только ноги, и я с яростью сучила ими, разбрасывая их во все стороны. На глаза навернулись слезы возбуждения и надежды.

Спустя мгновение на поляне появился лесник, настоящий лесник с усами, в фуражке, сапогах и с двустволкой в руках. Завидев меня, он замер с разинутым ртом. Потом размеренным шагом приблизился ко мне, хрустя валежником, и, словно не веря своим глазам, воскликнул:

– Бедняжка!

Я захрюкала в кляп, чтобы он поспешил меня развязать.

Он положил ружье стволами на упавшее дерево, вытащил из кармана большой клетчатый платок и утер себе лоб. И только водрузив на голову фуражку, склонился ко мне. Сперва он поискал глазами, с какого узла начать, чтобы освободить меня от пут, и за этим занятием он – как бы это сказать? – увидел меня такой, какой я была: двадцатилетней девушкой, полуголой, растрепанной, которая, не имея возможности ни кричать, ни отбиваться, лишь устремляла на него молящий взгляд.

Он еще раз лицемерно повторил: "Бедняжка!" – но я-то видела, что намерения его изменились раньше, чем он успел сменить пластинку. Не мешкая долее, он запустил свою грубую лапу мне между ног, высоко оголенных от моего верчения ужом, и гнусно проблеял:

– Мяконько-то как – ну чисто перепелочка!

Я изо всех сил пыталась защищаться ногами, и фуражка слетела с его головы, но мерзавцу было наплевать и на фуражку, и на мое брыканье, и на мои придушенные вопли – он водил по мне повсюду своими скотскими лапищами, и они отодвигали шелк, с каждым моим дерганьем забирались все дальше, пока я, вконец выбившись из сил, не оставила попыток отстоять то, чего он так домогался. Уже на грани обморока я увидела, как он спокойно расстегивает на себе ремень. Я поняла, что моя песенка спета, и закрыла глаза.

В тот же миг я услышала удар и почувствовала, что освободилась от тяжести молодчика.

Передо мной стоял беглый узник, держа за стволы ружье лесника, а сам лесник скорчился на земле, обхватив голову руками и испуская стоны.

Остальное заняло не более минуты.

Беглец двинул лежавшему ногой по ребрам и скомандовал:

– Вставай, падаль!

Тот поднялся на колени, по-прежнему держась за голову и стеная с закрытыми глазами – видно, досталось ему здорово.

Наконец ему удалось выпрямиться, но он был бледен как полотно, и при виде того, как он поддерживает рукой подбородок, я подумала, что у него сломана шея или еще того хуже.

Беглец нацелил на него ружье и безжалостно отчеканил:

– А теперь считаю до трех. По счету "три" стреляю! – И тут же добавил: – Раз!

Обезумевший от ужаса лесник опрометью бросился в чащу, спотыкаясь и охая от боли и не отнимая рук от головы. Когда треск ломаемых веток затих вдалеке, беглец поддал ногой его валявшуюся на земле фуражку, и та улетела прочь.

Вновь безмятежно защебетали птицы. Беглец отложил ружье и склонился надо мной. Впервые с тех пор, как он привел себя в порядок, я видела его так близко и даже нашла бы красивым, если б мы только встретились при иных обстоятельствах и мне не пришлось пережить стольких ужасов. Он вытащил кляп, и я вполне искренне сказала:

– Благодарю вас, месье.

Я забыла – или почти забыла – о плачевном состоянии своего туалета и о том, что оголена еще больше прежнего. Мне напомнили об этом его глаза. Вместо того чтобы освободить меня, он смотрел на меня так, что во мне вмиг всколыхнулось беспокойство. Я почувствовала, что он видит меня такой, какой я была –

двадцатилетней девушкой и т. д. и т. п., – и упавшим голосом пролепетала:

– Месье, что́ у вас на уме?

Вместо ответа он вернул кляп на место.

Медленно, очень медленно он погладил мою грудь, которую выпростал лесник, и произнес:

– А и правда мяконько – ну чисто перепелочка.

Однако это не было похоже на насмешку. Он был словно зачарован. Я поняла, что моя песенка спета, и закрыла глаза.

Но дальше этого дело не пошло. Он распутал веревки, причем поначалу делал это молча, с хмурым видом, потом сказал:

– У меня не было женщины шесть долгих лет, но я не из тех, кто берет что-то силой.

Освободив меня, он помог мне подняться. Все тело у меня болело, и я думала лишь о том, как бы удержать на себе комбинацию, у которой одна бретелька была оборвана. Смотреть на него я уже не решалась. Он подобрал мои туфли и вернул их мне.

Я покорно поплелась за ним к санитарному фургону. В правой руке он держал лесникову двустволку, а под мышкой – свою импровизированную веревку. Наполненный бензином бидон стоял у фургона. По-видимому, беглец вернулся к началу схватки, раз услышал мерзкую фразу моего обидчика, и, прежде чем вмешаться, бесшумно подкрался к ружью. Интересно, а как бы он поступил, если б вернулся чуть позже: ринулся бы спасать меня, пренебрегая опасностью, или же хладнокровно наблюдал за тем, как меня насилуют, думая только о том, чтобы завладеть ружьем? Я помнила слова унтер-офицера Котиньяка: человек этот – сам насильник и убийца.

Наполняя горючим бак, он бросил мне через плечо:

– Переодевайтесь. Мы уезжаем.

Я поднялась в разоренное "гнездышко любви". Там мне удалось отыскать чистые трусики, но надеть на себя было нечего, разве что подвенечное платье – единственную вещь, которую он не тронул, когда мастерил веревку. Слезы вновь навернулись мне на глаза, но я сумела взять себя в руки. Слишком многое я вытерпела, чтобы продолжать блеять овечкой, – я решила отныне быть хладнокровной и расчетливой. Так или иначе, но я найду способ повернуть ситуацию в свою пользу, и уж тогда он заплатит мне за все.

Я кое-как умылась с помощью рукавички и одеколона. В бачке воды уже не было: ведь в нем мой предусмотрительный муженек (который опасался испанских воров пуще всех прочих, если не считать итальянских) спрятал в герметично закупоренной склянке деньги на путешествие.

Я уже облачилась в свадебное платье, когда в фургон вошел беглец. Ударом ноги он вышвырнул за дверь все, что валялось на полу. Потом, руками, – все, что лежало на матрасах. Несмотря на данный себе зарок больше ничему не удивляться, я воскликнула:

– Но ведь вас разыскивают, все это найдут!

– Очень на это надеюсь, – ответил он.

С этими словами он закрыл створки двери. Мне пришлось в очередной раз подобрать подол, чтобы перешагнуть через спинку сиденья.

Еще раз мы залили бак бензином доверху на деревенской заправке, где орудовала ручной помпой бабка лет под сто. Она перечислила нам, хотя мы ни о чем ее не спрашивали, всех местных жителей, которых подозревала в принадлежности к "пятой колонне", и о каждом присовокупляла: "Ну этого-то я насквозь вижу". Когда мы отъезжали, она сказала мне:

– Мужем надо пользоваться, пока он молоденький, а не то потом загонят его в окопы, и прощай любовь.

Затем беглец умял еще одну банку, приготовленную моей матушкой, – на этот раз ложкой – и полкруга колбасы, отхватив его бритвой. Вторую половину съела я, прямо за рулем. Пить было нечего, и мы остановились у водоразборной колонки при въезде в какую-то деревню, которая дала о себе знать лишь трезвоном церковных колоколов, возвещавшим полдень. Вокруг не было ни души. Утолив жажду и наполнив водой бачок, мы содрали тюль, украшавший фургон, и беглец скомандовал мне поворачивать обратно. В качестве объяснения он заявил:

– И так слишком далеко заехали.

Я пустилась в обратный путь и не стала ломать себе голову, когда на первом же перекрестке он заставил меня повернуть к океану, от которого мы до сих пор бежали. С довольным видом откинувшись на спинку сиденья, он сказал:

– Меня зовут Венсан. Когда мы вернемся на полуостров, я вас отпущу.

Я подумала, что ослышалась. А может, он сошел с ума. Я спросила:

– На полуостров? Вы хотите вернуться на полуостров?

Он ответил:

– Это единственное место, где меня уже не ищут.

Должна отметить, что начиная с этой минуты, несмотря на невероятную замысловатость маршрута ("Я родился в июле, – объяснил он, – поэтому передвигаюсь по-крабьи") и на все случившееся впоследствии, мы все время неуклонно приближались к Атлантическому океану.

Я вела фургон под палящим солнцем, вынудившим нас опустить стекла, и беспрестанно откидывала со лба лезшие в глаза волосы. Мы не разговаривали. Иногда я поглядывала на него в надежде, что он уснет. Он уже не внушал мне такого страха. От него перестало дурно пахнуть. Он смотрел на дорогу, вольготно развалившись на сиденье: локоть в окне, ноги вытянуты – ни дать ни взять отпускник.

Некоторое время спустя он спросил:

– Вы что-нибудь слышали о крепости?

Речь шла о крохотном безымянном островке вблизи Сен-Жюльена, целиком занятом укреплениями, возведенными при Ришелье. В эпоху религиозных войн он подвергся осаде, и в проспектах для туристов, которые мне поручали оформлять, утверждалось, что именно там воевал подлинный д'Артаньян, оставив на поле сражения руку. Долгое время я искренне верила этому, пока не занялась подсчетом конечностей, потерянных несчастным по сведениям проспектов Бруажа, Ла-Рошели, Ре и других, – страшно было даже себе представить, как он в своем, так сказать, окончательном виде ходит по улицам и встречает, к примеру, собаку.

Во времена менее легендарные крепость стала тюрьмой для моряков, а с войны – военной каторжной тюрьмой. Когда я была маленькой и о ней говорили при мне, забывая о моем малозначительном присутствии, ее называли Бессрочкой, а иногда и Крысоловкой, потому что даже крысам не удавалось из нее улизнуть. Ну а крабам?

Я ответила беглецу:

– Агентство, в котором я работаю, находится в порту Сен-Жюльена. Я часто видела корабль, доставляющий заключенным провизию.

Он долго молчал, потом сказал:

– Самое лучшее, что было в крепости, – это кино раз в месяц и два раза на Рождество.

Спустя какое-то время он решил остановиться. Мы находились в чистом поле, вокруг не было видно ни одного дома. Пока он вылезал из кабины, я не глушила мотор, и сердце у меня забилось. Он сказал:

– Давайте и вы.

Я ответила, что не хочу. Выходя, он прихватил с собой ружье и теперь просто навел на меня стволы. Я вышла.

После, когда мы катили вдогонку за солнцем, он сказал мне, словно прочитав мои мысли:

– Какой вам смысл убегать? На полуостров мы въедем, дождавшись ночи, так что нас никто не увидит. И оставлю я вас там, где захватил.

Я ответила, стараясь, чтобы мой голос звучал как можно искреннее:

– Обещаю вам, что не буду пытаться убежать. Но вы прекрасно знаете, что меня будут допрашивать. А значит, кто может поручиться, что вы меня не убьете?

Он пожал плечами:

– Плевать мне на то, что вас будут допрашивать.

И замкнулся в молчании.

Час спустя, на покрытых виноградниками холмах Шаранты, я не вписалась в крутой поворот. Нарочно.

Помню, как я улепетывала босиком, путаясь в своем подвенечном платье (которое мне пришлось подобрать повыше, чтобы не мешало) посреди густо заплетенных виноградных лоз, обагренных пурпуром предзакатного солнца.

Я перескакивала из одного ряда в другой, смахивая с лица прилипшие пряди, прислушиваясь и не слыша ничего, кроме собственного дыхания, и забиралась все глубже и глубже в зеленый лабиринт, убеждая себя в том, что мой спутник остался лежать без сознания посреди грохота бьющегося стекла и сминаемого железа и меня уже не срежет на бегу ружейный выстрел, который мне даже не суждено будет услышать.

Не знаю, сколько времени продолжалось мое бегство.

Потом я, выбившись из сил, брела наугад с поникшей головой, поэтому почувствовала едва ли не облегчение, когда меня схватили за лодыжку и я повалилась навзничь на комья земли. Оказавшись на мне, он удерживал меня в неподвижности, взбешенный, тоже запыхавшийся, и сверлил ненавидящим взглядом, но меня это не трогало: он мог избить меня, даже убить, мне было все равно – я смертельно устала.

Сдавленным, клокочущим от ярости голосом он сказал мне:

– Вы ничего не поняли! Ничего!

Еще долго мы лежали вот так один на другом, молча отдуваясь и мстительно глядя друг другу в глаза.

Когда мы вернулись к фургону, я поняла, что ехать дальше мы не сможем. Машина стояла поперек канавы, зарывшись в податливый грунт, и ее заднее левое колесо оторвалось от земли. Дверца со стороны пассажира свисала искореженная, ветровое стекло разбилось вдребезги, сиденье вылетело наружу.

О "происшествии" я не помнила ничего, кроме того, как вцепилась в руль, когда нас начало заносить, и как все загрохотало. Каким образом я выбралась из кабины, осталось для меня загадкой.

У моего спутника, Венсана, был порезан лоб, у меня болел палец, наша одежда была перепачкана землей – вот и все последствия моего подвига. Мне даже удалось отыскать туфли – одну под рулем, другую на дороге, – а он подобрал в канаве оставшееся целехоньким ружье.

До наступления ночи мы прятались в винограднике – на случай, если пожалуют любопытные, – и по дороге в самом деле проехал кто-то на скрипучем велосипеде, но велосипедист оказался то ли нелюбопытен, то ли близорук – во всяком случае, он проследовал мимо не останавливаясь.

Когда взошла полная луна, мы с предосторожностями забрались внутрь фургона, предварительно покачав его общими усилиями, чтобы убедиться в его устойчивости. Внутри все крепилось к полу, так что повреждений мы почти не обнаружили, но вот стоять на наклонном полу было трудно.

Уложив на место матрасы, Венсан сел. Я села напротив. Злость у него давно прошла, но мне он не хотел этого показывать. Сварливым тоном он буркнул:

– Завтра найдем кого-нибудь в помощь, чтобы поставить эту колымагу на колеса.

Я не проронила ни слова с тех пор, как он меня поймал, но сейчас тоже испытывала потребность говорить, чтобы не так остро ощущать свое бессилие. Но я не знала, о чем говорить, и не хотела, чтобы он меня оборвал. В конце концов мне в голову не пришло ничего, кроме: "С волосами вы мне нравитесь больше". Против всякого ожидания он рассмеялся – коротко, но довольно. Он объяснил мне, что в крепости, при пособничестве заключенного-парикмахера, он носил свою поддельную лысину целых два месяца, чтобы после бегства вернее ввести в заблуждение своих преследователей. Я поинтересовалась, каким образом ему удалось осуществить побег, но он нахмурился и ответил:

– Вам не следует этого знать, Эмма. Это еще может пригодиться кое-кому из моих товарищей по несчастью.

Я порылась в ящиках в поисках еды и нашла кусок хлеба, сыр и шоколад. Пока мы перекусывали, я спросила разрешения задать ему личный и, возможно, нескромный вопрос.

– Попробуйте, а там увидим.

Так вот, утром он сказал, что у него не было женщины шесть лет. Но прежде, когда он был на свободе, была ли в его жизни женщина?

Он поднялся попить воды из крана в нижней части бачка и вцепился в раковину, чтобы удержать равновесие, и я подумала, что он не захочет отвечать. Но, усаживаясь на место в проникавшем через открытую дверь молочном свете, он устремил взгляд вдаль и, сбросив маску, проникновенным голосом, в котором звучала ностальгия, поведал мне о сокровенном.

"Женщиной, которую я любил больше всего на свете, настоящей, первой, – говорил этот молодой человек с верным сердцем, – была моя бабушка.

Маленькая, подвижная, с неукротимо горящими глазами, она была бедна, как весь итальянский Юг, и всегда ходила только в черном, потому что до конца жизни носила траур по моему дедушке. Ни зимой, ни летом она не выходила на улицу без зонта – разумеется, черного – с наконечником из эбенового дерева, инкрустированным перламутром.

Это она, когда я учился читать и писать, по вечерам поджидала меня у выхода из коммунальной школы квартала Майской красавицы в Марселе, неподалеку от Национального бульвара, где я появился на свет.

Поначалу не проходило и дня, чтобы в толчее после уроков ученики постарше не окружили меня на тротуаре, норовя порвать книжку и надавать по шее, но я закалился и встречал их кулаками, не обращая внимания на поношения вроде:

– Макаронник! Дерьмохлеб! Катись в свою страну, грязный итальяшка!

Рано или поздно наступал миг, когда мне, схваченному множеством рук, предстояло пасть под натиском численно превосходящего противника, но именно этот миг всегда выбирала, к моему восторгу, бабушка, чтобы, возникнув в лучах солнца подобно ангелу смерти, пересечь улицу с блестящими от предвкушения справедливого возмездия глазами. Злодеев она обращала в бегство мгновенно, ударами зонта по ногам, подгоняя самых нерасторопных, парализованных ужасом, криками:

– Фашистское отродье! В следующий раз я разобью тебе башку, так что даже мамаша твоих мозгов не соберет!

Потом она брала меня за руку и уводила, вызывающе меряя взглядом случавшихся поблизости женщин, которые почитали за благо не ввязываться, и приговаривая:

– Нет, ну надо же!

И мы вдвоем спускались по залитой солнцем улице гордым шагом уроженцев Сан-Аполлинаре, провинция Фрозиноне. Я гордился своей бабушкой и ее зонтом, и можете мне поверить: еще до наступления ноября меня стали уважать".

Беглец умолк, упершись локтями в колени, взгляд его погрузился в даль воспоминаний, и я не осмеливалась нарушить тишину. Я боялась выдать свое волнение.

В лунном свете я видела его почти как средь бела дня. Прошлой ночью я дала ему лет тридцать, но он наверняка был моложе. Мне понравились его руки, голос и даже – к чему теперь скрывать? – тот краткий миг моей жизни, когда мы были рядом в свалившемся в канаву фургоне, настолько далеко от моего дома, как если бы все это происходило на другой планете.

Я склонилась вперед и доверчиво прошептала:

– Тот, кто так почитает свою бабушку, не может быть насильником и убийцей.

Помрачнев, он опустил голову и ничего не ответил.

Потом он долго стоял у открытой двери фургона, вглядываясь в ночь. Подобрал веревку, которую смастерил, и извинился передо мной: дескать, ему надо поспать, и он вынужден меня привязать. Я ответила, что все понимаю.

Вытянувшись на спине, я дала привязать себя за запястья и лодыжки. Он закрыл дверь фургона, и я услышала, как он укладывается на соседний матрас. Наконец, в темноте, он сказал мне – о, как я ждала, что он это скажет:

– Меня осудили несправедливо.

Только впоследствии я узнала, как он был поражен, проснувшись на рассвете и увидев, что моя лежанка пуста, а куски самодельной веревки валяются на полу. Он вскочил так порывисто, что, потеряв равновесие, скатился в самый низ накренившегося фургона. "Предательница!" – думал он, уверенный, что я побежала на него доносить.

Он выскочил наружу, обежал фургон и остановился как вкопанный. У передка фургона стояла я в своем замызганном подвенечном платье, а рядом – усатый фермер, который держал за поводья рослую тягловую лошадь.

Я сказала крестьянину:

– Вот и мой муж. У нас свадебное путешествие.

С тех пор как я отыскала этого чудака на его дворе, он не проронил ни слова. Выслушал меня, с гадливым бурчанием покачал головой и отправился запрягать лошадь. В штанах из грубого вельвета, стянутых на талии широким фланелевым поясом, в рубахе без воротника, с засученными рукавами, он источал волны неприязни – казалось, был зол на весь мир.

Он оглядел Венсана с ног до головы, как глядят на никуда не годное, мешающее проходу дерево, и издал такое же бурчание, каким удостоил перед этим меня. Потом подошел к фургону и бросил на него взгляд исподлобья. Я робко спросила:

– Как вы думаете, его можно будет починить?

Ответа я жду до сих пор.

Лошадь понуро дотащила фургон до фермы. Венсан помог крестьянину орудовать лебедкой, и вдвоем они поставили фургон на колодки. Потом демонтировали ось. Я сидела поодаль на каменной скамье и смотрела на них.

Солнце взобралось уже высоко и палило нещадно, когда на пороге дома появилась девица примерно моих лет, с еще более длинными и густыми, чем у меня, черными волосами, с голыми ногами, в бесстыдно и вызывающе расстегнутом домашнем халатике, под которым явно ничего больше не было. Видно, она только что поднялась с постели. Поначалу я приняла ее за дочку фермера. Зевнув, она сказала:

– Заходите. Муж вполне справится и сам. К тому же он терпеть не может, когда кто-нибудь глазеет, как он работает.

Читающий эти строки, несомненно, обратил внимание на слова "бесстыдно и вызывающе расстегнутый". Начиная с этого момента показания Эммы существенно расходятся с теми, что она дала жандармам сразу же после своего приключения, а под конец и вовсе им противоречат. Совершенно очевидно, что по прошествии лет, убедившись, что признание в двусмысленности своего поведения ей ничем особенным не грозит, здесь она демонстрирует куда бо́льшую искренность, чем в тогдашнем изложении событий. (Примечание Мари-Мартины Лепаж.)

К полудню угрюмый молчун снял с фургона все погнувшиеся части и теперь выправлял их тяжкими ударами молота на наковальне установленного во дворе горна. Одежда Венсана, мое подвенечное платье и белье сушились под солнцем на веревке в нескольких шагах от него.

Мы с "мужем" по очереди вымылись в гостиной, и молодая фермерша, Элиза, дала нам по простыне, чтобы мы закутались. Теперь мы сидели друг напротив друга за большим дубовым столом, а она жарила нам только что зарезанного цыпленка. Не спрашивая нашего желания, она завела древний граммофон на тумбе, с раструбом и медной рукояткой, который принялся играть модное болеро *"Не стоит пробовать – это и так возможно"*, и ставила эту пластинку снова и снова, как будто она была у нее единственная. И не переставая таращилась на Венсана, который отвечал ей тем же.

Перед этим она со смехотворной неуклюжестью промыла ему перекисью порез на лбу и извела целый рулончик лейкопластыря, чтобы наклеить куда надо полоску в три сантиметра.

Элиза была, должна признаться, красивым цветком, но ядовитым. Своей тыльной частью она вертела так, что при одном только взгляде на нее кружилась голова. Спереди же вид у нее был просто провоцирующий. С самого нашего прихода она так и сяк исхитрялась сверкать ляжками из-под полурасстегнутого халата.

Подавая на стол цыпленка, она поставила тарелку сначала перед Венсаном, которого называла не иначе как "голубчик". Она терлась об него так нахально, что в конце концов я не вытерпела и сказала ей:

– Как вам не стыдно? Ведь за дверью ваш муж!

Она устремила на меня полный лицемерия взгляд и ответила самым что ни на есть простодушным тоном:

– Я не делаю вам ничего плохого. Ведь с первого взгляда видно, что вы своего мужа не любите. Ну а я не люблю своего. Так в чем же дело?

С этими словами она, перестав обращать на меня внимание, принялась отплясывать в ритме своего болеро – воздев руки, приоткрыв влажные губы, вперив взгляд своих жгучих очей в глаза Венсана и говоря ему:

– Знаете, кем бы я хотела быть?.. Той девушкой, которая танцует перед королем. В подземелье мается узник, она втрескалась в него по уши, а он – он ее не хочет...

Венсан слушал ее, держа в руке крылышко цыпленка, и пялился на нее восторженно, как младенец на новую игрушку.

– А я буду танцевать, танцевать, – приговаривала она, – пока мне не принесут на серебряном блюде его голову...

По-моему, Венсан даже захлопал в ладоши.

Хорошенько подкрепившись цыпленком и вином, которое фермер делал сам из собственного винограда, Венсан посоветовал мне принять предложение Лизон и отдохнуть в супружеской спальне – единственной, кроме гостиной, комнате в доме, – поскольку тот чудик во дворе продолжал лупить, как глухой, и ремонт, похоже, грозил затянуться надолго. Я сразу поняла, что им обоим не терпится избавиться от меня, но ничего не сказала – да и что я, впрочем, могла сказать? Что я вру с самого утра и что нужно известить жандармов? И потом, я и вправду устала – я была по горло сыта и граммофоном, и кривляньем этой девки, и болезненными уколами того, что сегодня, хочешь не хочешь, приходится назвать своим именем: ревность.

Оставшись в одиночестве за закрытой дверью, я долго сидела на краю кровати, такой высокой, что ноги у меня не доставали до пола. От этого я чувствовала себя еще меньше и неприкаяннее. Я твердила себе, что мужчине, лишенному женщин на протяжении "шести долгих лет", вполне простительно поддаться чарам первой встречной, которая сама вешается ему на шею, что ненавидеть его у меня полно причин, но уж никак не эта и что, наконец, если бы я захотела, этой же ночью в фургоне или даже накануне в лесу мне не пришлось бы прилагать чрезмерных усилий, чтобы приворожить его так же успешно, как и она: один только взгляд, и моя песенка была бы спета. Но все эти доводы рассудка были напрасны: я слышала за дверью их перешептывание и чувствовала себя обманутой и преданной.

А потом я перестала их слышать, и это было еще хуже. Я так стремительно бросилась в гостиную посмотреть, что простыня наполовину съехала с меня. Их там уже не было. Смирившись, я закрыла за собой дверь в спальню и направилась было к кровати, но тут раздавшийся снаружи сдавленный крик заставил меня подбежать к окну. Сквозь щели в закрытых ставнях я увидела, что дом с этой стороны выходит на просторы виноградников. Задрапированный как римский император, Венсан преследовал Лизон. Я слышала их смех сквозь неутомимый стук, производимый фермером.

Даже не дождавшись, пока ее догонят, Лизон уже полностью расстегнула свой красный халат. И простонапросто дала ему соскользнуть с себя. Венсан точно так же поступил со своей простыней. Несколько мгновений они смотрели друг на друга, оба в чем мать родила, а потом бросились один на другого и, безумно хохоча, покатились по мягкой земле.

Они скрылись из виду, и я принесла стул и взобралась на него. Казалось, что они борются, как дети. Сквозь ставни я различала то ногу, то голову, выныривавшую из листвы. А вот то, что я видела или о чем догадывалась, когда хохот стих, одновременно терзало меня и завораживало. Особенно когда до меня стали доноситься бесстыдные стоны Лизон, вторя шедшим со двора ударам молота по наковальне, – мало-помалу те и другие полностью совпали. Говорят, будто женщины маловосприимчивы к подобного рода спектаклям. Но вы знаете не хуже меня: такое мог сказать только мужчина.

Несмотря ни на что, я нашла в себе силы оторваться от окна и покинуть спальню. Завернутая в простыню, с туфлями в руках, я направилась во двор, чтобы забрать свою одежду, которая уже наверняка должна была высохнуть. Фермер у горна даже не взглянул в мою сторону. Весь лоснящийся от пота, он лупил и лупил, высекая снопы искр, и время от времени, словно отвечая на какую-то донимавшую его мысль, издавал свое забавное горловое бурчание.

Ближе к вечеру фургон был наконец готов к отъезду – правда, без ветрового стекла и правой дверцы, которую пришлось оторвать.

Венсан расплатился с фермером деньгами моего мужа. Он с решительным видом сел за руль, и тут я поняла, что он взял меня с собой не в качестве водителя, а в качестве заложницы. Впрочем, в том состоянии, в каком была я, это открытие уже не могло меня огорчить. Даже если бы он признался, что у него никогда не было бабушки, я и тогда не открыла бы рта.

Весь остаток пути до полуострова он почти не разговаривал со мной, разве что советовал придвинуться к нему поближе, потому что с моей стороны дверцы не было и он опасался, как бы я не вывалилась на очередном ухабе. Я не шевелилась. Порывы горячего воздуха трепали мне волосы и глушили все остальные звуки. У меня было такое чувство, что они отмывают меня от всего.

Перед мостом мы остановились. Солнце било в глаза. Заставы не было видно, однако Венсан все же забрался внутрь фургона и достал ружье, которое прятал в одном из ящиков. Мне пришлось снова сесть за руль. Он сказал мне:

– Я знаю, что́ не дает вам покоя, Эмма. Главное, чтобы из-за этого вы не наделали глупостей.

Это была просьба.

Пролив мы пересекли никого не встретив. Сразу же после этого он приказал мне оставить главную дорогу, по которой мы ехали сюда позавчера, и свернуть на ту, что идет вдоль океана. На велосипедах по домам разъезжались купальщики. По обочине в лагерь отдыха возвращалась колонна детей – молчаливых, притомившихся после игр на свежем воздухе.

Мы остановились посреди дюн, над обезлюдевшим пляжем. Вышли на песок. Венсан, снимая мокасины, попросил меня подождать его – он хотел разведать местность. Я смотрела, как он в тенниске и брюках, выглаженных фермершей, идет к желтым скалам, в которых я часто играла в детстве и которые, Бог весть почему, называли Морскими Коронами. Быть может, он попросил меня подождать с единственной целью оттянуть момент, когда я пойду за жандармами. А может, он, напротив, давал мне последнюю возможность сказать им, что я убежала. Задаваться этими вопросами мне не хотелось. Я осталась его ждать.

Когда я, сидя на дюне в своем подвенечном платье, увидела, как он возвращается, солнце было уже красным шаром у самого горизонта и казалось, будто во всем мире не осталось никаких иных звуков, кроме криков чаек и рокота прибоя. Венсан опустился на песок рядом со мной. Надевая мокасины, он сказал мне, возбужденный, с горящими глазами:

– В бухте за скалой стоит на якоре большая белая яхта. Если мне удастся подняться на борт, она увезет меня далеко-далеко, на край света. И тогда никому никогда меня не найти.

Он увидел, что у меня по щеке скатывается слеза. Сбитый с толку, он пробормотал:

– Да что с вами?

Не шевелясь, не глядя на него, я сказала:

– Возьми меня с собой.

Он вскочил как ужаленный и воскликнул:

– Как это?

Судя по всему, он подыскивал слова, которые могли бы урезонить помешанную. Но сумел найти только:

– А ваш муж?

На этот раз я повернулась и, глядя ему прямо в глаза, тихонько повторила:

– Возьми меня с собой.

Он энергично замотал головой, но я поняла, что этим он лишь пытался скрыть свое волнение. Облитый пурпуром заката, он проговорил:

– Вам двадцать лет, Эмма.

Как будто я сама этого не знала. А потом он направился к фургону, который стоял чуть выше. Открыв заднюю дверь, он бросил мне:

– Как вы думаете, почему я вас до сих пор не трогал? Ни за что на свете я не лишил бы вас невинности!

С этими словами он исчез в "гнездышке любви" – наверное, чтобы взять ружье, которое было ему нужнее, чем мне.

Сжав кулаки, я поднялась и подошла к бывшей санитарной карете. Прислонилась к ее стенке, чтобы не видеть, как он отреагирует на то, что я скажу, чтобы не показать ему ярость, жившую во мне и заставлявшую звенеть мой голос. И выложила ему всю правду.

Поговорим о моей невинности.

Если не считать свидетельства о среднем образовании и диплома Руайанской художественной школы, у меня за душой не было ничего, когда я год тому назад явилась в агентство и управляющий, господин Северен, принял меня на работу. Это был востроносый коротышка, который для пущей важности выпячивал грудь и при ходьбе по-петушиному подскакивал – верно, чтобы казаться выше. До того я несколько раз встречала его на улицах Сен-Жюльена, но обращала на него внимание ровно настолько, насколько он заслуживал, то есть нисколько.

С первых же дней он всегда находил предлог, чтобы оставить меня вечером на работе позже других. То исправить макет, то переделать иллюстрацию – чего он только не придумывал. Поначалу он ограничивался комплиментом по поводу моего туалета или цвета глаз – что уже само по себе было мне неприятно, ведь чтобы посмотреть мне в глаза, он брал меня за подбородок, – но очень скоро он осмелел до того, что, бывало, шлепал меня по мягкому месту или трогал за грудь, утверждая, что делает это без задней мысли, потому что он, дескать, старше меня вдвое.

Давать отпор я не осмеливалась, но день ото дня все с большей тревогой ожидала конца рабочего дня, а по ночам мучительные воспоминания не давали мне уснуть. И не с кем было поделиться. Я была чересчур робка, чтобы иметь друзей, а родители – те ничего бы не поняли. В их глазах господин Северен был уважаемым человеком, которого им было лестно поприветствовать на улице и который в любом случае заслуживает нашей благодарности уже за то, что нанял меня.

Как-то ноябрьским вечером, когда дождь хлестал по стеклам, он обхватил меня за талию и попытался поцеловать. На этот раз я стала сопротивляться, но чем яростнее я отбивалась, тем сильнее он распалялся – на мне уже затрещала одежда, и под конец я расцарапала ему лицо.

Мне удалось обежать вокруг своего стола и отгородиться им. На столе стояла единственная горевшая во всем зале лампа. Господин Северен, весь багровый, шумно дышал, и я, приводя себя в порядок, с испугом взирала на четыре кровоточащие полосы, которые оставила на его лице моя рука.

Отдышавшись, он злобно прошипел:

– Ах ты вертихвостка! Ты знаешь, что мне ничего не стоит вышвырнуть тебя на улицу?

Он взял со стола проект объявления, который я только что закончила. Даже не взглянув на него, он разорвал его на четыре части и бросил на пол, сказав мне с гнусной, как оскал гиены, ухмылкой:

– Не пойдет!

Назавтра и в последующие дни повторялась та же история. При всех он сухо отдавал мне распоряжение остаться, чтобы закончить работу. А когда остальные уходили, являлся мучить меня. Невзирая на мои мольбы, он тискал меня, лез под юбку, нашептывал на ухо мерзости, и мне лишь огромным напряжением удавалось вырваться. После этого он рвал в клочки мои рисунки и приговаривал:

– Не пойдет!

Я пригрозила ему, что пожалуюсь самому патрону, который, к несчастью, никогда не бывал в агентстве. В ответ он лишь злорадно усмехался: кому, дескать, поверят, ему или мне? Меня примут за истеричку, только и всего. Не знаю, поймут ли меня сегодня – то была эпоха экономического развала, забастовок, безработицы. Мои родители, у которых я была поздним ребенком, были старые и почти без средств к существованию. Я боялась, что другой работы найти не смогу. И настал вечер, когда я дала заголить себя и завалить на свой же рабочий стол. Пока он брал меня, стоя, как зверь, между моими свисающими ногами, боль была ничто – я плакала от стыда.

Невинность?

На протяжении месяцев, каждый вечер, то в агентстве, то у него дома – лиха беда начало, разве нет? – я укладывалась на спину, на живот, становилась на четвереньки, подчинялась всем его прихотям.

Мне не исполнилось и двадцати лет, а невинности во мне сохранилось не больше, чем в подстилке.

– Мерзавец! Каков мерзавец! – возмущенно восклицал Венсан, в возбуждении меряя шагами фургон.

Наконец он сел, пытаясь взять себя в руки. Я подошла к нему, утирая слезы. Одного он не мог взять в толк:

– И ты за него пошла замуж?

Я печально ответила:

– Он этого потребовал. Перейти в его полное распоряжение. И потом, ты ведь знаешь, что такое маленький городок.

– Мерзавец! Каков мерзавец! – снова заладил Венсан.

Не выдержав, я обвила его руками за шею:

– Ну так отомсти за меня! Накажем его!

Уж и не знаю как, но в порыве чувств я очутилась верхом на его коленях. Я целовала его, прижималась к нему и даже не заметила, как мои руки забрались к нему под тенниску. Как сладостно было касаться его кожи, как это было чудесно – испытать наконец желание любить! Да простит меня небо – утратив всякое целомудрие, я стонала ему в ухо:

– Пожалуйста, ну пожалуйста, сделай со мной то, что ты сделал с Лизон!..

Еще не вполне придя в себя после моих откровений, он какое-то время уклонялся, борясь с собственным желанием, но очень скоро я отыскала губами его губы, он сжал меня в объятиях, и я почувствовала, что его словно увлекает прорвавшим плотину потоком. Когда мы слились в поцелуе, все вокруг поплыло, и мы рухнули поперек койки. Одна его рука расстегивала у меня на спине подвенечное платье, другая с восхитительной властностью поползла по моим бедрам вверх. Я поняла, что моя песенка спета, и закрыла глаза.

Увы, почти тут же Венсан привстал и замер, вглядываясь в темноту за дверью фургона. Бесцветным голосом он спросил:

– Ты слышала?

Я не поняла, что именно. С горящими щеками, в задранном до пояса платье, я стала вслушиваться вместе с ним, но не уловила ничего, кроме рокота прибоя. А он с испугом воскликнул:

– Собаки!

Он спрыгнул на пол и закричал, срывая со лба пластырь:

– Они нашли меня! Окружают!..

И огляделся вокруг, как бы прикидывая, через какой выход удирать, потом его взгляд снова остановился на мне. На миг глаза его затуманились грустью и сожалением, и он пробормотал:

– Так наверняка будет лучше. Прощай, Эмма.

Когда он поворачивался к открытой двери, я вскричала: "Нет!" – и попыталась удержать его за ноги, но безуспешно. Я свалилась на пол, он выскочил наружу. Словно высветленная вспышкой судьбы, на глаза мне попалась лежавшая на матрасе двустволка лесника. Схватив ее, я поднялась и бросилась за ним вдогонку.

Перебираясь через дюну, он поскользнулся, и дистанция между нами сократилась. Спускаясь к нему, я кричала: "Нет!.. Венсан, умоляю тебя!.. Остановись!" – и растрепавшиеся волосы лезли мне в глаза. Он не остановился, даже не оглянулся. Я нажала на один из спусковых крючков. Не помню, чтобы я хотела этого. Я потеряла равновесие – то ли запуталась в полурасстегнутом платье, то ли оступилась на своих шпильках, – и заряд ушел куда-то в сторону багрового солнца. Я впервые держала в руках ружье. Звук выстрела поднял в воздух с побережья тучу чаек и поразил меня не меньше, чем Венсана.

Теперь он стоял и молча смотрел на меня расширившимися глазами. Подходя все ближе и ближе, я молила его:

– Ты не можешь вот так бросить меня!.. После того, что я тебе рассказала! Это невозможно, понимаешь?..

Над дюнами уже явственно разносился лай собак: он шел из соснового бора в глубине полуострова.

Не сводя с меня глаз, Венсан начал шаг за шагом пятиться по направлению к желтым скалам. С дрожью в голосе он крикнул мне:

– Они поймают меня, разве ты не видишь?.. Ты же отдаешь меня им в руки, малахольная!

Он пятился все быстрее, отчаянно размахивая перед собой руками, чтобы я отвернула ружье. Я прочла в его взгляде бешеное желание, чтобы я исчезла, чтобы меня никогда не существовало, и тогда нажала на второй крючок. Сквозь застилавшую глаза пелену слез я увидела, как выстрелом его отбросило назад, на груди расползлось кровавое пятно и он рухнул навзничь, раскинув руки крестом на песке.

Объятая ужасом, с ружьем в руках, я окаменела. Вокруг внезапно воцарилась тишина. Не слышно было ни собачьего лая, ни криков чаек. Я не улавливала даже собственного дыхания.

Не знаю, сколько длилось это небытие.

Когда у меня достало сил, я отвернулась от содеянного, бегом вернулась к фургону, забралась в кабину и была такова.

Вот как все произошло. То, что я наговорила тогда – и жандармам, и унтер-офицеру Котиньяку – ничего не стоит. Верно одно: я не знала – и не знаю до сих пор, – зачем стреляла. Может быть, чтобы не пришлось стреляться самой.

Продолжение вам известно лучше, чем мне, а то, что стало со мной, никому не интересно, но я считаю своим долгом ответить на все ваши вопросы, хотя последний из них, признаться, показался мне оскорбительным. На протяжении тех двух дней, что мы колесили по дорогам, Венсан ни словом не обмолвился ни о наследстве, ни о завещании – иначе у меня бы наверняка что-то отложилось в памяти. Единственным достоянием, которым он обладал помимо обаяния, оказавшегося для нас обоих роковым, было плоское золотое кольцо на левой руке – вы еще удивились, как это я его не заметила.

Я его заметила, причем с самого начала, как только он зажал мне ладонью рот. Потом я даже заговорила о нем с Венсаном: мне было удивительно, что оно оставалось у него все годы заключения. Отвечу его собственными словами: это обручальное кольцо его деда, а подарила его Венсану бабушка, чтобы не чувствовать себя вдовой. Забрать это кольцо у Венсана можно было не иначе как отрезав ему палец.

БЕЛИНДА

Дело было в августе. Мне тогда шел двадцать четвертый год. А родилась я в сентябре – то ли 28-го, то ли 29-го, кто его знает. Меня ведь нашли в пляжном сарайчике, куда матрасы и шезлонги убирают. Мать, мертвая, лежала рядом. В одиночку меня рожала. И вопила я, малютка, "уа-уа", пока из сил не выбилась. Короче, в протоколе недолго думая записали: "28-е или 29-е". Мое имя всего два раза в жизни появлялось в газетах – тогда был первый.

За двадцать четыре года я, сама невинность, не дала повода говорить о себе. А когда прославилась во второй раз, то работала уже в борделе – но в каком! Первосортном, оч-чень популярном. Букеты в вазах – по 20 франков каждый. Ванные – у каждой своя – бирюзовой плиткой отделаны, а краны – из серебра! Постелька – пальчики оближешь! С балдахином и пологом, от досужего глаза со всех сторон прикрыта – для романтики и от комаров. Балкон – у меня, например – с видом на океан... И назывался бордель – "Червонная дама". Понятно, о каком говорю, а кому нет, тот вообще нулевка.

Я золотце высшей пробы: трудолюбивая как пчелка, а уж сладка – ну что тебе мед. Одно время, пока я в Париже жила, брала даже уроки французского – чтобы говорить покрасивше. Три недели дурью маялась по милости своего голубка, а такой он был пройдоха и пролаза, что мог запудрить мозги кому угодно, не то что невинной девочке, которая не знала, куда себя девать в сутолоке вокзала Монпарнас. Ну да, познакомилась я с ним именно там, когда приехала в Париж из Бретани. Сама-то я не бретонка: родной сарай с матрасами был у меня в Ницце. В Перро-Гирек я махнула повидать одну свою подружку по приюту: она там промышляла собой и хотела и меня пристроить. Имя у нее было Жюстина, кличка – Дездемона, а я звала ее Демона, потому что она была моей страстью. Благодаря ей я впервые словила кайф – у нас в спальне, в воскресенье днем. Мы с Демоной совсем разные: я высокая, худая, она маленькая, толстая, вдобавок еще и простушка, на все уступки клиентам готова. Обсудив с ней все дела и прощупав ее сводника после нашей прогулки по Перро-Гиреку, когда он пробовал зафрахтовать и меня, я поняла, что это не для меня, и уехала. Гороскоп из "Доброго вечера" сулил Весам сплошные потери до следующего номера; но у Весов всегда равновесие, и едва я ступила на парижский перрон, как любовь всей моей жизни подхватил у меня чемоданчик – и этим все сказал.

Любовью всей моей жизни – с того первого взгляда и еще четыре последовавших года потом, – единственной и неповторимой, бурей страстей по ночам и ожиданием изо дня в день был он, Красавчик. Внешности не ахти какой – устоять можно; на голову ниже меня, но широкоплечий. И такой дерганый – даже во сне все ерзал. Комок нервов, и только. Мне тогда шестнадцать было, а по бумагам, что в приюте выдали, все восемнадцать; ему немногим больше – по крайней мере он так говорил. Потом-то я узнала из старой расчетной ведомости, что он себе шесть лет скостил. И я ему сказала, что он обманщик (пчелки ведь и ужалить могут – ж-ж и бац!), а он меня хрясь-хрясь за эту арифметику. Задал за нее жару, хотя на ту зиму жар мне был как раз впору, чтобы не замерзнуть, меряя улицу Деламбр. Такая холодрыга настала – у эскимоса задница и то теплее. Вино в витринах застывало. Ей-же-ей. Ну, короче, понятно. А кому нет – тот вообще нулевка.

В феврале обыватели залегли в свои склепы, у нас на улице рабочих отстреливали, и бывало, что всю вторую половину дня я ни разу не раскидывала ножек. Тогда-то Красавчик и решил вложить в меня свои капиталы, устроив на специальные занятия, чтобы я выучилась грамотно выражаться – как я и выражаюсь сейчас, сидя на чердаке дома номер 238 на бульваре Распай, с видом на кладбище. Учил меня – забыла, как же его звали, – пенсионер-чистюля: всегда при галстуке, воротничок накрахмален. "Подлежащее, глагол, дополнение, точка", – вдалбливал он мне. Жизнь у него сложилась хуже некуда: жена в тридцать лет попала под фиакр, а сын погиб годом раньше, обе могилы прямо под окнами, глаза мозолят; а тут еще и война... За уроки я платила услугами и оказывала их добросовестно в кресле перед уходом, но до конца он никогда не дотягивал – рыдал беззвучно, ударившись в воспоминания. Красавчик, похвалявшийся всегда тем, что никому ничего не должен, предложил старику деньги или другую оплату вместо меня, но тот отказался.

Когда моя учеба закончилась, мы, перелетные пташки, двинулись прямиком в мои родные края. Пожили в Каннах, потом в Больё. Я работала в гостиничных барах – ублажала подгулявших иностранных коммерсантов. На жизнь хватало, но не больше того. На Красавчика весь этот юг наводил тоску. Он мечтал, чтобы я трудилась в забойном борделе штатно, как машинистка в Управлении железных дорог, и чтобы при этом была дамой и мундштук держала красиво, как Марлен Дитрих. Капля, переполнившая чашу его терпения, упала с другой стороны: его самого чуть не сцапали.

Нет, не за аморалку – хуже. Мне-то он говорил, что от военной службы освобожден – с сердцем у него, мол, неполадки. Как накайфуемся, так я сразу ухом к его груди – боялась: вдруг перегрузка? Тикало всегда как часы. В общем, врал он мне, ясное дело. И вот возвращается он как-то вечером в номер – мы тогда в Больё жили, в отеле "Тамариск", – и велит собирать вещи. А сам бледный как смерть. Оказывается, гадалка какая-то сказала ему, что французская армия преследует его по пятам. Короче, от службы он освобожден не больше любого курсанта, просто в свои двадцать лет и не подумал даже явиться по повестке на медкомиссию. Ей-же-ей. Потому его и трясло от южного неба, голубого, как мундиры; потому и к гадалкам он зачастил – в случае чего хоть опередить своих врагов.

Вот так мы и взяли курс на юго-запад, и попала я в бордель "Червонная дама" – это недалеко от Сен-Жюльена-де-л'Осеан, в чудном местечке под названием коса Двух Америк – полуостров грез и красавиц сосен. В январе там воздух благоухает мимозой. А небо – прямо как южное, только еще и устрицы в придачу. Моя райская жизнь продолжалась не один месяц, пока Красавчика и впрямь не сцапали.

Как сейчас помню золотые воскресные денечки, когда моего Красавчика еще не забрали в солдаты. Жил он в Рошфоре в свое удовольствие и мог навещать меня, когда только пожелает. Он желал два раза в месяц, редко больше; приезжал в своем белом авто, но никогда не заходил в "Червонную даму" – это ведь ниже его достоинства. К тому же у нас он мог невзначай встретить офицеров в штатском. Да и Мадам, хоть и добрая женщина, не желала его видеть. Он ведь пустил в ход все свое влияние, чтобы устроить меня в ее заведение. Мадам брала на работу пташек только самого высокого полета – из тех, кто умеет держать себя в обществе: и прощебечет "однако" или "но тем не менее", и поддержит любой разговор на любую тему из утренней газеты, и в туалет улизнет с грацией графини из Виндзорского замка – короче, кто все эти штучки-дрючки всосал с молоком матери, как Мария Магдалина. А я и к концу своего обучения не поднялась выше табуретки "Карлтона", да и там продержалась всего два вечера, а потом сама увидела: никуда я не гожусь и меня отсюда погонят.

Но повторяю: я – такая душечка, не склочница, не завистница, всегда в хорошем настроении и, если уж совсем начистоту, во всем меру знаю – хоть эту мою меру сантиметром меряй. Мадам считала меня малость простоватой, однако быстро переделала на свой лад. Я одевалась как ей нравится, не пререкаясь, говорила, выбирая выражения, не трясла больше своими прелестями, как качалки с улицы Деламбр, – в общем, почти воплотила мечту Красавчика, с курением мундштука включительно. Но тем не менее Мадам не желала его принимать. И когда он приезжал за мной по воскресеньям, то ждал в саду.

Он возил меня обедать в самый шикарный сен-жюльенский ресторан – "Морская даль", где подавали фирменное блюдо, омаров, а столики стояли на открытой веранде с видом на гавань. После обеда – прогулка. Как сейчас его вижу: в белом костюме из альпака, в белых туфлях, на голове канотье, в зубах гаванская сигара – весь из себя важный, надутый, как король. Я, довольная, шла следом, отступив на шаг, по величественной пальмовой аллее, тянувшейся вдоль океанского побережья: тоже в белом, только шелковом костюме, в белой шляпке, под зонтиком – оберегая от загара мое лилейно-белое личико. Красавчик, как всегда, был чем-нибудь озабочен.

– Нет, это вранье, что бы там ни финтили!.. – кричит он, вдруг повернувшись ко мне. – Тьфу, видела бы ты

свою рожу! – И строит блаженную гримасу Минни, подружки Микки-Мауса. – Эх, хрен-блин! – негодует он и –
хрясь меня, хрясь, чтобы успокоить нервы.

Но я знала: в глубине души он меня любит. Иногда
мы ездили с ним на машине к скалам у бухты Морские Короны. Там бывало людно только в разгар лета.
Мы переодевались в купальные костюмы на бретель-
ках, модные в ту пору, и он учил меня плавать. Сам-то
он плавать не умел.

– Случись кораблекрушение – как мне быть? – орал
он во всю глотку. – Да плыви же ты, чертова кукла!
Нет, вы только посмотрите на эту дуру! Плыви, тебе
говорят! Хватит воду хлебать!

Наконец, наоравшись до тошноты, он выдыхал:
"Тьфу, зараза!" – на три тона ниже и макал мою голову: мол, чтоб ты утонула.

Возвращение в "Червонную даму" было для меня
тяжкой мукой. Он даже не выходил из машины поцеловать меня: сидел за рулем своего открытого "бугат-
ти" холодный, как прошлогодняя зима, и злющий до
безобразия. Он всегда оставлял меня у входа в бордель, в глубине сада. Эта дверь так и стоит у меня
перед глазами: массивная, из полированного дерева,
старая-престарая. А рядом, на стене, – медная таблич-
ка не больше моей ладони с изображением дамы чер-
вей. Сразу и не догадаешься, что здесь бордель.

Я плакала. Обойдя машину, я подходила к нему,
чтобы он сказал мне хоть что-нибудь на прощание.

– Ты ведь приедешь опять в воскресенье, правда? –
спрашивала я сладким, как я сама, голосом.

– Там видно будет, – отвечал он, отцепляя мои пальцы от лацкана пиджака и снимая с рукава пылинку.

А я – я уже знала, что изведусь за эти бесконечные
дни ожидания, и ревела ревмя.

– Ты будешь думать обо мне? – спрашивала я.

– Буду, буду, а то как же, – отвечал он и нажимал на
клаксон, чтобы покончить с моими стенаниями.

Он обычно долгих бесед не вел – ну разве что когда учил меня жить, да еще в первое время, в номере за стеной монпарнасского кабачка, который он велел мне снять.

Единственным мужчиной среди обитателей "Червонной дамы" был двадцатилетний рубаха-парень: он работал за всех разом – и за сторожа, и за повара, и за бармена, и за настройщика пианино, и за чистильщика обуви, и даже свет за всеми гасил; он был наперсником всех девиц и любимчиком нашей Мадам. Роста небольшого, силы тоже не ахти какой, зато владел приемами японской борьбы. Рассказывали, что однажды вечером, еще до моего появления, он один уложил пятерых, причем в мгновение ока. Его прозвали Джитсу. Джитсу всегда разгуливал босиком, в коротком кимоно из тонкой материи: на голове – повязка, талия перехвачена широким черным поясом.

Он-то и открывал мне дверь, когда Красавчик прощально сигналил. Я полными от слез глазами провожала машину до самых ворот – с каждым разом все горестнее; Джитсу надежной дружеской рукой поворачивал меня за плечи и уводил в дом, приговаривая на ходу: "Ну-ну, мадемуазель Белинда, не надо доводить себя до такого", и в его голосе звучало участие, каким славятся уроженцы Шаранты.

Но это была минутная слабость: моя оптимистическая натура побеждала ее. Я говорила себе, что Красавчик просто ангел, если не жалеет своих воскресных дней, обучая меня плаванию; что при всех своих недостатках он в миллион раз порядочнее всего этого стада козлов-сводников, включая и кровососа моей перро-гирекской подружки, что... – словом, все то, что говорят себе разини вроде меня, впав в любовную горячку, тут уж на мелочи не размениваются.

Да разве могла я тогда подумать, что свет дней моих кончит военным трибуналом, который приговорит его к пожизненному заключению?

Началось все с того, что в Рошфоре его схватили морские пехотинцы; но служить на море не отправили, а, хорошенько измочалив месяца за три, упекли в пехоту, в Мец. Вот что он написал мне оттуда:

Дорогая моя Жоржетта!
(Это мое настоящее имя.)
Я больше не придуриваюсь. Все время на шухере. Жратва так себе. Пришли передачу и деньжат. Если можно, сфотографируйся голой. Покупатель имеется. Как вспомню тебя, так вовсю балдею.

Твой несчастный Эмиль.
(Это его настоящее имя.)

В следующий раз он написал вот что:

Дорогая моя подруга!
Я тут лижу сапоги, чтоб меня считали больным. Один дружок из Рена сказал, что таких посылают служить в разные края. Не забудь насчет деньжат. Фотографии понравились. Пришли еще. Скажи фотографу, пусть повиднее щелкнет твою задницу. Тут все офигенно балдеют от тебя.

Твой несчастный служивый.

Его отправили в госпиталь, в Рен: приятель из Бастилии размозжил ему прикладом – по его просьбе – два пальца на ноге. Ходить в строю он больше не мог. Я гордилась его мужеством, а от мысли, на какие страдания он себя обрек, лишь бы быть поближе ко мне, заливалась слезами в постели. Потом он написал вот что:

Лапуля!
Я тут чуть не умер. Жратва – одни помои. Не забудь про деньжата. Боюсь, Гитлер развоюется не на шутку и на бойню станут посылать и больных. Твои последние

фотки – просто дрянь. По-моему, тебе надо выглядеть
побордельнее. Ты должна изобразить такой балдеж, что-
бы они на фиг в отрубе все валялись.

Твой дорогой голубок.

Так выпали мне и счастливые месяцы. Красавчик
писал мне каждую неделю. Утром по четвергам или
пятницам Джитсу, широко улыбаясь, приносил мне
прямо в комнату конверт с пометкой: "Полевая почта".
Несмотря на грубости – подумать только, и этот человек нанимал для меня преподавателя! – и орфографи-
ческие ошибки, которые были исправлены, письма
казались мне очень милыми, в них чувствовалась за-
таенная печаль. Ну, конечно, все наши захотели их
почитать, но я им наотрез отказала, кроме африканки
Зозо, и то из-за фотографий: я ведь мало что смысли-
ла в тонкостях этого дела.

Мой фотограф – очкастый старикашка, снимавший
свадебные и школьные церемонии на косе, – кумекал
в нем еще меньше моего. Несмотря на сумму, которую я ему уплатила и о которой ни слова не сказала
Красавчику, чтобы не наводить на него тоску из-за того,
что мы так разорились, старик считал мой заказ ерундой и душу в него не вкладывал. А Зозо, знойная и
стройная дочь саванн, освоила науку позировать, когда прибыла в Марсель. Она охотно поделилась опытом, так что получилась целая фотосерия – по-моему,
как раз в их свинском стиле, – но все карточки пришлось порвать за ненадобностью: Красавчик, едва встав
на свои восемь пальцев, ринулся насиловать какую-то
малолетку – во всяком случае, ему предъявили такое
обвинение – и на этот раз влип основательно.

Понятно, что я слегла. Полупомешанную, меня от-
несли в комнату и целых две недели кололи снотворное.

Когда я стараниями нашего лечащего врача, господина Лозе, стала выздоравливать, на том самом бал-

коне с видом на океан Мадам уведомила меня, что Красавчик получил срок до скончания своего века.

Сначала его посадили в крепость в Лотарингии. Вот что он написал оттуда:

Моя бедная Жожа!
Я такой хххх. Боже милостивый хххх. Судьба. Забудь, что хххх. Бац хххх мою жизнь.

Твой хххх.

Потом цензура стала вычеркивать все подряд. Я получала белые листки в черную полоску

Я стала понемногу работать, но так, без задора: от моей улыбки впору было повеситься. Получала я теперь столько, сколько вовек не зарабатывала: видно, подружки добавляли каждая от себя. И от этого я стала плакать еще чаще, просто не просыхала от слез.

Молиться я сроду не умела – даже в приюте после мессы меня будили крестом и прочей церковной утварью. Но в конце концов, когда все хором во главе с Мадам стали убеждать меня, что своей молитвой я могу помочь Красавчику, как-то воскресным вечером я отправилась-таки в сен-жюльенскую церковь поговорить со святой Девой. Я поставила перед ее иконой восковую свечу и сказала, что мой друг ни в чем не виноват, что благодаря ему я попала в такое заведение, о каком и не мечтала, что он учил меня плавать, когда мы ездили к Морским Коронам, и его заслуга тем выше, что сам он плавать не умел, – в общем, все в таком духе. Я плакала так горько, что пресвятая Дева и сама прослезилась. Я просила прощения за занятие проституцией – что поделаешь, таково мое призвание, – и она, конечно же, поняла меня и простила.

А на следующий день – хотите верьте, хотите нет – Красавчика перевели в Крысоловку – крепость на острове прямо напротив Сен-Жюльена. Ее как раз видно с верхней площадки маяка. Каждое воскресенье, прихватив с собой одолженный у подружки театральный бинокль, я карабкалась вверх по винтовой лестнице – ровно двести двадцать ступеней. Я мало что разглядела: каменные стены и черные дыры, но это все же лучше, чем ничего. А по пятницам, вечером, я вместе с Джитсу отправлялась в гавань – посмотреть, как отчалит лодка, доставлявшая в крепость еду и ивовые прутья. Да, моего херувимчика заставили плести корзины. Я не раз пыталась подкупить охранников, чтобы передали посылку, но никто из них не согласился.

Мне удалось увидеть Красавчика лишь один-единственный раз, и я тогда не знала, что он окажется последним. Удалось это, как всегда, благодаря Мадам. Она переговорила с одним молодым офицером в штатском – он был знаком с племянником одного генерала, а этот генерал, пользовавшийся доверием у коменданта крепости в чине капитана, потерял сон из-за одной местной красотки, промотавшей все деньги своего муженька, торговца кожаными изделиями, в казино Руайана. Я дала ей тогда пять тысяч франков, чтобы она расплатилась с долгами. Спустя несколько дней, когда мы, накинув пеньюары, сидели на кухне и полдничали, Мадам, тяжело вздыхая, подала мне пропуск. Она совсем не одобряла безумств, которые я творила ради своего Красавчика.

К тому времени я не видела его целых два года. Мне было тогда девятнадцать. Пока мы плыли к крепости – а плыли мы минут сорок пять, – я все стояла на носу лодки, не замечая летевших вокруг брызг. Одета я была во все черное, будто вдова.

Мы встретились в большом зарешеченном коридоре. Его ввели, мы сели на стулья по разные стороны перегородки. Я ожидала увидеть скелет, но Красавчик ничуть не изменился – вернее, даже округлился и разрумянился. Впрочем, он сказал, что кормят здесь хорошо и что он лизал сапоги всем подряд ради добавки, – в общем, эту тему можно закрыть. Его обрили наголо, и я сказала, что так он выглядит еще солиднее, но он раздраженно заметил, что и эту тему можно закрыть: убыток он возмещает завивкой шевелюры на своей штуковине.

На свидание нам отвели двадцать минут с правом дважды поцеловаться. Но он этим правом не спешил воспользоваться. Он вообще едва смотрел на меня, усиленно надзирая за своим надзирателем, находившимся в десяти шагах от нас. Наклонившись вперед, Красавчик говорил со мной заговорщицким шепотом, судорожно торопясь уложиться в убегавшие минуты. Я тоже наклонилась вперед, прижавшись лбом к решетке, но половину сказанного так и не расслышала.

Он прекрасно понял, что я не в восторге от его подвигов.

– Блин, да говорю же тебе, что я не виноват! – шептал он. – Ну ты же меня знаешь: все ляльки и так мои – только свистну. Да на кой мне нужно было ее силой брать?

– А меня ты разве не силой взял – в первый-то раз? – напомнила я.

– Тебя – другое дело. Тебя я по любви, – ответил он.

Тут я, само собой, размякла и клюнула на его треп. В общем, началась старая песня: "Вкалывай, поняла? Вкалывай! Чтобы вылезти отсюда, нужны бабки". Я не поняла, что он такое затеял, но спросить побоялась – еще, чего доброго, охранник услышит. Впрочем, Красавчик сам объяснил:

– Ты только зашибай монету, остальное – моя забота. Когда понадобится, я дам знать.

Мне настойчиво советовали не тянуться к нему через перегородку до конца свидания, но, поскольку оно кончилось во всех смыслах, я положила свою руку на его, сделав знак глазами: мол, можешь на меня рассчитывать.

Он удалился тем же коридором, каким пришел, так и не поцеловав меня. Все ясно: он теперь думает только о себе и, даже если вылезет из этой крысиной дыры, как прежде у нас уже не будет, и сама я не прежняя. Разошлись наши дорожки. На обратном пути в гавань я, откинув вуалетку, подставила лицо всем ветрам. Нет, мне даже не было горько. Только немного пусто на душе.

Ошибается, однако, кто думает, что я, охладев, решила бросить свою любовь в беде. Я не какая-нибудь там вертихвостка. Тем же вечером я, надев длинное платье цвета слоновой кости, с вырезом на спине до самой развилки на заду, уложив волосы локонами а-ля Грета Гарбо, обвесившись всей своей бижутерией и убийственно накрасив губы, спустилась в зал "Червонной дамы", где под сверкающими хрустальными люстрами превратилась в старую добрую Белинду, по случаю чего Мадам предложила выпить шампанского.

Последующие четыре года начиная с того вечера я без устали трудилась каждую ночь, отдавая себя без остатка, и экономила на всем, лишь бы собрать на побег Красавчику. Правда, вспоминая о нем все реже и реже, я дошла до того, что влюбилась в другого и кайфовала в его объятиях, но я никогда – да покарает меня огнем, если я вру, пресвятая Дева, которая простила меня однажды, – никогда не забывала о данном ей обещании.

Я наряжалась как принцесса; меня окружали страстные обожатели и роскошь; меня не касалась мирская суета, я была так счастлива в эти годы, а дни летели до того похожие один на другой, что все воспоминания перемешались. Помнится парусник в океане – бело-голубой треугольник, я наблюдала за ним с балкона комнаты. А еще бал-маскарад. И чарльстончик: *"До прихода мамочки – ни-ни!"* Дикий хохот на кухне во время традиционных полдников. И путешествие на поезде в Баньоле, к умирающей Демоне. Я тогда опоздала. Париж, вечер, огни ярмарки. Еще поездка в Кассис – это под Марселем – на восемь дней с одним судовладельцем. Мадам пожелала взять меня с собой в качестве компаньонки. А еще розыгрыши с двойняшками – Ванессой и Савенной из "Червонной дамы", когда их еще не научились различать. Каникулы за казенный счет. Война в Испании. Маяк, куда я больше не поднималась.

И вот однажды утром Джитсу обнаружил в почтовом ящике у ворот письмо без штемпеля. Адресованное мне.

В нем говорилось:

Мадемуазель!
Я должен передать вам важное известие от одного человека. От кого – сами знаете. Нужно тридцать тысяч. Сможете больше – еще лучше. Жду вас сегодня вечером, в семь, у шлюзов канала Мено. Я буду сидеть с удочкой, в красной косынке на шее. Привет.

Мадам отправилась за моими деньгами – она хранила их в банке – ближе к вечеру. Я могла бы дать больше, но она предупредила:

– Дашь этой гниде хоть на сантим больше, выплачу все, но тогда собирай чемоданы.

Происходило это в начале августа. Было еще совсем светло, когда Джитсу повез меня в нашем служебном "шенаре" к шлюзам. Тип в красной косынке, свесив ноги, сидел на берегу канала в полном одиночестве, в руках – длинная удочка. "Рыбак", не вставая, велел мне положить деньги – я их в газету завернула – в корзину для рыбы. Но я деньги сразу не выложила. Взгляд у него был настороженный, зажатый в зубах окурок трясся – можно было подумать, этот тип увидел страшную угрозу для себя.

– Я три года сидел вместе с Красавчиком и возвращаться туда не хотел бы, – сказал он. А затем добавил: – Через несколько дней он рвет когти. Когда сможет, встретится с вами, но будет это не скоро. Велел вам не беспокоиться.

Я поинтересовалась, чем этот тип докажет, что прислан моей любовью и не прикарманит мои денежки.

– Положили бы вы их куда я просил, так давно бы уже убедились, – ответил он.

На дне корзины для рыбы не было и намека на рыбу, зато лежала сложенная вчетверо пачка из-под дешевых сигарет. Вот что написал на ней Красавчик:

Жожа! Если увидеться больше не суждено, помни, что твой Эмиль счастлив в дальних краях благодаря тебе. Смотри не проболтайся, потому что, если я влипну, мои ребята тебя прибьют. Это я тебе обещаю.

"Что ж, в конце концов, так даже лучше", – подумала я. Напиши он что-нибудь менее хамское, я бы тогда пластом легла, чтобы еще больше ему помочь, – уж я себя знаю. А так, выходит, меня бросили. Я разорвала его бумажку, стараясь касаться ее как можно меньше, и выбросила обрывки в воду.

Всё, что я рассказала, – словом, история моей жизни до нового поворота в судьбе, – завершилось в пятницу. А в следующую пятницу, ближе к вечеру, сирены в крепости завыли так, что даже у нас слышно было. Особенно с моего балкона.

Я послала одну свою подружку разузнать, что случилось. В жилах этой голубоглазой блондинки текла кровь русских царей – по материнской линии. А по отцовской ей достался акцент обитателей Монмартра. По крайней мере в главном. Временами славянская кровь воевала с кровью викингов, а в парижанке сквозила Овернь, но до полного финиша дело не доходило. Подружку мою звали Мишу́, для клиентов она была Ниночка. Мишу́ вернулась очень скоро, разузнав главное: по городу, на потеху жителям, рыскали солдаты – из Крысоловки сбежал заключенный. Кто и как именно – неизвестно.

– Помяни мое слово – тебе его больше не увидеть, – сказала она мне, выходя из комнаты.

– Ну и ладно, я от этой чумы теперь излечилась, – ответила я.

На следующий день – никаких известий. Еще день, воскресенье, – и опять ничего нового, не считая хандры, которая на меня накатила, а с чего – сама не знаю. Интересно, каково ему теперь там, среди топей полуострова? Ведь он в тазик с водой и то с дикими воплями ноги окунал: то ему горячо, то холодно. Уж не раз взвыл, наверное. И мне вдруг вспомнилась наша первая встреча, всякие дурацкие штучки. Думаете, так просто спросить у косорылого и явно косоглазого типа, как его зовут, и услышать в ответ: "Красавчик. Меня зовут Красавчик". И даже не улыбнуться – как можно! Кстати, улыбался он безобразно. До сих пор вздрагиваю всякий раз, услышав о чьей-нибудь криворотой или кособокой ухмылке.

Но тем не менее в понедельник, ближе к вечеру, я отправилась за своим заказом – флаконом духов: я тогда предпочитала "Букетик цветов" фирмы "Убиган"; а там как раз парикмахерша – не хочется даже вспоминать эту мымру, но что поделаешь – щебетала без умолку своим писклявым голоском, пересказывая все последние сплетни клиенткам, да еще с такими ужимками, каких устыдилась бы самая последняя дешевка из числа сестер моих меньших с улицы Деламбр. За глаза парикмахершу все звали Трещотка, а вообще фамилия ее была то ли Бонфуа, то ли Бонифе – я уж теперь не помню. Короче, время садиться в тюрьму и время выходить из нее, а мне – цвести остаток лета: от нее я узнала, что посты на полуострове сняты, а мой беглец уже, должно быть, охмуряет испанок. Сказать, что на душе у меня полегчало, – не то слово. Так полегчало, что легче перышка стала. Того и гляди ветром унесет.

Но чтобы удержать меня на земле, судьба тем же вечером – вернее, почти в полночь – нанесла мне удар в самое сердце. Обслужив клиента, я как раз пошла в ванную освежиться. Вдруг без стука является Джитсу – физиономия самая трагическая – с сообщением от Мадам: Красавчик сидит внизу, на кухне, у него ужасная рана. Я бросилась к двери, накинув на ходу черный шелковый пеньюар. Последние пуговицы я застегнула, уже сбегая с парадной лестницы. Внизу, в гостиной, под сиянием люстр вальсировали кавалеры во фраках. Проскочив через нижний холл – Джитсу следом, – я спустилась в кухонное помещение.

Наша кухня была старинная, добротная, с надраенными, как на корабле, трубами и начищенными до блеска плитами. В центре стоял массивный стол из орехового дерева, который каждые два дня натирали воском, вокруг него – разномастные стулья. На одном из них, выдвинутом, сидел мой каторжник. Его окружали Мишу, Зозо и Мадам. Взглянув на него, я остолбенела: грязный, изможденный, на груди – о ужас! – запекшаяся кровь. Но онемела я не от этого – это я ожидала, – а от другого: передо мной был не Красавчик!

На мое счастье – то ли случайное, то ли роковое, уж не знаю, – первой заговорила Мадам.

– Так это и есть твой кадр? – подозрительно спросила она.

Мадам ведь видела его всегда лишь издалека, из окна, когда он поджидал меня в саду. Я промолчала, и тогда она заметила:

– Тюремная жизнь сильно изменила его.

Сидевшего на стуле я сроду не видела. И что меня поразило, так это устремленный на меня взгляд: просящий, умоляющий. Любому стало бы ясно, в чем тут дело: незнакомец вот-вот копыта откинет со страху, что я его выдам. За несколько секунд в таких вот черных глазах много чего можно прочитать. Еще не вполне не опомнившись, я как в полусне сказала:

– Отведите его ко мне наверх.

Зозо и Джитсу подхватили его под руки – самому ему трудно было идти. Высокий, широкоплечий, ноги как ходули. На нем была тенниска, брюки и мокасины – по-видимому, белого цвета. На вид я дала бы ему лет тридцать. Поскольку повели его к двери, возле которой я как вошла, так и осталась стоять, Мадам сказала:

– Только не по парадной лестнице, пожалуйста.

Сама она уже сняла трубку телефона, чтобы вызвать врача.

Ступенька за ступенькой незнакомцу помогли подняться по лестнице, довели до моей комнаты и уложили на кровать. Он не жаловался, хотя я ясно видела, что ему больно. Я осталась с ним наедине на добрую четверть часа. Он закрыл глаза. Он молчал. Я тоже.

Пока господин Лозе, наш доктор, делал все, что положено, я стояла на балконе, вглядываясь в ночную тьму: в голове у меня все перемешалось. Закончив, доктор сам вышел ко мне, застегивая на ходу пальто, накинутое прямо на пижаму.

– Я выковырял из него все дробины, какие обнаружил, – сообщил он. – Парень крепкий. Через пару дней поднимется на ноги.

Мне показалось, что доктор хотел добавить еще что-то, но передумал: человек он очень осторожный. А хоть бы я и укрывала упорхнувшую из крепости птичку, ему-то что?

– Да ты не переживай, дробь мелкая, – вот и все, что он сказал.

Когда он ушел, я закрыла за ним дверь и, прислонившись к косяку, повернулась лицом к балдахину. Глаза раненого были открыты, голова покоилась на двух подушках, обнаженная грудь перевязана широкими бинтами, а взгляд повеселел.

– Кто вы такой? – строго спросила я.

– Сообщник Красавчика, – ответил он.

Тогда я, раздвинув занавески, подошла поближе и спросила уже мягче:

– Вы с ним виделись?

– Он уже три дня как сбежал, – ответил он, опустив на свои черные глаза бахрому ресниц.

Я села на край ложа, ожидая услышать продолжение. Как сейчас помню его лицо: красивое, с правильными чертами. Он долго-долго смотрел на меня, прежде чем заговорил снова. Я почувствовала, что передо мной какое-то прекрасное и недоступное существо. Ей-же-ей. В конце концов, не выдержав, я первая отвела взгляд.

"В прошлую пятницу, когда тюремные сирены завыли на всю округу, – начал рассказывать этот сильный парень, – я, разрезав надвое камеру от футбольного мяча, натянул половинку себе на голову, чтобы походить на обритого каторжника. Затем, надев кожаную куртку, мотоциклетный шлем и очки, я оседлал свой мощный английский мотоцикл, который приобрел две недели назад, а бредил им с пятнадцати лет, и помчался в сторону полуострова, чтобы найти вашего возлюбленного раньше его преследователей.

Вы, конечно, спросите, как я узнал о его побеге. А вот как. Дело в том, что туманными ночами меня тянет посидеть за кружкой крепкого пива под грустные воспоминания об ушедшем детстве, о котором так хорошо рассказывала моя бабушка, или послушать, как о нем тоскуют другие. И до чего же знакомы мне эти речи! Я безошибочно узнаю – даже если не могу сосредоточиться, как, похоже, сейчас, – по шепоту историю о клятвопреступлении, по бормотанию – о предательстве, по вздохам – о бесчестии.

Однажды вечером, особенно тоскливым, одиноко сидя в заднем зале «Нептуна», круглосуточно открытого портового бистро, я невольно подслушал тайное совещание двух подвыпивших незнакомцев. Нас разделяла лишь тонкая перегородка из зернистого стекла, но они не обращали на меня никакого внимания, а я не мог разглядеть их лиц. Единственное, что я могу сказать: у того, кто изливал душу, голос был заунывный, а шея обернута чем-то ярко-красным – это было видно через стекло, – наверное, косынкой. Он говорил о побеге, об украденной лодке, о подкупленных охранниках. А еще – о заключенном с безобразной, как шрам, улыбкой. Говорил он и о вас. «Необыкновенная девушка: глаза цвета моря, тело нежное, как персик; такие делают нашу жизнь сказкой – силою наших денег и своей любви» – так он сказал. А вообще он злился на себя за то, что пообещал помочь какому-то типу по кличке Красавчик, и добивался от своего собутыльника лишь одного – согласия на нарушение уговора. Вот и вся история. Когда же в пятницу завыли сирены, я сделал то, что должен был сделать тот, которого я совсем не знал, но знал, что он этого делать не станет.

Я домчался на своем метеоре до опушки леса, о котором упомянул незнакомец. Этот лес стоит среди равнины, в окружении виноградников и пастбищ. Воздух был свеж, закатные лучи пронзали листву деревьев. Опершись о мотоцикл, я прождал около часа, терзаемый сомнениями: а вдруг я ошибся и место встречи совсем не здесь? Но вот тишину наступавшего вечера нарушил какой-то шум – поначалу до того слабый, что я даже не мог понять, откуда это; но шум, нарастая, начал очень быстро приближаться к лесу. Это лаяли собаки.

И почти тут же под треск раздвинутой сухой поросли, окаймлявшей опушку, передо мной возникла фигура беглеца. Голова его была обрита наголо. Он обливался потом, задыхаясь так, что его скрючило. Увидев меня, он упал на колени без сил. Насколько я понял, это отребье и гнавшуюся за ним свору разделяло минуты две, не больше. Я бросил ему свою кожаную куртку, шлем и очки.

– Снимай свои шмотки и надевай мои. Быстро! – велел я ему.

Мы молча переоделись, поменявшись всем вплоть до носков. Лай приближался. Когда я окончательно принял вид беглеца, а он – мотоциклиста, я сказал ему:

– Теперь бери мотоцикл, я отвлеку преследователей.

И только тогда, переведя дух, Красавчик одарил меня невероятно благодарным взглядом.

– Никогда не забуду, что ты для меня сделал! Никогда! – воскликнул он.

– Я сделал это не для тебя, тварь! – ответил я с гневом в голосе. – А для Белинды – той самой, которую ты называл своей, а отдал в бордель, другим!

От этих слов он окаменел, открыв рот от удивления; но страх взял свое, и мгновение спустя беглец уже сидел на мотоцикле. Однако прежде, чем нажать на газ, он обернулся ко мне и, сверкнув налившимися кровью глазами, бросил:

– В таком случае она твоя, парень. Ты ее заработал.

И он на всей скорости помчался по лугу. Куда? К первой попавшейся дороге – хоть проселочной, хоть шоссейной, лишь бы увела подальше отсюда. А я, в мокрой от пота рубашке, в едва доходивших до щиколотки брюках и ботинках тюремного образца, подождал, пока он скроется из виду, а затем, пожелав себе удачи, ринулся изо всех сил в обратную сторону, вдоль леса: вслед мне уже несся лай собак".

Когда бедняга закончил свой рассказ, я, ей-же-ей, и без того была слегка ошарашена, а он еще, как на грех, вперился в меня влюбленными глазами.

– Значит, ты меня знаешь? – спросила я, тая от его взгляда.

Сама-то я его той ночью первый раз в жизни видела, это уж точно. А он мне на это, как-то смущаясь, ответил:

– Я часто ходил за вами следом, когда вы бывали в центре города, но всегда тайком, не решаясь подойти и заговорить.

Тут я совсем растаяла. Я взяла его за руку. Ладонь была горячая и мягкая.

– А кто в тебя стрелял? – спросила я.

– Одна новобрачная. Она как раз отправилась в свадебное путешествие, – тихо вздохнул он. – Целые сутки прятался я на болоте, а потом остановил ее фургон и попросил подвезти, но тут...

Но тут с нижнего этажа раздались шум и крики, и мы оба всколыхнулись. Незнакомец приподнялся на кровати, не сводя тревожного взгляда с двери комнаты. Я подала ему знак не двигаться, а сама вышла на лестницу посмотреть, что там такое внизу. Вот ужас! Большую гостиную заполонили солдаты в серой форме и касках до самых глаз. Держа винтовки обеими руками, они сгоняли наших обитательниц и посетителей под сверкающие люстры зала под зычный голос командовавшего ими скота – лейтенанта Котиньяка: он взирал на зрелище страшными глазами, скрестив руки на груди. А зрелище напоминало переполох в курятнике.

Никогда еще – то есть никогда еще на памяти проститутки, почившей или ныне здравствующей – на "Червонную даму" не обрушивался такой позор. Мадам готова была рвать и метать. Я видела, как она вцепилась в рукав офицера с криком:

– Лейтенант, в чем дело? Вы же знаете нашу репутацию!

А он, сбросив ее руку, крикнул в ответ еще громче:

– Вот именно!

Мадам бессильно упала на диванчик, не отпуская от себя, однако, верного Джитсу: ему и десяток головорезов нипочем.

– Ну-ну, Мадам, не надо доводить себя до такого, – успокаивал он ее, как мог.

Услышав приказ Котиньяка: "Обыскать весь сарай!" – я недолго думая в три прыжка очутилась снова в комнате, вытащила беглеца из своей постели, сгребла в охапку его тенниску и мокасины, пока он натягивал брюки, и, забыв о его ране, погнала в единственное во всем доме место, где можно надежно спрятаться такому верзиле, которому продырявили шкуру только за то, что однажды он увидел меня на улице. К счастью, убежище было не на краю света: пересечешь коридор – и ты у цели.

На другой стороне этого коридора, почти напротив моей комнаты, висела красивая картина. Художник подписал ее именем другого, ранее жившего художника: на картине была изображена женщина, то есть *"Истина, вылезающая из колодца"* – это название было выгравировано прописью на золоченой табличке на случай, если кто не знает. Отодвинув шедевр, я повернула ключ в замке потайной двери комнатушки. Из мебели в ней – ничего, четыре шага – и уже стенка. Этот закуток окрестили "карцером", потому что туда сажали строптивых – во всяком случае, раньше, когда таковые имелись.

, Нет слов – ни в одном языке – описать панический страх, овладевший моим подопечным при виде этой камеры. Понятно почему. Ну а кому нет, тот вообще нулевка. Я схватила его за руку и втолкнула внутрь. До моего слуха уже донесся стук тяжелых ботинок на лестнице. Мне стало жалко моего узника – он глядел, словно приговоренный к погребению заживо, – и прежде чем запереть дверь и завесить ее девкой с бочкой, я, переведя дух, шепнула ему:

– Ну чего ты? Это же минутное дело!

Он просидел там всю ночь. Утром, без одной минуты восемь, все мы, включая Мадам с Джитсу, все еще оставались в большой гостиной, куда нас согнали накануне; кто лежал, кто сидел с открытыми глазами: к ночным бдениям нам не привыкать. Посетителей отпустили, люстры погасили. Выстроившись в ряд, опершись о винтовки, наши охранники спали стоя. А ужасный Котиньяк ходил взад-вперед, погрузившись в мрачные раздумья; лишь сапоги его поскрипывали в тишине. Ровно в восемь он обеими руками раздвинул занавески на окне. Там, на воле, было погожее летнее утро. Глубоко вздохнув, Котиньяк признал свое поражение:

– Ладно, пошли. Построение в саду.

В те времена нас, обитательниц, было десять – прямо как десять заповедей; девять из нас уже отправились на боковую, когда войско Котиньяка покинуло нашу территорию. Я же вместе с Джитсу осталась рядом с Мадам. Прежде чем последовать за своими солдатами, лейтенант, остановившись перед ней, показал свою правую ладонь, испачканную чем-то грязно-бурым.

– Это кровь, только не моя! – крикнул он в ярости. – Одна надежда, что эта сволочь уже подохла от своей раны! – Затем, смерив Джитсу взглядом с головы до ног, добавил: – Погоди же, попадешь ко мне в полк, будешь у меня кругами бегать.

Когда он все-таки убрался вместе со своим войском, я наконец смогла выпустить своего узника. Он еще не дошел до состояния, какого пожелал ему Котиньяк, но был на грани. В лице – ни кровинки, губы серые. Когда я его, прямо в одежде, опять уложила в постель и накрыла тремя одеялами, он все равно весь дрожал и стучал зубами. Я попросила Джитсу принести ему кофе. Мне пришлось поить его – сам бы он чашку не удержал. Он вперился куда-то в пустоту совершенно безумным взглядом. Наконец, успокоившись, выдавил жалкую улыбку: извини, мол. На мне был все тот же пеньюар из черного шелка. Приникнув головой к моему бедру, он глубоко вздохнул и прошептал:

– Мне необходимо объяснить вам...

И, забывшись, с хрустом надкусил намазанную маслом тартинку.

"Когда мне было лет шесть или семь, теперь уже не помню точно, папаша мой, варвар, бросил мою мать, не оставив ей ни гроша, – с горечью начал свой рассказ этот парень. – Мы жили тогда в том же доме, где я и родился: в Марселе, на Национальном бульваре. Мать устроилась на работу, а меня пришлось сдать в пансион.

Он находился неподалеку, в пригородном местечке под названием Труа-Люк, но мне это вспоминается как край света. Вероятно, вообще все мои впечатления окрашены горечью разлуки с матерью. Я виделся с ней по воскресеньям, всего несколько часов, но уже первый из них был отравлен неминуемостью последнего. Она приезжала за мной в полдень, на трамвае, а отвозила назад перед заходом солнца. Когда мы расставались у ворот пансиона, я плакал, словно прощался с ней навсегда. Другого такого чувства отчаяния – сильного, неотвязного, ведь оно жило во мне день и ночь – мне, думается, уже не испытать. Даже теперь стоит вспомнить то время, как все оживает перед глазами. Я вижу деревянную арку над воротами и слышу ее скрип в дни, когда дул мистраль. Надпись на ней – «*Пансион святого Августина*» – пооблупилась, и из оставшихся на поблекшем фоне серых букв получилось «*П и в о в и н а*». От ворот к зданиям взбирается посыпанная гравием дорожка: вот и двор, окруженный платанами. А вот и я сам, светловолосый мальчуган. Ростом я как раз по ручку входной двери. В правой руке я держу чемоданчик, в нем мое нижнее белье, проштампованное цифрой 18. Где-то рядом есть огород, и я зажимаю себе нос, чтобы избавиться от запаха помидоров. С тех самых пор я и ненавижу помидоры, сам не знаю почему. Могу съесть что угодно, но только не помидоры: от них сразу блевать тянет.

Вот мой класс: два окна по обе стороны от печки, которую топят дровами; черные парты с фарфоровыми чернильницами; на помосте – стол и плетеный стул учительницы, поскрипывающий при каждом ее шевелении. Я сижу в первом ряду, где все маломерки, почти напротив учительницы. Она – жена директора интерната, но намного моложе его и скорее годится ему в дочки. Одета она всегда строго, лицо у нее приятное, но тоже строгое, а глаза голубые, глубоко посаженные. Длинные черные волосы собраны на затылке шпильками в пучок. Иногда непослушная прядь выбивалась и падала ей на щеку. Учительница поднимала руки, поправляя прическу, и тогда в вырезе блузки виднелась ее грудь – округлая и пышная. Ребята прозвали ее Титькой, а еще Ляжкой, потому что снизу она была еще заманчивее, чем сверху, и большинство пользовалось второй кличкой.

Пока мы выполняли задания, она читала, подперев лоб ладонью. Поверхность стола разрезала ее тело надвое, и ноги, казалось, были не ее, а чьи-то еще. Они постоянно двигались: то одна перекинется через другую, потом наоборот, потом встанут вровень. А в классе тишина – только попискивают перья «Сержан-мажор» да поскрипывает стул. Чулки у учительницы были туго натянуты – так и хотелось поглядеть на них до самого верха. Скорее всего, в том возрасте меня влекло к ним только любопытство, но, так или иначе, я не сводил глаз с ног учительницы, попутно похрустывая припасенной от завтрака тартинкой. Мне хотелось увидеть, что там дальше, и нередко это удавалось благодаря ее узкой юбке и движениям: иногда приоткрывалась голая ляжка, иногда краешек белых трусов. Я сидел как зачарованный: ткни в меня сосед пальцем, я бы повалился на парту и заснул.

Но мои наблюдения не всегда кончались мирно. Порой Ляжка, на мою погибель, поднимала взгляд от книги, и этот свирепый взгляд – мрачный, как морские глубины, – мгновенно перехватывал направление моего. И тогда она, поменяв позу и одернув юбку, выносила мне приговор:

– После уроков подождешь меня в коридоре. Как тебе не стыдно!

Коридор – тот самый, что вел от входной двери, – был выложен черными и белыми плитками и напоминал шахматную доску. Почти рядом с парадной дверью, напротив кабинета директора, был закуток – о нем всегда говорили шепотом: карцер. Туда-то около пяти вечера, когда остальные гоняли мяч во дворе, заталкивала меня учительница, шепча на ухо:

– Ну что, нравится тебе заглядывать мне под юбку? Нравится?

И перед тем как захлопнуть за мной дверь, она – уже всего лишь зловещая тень на фоне светлого дня – грозила:

– Ладно, завтра утром посмотрим – может, разонравится.

Карцер был совсем маленький, метр на метр, похожий на ваш: ни слухового окошка, ни лампочки, ничего, одна тьма, – рассказывал дальше парень, с грустью доев тартинку. – Я никогда не плакал, не просил, чтобы выпустили: гордость не позволяла доставить Ляжке такое удовольствие. Вспоминаю – а кроме плохого, мне вспомнить нечего, – как скорчившись сидел в углу, стараясь думать о хорошем: о маме, о бабушке и о папаше-варваре, который меня бросил, но, знай он о моей беде, он, конечно же, вернулся бы и вызволил меня из плена. Пробовал я утешать себя и по-другому: всю ночь я буду расти, расти и, став великаном, всем на удивление разрушу эти стены и сам себя вызволю из тюрьмы. Ведь бывают же чудеса: например, волосы за ночь седеют. А чтобы стать выше дверной ручки, нужно много дней и ночей – это каждому известно".

Вот так он и заработал эту чертову – как там ее? – клаустрофобию. Я жалела его всей душою, которую он разбередил еще больше, прибавив:

– И ведь она каждый день наказывала кого-нибудь. Она же нарочно сверкала ляжками.

– А еще учительница! – возмутилась я. – Бедненький ты мой! Сокровище мое!

И я, помнится, прижала его к себе, гладила по голове, как ласкала бы ребенка. "Но ведь ему уже за тридцать, да и мне двадцать четыре", – твердила я себе, но напрасно. Может, это и странно, что убаюкивать его стала я, однако мне такое занятие понравилось – так бы и просидела все утро.

Немного погодя я заметила, что он задремал. Я осторожненько подсунула ему под голову подушку и погасила светильник около нашего ложа. В синеватом свете, пробивавшемся сквозь жалюзи, он протянул мне руку – возьми, мол, – и прошептал:

– Как вы добры ко мне, Белинда.

Привыкнув к полумраку, я разглядела его глаза и в них – волнение. Не особо взвешивая все "за" и "против" – к чему мелочиться? – я ответила на молчаливый вопрос просто:

– Раз Красавчик передал меня тебе, я твоя.

Этим мы на тот раз и ограничились. Он, не отпуская моей руки, почти сразу же заснул сном сильно уставшего человека. А я долго смотрела на него, спящего. Во внешности дружка я при случившейся замене ничего не потеряла – да и возможна ли была замена на худшее? Что касается остального, то я вообще знала о нем только, что он родился в Марселе, не любит помидоры и носит на левой руке обручальное кольцо, широкое и плоское, однако оно не мешает ему засиживаться в ресторанчиках в одиночестве до самого утра и подслушивать исповеди подставных рыболовов. В отличие от Красавчика он не вертелся как заведенный, но напасти явно не оставляли его и во сне, судя по судорожным вздохам и гримасам. Я откинула одеяло, чтобы чмокнуть его в грудь, прямо над повязкой. Кожа у него была гладкая, запах приятный. Я провела рукой ниже, к талии. Честно говоря, мне хотелось опустить ее еще ниже и пощупать там осторожно, чтобы не разбудить его, а может, и не только пощупать, но чтобы он ничего не понял, – а потом я бы, глядя на его лицо, посмотрела, что ему снится. Но нет ничего хуже колебаний – можете себе представить, что со мной творилось; я заставила себя подняться. Укрыла его одеялом, старательно поправила постель и отправилась спать на софу.

Но тем не менее с того дня, как я уже говорила, я стала его подругой.

В два часа пополудни, когда он и не думал просыпаться, я спустилась в кухню, где все уже были в сборе. Мадам еще не отошла от ночных событий и бесновалась при одной только мысли, что этакое стадо побывало в ее заведении. Но когда я дрожащим голосом заявила ей, что Красавчика нельзя выгнать на улицу – вмиг схватят, она, глядя мне прямо в глаза, ответила:

– Хоть Красавчик, хоть еще кто – всякий скрывающийся от полиции в моем заведении неприкосновенен, как в храме. Ты за кого меня принимаешь?

Надо сказать, что и вправду до самого конца не только Мадам, но и все остальные – девять обитательниц дома, не говоря уже о Джитсу, – держали язык за зубами.

Вечером того же дня, перед тем как спуститься в гостиные к первым посетителям, африканка Зозо, Мишу, Магали и двойняшки пришли посмотреть сцену ужина раненого на ложе с балдахином: все расфуфыренные и трещат как сороки – для них ведь наступил наконец волнительный момент знакомства с тем, кто доставил мне столько страданий. Я ему по этому случаю нашла пижаму из черного шелка с пуговицами, украшенную серебряными шнурами. Побрила его, причесала, подстригла ему ногти, и он восседал прямо как князь среди своих придворных. Без отрыва от ужина, который мой подопечный поглощал с такой жадностью, что сердце щемило от жалости, он отвечал на все вопросы с подкупающей искренностью в голосе: рассказывал о тюрьмах, в которых никогда не сидел, так, словно и впрямь побывал там. Меня прямо распирало от гордости: как голубь-дутыш стала, только еще и разрумянилась. Одно беспокоило: на обращение "Красавчик" он кривился, и они могли заметить неладное.

Когда все ушли – каждая, конечно, с прощальными кривляньями и выпендрежем, – я поинтересовалась, как его настоящее имя.

– Антуан, – ответил он и, проглотив кусок, добавил: – Но мне больше нравится Тони – это как-то колоритнее.

Сейчас самое время задать ему вопрос, который мучит меня с самого утра, решила я и спросила:

– Так ты женат?

Он взглянул на свое кольцо:

– А-а, нет. Это обручальное кольцо моего деда. После его смерти бабка отдала кольцо мне.

Я возликовала, не скрою.

– Предупрежу всех, чтобы впредь не называли тебя Красавчиком – якобы из осторожности, – сказала я ему.

Когда постель была приведена в порядок после трапезы, я, усевшись с ним рядом, обняла и поцеловала его уже по-настоящему. И мне тут же захотелось, чтобы он довел меня до кайфа. Но я была уже одета для выхода, а снизу уже доносилась музыка; к тому же я вовсе не собиралась доконать Мадам новыми причудами.

– Мой дорогой, милый мой, Тони, любовь моя, будь умницей, не губи меня, ты помнишь мне платье, ну прошу тебя, подожди, пока я вернусь, сжалься же надо мной, – выдала я тираду.

Ну и кривляка – такую даже на все согласный герой какого-нибудь романа Делли давно бы бросил. Кончилось тем, что я вырвалась из его объятий и побежала вниз по ступенькам парадной лестницы – не знаю только, чьи ноги несли меня, потому что своих я под собой не чуяла.

Той ночью я не работала: не успела оборудовать для себя новое место работы – моя-то комната была занята. Впрочем, после скандала накануне я не одна протирала стены в гостиной. Несмотря на радушный прием, наши гости решились вновь посетить нас лишь через несколько недель. Я потанцевала раза три, послушала советы по части биржи – их дал мне банкир, что отдыхал в Сен-Трожане на острове Олерон, – выкурила пачку турецких сигарет, поглядывая на большую стрелку часов над стойкой бара, – короче говоря, всеми силами ждала и жаждала продолжения своего праздника. В полночь – такого, по наблюдениям Мадам, не случалось ни в одном из наших заведений со времен матча между командами "Карпентьер" и "Демпси" – лавочку закрыли, даже не окупив расходов.

Я пошла в ванную, разделась, освежилась и проскользнула под одеяло на своем брачном ложе, не потревожив сна суженого. Осторожно расстегнув одну за другой пуговицы на куртке и брюках его пижамы, я отдалась своему заветному желанию. Не знаю, притворялся ли он спящим из уважения к моим слабостям или же впрямь крепко спал и там, во сне, почувствовал прикосновение моей руки и губ, но не успел он открыть глаза и пошевельнуться, как я уже билась в любовных муках. А потом он сжал меня в своих объятиях, перевернувшись на спину; и когда первые лучи пробились сквозь жалюзи, я не раз сгорала от него в сладком изнеможении – и, даже обессиленная, все еще кайфовала. Хотите верьте мне, проститутке, хотите нет, но, когда немного погодя мы пили вместе кофе, сидя друг напротив друга за столиком у окна, я смущалась и стеснялась при ярком солнечном свете, словно расставшаяся с невинностью скромница. А когда он повернул меня лицом к себе, чтобы я смотрела только на него, я увидела его сияющие глаза, его улыбку и поняла: это у меня не шуры-муры, не блажь, не заскок; это та самая штука, о которой знают только понаслышке: тетя золовки одной из моих подружек верила, что повстречала ее, – верила, пока не встретила новую. И вот эта штука случилась со мной, видавшей виды Жожей. Да, с этими шлюзами надо быть начеку: как откроют, так – кап, кап – Ниагарский водопад получается. Ей-же-ей. Мой суженый, разволновавшись не меньше меня, не догадался отодвинуть чашки, и кофе мы пили соленый.

А потом я целых три недели летала как на крыльях. Доктор Лозе снял с него бинты. Джитсу свозил меня в Руайан, чтобы приобрести для идущего на поправку одежду и обувь. Я битком набила покупками багажник и заднее сиденье "шенара". Смокинг черный и смокинг белый: оба ему необходимы, а почему – скоро объясню. Сорочки – дюжина. Тенниски из джерси. Пуловеры *made in England*. Туфли *made in Italy,* шесть пар. Два спортивных костюма, три выходных, причем один – из роскошного белого альпака, чтобы никакая из завистниц не сказала, что я забочусь о нем хуже, чем о Красавчике. Затем галстуки, носки, носовые платки – все, конечно, шелковое. Затем шляпы, причем одна – канотье, как у Мориса Шевалье. Затем пижамы, домашние халаты – простые и купальные, толстые, что твой ковер; наручные часы, портсигар и зажигалка от Картье, запонки, булавка для галстука, перстень с печаткой – сорок карат. Джитсу объездил со мной уйму магазинов, выходя из каждого нагруженным свертками. Чем больше становилось покупок, тем счастливее я себя чувствовала. Отправляясь в магазины, я взяла с собой мешок денег, но и их не хватило: пришлось брать в кредит, подписывать чеки.

Вот была умора-то – тащить все это потом ко мне на второй этаж, у всех пупки от смеха развязались. Весь следующий день Тони провел, демонстрируя моды. Одна из наших, Красотка Лулу, притащила к нам в комнату свою машинку "Зингер" и подгоняла, что надо, по фигуре. Мы из него такого франта сделали, доложу я вам, и все ему понравилось, кроме перстня, который я в конце концов перепродала Мадам – пусть подарит Джитсу.

А теперь объясню вам, для чего Тони нужны были смокинги. В первый же день, едва встав на ноги, Тони спустился вместе со мной вниз, пока там никого не было. Он обошел гостиные, захлебываясь от восторга при виде такой роскоши и интерьера в стиле барокко, но что его сразило наповал, так это рояль. Тони сел перед ним так, будто это чудо из чудес, и, с хрустом размяв пальцы, начал играть. Я сказала "играть", потому что язычок у меня нежный, дамский, для мягких выражений предназначен: на самом деле у меня от этого грома мурашки по телу побежали. Наши – те, кто еще оставался у себя, – стали одна за другой появляться на верхней площадке лестницы, на лицах – блаженство: остальные тоже прискакали – снизу, из кухни. Несмотря на то что исполнял он классику вроде "Турецкого марша" и модные песенки приходилось ему напевать, дальше последовало нетрудно догадаться что. Прежде за рояль садилась лишь Магали – она с грехом пополам барабанила по клавишам, – да еще двойняшки баловались в особенно духарные вечера. А нормальную музыку мы слушали, заводя патефон-тумбу: последний крик моды, с целой батареей динамиков за обивкой; но Мадам, зациклившаяся на интерьере, заявила, что в приличном заведении обязательно должен быть шикарный рояль: тогда хоть знаешь, куда поставить вазу с гладиолусами.

Так что Тони стал у нас пианистом и головоломка с комнатой разрешилась – теперь в мои рабочие часы она была свободна. Все, включая Мадам, остались очень довольны, не говоря уже о Тони: ему уже надоело мотаться без дела, не зная, куда приткнуться. Тони уродился занозистым, а еще – очень совестливым: жить за мой счет ему было тошно, поэтому, став артистом, он был в придачу доволен тем, что окупает свой стол и кров. А счет у меня стал немалый. В то счастливое время, когда я вся сияла от любви, у меня каждую ночь было по трое, а для души – мой жокей, так что ни одной машинистке из Управления за мной было не угнаться. У нас тогда оседали остатки косяка, уплывавшего в веселые заведения поклевее, и я пласталась вовсю, лишь бы хоть этих заловить.

Труднее всего было удерживать Тони от прогулок.

– Разыскивают-то не меня, а Красавчика, – твердил он.

Его послушать, так получалось, ему и лейтенант Котиньяк – он его называл Скотиньяк – не страшен, столкнись они нос к носу у наших ворот: лейтенант, мол, и внимания бы не обратил на очередного отдыхающего, который урвал свой кусочек блаженства или же, что более вероятно, которого выставили за дверь, не сказав "до свидания".

– Ну а новобрачная, которую ты умыкнул? – напомнила я. – Вдруг она еще где-то здесь?

В ответ он, глядя в потолок, назвал меня глупой:

– Убить меня она способна, но выдать – никогда.

Допустим, что так. Но, во всяком случае, Мадам и мои подружки слепо верили, что он и есть Красавчик; однако вряд ли они захотят играть в дурака и дальше, когда Тони, откозыряв указательным пальчиком, бросит им на прощание: "Пока! Пойду прогуляюсь". Даже если у пятерых из десяти хватит ума подыгрывать, а у двух других вообще ни на что ума не хватит, остаются еще Зозо, Мишу и Мадам, и как они себя поведут, неизвестно. Но попробуйте втолковать это жертве клаустро-какой-то-там-фигни.

Первое время довольствовался балконом: считал облака на небе и лодки на отмели, вентилировал легкие. А спустя пять минут возвращался в комнату: ложился на кровать и, обхватив голову руками, страдал пуще прежнего. Ему тогда ничего не хотелось: ни курить, ни пить, ни читать журналы со статьями о фильмах, ни разговаривать, ни тем более громко возмущаться. Бирюк бирюком.

И вот однажды вечером, когда солнце багровым диском скатилось к горизонту, Тони перемахнул через перила и завис над зеленью сада.

– Не надо, тут же высоко, все кости переломаешь, – умоляла я.

А он, пробормотав что-то – я так и не поняла что, – разжал пальцы – и вниз. Он слетел на край клумбы с ловкостью кошки – цел и невредим; потом, вскинув голову и глядя на меня, приложил палец к губам и, прижимаясь к стене, двинулся в город – предаваться радостям свободной жизни.

Мигом накинув плащ и сунув ноги в туфли, я – прямо без трусов, тут уж не до них – ринулась с лестницы, перепрыгивая через ступеньки. По Сен-Жюльену я бежала наугад, повернула в гавань, заглянула в "Нептун" и другие ресторанчики – может, он там. Увы. Обегав полгорода, я продолжала метаться по улицам с исступлением больной, моля о помощи пресвятую Деву.

Нашла я его поздно вечером, когда курортники в пансионатах принимаются за последнюю трапезу: он сидел у края фонтана один-одинешенек, то есть один на один со своими мыслями. Я подошла к нему не сразу. Застыв на месте, я наблюдала за ним – наблюдала из одного удовольствия. Мне показалось, что он опустил в воду пустой спичечный коробок. Кончилось тем, что он сам, почувствовав мое присутствие на другой стороне этой площади, подошел первый, поддавая ногой камешек. Я бросилась к нему на грудь, щебеча что-то о своем страхе, как бы он не ушел навсегда. Он заулыбался, вынул руки из карманов и сжал меня в объятиях, целуя в волосы. Оказалось, прыгая с балкона, он попросил меня – я тогда не расслышала его слов: "Найди веревку, чтобы мне потом залезть".

По почти безлюдной дороге мы добрели до самого края мола, обняв друг друга за талию. Заметив, что под плащом у меня ни одежонки, Тони ускорил шаг в сторону маяка. Там, у входа-закутка, он намертво прижал меня к стене – наши руки и ноги сплелись воедино под сенью величественного света, шарившего по океанской глади, и сердце у меня забилось сильно-сильно.

В "Червонную даму" мы вошли, не осложняя себе жизнь, – через дверь. Открыл нам Джитсу: на лице – обычная улыбка, и не больше того. Хотя, надо сказать, он же не слепой и к тому же видел Красавчика куда ближе, чем другие. Не исключено, что он учуял подлог с самого начала. Мадам сидела на кухне. Оставив Тони, я прямо в плаще спустилась к ней.

Мадам была вся в слезах – лук резала. Она даже не подняла головы посмотреть, кто там вошел.

– Мадам, я вас обманула, – сказала я, – Тони – не Красавчик.

– Спасибо за новость, Америку открыла, – ответила она, продолжая резать лук. – Магали и та, наверное, знает.

Магали была у нас самая тупая. Мадам замолчала, и тогда я, понизив голос на три тона, спросила:

– Вы его теперь выставите за дверь?

В ответ раздался вздох:

– А что же мне раньше мешало?.. То-то!

Затем, чувствуя, что я не осмеливаюсь шелохнуться, она добавила:

– Иди оденься как следует. Опоздаешь ведь.

Я направилась обратно, но, не выдержав, спросила уже у лестницы:

– А что вам раньше мешало?

– Разве ты отпустила бы его одного?.. То-то! – снова едва глядя на меня, ответила она уставшим голосом.

Больше мы на эту тему никогда не говорили. Я жила как в сказке, и эта сказочная жизнь с суженым длилась круглые сутки. Как сейчас вижу его сидящим за роялем в большой гостиной, в сиянии множества огней: одет в белый смокинг, волосы приглажены а-ля Джордж Рафт, на лице – безмятежная ослепительно-жемчужная улыбка, прямо как на рекламе. Время от времени наши взгляды встречались, пробившись между кружащимися в вихре вальса парами, и тогда казалось, будто во всем мире есть только мы двое: мы знаем великую тайну, она наша и больше ничья. Короче, я была по уши влюблена. Даже работая в постели, я мысленно была с Тони; я напряженно вслушивалась в доносившиеся снизу звуки рояля и шикала на своего партнера по акробатическому любовному этюду, если его тянуло поболтать.

Самые счастливые минуты наступали ранним утром. Клиенты уже разошлись, Джитсу погасил люстры. Горит только лампа на рояле, в ее ореоле и сидит Тони, играя для наших, кто остался послушать; рукава рубашки у него подобраны до локтей и перехвачены эластичными жгутиками – голубыми с золотой нитью, во рту – сигара, на рояле – бутылка коньяка; Тони наигрывает грустные мелодии в стиле негритянских блюзов. Больше всего мне нравилась *“Я вырежу твое имя на всех деревьях”*, он исполнял ее так, словно она посвящалась мне. Я стояла позади Тони, положив руки ему на плечи, гордая тем, что он мой; время от времени, когда его, что называется, прорывало и он изливал перед нами душу, голос его тоже звучал как музыка.

Однажды он сказал:

– Моя первая любовь, то есть самая-самая первая, пришла ко мне в девять лет, в Марселе, когда меня забрали наконец из ненавистного пансиона, откуда я постоянно убегал, и поместили в другой, к отцам иезуитам. Помнится, началось все зимним утром, в тот самый миг, когда по мне скользнула тень нашего учителя: сомкнув ладони под просторными рукавами сутаны, он вышагивал по классу – взад-вперед, взад-вперед...

"Руан, февраль 1431 года.

В тот день с ног узницы, как и полагается в день судебного заседания, сняли тяжелую деревянную колодку, оставив, однако, цепи на щиколотках и на руках – эту ее неотъемлемую ношу.

Вытолкав узницу из камеры под издевательские шуточки своих собратьев в круглых шлемах, два английских стражника, вооруженных копьями, повели ее впереди себя по длинным подземным коридорам.

Она ступала, гордо подняв голову, волоча свои железные оковы по каменному полу, – девушка в темной мужской одежде, остриженная под мальчика, с совсем еще детским лицом. На шее у нее висел крест – из тех, что делают в Лотарингии, – и время от времени на его отшлифованной поверхности вспыхивал блеск закрепленного на стене факела.

Она в очередной раз поднималась по ступеням навстречу страданиям. Дверь зала позорного судилища распахнулась перед ней. Шагнув за порог этого каменного мешка, выбранного мучителями, чтобы упрятать ее подальше от глаз людских, она задержалась на мгновение, привыкая к яркому дневному свету; на нее было больно смотреть – эти негодяи содержали ее хуже, чем последнего каторжника. Однако она смело выступила вперед, наконец-то освободившись от свиты, твердыми шагами направилась к своим судьям и предстала перед ними.

Они – это мерзавец-епископ Кошон и его преданный пес Эстиве, восседавшие среди сорока, не меньше, заседателей – число их каждый день менялось, – а также людей в военных доспехах и штатском платье: все они готовы были разорвать ее на куски за тот постыдный страх, который она нагоняла на них на поле брани, или за звонкую монету всесильного кардинала Винчестерского. Все, кроме одного, о котором пойдет речь чуть позже.

На этот раз епископ, наученный горьким опытом на предыдущем заседании, был осмотрительнее, поручив вести допрос другому; через него он и задал свой коварный вопрос, способный погубить девушку:

– Жанна, уверены ли вы, что безгрешны?

И она ответила на него просто, тем самым нежным и проникновенным голосом, вдохнувшим в свое время силы в славного наследника престола:

– Прошлые грехи мне Господь простил, а от будущих – убережет.

При этих словах по залу прокатилась волна шепота. Мерзавец Кошон не сумел скрыть своего гнева, а его пес Эстиве – смущения. Приободрившись от собственного удачного ответа, Жанна слегка удивленно окинула присутствующих взглядом и только теперь поймала на себе другой, лихорадочно горящий, взгляд своего единственного сторонника в зале.

Происходило это во время четвертого заседания, 24 февраля, в субботу, если не ошибаюсь, – рассказывал этот феноменальной памяти человек. – В тот миг, когда глаза девушки – а они были вовсе не голубые, как утверждают, а светло-карие с золотистым блеском – встретились с моими, я понял: моя жизнь принадлежит ей, я буду защищать ее всегда и везде, я буду верен клятве, данной на шпаге.

Но в тот момент я должен был ждать, и я ждал – нетерпеливо, мучаясь от беспомощного сострадания. На вопрос о возрасте она ответила: «Почти девятнадцать». Ровно столько я дал тогда и себе. Я предстал в собственном воображении большим и сильным, как теперь, но бедно одетым, то есть насколько может быть беден юноша, выросший без отца и добравшийся сюда пешком из своего далекого Прованса, – юноша, у которого все имущество состоит из вышеупомянутой шпаги, а вся надежда и опора – выгравированный на ее клинке девиз:

AD MAJOREM DEI GLORIAM [1]

---

[1] К вящей славе Господней *(лат.)*.

Прибыв в Руан двумя днями раньше, когда там были только англичане и бургундцы, я сумел пробраться в замок, смешавшись с монахами: я спрятал лицо под просторным капюшоном накидки, как Эррол Флин в «Робин Гуде». Ночевал я в замке, устроившись в темном закутке двора, питался тем, что слуги подадут.

Я вновь увидел Жанну на следующем допросе, и она опять заметила меня. Потом я стал приходить каждый день, смешавшись с толпой, и, хотя я всякий раз вынужден был кочевать с места на место, Жанна умудрялась найти меня с первого же взгляда. Он светился верой в меня и благодарностью за мое присутствие, хотя, по сути, я почти ничем ей пока не помог.

Но, увы, начиная с 10 марта под каким-то надуманным предлогом, а на самом деле с единственной целью увеличить страдания узницы подлец Кошон распорядился перенести заседания в другое место. Из ходивших слухов я понял, что впредь епископ будет допрашивать ее в тюрьме в присутствии только двух заседателей и двух свидетелей.

Разлученная со мной, она, конечно, подвергалась еще большей опасности; и мое бессилие стало мне еще отвратительнее. Наплевав на все предосторожности, я изготовил фальшивый пропуск с подписью епископа; его обладателю канонику разрешалось посетить узницу, чтобы исповедать ее. Той же ночью я постучался в ворота главной башни замка, где в подземелье томилась Жанна. Когда открывший мне негодяй, взглянув на пропуск, посторонился, я понял, что исполняю Божью волю. Спустившись по ступенькам, я, полагаясь во всем на Всевышнего, попал прямо в сырой коридор, где находилась камера.

Пятеро вооруженных стражников неусыпно охраняли несчастную, не давая ей покоя ни днем, ни ночью; но я знал об этом не хуже всех обитателей замка и потому выбрал для своего посещения время, когда их оставалось лишь трое: двое других — с пятью шлемами — отправлялись за супом.

Я снова показал подложный пропуск. Сжимая шпагу под накидкой, я вслушивался в тарабарщину стражников: говорили они долго, но я, владевший тогда лишь родным французским да немного латынью, ничего не понял. Однако, как я уже заметил, мне помогало само Небо. В конце концов караульный, у которого хранились ключи, отпер замки камеры, и я вдруг очутился перед той, которую решил защищать.

Разве можно забыть этот миг? Представьте себе мрачную каморку: сырые каменные стены, грубо отесанный деревянный лежак — и больше никакой мебели; узкое слуховое окно — и больше никакого источника света, да и этот — вровень с землей, в глухом, безлюдном углу двора. Под этим окошком и стояла юная уроженка Лотарингии; на ней неизменная — другой я не видел — мужская одежда, прекрасный лик обращен вверх, к единственному кусочку белого света, приветствуя меня улыбкой величайшего облегчения. И я понял: она ждала меня все это время.

Я бросился к ее ногам, не думая о стражниках.

— Жанна! — воскликнул я. — Чтобы быть рядом с тобой, я пересек границы Времени. Если считать по обычным меркам, то меня еще нет, я появлюсь на свет только через пятьсот лет; но твои страдания изранили мое сердце, вытеснив мои собственные: я забыл о карцере и бросивших меня родных; я жажду спасти тебя вопреки всем законам здравого смысла!

Нимало не смущаясь от таких речей, Жанна положила закованные в цепи руки мне на плечи.

— Тише, монсеньор, тише, — промолвила она. — Сказанное тобою мне известно — я слышала Голос. Исполняй же волю Божью.

Получив сей приказ, я поцеловал висевший у нее на шее крест с двумя перекладинами и приготовился к сражению, откинув капюшон и вынув шпагу на глазах изумленных негодяев. Камера была тесная: им всем разом на меня не напасть и с копьями своими толком не развернуться. Я мигом проломил череп первому; не расстанься он со своим шлемом ради похлебки, может, остался бы жив; я пронзил сердце второму – он был без доспехов. Покачнувшись под тяжестью третьего, что завопил как сумасшедший, поднимая тревогу, я отчаянным усилием перекинул его через себя. Он рухнул навзничь у стены, уже забрызганной кровью, и я проткнул его шпагой.

Не теряя ни секунды, я выхватил ключи из кармана первого стражника и расковал цепи Жанны. Наблюдая за кровавым побоищем, она все молилась о душах своих мучителей, приговаривая:

– Ведь я же их предупреждала, что отдадут душу дьяволу.

Мы выбрались из камеры. И тут вышла заминка: куда бежать, в какую сторону?

– Идем туда, куда меня водили столько раз, смелее! – промолвила Жанна, взяв меня за руку: о, как нежны были ее пальцы!

Мы побежали по лабиринту коридоров замка. И, как оказалось, вовремя, потому что за нами по пятам – брошенным копьем достать можно – уже гналось войско винчестерское, сотрясая лестницу главной башни. У меня кровь в жилах застыла – но не от бряцания оружия, а от бешеного лая собак, которых они пустили в погоню.

Мы все бежали и бежали не переводя дыхания – то налево, то направо по лабиринту коридоров, темноту которых освещало на миг пламя факелов, – и я чувствовал, что та, которую я любил больше жизни, при всей своей доблести слабела, повисая у меня на руке.

И вдруг мы очутились на перекрестке коридоров, один из которых кончался вдалеке зияющим ночным небом: лаз невелик, но для хрупкой девушки в самый раз. Я остановился, весь дрожа от волнения. Мне показалось, что мы оставили преследователей чуть позади:

– Дальше пойдешь вон в ту сторону. Обо мне не думай. Прошу тебя об этом, насколько вправе просить. Я отвлеку их.

«Нет, нет», – говорили ее прекрасные опечалившиеся глаза, но я осмелился на прощание подтолкнуть ее вперед, и мы двинулись в разные стороны.

А на прощание мы посмотрели друг другу в глаза.

– Мой славный спутник, друг мой, милый мой, – промолвила она, и слезы выступили у нее на глазах. – Да хранит тебя Господь, владыка всего сущего на земле. Он щедро оделил наш народ – доблестных и преданных французов – всем, о чем я Его молила, так пусть же Он дарует мне новую встречу с тобой в Его Царствии.

И она, повернувшись, побежала по коридору: ее мрачная громадная тень заскользила по стенам. А я, задыхаясь от приступа нежности и отчаяния, пожелал себе удачи и пустился со всех ног в обратном направлении – вслед мне уже несся лай собак".

К концу рассказа Тони уже давным-давно забыл о рояле. Я эту сцену как сейчас вижу: поздний вечер, рояль, лампа: рядом африканка Зозо, Магали, Мишу и двойняшки – в общем, обычная компания плюс Мадам, присоединившаяся к нам тогда, и даже Джитсу. От волнения у всех перехватило дыхание. Наступила долгая тишина, нарушаемая лишь тиканьем часов над стойкой бара. От напряжения у меня даже заболело горло – как и у остальных. Наконец Ванесса и Савенна прошептали разом:

– Ну а дальше?

Тони поднял на нас глаза, перед которыми еще стояли картины средневековья. В задумчивости он не сразу понял вопрос:

– Что дальше?.. А дальше англичане постарались не уронить своего достоинства! Они сожгли ее!

И он ударил по клавишам так, что у нас в ушах зазвенело.

Несмотря на безусловно необыкновенную память Белинды, есть подозрение, что она не могла самостоятельно пересказать вышеизложенную историю ее любовника – во всяком случае, подобным языком. Поскольку я в свое время сама слышала эту историю из тех же уст, то решилась объединить мои и ее воспоминания, чтобы максимально достоверно восстановить содержание. (Примечание Мари-Мартины Лепаж, адвоката.)

Тем не менее я была без ума от него – то есть настолько, что совсем одурела: бредила, как малолетка, то поблескивающим на пальце обручальным кольцом, то сценами "с милым рай и в шалаше", то связанными для будущего малюточки кофточками, то сберегательной книжкой... Тони не заплясал от радости, когда я, размечтавшись, зашла слишком далеко, но и осаживать не осаживал. Красавчик – тот бы меня прибил.

Я отвела себе еще два года и лишь потом распрощалась с подружками, подыскав занятие для порядочной женщины; но два года я безропотно шла, когда требовалось, к своему собственному ложу. Чтобы понять, что может особенно порадовать Тони, длительного изучения не требовалось. Сходить в кино разок-другой – не ради фильма, а ради прогулки, потому что, сидя сиднем в ставшем уже его кресле, он растолстеет. Каждый вечер, когда предоставлялась возможность – даже если было дождливо и ветрено, – он отправлялся в кино. Поскольку в Сен-Жюльене был всего один кинотеатр,

Тони три вечера подряд пялился на одно и то же. На его счастье, в то время кинотеатр имел по договору право на два сеанса в день. Я все эти фильмы наизусть знаю – ей-же-ей. *"Толпа сумасшедших"*, где играет Роберт Тейлор; *"Рамона"*, где Дан Амеш и Лоретта Янг; *"Мария-Антуанетта"* – там еще Норма Ширер; *"Женщины с клеймом"* – а там Бетт Дейвис; *"Я – преступник"*, где в главной роли Джон Гарфилд и Луиза Рейнер в роли китаянки, ребята из школы преступлений; потом Дороти Ламур и Рей Милланд – ну, там, где они попали на необитаемый остров; жалко, не время сейчас, а то бы этих имен на целую книгу хватило. Когда мы молча – говорить было уже не о чем – поднимались к себе ранним утром, Тони принимался за меня со всей добросовестностью, но, едва закончив, пускался в рассказы о том, что смотрел; а стоило мне задремать, как он сразу вскидывался: "Ты спишь?"; на следующий день у меня были синие круги под глазами.

В свободное время я занималась его гардеробом: утюжила – мастерски, без единой складки; чистила обувь; бегала по магазинам, заметив, что у него кончается мыло для бритья или сигареты, – словом, делала все, что должна делать женщина для своего любимого. Итог: я блаженствовала. Ручаюсь, что кое-кто из девчонок наверняка подумывал, как бы его у меня отбить, да и самого его тянуло впериться в зад красотки Лулу или груди-колокольчики Мишу; хотя это же невинное желание – надо быть совсем с приветом, приписывая ему злоупотребление гостеприимством. Впрочем, я преувеличиваю, говоря, что его "тянуло впериться" во что не следует: не мог же он надевать на глаза повязку всякий раз, когда встречал в коридоре полуголую красотку. Или уж тогда надо сразу приставить к нему собаку-поводыря и сунуть в руки палку для слепых, а потом пускать в приличный бордель.

Хотя что я говорю? Он ведь всегда был при мне, ходил только в кино. По воскресеньям водил меня в

"Морскую даль", как и Красавчик, и обедали мы, в общем, за тем же столиком. И подавали нам фирменное блюдо, омаров. Все как прежде. Вечером – прогулка по пальмовой аллее к берегу океана. Я шагала следом за ним, донельзя довольная, в шелковом платье, шляпке-капоре и с зонтиком, только другого цвета. Тони видел меня чаще всего в пастельных тонах. Он шествовал, покачивая плечами, словно король в сопровождении своей королевы: сам в белом костюме и шляпе-канотье, во рту – гаванская сигара; я любовалась им, и вся прогулка сводилась к этому.

Но тем, кто не пережил такого, не поверить, что можно в тех же самых местах точно так же проводить время сначала с одним пожирателем сердца, а потом с другим, но все будет разное, как день и ночь, лицо и изнанка, клубника и ваниль. И время бессильно что-либо изменить. Я прожила с Красавчином целых два года, пока родина не отбила его у меня. А с Тони, как меня послушать, можно подумать, мы до золотой свадьбы дожили. Какое там! Все продолжалось, считая от самого начала и до самого конца, четыре недели – точнее, двадцать шесть дней, а потом мне только и оставалось, что их пересчитывать.

Да, Тони тоже учил меня плавать. Но он-то сам умел. В разгар одного такого урока все и перевернулось. Я сразу и не поняла, что произошло, хотя гром грянул в тот же вечер. Видно, провидение изо всех сил старалось предупредить меня.

В тот вечер мы были вдвоем у меня наверху: я, лежа животом на табуретке, в коротких трико и лакированных туфлях-лодочках, молотила воздух руками и ногами в стиле брасс, как велел мне мой инструктор; сам он, сидя в своем кресле и покуривая сигару, следил за моими упражнениями.

– Не так резко. Не спеши, – время от времени давал он указания.

Он никогда не повышал голоса, никогда не раздражался. И вот в разгар моего заплыва, когда я гребла как каторжная – руки-ноги в стороны, спина дугой, подбородок вверх, а глаза смотрят туда, в чудесное будущее, в котором меня наконец-то ждут на пляже настоящие радости, а не только солнечные ванны с ожогами, выдаваемые за желанные, – в тот самый момент в коридоре и грянул гром: громовой голос, от которого я чуть не свалилась.

– Войдите! – отозвался Тони.

Я подумала, что кто-то пошутил, но дверь распахнулась, и все проклятия, какие я только заслужила за свою жизнь, явились ко мне во плоти.

На пороге стоял Джитсу, а рядом с ним – какая-то девка: ее надо описать поподробнее, иначе весь мой дальнейший рассказ покажется сплошным враньем, а сама я – слегка чокнутой. Ее общий вид: деревенщина, настоящая, типичнейшая деревенщина, карикатура на деревенщину. В общем-то, она заявилась с какой-то фермы, и это не выдумка. Волосы грязные. И грязи было много, потому что много было и волос, черных, как у цыганки. Глаз не было видно, потому что она уставилась в пол, точно ей хотелось одного – провалиться так, чтобы никто и никогда ее больше не видел. Возраст – двенадцать лет, а может, двадцать, а может, и все сто. Косметики никакой: старое бесформенное пальто было ей велико и скрывало все остальное, кроме ступней. На самом деле она была моложе меня на три года – это я узнала уже потом. Добавьте к этой картине холщовые туфли на веревочной подошве (их было бы впору обменять на любую обувь с первой попавшейся помойки), соломенную шляпу времен моей бабушки, разваливающийся картонный чемодан, перевязанный веревкой, – и можете смело рыдать. Поставь ее перед большим, во весь рост, зеркалом – и будет копия *"Двух сироток"*; но даже в единственном экземпляре она вызывала дурноту.

Я так и застыла на табурете в позе лягушки, а Тони, возбужденный до крайности, подскочил к двери. Он начал рассыпаться в благодарностях перед Джитсу, чтобы тот не заметил, как его выталкивают из комнаты; затем Тони прислонился к закрытой двери, чтобы Джитсу не вошел или чтобы козочка не сбежала; я на все это по-прежнему смотрела круглыми глазами, и Тони, откашлявшись, обратился ко мне:

— Позволь представить тебе Саломею. В свое время она оказала мне услугу, а для меня это дело святое!

Я поднялась с табурета, выставив напоказ свои прелести, и в некотором сомнении приблизилась к пришелице, чтобы разглядеть ее получше. Та все так же стояла опустив глаза, точно она, как хризантема какая-нибудь, лишь на время оказалась в этой комнате; но зато Тони вдруг сразу расхрабрился, и не на шутку:

— Вот, хотел преподнести тебе сюрприз. Она будет твоей товаркой, будет для нас зарабатывать! Понимаешь, Белинда? Так мы сможем еще быстрее приобрести собственный кинотеатр, тебе только нужно ее научить!

Я была ошарашена. Даже кот моей подружки из Перро-Гирека церемонился, пока добивался своего: битых три часа меня прогуливал, платил втридорога за угощения, показывал фотографию своей бедной мамочки, зубы заговаривал по-всякому, да так, что я, когда в конце концов ему отказала, и впрямь вообразила себя невинной девушкой. Однако Тони, надо признать, никогда прежде не выказывал охоты особо тратиться — даже когда, отправляясь в кино, он клал в карман сорок франков, и то ему бывало тошно. Наверное, это быстро меняется, или же наглости прибавляется, когда меньше знаешь. В любом случае, не успела я сообразить что к чему, как он мне уже говорил:

— Ладно. Не хочешь — не надо. Не будем ее брать.

Сухой, надутый, неприступный — не человек, а повестка из суда.

И с таким недовольным видом он подошел к шкафу, достал белую тенниску, брюки и мокасины – свой первый наряд – и побросал все на кровать. Я спросила:

– Что ты делаешь?

В ответ услышала только, как по стеклу барабанит дождь. Тони снял халат и натянул брюки. Я снова спросила:

– Тони, ответь, пожалуйста, что ты делаешь?

Как будто и так не понятно было что. Он, застегиваясь, взглянул на меня:

– Спасибо тебе за все, Белинда. Всегда буду жалеть о том, что потерял тебя. Но я не смогу жить в этой... в этой... – Он пытался найти слово пообиднее, потом продолжил: – Два года, три, а может, и больше! Я не смогу! Не смогу!..

Черт возьми, у него слезы стояли в глазах, ей-же-ей! Он отвернулся, чтобы надеть тенниску. Конечно, чтобы разобраться, что все это значит для меня, я могла бы посмотреть в глаза той идиотке, но эта дубина будто окаменела. Сказала бы хоть что-нибудь: что не хочет мешать, что зашла его проведать или что ей нужно в туалет – так нет же. А Тони до чего хитер – судите сами: отвернувшись от меня, сказал таким тоном, как будто ему все это безразлично:

– Вообще-то я все уже хорошенько обмозговал. У нас ведь "Конфетница" пустует, вот я и вспомнил о Лизон.

Как это истолковать, я знала: во-первых, "Конфетница" – это комната Эстеллы, нашей хохотуньи, которая в расстроенных чувствах уехала от нас в прошлое воскресенье на работу в Гавр, где у нее остался младенец. Во-вторых – и это угадать было еще проще, – имя у этой великой скромницы было как у всех нормальных людей – Элиза.

Я подошла к Тони, обняла его сзади. Уткнувшись в его плечо, тихо спросила:

– А Саломея, это кто такая была?

Он понял, что я готова все обговорить; широко улыбаясь, сел на краешек кровати и ответил:

– Танцовщица из Библии. Она хотела заполучить голову одного типа, который кричал в пустыне и ел саранчу. Было такое кино, я смотрел. – И тут же добавил: – Тебе достаточно пару слов шепнуть хозяйке – тебе-то она ни в чем не отказывает.

Я посмотрела на эту Лизон и медленно подошла к ней, напрягая мозги изо всех сил. Под пальто, судя по всему, была фигура под стать мешку с картошкой, я бы гроша ломаного на такую лошадку не поставила. А себя я считала не глупее прочих. Я наклонилась, заглянула ей в лицо снизу и увидела ее глаза – черные, а взгляд – упрямый, непроницаемый. Я спросила – хотя бы для того, чтобы услышать ее голосок:

– Ну а ты-то что скажешь?

И пусть на моей могильной плите напишут "дура", но тут она меня уела. Даже реснички у нее не дрогнули, когда она тихо-тихо – словно ветерок прошелестел – ответила:

– Я всегда мечтала быть шлюхой.

Я вернулась к своему табурету, легла на него животом и снова "поплыла" – вроде чем-то занята, а потом остановилась и, вздохнув, сказала:

– Коли она будет только товаркой и поделится с нами заработком, то попробовать можно. Скажем, неделю.

Стоит ли разрисовывать дальше? Этого мига оказалось вполне достаточно для катастрофы. Не успела я закрыть рот, как бедняжка открыла глаз – именно один – и одарила меня таким пронзительным и таким подлым взглядом, какого я еще не встречала. Когда она сняла пальто, я поклялась себе, что в жизни больше не куплю ни единой картофелины, не вынув ее прежде из мешка, а Тони посоветовала сходить прогуляться. Когда же я сняла с нее рабочий фартук – он был надет прямо на голое тело, – у меня зародились первые подозрения относительно того, какие услуги она могла оказать вполне зрячему пианисту. Отметим мое великодушие: ванна, шампунь, лавандовое мыло, мои духи, моя косметика – все мое, вплоть до зубной щетки. Я ей предложила еще и белье, но она отказалась:

– Спасибо, у меня есть.

Она развязала веревку своего чемодана – между прочим, по рукам ее не скажешь, что она в деревне трудилась, – и вынула для меня подарочек: вечернее платье из тончайшей шелковой вуали телесного (ее, Лизоновых, телес) цвета и точно такого же оттеночка туфли на шпильках. Надев эти шмотки, так и остаешься голышом. Я спросила:

– Откуда у тебя это?

И она ответила:

– Дал кое-кто по пути.

Я не хотела пороть горячку с ее дебютом, лучше отложить, хотя бы до следующего дня, и потому сказала:

– Хозяйку задабривай. А я обойдусь тем, что у меня есть.

Все мужчины придурковаты, ей-же-ей. И Тони тоже был придурковат, если решил, будто этой стервозе требуется еще какое-то обучение. Начиная с самого первого вечера клиенты выскакивали из ее комнаты – не хочу говорить "траходрома" только из уважения к бедной Эстелле – так, точно пообщались с самим чертом. И в гостиную, на люди и яркий свет, возвращались держась за стенки. Ничто, понимаете, ничто ее не смущало: ни способ, ни количество. И по меньшей мере раз за ночь она устраивала групповушку; хозяйке после долгих уговоров как-то удалось выведать у одного из завсегдатаев подробности, и после она нам, мне и негритянке Зозо, призналась:

– Оказывается, такие бывают штуки – даже я не подозревала!

Вдобавок могу поклясться, что эта Лизон вовсе не прикидывалась, когда изображала райское блаженство. Достаточно было посмотреть, как после акробатических номеров наверху в комнате она появлялась на верхней ступени главной лестницы: длинные прозрачные одеяния, глаза сверкают, волосы на лбу еще влажные, а гонора – как у королевы. У меня внутри так все и холодело. В полной тишине она, накривлявшись, медленно, ступенька за ступенькой спускалась в гостиную и направлялась мимо всех, никого не замечая, прямо к роялю, словно ее туда магнитом тянуло. Если Тони в этот момент не курил, то она, клянусь своей поганой жизнью, обязательно шарила в пачке "Кэмела", что лежала перед ним, закуривала от той самой зажигалки "Картье", которую я любовно выбирала для Тони в Руайане, и, перемазав половину сигареты своей помадой, совала ее в конце концов ему в зубы. И проделывала она все это, черт бы ее побрал, с такими гримасами, что впору сблевать: ей, видите ли, кто-то сказал, будто она похожа на Хеди Ламарр; к тому же она прекрасно знала, что я за ней наблюдаю.

Затем она шептала что-то на ухо нашему милому дружку (при этом, конечно же, прилипнув к нему), и он тут же начинал играть другую мелодию: нечто вроде болеро (это, как и прочие ее ведьмины штучки, хранилось где-то у нее в башке) под названием *"Не стоит пробовать – это и так возможно"*, и она устраивала сольный танец перед Тони, для Тони, а все как дураки отходили в сторону – полюбоваться. А она руки вскинет, ноги расставит, животом и задницей вертит и гриву свою черную вскидывает: короче, зрелище было такое, что не мне вам его расписывать – уж меня-то с вешалкой никто не спутает, и хотя я сама женщина и ничего не смыслю в катехизисе, но она, по-моему, была мерзопакостнее смертного греха.

Если я скажу, что приревновала, мне никто не поверит. Она будто нарочно старалась извести меня. Когда она являлась в мою комнату, чтобы отдать Тони деньги, то меня она называла "Старая". Я ей напомнила, что мне через месяц стукнет всего лишь двадцать четыре. А она ответила:

– Я хотела сказать – бывшая.

Я, сама простота, тут же накинулась на нее и вцепилась в гриву. Не вмешайся Тони, она бы от меня лысой ушла. Потом, на третий день, она обозвала меня Жердью, но я не стала связываться: что с дуры взять? У нее-то было просто: если ее называли иначе, чем Саломея, то она считала, что обращаются не к ней.

Но тем не менее все свои денежки она отдавала не мне, а Тони. И действительно все: жадность – это единственный порок, которого у нее не было. В самый первый день, когда Тони да и я тоже на полном серьезе предлагали ей оставить себе сколько положено, она отказалась:

– Хватит и того, что меня просто так, ни за что кормят.

Так и сказала, ей-же-ей. Что не мешало ей спросить, сколько же я заработала, – она хотела подчеркнуть, что ее доход побольше моего будет. Я много чего могла бы ей рассказать – и в первую очередь, что привлекательность всего нового длится не дольше рулона туалетной бумаги, но я не вульгарна, а кроме того, ее денежки шли в один ящик с моими и, когда я захочу отдохнуть, их уже никто не отличит от моих. Пусть хоть сотню клиентов разом обслуживает – быстрее на подсвечник похожа станет, уж этого ждать недолго.

Но больше всего я изводилась не от ее пакостей, а от того, что Тони изменился, – я это замечала, но ничего поделать не могла. Когда я с ней цапалась, он буквально не знал, куда деться. Когда мы с ним оставались одни, он старался не смотреть мне в глаза. Если я, на ее манер, целовала его в шею, он отстранялся. А уж о постели я и вовсе молчу. Я даже не смела настаивать. Всю эту паскудную неделю я каждое утро рыдала в подушку, перед тем как уснуть.

Накануне последнего дня у меня уже все перемешалось в голове, впору было на стенки кидаться. Я спросила его:

– Тони, мой Тони, если тебя что-то мучит – скажи мне, даже причинив мне боль, скажи.

Он отстранился от меня, не грубо, лишь глубоко вздохнув:

– Белинда, успокойся. И не утомляй меня.

Я ответила:

– Вот видишь, ты меня больше не любишь!

Он, глядя в сторону, возразил:

– Не в этом дело. Я просто устал от всего – от этой комнаты, от этого дома, я их не выношу.

– И от своей бабенки тоже? – тут же вскинулась я.

Он так на меня посмотрел – никогда еще таких злых глаз у него не замечала, но это продолжалось всего лишь мгновение. Он пожал плечами:

– Оставь Саломею в покое, она тут ни при чем. Пойми же ты наконец: такая жизнь, как здесь, – не по мне.

Потом он отправился на вечерний сеанс в кино. Я слышала его шаги до самой лестницы. А немного погодя у меня появилось подозрение: а что, если он прикинулся, будто ушел, а сам потихонечку пробрался обратно, к своей Лизон? Я подошла к двери "Конфетницы": все тихо. Я распахнула дверь: Лизон, совершенно голая, лежала на постели и, подперев кулаками подбородок, разглядывала фотографии – кадры из какого-то фильма, о котором ей рассказывал Тони. Не знаю, умела ли она вообще читать. Она посмотрела на меня и, словно по моему лицу и так все было ясно, с презрением обронила:

– Да нет его здесь. Он не такой дурак.

Я отправилась восвояси, но ее последние слова вертелись у меня в голове до следующего дня. Я обследовала все закоулки вне дома, где эта парочка могла бы встречаться.

Конечно, вы меня спросите: неделя прошла, так чего же не попросить хозяйку выставить эту грязную шлюху вон? Но я попросила и в ответ услышала то же самое, что и в моем случае:

– Разве ж он отпустит ее одну?.. То-то!

Я, сидя на стуле в гостиной, начала плакать, а страшно расстроенный Джитсу все повторял:

– Ну-ну, мадемуазель Белинда, не надо доводить себя до такого.

А затем наступил тот кошмарный вечер. Я уже была сама не своя: в прострации лежала в изножье кровати, не умываясь, не причесываясь, в нижнем белье из черного шелка. Вся пепельница была забита сигаретами, которые я раздавливала, не успев раскурить. Тони ушел – якобы в кино, на *Марию Валевску*. Этот фильм он смотрел накануне. Мне он, собираясь, сказал:

– Другого нет, а здесь оставаться мне тошно.

В последний момент я заметила, что на нем те самые брюки и мокасины, в которых он впервые появился, и та же тенниска. Он сказал:

– Мне так удобнее. Или я уже не имею права одеваться как хочу?

Уходя, он громко хлопнул дверью – показать, что зол: ведь тогда потом проще совершить какую-нибудь подлость.

К тому часу, когда в "Червонной даме" все уже готовились к вечернему приему гостей, он еще не вернулся. Со своего балкона я видела, как солнце – огромный красный шар – садилось в океан. Я уже не выдерживала. Заглянула в "Конфетницу": Саломеи там не было. Спустилась в гостиную – и там никого. Я пошла на кухню – никого. Я вся дрожала; мне казалось, что все вдруг быстро-быстро завертелось и я уже не в силах хоть что-то остановить. Я открыла шкаф и взяла ружье, с которым Джитсу зимой охотился на уток. Патроны были рядом.

Я отправилась в гараж, заглянула в автомобиль. Затем обошла сад, обливаясь холодным потом под своим черным бельем и прижимая к себе ружье. Слезы застилали мне глаза. Я вышла за ворота, перешла через дорогу. Немного поблуждала в сосняке и в дюнах, которые тянулись между "Червонной дамой" и берегом океана, и вдруг, сама не знаю как, поняла, где они спрятались. Я побежала, на бегу теряя старые стоптанные шлепанцы, хотела было их подобрать, но послала все к черту.

Я оказалась на длинном пустынном пляже. Я шагала по песку к будке из дерева и тростника – в ней в разгар сезона продавали жареный картофель и всякие напитки. Все небо было багряным. Я спотыкалась, будто пьяная, и глотала слезы. Подойдя к будке, я вытерла лицо рукой – наверное, не хотелось показывать им, что я плакала. А еще я, кажется, попросила пресвятую Деву не дать мне совершить непоправимое, и она, кажется, умоляла меня отбросить ружье как можно дальше, но тут я услышала внутри будки какие-то приглушенные звуки и вышибла дверь ногой.

Я увидела как раз такую картину, какую рисовало мне прежде мое полное ревности воображение: в будке был Тони – он обнимал и стоя трахал раскрасневшуюся и постанывавшую крашеную блондинку, и это была не Саломея. Я могу точно сказать, кто она, хотя сама в ту минуту ее не сразу узнала: это Трещотка, парикмахерша из Сен-Жюльена.

Они даже не потрудились раздеться. Платье у нее было задрано до пупка, на голове – большая шляпа, выходные панталоны зацепились за лодыжку. У Тони были расстегнуты брюки, и он обеими руками придерживал ее зад, помогая ей получить все сполна. Увидев меня, они остолбенели, словно я с того света явилась. Да у меня и вправду, наверное, был такой вид.

Я крикнула:
– Выходи!

Он поплелся к двери с оскорбленной рожей, на ходу застегивая ширинку и стараясь держаться подальше от ружья.

– Послушай, это совсем не то, что ты думаешь! – оправдывался он.

На ту потаскуху я вообще внимания не обращала, не знаю даже, когда и как она скрылась. Я следила только за Тони. Он пятился, а я шла за ним по песку; слезы застилали мне все, и его лицо казалось тусклым, бледным пятном на фоне багряного неба.

Я крикнула:

– Ты подлец! Ты меня унизил, унизил!

Он как сумасшедший замахал руками, умоляя меня не стрелять. И при этом называл меня Эммой – ей-же-ей. Он уже не узнавал меня и, верно, решил, что к нему вернулся тот кошмар, который был месяц назад.

– Меня зовут Белинда! Вспомнил, сволочь?!!

И я уткнула ему в грудь дуло ружья. Он чуть не упал. От страха он совсем потерял соображение и болтал невесть что:

– Хорошо, хорошо. Как тебе хочется, пусть так и будет. Но послушай! Я с этой девкой только десять минут назад познакомился!

Он протянул мне левый кулак, показывая обручальное кольцо на пальце:

– Вот, она мне просто хотела передать весточку от жены!

Я так и застыла. Еле ворочая языком, пробормотала:

– Так ты еще и женат?

Он тоже остановился и утвердительно кивнул; мне даже кажется, что он попытался изобразить дурацкую улыбку – словно это его признание все объясняло и снимало с него всякую вину. И я нажала на спусковой крючок.

Он упал навзничь, руки и ноги у него как-то странно вывернулись, грудь залилась кровью. Я уверена, что он был уже мертв, когда оказался на песке. Он даже не крикнул, а если и крикнул, то гром выстрела заглушил все. Мне как будто послышался какой-то вопль, но это было уже много времени спустя. Может, парикмахерша, когда бежала подальше от того места, а может, просто чайки, точно не знаю. А может быть, это у меня внутри все кричало.

Я не смогла бы даже четко вам сказать, на каком расстоянии от кромки океана я его убила, был тогда прилив или отлив, – ничего не помню. И уж совсем глупо предполагать, будто я могла додуматься перетащить труп туда, откуда его унесло бы океаном. Я бы не решилась и прикоснуться к нему. Он лежал у моих ног, я смотрела на него, и в мыслях у меня была пустота. Я смотрела на него, и мне было холодно – только и всего.

Затем я подумала, что жизнь моя кончена. Я прижала к себе ружье и, поскольку не знала ни куда теперь идти, ни что делать, вернулась в "Червонную даму".

ЗОЗО

И вовсе не так все было.

Во-первых, звали его не Тони и не Венсан или как там еще. Звали его Франсис. И был он студент.

Во-вторых, никогда Красавчик в тюрьме не сидел. Он рохля и домосед и в рискованные дела не лез. В армию его забрали, что верно, то верно, но тогда же, когда и всех. Я слыхала, будто он там капралом стал. А после о нем уже ни слуху ни духу.

Да и я не негритянка. В ту пору в каждом борделе обязательно была негритянка, а в Шаранте публичных домов больше, чем девок в Сенегале. Вот меня и мазали каждое утро коричневой краской. И между прочим, у меня вполне даже ничего мордашка получалась, хотя и чудна́я – зубы так и сверкали.

Короче, одна из нас врет: либо Белинда, либо я. Не пойму только, откуда она все это взяла? Небось хочет понравиться, вот и болтает всякую ерунду: а может, ей в том выгода какая есть – Белинда всегда была хапуга.

Послушать только, как она расписывает "Червонную даму" – люстры шикарные, рояль, клиенты во фраках, шампанское, пирожные. В жизни не видела. Мещанский загородный домишко прошлого века, только и всего; а сад весь ежевикой колючей зарос – какие уж там пальмы. Лишний раз не выйдешь. В город мы выходили не когда захочется, а только раз в десять дней; так и звали – "десятиной". Да и какой это город, ведь не Париж и даже не Нант: выпьешь рюмочку гренадина в кафе на набережной, зеваки вылупят зенки – на нас любуются, покажешь им язык, а больше делать вроде и нечего. Я со скуки просто подыхала, потому и в город не особо рвалась. Бывало, целый день в зеркало смотрелась – без краски этой коричневой хоть вспомнить, какая я на самом-то деле; но и это тоже надоедало. В городе меня никто не ждал. В самый первый раз меня продал вообще невесть кто, я его и не знала – вот что бывает с пропащими девушками.

Я уже не один бордель сменила, и этот был не хуже и не лучше других. Но тут по крайней мере окно откроешь – с океана свежестью веет. Клиенты все знакомые: адвокат, аптекарь, мясник. Отцы приводили своих сыновей, когда те подрастали. В гостиной вечно хлоркой воняло. Пресловутый рояль – завалящее пианинишко с дешевой распродажи, его нам всучили как бесплатное приложение к большим настенным часам с боем, что над стойкой. Время на них всегда было кому какое нравится – стрелок не было и в помине. Я все прекрасно помню. Пианинишко какое-то кривобокое, червем источенное, покрыли его белым лаком – стиль джаз. Клавиши через одну – с таким беззубым ртом не очень-то покусаешься. Крышку иногда открывали: наши двойняшки ради заезжих коммерсантов в четыре пальца исполняли начальные этюды из "Розового самоучителя". Одеты они бывали тогда под девчушек: белые носочки, в волосах – бантики. Жуть. Утешались мы шипучим. Завсегдатаям подавали белое вино местного разлива. На этикетке красовалось: "Солнечные погребки". Ничем другим этот набор не разнообразили.

А хозяйка нашего борделя, Мадам? Это вообще финиш. Бывшая колонистка, она потом оставила пеньюар и стала классной надзирательницей в Перигё. А потом получила наследство от брата, виноторговца. Еще молодая – тридцать с хвостиком – и внешне вполне, вот только одевалась черт знает как, но это чтобы от нас отличаться. Вроде бы и не злая баба, но у нее бывали хорошие дни и плохие. В хорошие она ни с кем из нас не разговаривала.

В общем, меня таки трясет от этих бредней Белинды. Конечно, не обязательно всем идиотам головы рубить, но случись мне ее встретить – я бы законопатилась где-нибудь подальше. А так можно и посмеяться над ее сказками о королевских платьях, комнатах с занавесками над кроватью, шикарных ваннах и прочей фигне. Хорошо, что таких хором, как в ее россказнях, в жизни не бывает, а то письма пришлось бы носить самой и марки на почте некому было бы продавать – девки все до одной разбежались бы по борделям.

Скажу и еще кое-что, а то кто-нибудь так и помрет одураченным: нас в "Червонной даме" было не десять, а семь, как смертных грехов, – Белинда (раз уж вы ее так зовете – у нас-то она была Жоржетта, или просто Жо), Мишу, Магали, двойняшки и я, а еще Лизон, она добавилась позже.

Так вот, эта деваха, Лизон, бросила мужа – кузнеца вдвое себя старше, – потому что он с ней ни слова не говорил. А почему не говорил, Лизон ни гу-гу. Я ни разу не видела, чтобы она танцевала что-нибудь кро-

106

ме танго, фокстрота или вальса, – она танцевала как все мы, не лучше и не хуже. В те вечера, когда бывал недобор клиентов, Лизон нас просто изводила, ее так и подмывало в душу влезть любой, кто бы ни попался под руку. А вообще неплохая девка. Сколько раз мы с ней на пару клиента обслуживали – бывают такие, глаза завидущие, – и никаких проблем с дележкой.

Жоржетту – ту по второму разу никто не брал. И с нами она без конца цапалась. Я склочничать не люблю, но терпеть не могу, когда перед мужчинкой начинают корчить из себя невесть что. Из-за нее уйма времени уходила коту под хвост – расценки она, видите ли, обсуждала. На рожу она, правда, ничего: фары такие зеленые – даже поп не устоит; но кривляка и злопамятна – жуть, не говоря уж о том, что жадина. Спроси любую из наших тогдашних шлюх, если разыщете кого, и все вам мои слова подтвердят.

Да, насчет тогдашних – Белинда ведь и по годам все перепутала, наплела всякой фигни. Из тюрьмы той, из крепости, всего один раз, пока я в "Червонной даме" была, кто-то сбежал. Солдаты с обыском в бордель явились – это правда. Среди ночи – это тоже правда. Вот только либо я совсем дура без памяти, либо форма на них и обмотки были такими, какими я их сейчас вижу: цвета хаки, а не голубые. Голубую-то форму уже который год отменили.

Конечно, каждый может ошибиться, но я думаю так: все случилось за несколько дней до войны, в конце августа, в тот год как раз была мобилизация. Помню, плакаты везде с трехцветными флагами. Все только и говорили что о Польше, о линии Мажино. Клиентов всех забрали, и нашего Джитсу тоже.

Джитсу этот, скажу я вам, тот еще был фрукт. Похотливый как не знаю кто, во всех стенах дырок понаделал – на нас любоваться, когда мы голышом. Одет он был по-японски и ходил с повязкой на лбу, как Жоржетта расписывала в своих побасенках, но, когда его воспитывали оплеухой, принимался хныкать. Даже не хочется вспоминать о таком сопляке, когда видишь перед собой настоящего мужчину. Когда этого типа в армию забирали, он расхныкался еще больше. Накануне мы, девки, жребий бросили: кто из нас свою мишень под его ружьецо подставит. Эта "радость" Магали досталась. Так он там на ней ерзал – она даже не почувствовала ничего. Джитсу тогда сильно обиделся, хоть Магали и старалась вовсю, чтоб ему было что вспомнить. Он потом ей писал письма в таком духе, что, мол, застрахуйся на случай пожара, а то не заметишь, как протрут до дыма с огнем. Оказывала наша Мадам ему какие милости или нет – не знаю. Может, и за ней грешки водились – дело темное. Я ведь к чему это все – что годы лучше Жоржетты помню.

Мне самой тогда было года двадцать три. В "Червонную даму" я раньше всех пришла. К тому времени я уже в двух борделях побывала. Задница моя черная малость меня обескураживала, а в остальном я все принимаю как есть. Всегда и всем довольная. В ту пору было модно, чтобы ляжки и груди просвечивали. Я не захотела – и никогда никаких упреков. Иногда, конечно, чувствовала себя одиноко, но уж кому какая судьба, лучше раньше, чем позже. Ну вот, вроде больше и нечего о себе рассказать. А, да! До сих пор не соображу, почему меня Зозо прозвали, вообще-то я Сюзанна.

Франсиса я в первый раз увидела в какой-то из будних дней, ближе к полуночи. Он занял место у стойки. Мадам ему подала, кажется, белого вина. В гостиной кое-какой народ был. Мадам не стала ему особо нас расхваливать – у каждой уже наметился клиент. Я на этого парня обратила внимание, потому что заметный был, высокий, да и новенький. Волосы напомажены, носил на косой пробор, костюмчик тесный, под стоячим воротничком – галстук-шнурок. Потом я на него и не смотрела уже. Он, наверное, ушел, пока я клиента наверху обслуживала.

А через два-три дня он опять явился. В пятницу, самый неурожайный день. Мы стали понастойчивее с этим нерешительным, тем более что каникулы заканчивались, начиналась совсем другая штука. Какая – мы толком не знали, но и дураку понятно, что работы прибавится не у нас, а у наших сестричек на Востоке. Часам к одиннадцати Мадам решила, будто этот парень у стойки ради нее пришел. Дохлый номер. Уткнулся носом в свою кружку, спиной ко всем, и сидит. Потом заплатил и ушел. Я как раз обхаживала главного рыбака Сен-Жюльена, не то непременно зажала бы этого парня, хоть у самых дверей. Ни на тряпку, ни на скрягу он не похож. Я смекнула, что просто не было случая подозвать ту, на кого он глаз положил. Новенькие часто приходят уже на чем-то или на ком-то зацикленные. Я осмотрелась: кого нет? Все, кроме Жоржетты, были внизу, в гостиной.

На следующий вечер – та же картина: куцый, паршивенький костюмчик, то же место – в углу у стойки. Мадам мне подмигнула: займись, мол, этим. Я собиралась уже к нему подвалить и вижу: он стрельнул глазами в тот угол гостиной, где его мечта вся тряслась от хохота на коленях у какого-то торговца. И резинкой от чулок хлопала как чокнутая. Я подкралась к угрюмому красавчику сзади и вдруг, пока он меня не видел, спросила:

– Ну что, нравится тебе Белинда?

Вид у него был как у мальчишки, которого застукали, когда он варенье таскал. Опустил глаза и сидит.

– Чего ж ты ее не берешь?

Вежливостью он не страдал – никакого ответа.

– Эй, я тебе говорю-то!

Он скорчил не слишком довольную гримасу – вроде улыбается, вроде смущается. Наконец я услышала его голос – приятный такой, немножко глухой:

– Боюсь. И потом, она никогда не бывает одна.

– Ну хочешь, я с ней поговорю?

– Нет-нет! Не надо!

Я не стала настаивать. Спросила, не угостит ли он меня. Потом мало-помалу – его не так-то легко было раскрутить – я выведала, что ему двадцать девять лет, и что зовут его Франсис, и что он чего-то изучает в Париже (я с первого раза не разобрала, а по второму не стала спрашивать), и что больше всего ему нравятся американские фильмы и легкие сигареты. Он поневоле проследил, как Белинда своего клиента потащила к лестнице. К слову сказать, лестница была не совсем такая, какой ее Белинда расписала: не мраморная, а деревянная, под мрамор ее покрасили, чтобы замазать червоточины. Но это к делу не относится. Я нового дружка опять к себе лицом повернула и говорю:

– Слушай, нехорошо-то как: такой взрослый мальчик все время здесь, внизу, сидит. Ну чем я тебе не нравлюсь?

Тут я, африканская красавица, подарила ему белозубую негритянскую улыбку. Он в ответ тоже улыбнулся, и вполне мило. Головой мотнул – всем, мол, нравишься – и сразу сконфузился от такой дерзости. На мне был один из двух моих излюбленных нарядов. Хотя у меня всего два их и было-то. Первый наряд – обычная коротенькая комбинашка и чулки до половины ляжек, но белые, для контраста с кожей. Второй – он-то и был на мне в тот вечер – лифчик и юбочка из ярко-красного пальмового волокна, едва прикрывающие мои сокровища, на лодыжках – браслеты. Лакомая шоколадка, да и только. Если бросать мне арахис, я смахивала бы на тарзанову мартышку, а если нет – то на Джозефину Бейкер. Только у меня волосы по-негритянски завиты. Короче, дружок мой снова уткнулся носом в свою кружку, и я, заглядывая ему в лицо снизу, принялась уговаривать:

– Ну чего ты? Пойдем со мной, знаешь, какие мы, негритянки, ласковые...

Он едва заметно согласно кивнул. Не глядя на меня. А уж покраснел-то как! Я думала, еще часа два будет ходить вокруг да около. Ан нет, встал во весь рост, залпом допил кружку – для храбрости, и вперед.

Наверху, у меня, быстро и исподтишка оглядел комнату, сел на краешек постели и стал сверлить взглядом пол. Я закрыла окно и задернула занавески, чтобы он себя поуютнее чувствовал. В ту пору жара стояла жуткая. Я, когда случались простои в работе, сразу бежала в душ – освежиться. Ближе к вечеру меня приходилось заново мазать краской. Но это к делу не относится. Я сбросила лифчик и юбчонку. Студент мой между тем решил изображать статую: сидит, руки меж колен зажал, даже пиджак не снял. Пришлось самой, сначала один рукав, потом другой. Тут у меня кое-какие подозрения появились, и я тихо-тихо, сама себя не слыша, спросила:

– Ты вообще с женщиной хоть раз был?

Он только головой покачал – нет. И даже глаза закрыл, до того ему стыдно было.

– А как же кольцо вон у тебя?

– Это моего деда, на память.

Я ему тогда намекнула, что колечко – не слишком хорошая приманка для девок и лучше бы положить его подальше, куда-нибудь в ящик. Тут он как дернется, будто я его уколола чем:

– Да ни за что на свете! Не сниму, пусть хоть палец рубят!

И я вдруг глаза его разглядела как следует: темные, дикие какие-то, а в глубине и вовсе что-то адское. Как у мальчишки.

Завсегдатаи приводили с собой сыновей, чтобы мы научили тех уму-разуму, и мне тоже иногда случалось какого-нибудь запускать в плавание. Я старалась вовсю – все-таки подарок получаешь, – но вообще-то была не в восторге. Честно говоря, я всегда предпочитала солидных господ – по крайней мере с ними хоть в картишки перекинуться можно. Все-таки занятие поинтереснее и научишься чему-то. Новичков нецелованных обычно оставляли для Магали. У нее и груди что надо, и щечки пухлые, к тому же ей нравилось, когда новичок с ней кончает, – их внизу, в гостиной, слышно было. Уж она их мочалила, скажу я вам. Полный набор, все удовольствия разом, и от нее они уходили готовыми к жизни на все сто.

Но этому-то было уже под тридцать – редкий случай. Я прямо обалдела, честное слово. Парень красивый, малость похож на артиста, Жерара Филиппа, – тот правда, после был; руки-ноги на месте, умный – он же учил чего-то, я только не разобрала чего. И притом спокойный. Черт его знает, как он умудрился ни разу не попасться ни одной из этих шлюшек, которым только подавай или которые свою проституткую койку не заметишь как обернут супружеской постелью.

В самом деле, вопрос вполне резонный. Не желая определять чье-либо суждение своим весьма личным и не свидетельствующим о моей скромности замечанием, я все же вынуждена отметить, что в данном конкретном случае показания Зозо не столько заведомо лживы, сколько крайне наивны. Поскольку того человека, которого она называет Франсисом, я знала задолго до нее, то смею предположить, что она стала очередной жертвой его обмана, которым он воспользовался, дабы вызвать к себе нежность, и который был вполне в его стиле, ибо, желая кого-нибудь соблазнить, он не останавливался ни перед чем, даже перед тем, чтобы прикинуться девственником. (Примечание Мари-Мартины Лепаж, адвоката.)

Само собой, я решила побыстрее открыть ему глаза на жизнь, чтобы и разговоров об этом больше не было. Я спросила, может, ему комната чем-то не нравится: комната у меня – тоже для контраста – была вся белая. Не такая уж и плохая, хотя и без той роскоши, о какой вам наплела до меня наша умница. По стенам развешаны всякие безделушки – "для колониальной атмосферы".

На мой вопрос он только плечами пожал. Тогда я спросила, может, его внешность моя не устраивает? Все-таки не каждому по вкусу такая экзотика, вот я ему и говорю:

– Ты не думай, это легко поправить. Немножко мыла, и через три минуты я белая. Почему ты на меня даже не смотришь?

Он взглянул на меня, но сразу отвел глаза – увидал, что нарядов на мне в помине нет. Качнул головой, будто хотел сказать: "Какая ты хорошенькая". Потом глубоко вздохнул.

Я встала на колени рядом с ним, на постели. Погладила ему затылок и сказала:

– А мне нравится мой маленький Франсис.

– Прошу вас, не называйте меня так. Зовите меня Франк, так как-то более по-мужски.

– Ладно.

Я осторожно расстегнула ему рубашку. Совсем, чтобы он потихоньку снова ее не застегнул. Я решила отвлечь его от рокового момента и стала ему зубы заговаривать:

– Ты, наверное, все об учебе думаешь?

– Я о ней вообще никогда не думаю.

– Обними меня.

Он так и сделал.

– За десять лет я получил два аттестата. Один по латыни, другой по древнегреческому.

– Руки ниже.

Он так и сделал.

– У меня только латынь и греческий хорошо идут. Все остальное на нуле. Я до сих пор на первом курсе.

– Можешь груди мне погладить.

Он так и сделал.

– Все мои друзья по коллежу кто где пристроились уже, семьями обзавелись. Но я их советов не слушаю.

– Ложись.

Дальше я сама управилась.

Такая со мной приключилась напасть. Со мной – а ведь мне на любого, хоть на белого, хоть на негра, всегда было наплевать, и тут появился он и всю меня перевернул. Конечно, мне случалось с некоторыми клиентами увлекаться. Бывают моменты, когда не можешь с собой совладать – вот и даешь себе волю. Но такое случалось четыре или пять раз за все время, пока я была шлюхой, то есть за всю мою жизнь. И как я ни пыталась сдерживаться, как ни сжимала зубы, клиент все-таки замечал, до чего ему удалось меня довести. И мне стыдно было, когда в его глазах загорался злорадный огонек. После я с этим клиентом уже никогда не ложилась, предпочитала встречаться с ним и все прочее только мысленно и в одиночку. У каждой шлюхи должна быть своя гордость. В любом случае с Франсисом я не то чтобы в очередной раз дала маху, с ним все совсем по-другому. Он проник мне в самое сердце, прямо как в романах пишут. Только он поцеловал меня в губы – и я сразу в него влюбилась. Никому другому я в жизни такого не позволяла. С ним же все как-то само собой получилось, и когда я сообразила, что к чему, мы уже вовсю целовались.

А потом как начали хохотать! Над всем – над ним, над тем, как я "з" вместо "с" говорю, и просто так, ни над чем. Я боялась, что кто-нибудь из наших девок, проходя по коридору, нас услышит, и шикала на него или зажимала ему рот, и тогда мы еще больше хохотали, просто давились от смеха. А после продолжили, и учение у него шло куда лучше, чем в прочих его занятиях. Я совсем забыла о времени, а когда посмотрела на часы, нам пришлось быстренько одеваться. Я его пустила вперед, чтобы девки не видели нас вместе. Даже последнюю дуреху, как она девкой станет, не проведешь. И со спины все поймет. Франсис хотел еще меня поцеловать, когда выходил из комнаты, и я не сопротивлялась. Мне было хорошо.

Весь следующий день у меня душа ныла. Вечером как покажется на пороге очередной клиент, так у меня аж дыхание перехватывает – нет, не он. Я слыхала, будто девки и за грешки помельче оказывались в солдатских публичных домах в Северной Африке. Боялась, что не придет. Боялась, что Мадам за мной следит: жду я его или нет? Но он мне обещал прийти, а он был из тех немногих, кто как скажет, так и сделает.

Хорошо еще, что я не видела, когда он явился. Я была наверху, в комнате, с воспитателем детского лагеря отдыха. Когда я спустилась в гостиную, Франсис ждал у стойки, на своем обычном месте, уткнувшись в кружку. На мне была белая комбинашка и чулки. Я было расстроилась – подумала, что разонравилась ему, – но Мадам мне жестом дала понять: мол, он уже тебя застолбил.

Наверху, в комнате, я была еще счастливее, чем накануне, да и он, по-моему, тоже. Мои белые чулки и темная кожа – такое сочетание ему нравилось; правда, как он сказал, наоборот было бы лучше. Я решила остаться в чулках. Чтобы подразнить его немного, обозвала в шутку маленьким развратником. Гляжу: рассердился всерьез. Пришлось вину загладить и обласкать его как следует, тут он мне сказал – прямо как в одной песенке, тогда модной, пелось: *"Я не грущу, я в меланхолии"*, – что я его не так понимаю, совсем не так. Первой женщиной, настоящей и единственной, которую он любил, была его мать: очень молодая, очень красивая, очень блондинистая. Об отце он вспоминал так: "Мой папаша, этот варвар..." Они жили в Марселе, в том квартале, где итальяшки. Варвар их бросил, и мать с сыном – ему то ли шесть, то ли семь лет было – остались без гроша: ей, конечно, пришлось подыскивать работу. Франсис говорил:

– Она отправила меня в пансион, но я не имею права ее упрекать, у нее не было другого выхода.

Но все равно бедняжка был страшно несчастен. С матерью виделся только по воскресеньям. Она, отправляясь с ним на прогулку, подолгу прихорашивалась перед зеркалом.

– Она водила меня в зоологический сад в конце бульвара Лоншан. Покупала мне печенье и пиволо.

Я знать не знала, что это за штука такая – "пиволо", а спросить побоялась. Может, мороженое какое-нибудь на палочке, типа сосульки. Но это к делу не относится. Он следил, как мать натягивала чулки и, надев шелковое белье, придирчиво разглядывала себя в зеркале. Спрашивала, как ему нравится. А он бросался к ней и крепко обнимал, прижавшись лицом к животу. Она была самой красивой на свете. Да что я болтаю? Она одна была как все женщины в мире – красивые, страшные, добрые, злые, с запахом молока и душистых цветов. Он долбил одно и то же, словно я полная идиотка:

– Чулки, кружева – это было красиво, это все такое женское, понимаешь? Я на всю жизнь запомнил. И я люблю все женское, я же не развратник какой-нибудь!

Я его успокаивала, что никакой он не развратник. Я б ему вообще сказала, что он – святой с сиянием вокруг головы, если б ему от этого стало приятно. Лично мне во всех его рассказах больше всего нравилось то, что я могла полюбоваться на его глаза и губы. И пусть бы рассказывал чего хочет. Я здорово в него втюрилась. Хотя и в первый раз, но сразу ясно – любовь. Я мечтала, чтобы Франсис меня увидел такой, какая я на самом деле – с белой кожей, с пушистыми волосами, – и вообще об уйме всякой ерунды, которая лезет в голову, когда остаешься совсем одна. Мой ближайший выходной выпадал на следующий четверг. До той поры я решила ничего не загадывать.

На третий вечер Франсис опять пришел, а потом и на четвертый. Мадам и не пикнула насчет того, что он снова застолбил меня и я с ним наверху была вдвое дольше обычного, но она была уже на пределе. В среду, как раз перед тем, как ему прийти, Мадам отвела меня в сторонку за стойку бара. Моя темно-коричневая кожа, наверное, светло-кофейной стала – до того я побледнела, когда услыхала от нее:

– Нынче вечером я тебе позволю, так и быть, но это в последний раз, учти. Уже все наши девки заметили. Если будешь продолжать, придется тебя выгнать. А я не хотела бы.

Я немного поартачилась, думала дурочкой прикинуться, но Мадам меня довольно-таки резко оборвала в том духе, что ее не проведешь и что она в борделе с той поры, когда я еще под стол пешком ходила. Она развернула бумажку в пятьдесят франков и помахала ею у меня перед носом, заявив, будто Франсис вчера как раз эту денежку ей всучил.

– Хочешь, все по местам расставлю? Ведь бумажка – из тех, которыми я с тобой на прошлой неделе расплачивалась!

Тут я язык и прикусила, даже не стала спрашивать, как это она, платя мне гроши, ухитрялась и дальше за ними следить; а Мадам, приобняв меня, будто хорошая подруга, продолжала:

– Слушай, ну что же ты делаешь? Как же это называется – свои кровные какому-то проходимцу отдавать, чтобы он мог тобой же и пользоваться. Ну знаешь, это уж совсем ни в какие ворота не лезет! Не ты первая такая, и те, что до тебя так влипали, помалкивали в тряпочку.

Она думала, я психану, разревусь вовсю и тем все и кончится. Просчиталась мамашка фигова. Пусть двадцать три стукнуло, пусть со всех сторон обложили, все равно на все наплевать, когда хочется узнать или хоть одним глазком взглянуть, какое оно, счастье, бывает. Мадам повторила, что еще на один вечер оставит мне Франсиса. А я думала только о том, что завтра – мой выходной. Дальше я не загадывала. Кто меня в последний раз брал да и в предпоследний – я их вообще не знала. Зато завтрашний день был мой, и только мой, никто на свете не мог его у меня отнять. Наконец-то там, за стенами борделя, кто-то ждет меня, и у него так же, как у меня, щемит сердце: стоило только подумать об этом, и сердце мое принималось гулко стучать в груди.

Жизнь, она длинная, все успеет сгладить – так говорил Франсис. Страсти пройдут, как и все остальное, и следов оставят не больше, чем весенний ливень. И это правда – вот я жива-здорова и обо всем вам спокойно рассказываю. В тот вечер, в среду, он меня обнимал, а я смеялась так, как никогда в жизни, я знала, что мне страшно повезло, а потом будь что будет.

Не стану все рассказывать, только вот еще что: на каникулы Франсис снял на той стороне мыса старый винный склад – и не найдешь в зарослях дрока, – там-то мы и условились встретиться. И я, подстилка из подстилок, чувствовала себя как неопытная девушка – вроде Даниель Даррьё в том фильме, – и я до сих пор помню это свое первое свидание.

Ровно в девять я была у Трещотки, местной парикмахерши. Заказала выпрямить волосы, потом взбить, потом расчесать. Взглянула в зеркало и увидела совсем другую, словно присыпанную мукой рожицу. И мне все хотелось побольше нарумяниться и губы поярче накрасить. Даже не верится, что можно было так поглупеть, но зато как это, оказывается, здорово. В одиннадцать часов я купила в "Парижском шике", что напротив церкви, такое дамское белье – умереть, не встать: шелковые чулки и узенький лифчик – чтобы не слишком скрывал мои прелести. Я боялась хоть что-нибудь позабыть из того, что тысячу раз в уме тасовала, и записала все на бумажку. Шампанское "Вдова Клико", а к первой бутылочке еще одну, чтобы той вдовой не быть, сигареты "Кэмел", пирожные из кондитерской "Эстанк", что на набережной. Ровно в полдень я уже ждала метрах в ста от хибары моего милого, под деревом, на котором я пилочкой для ногтей вырезала его имя; на мне было лазурного цвета платье, если покрутиться – развевалось блюдечком. Франсис сказал: "К двум часам". В последнюю минуту, самую последнюю, я принялась стучать по дереву кулаком, чтобы не расплакаться, и все твердила себе: ах Сюзанна, ах Сюзанна!

Да, вот как все теперь обернулось.

Что дальше было – тоже не очень хочется рассказывать. Мы были вместе до вечера, а потом и до ночи и, наконец, до утренней зари. Он проводил меня до моего "дома", потом я его – обратно, до его хибары, а потом мы снова отправились по тому же маршруту. Никак не могли нацеловаться. Столько еще оставалось рассказать друг другу. Уж даже не знаю, что еще нужно было, чтобы нам расстаться. Солнце потихоньку выпускало свой первый лучик. Грузовик увозил мусор и все сны, все мечты. У ржавых ворот, уже на пороге нашего девичьего жилища, Франсис, просунув руки мне под платье, обнял меня и поднял выше головы – развеселить хотел. Сказал мне:

– Помни меня всегда.

Я смеяться не стала и поклялась, что не забуду его.

В тот же день, около пяти, он появился в гостиной "Червонной дамы" все в том же паршивеньком костюмчике, с тем же галстуком-шнурком, и видок такой, словно он пил вместо того, чтобы спать. Я не успела ничего сообразить, как Мадам между нами встряла. Франсис как рявкнет на нее:

– Отвали, не то я тут все разнесу!

В гостиной уже сидели три хмыря, как всегда по пятницам, но они же не ради драки пришли, да и ни девкам, ни Мадам этого не нужно было. Франсис схватил меня за руку – я опять была под дочь саванн наряжена – и взял курс на мою комнату. Он уйму всего хотел мне рассказать.

Сначала он всю меня вымыл марсельским мылом: отмоет кусочек добела – и целует. А между поцелуйчиками скороговоркой выложил какую-то жутко запутанную историю. Он добрался уже чуть ли не до пальцев на ногах, когда я кое-как ухватила за конец ниточку из этого клубка: в общем, когда он был маленьким, у них в пансионе была поганая-препоганая училка. Я сказала:

– Знаю, знаю. Ты ей под юбку заглядывал без злого умысла, просто хотел посмотреть на ее штанишки.

– Нет, ты послушай, только смотри не упади: я сегодня утром встретил ее здесь, на набережной!

Я никуда не упала, хотя это проще простого, коли стоишь одной ногой на краю ванны, а тебе отмывают пальцы на ноге. Чтобы не получилось, будто мне неинтересны его детские воспоминания, я сказала:

– Она теперь, наверное, уже постарела.

– Нет! Ни капли не изменилась!

Он ее увидел, когда она выходила из бистро. Худощавая, темноволосая, глаза цвета морской волны, плотно облегающий плащ, в руке – школьный портфельчик, на вид – двадцать пять лет. Я ему прозрачно намекнула, что из бистро-то, должно быть, он выходил. Я так думала, что он там уже хорошо клюнул. Напрямую я говорить не стала, но намек был как раз такой.

Ничего подобного: когда мы расстались, ему стало немножко грустно, но он ничего не пил. Он по утрам вообще не пьет. Слегка позавтракал: два бутерброда и кофе со сливками.

В общем, так. Он пошел за ней следом, на расстоянии, и дошел до какой-то виллы на побережье, с большим садом и деревянной вывеской над воротами. Когда она скрылась в доме, он подошел поближе и прочитал вывеску: *"Пансион святого Августина"*. Точно так назывался и его пансион в Марселе! После Франсис, конечно же, пошел и выпил: надо же было прийти в себя.

Я эту женщину знала, хоть и ни словом с ней не обмолвилась. Она вместе с мужем поселилась в Сен-Жюльене года за три-четыре до того. Мужа этого я так и не успела увидеть. В первый же учебный год после каникул ребята в футбол гоняли, и у них мяч на крышу попал – он полез его доставать и загремел оттуда прямиком на кладбище, вот что значит с сопляками всякими возиться. Она перенесла этот удар и продолжала одна управлять пансионом.

Если бы не Франсис, я б о ней, понятное дело, в жизни не вспомнила. Лет ей было приблизительно столько, сколько он говорил: двадцать четыре или двадцать пять. Немножко надутая и стервозная, но внешне ничего – дело вкуса, конечно. Как бы там ни было, от этой истории мой студент жутко разволновался: спину мне вытер, а потом опять полотенце протягивает – мол, вытирайся. Принялся ходить туда-сюда по комнате, постукивая кулаком о кулак.

– Я навел справки, – сказал Франсис. – Она приехала из Марселя. Ученики ее прозвали, как и мы тогда, – Ляжкой. Вот это да – надо же такому быть! Настоящая фантасмагория!

Я попросила объяснить, что это за слово такое. Оказалось, и впрямь подходящее. Я в арифметике не больно сильна – за всю жизнь только и научилась, что ноги как следует раздвигать, – но если этой крале было двадцать пять, когда Франсису было семь, то как же она теперь может быть моложе его, ему-то уже под тридцать? Как он там сказал – фантасма какая-то?

Но Франсиса не так-то легко было смутить:

– На самом деле ей сейчас должно быть сорок пять, а выглядит она на двадцать лет моложе – только и всего. Понимаешь, такое сплошь и рядом бывает. Да и наоборот тоже.

Ну ладно. Пускай он действительно встретил свою школьную училку – без единой морщинки, не растолстевшую, хоть ей и полста катит. Прямо чудо – пускай так. Ну и что с того? Франсис перестал вышагивать, застыл на секунду и смотрит на меня с этакой многозначительной улыбочкой. Потом подошел к постели и растянулся на ней: руки заложил за голову, ноги скрестил и говорит, глядя в потолок:

– На каникулах она живет совсем одна. И у меня созрел план.

Если уж кому хочется меня помариновать, я в таких случаях никого не тороплю. И до любого быстрей это доходит, если я спокойно кладу на место полотенце и причесываюсь перед зеркалом с таким видом, что сразу ясно: мне продолжение этой истории так же интересно, как вон тому круглому столику на трех ножках. Но Франсис опять за свое:

– Ты слышала, что из крепости сбежал заключенный?

Будь я глухой, тогда, может, и не слышала бы.

– В этом-то и вся штука: я выдам себя за него!

Понимай как знаешь, спасайся кто может. Когда я подошла к нему поближе, глаза у меня уже, наверное, на лбу были. Но у него вид был вполне нормальный. Затея ему явно нравилась – он весь сиял. Если кому когда понадобится нарисовать парня, который узнал наконец, как решить все свои проблемы, вот готовая картинка: он лежит на постели, на покрывале в полоску, в одной из комнат публичного дома, руки заложены за спину, челка закрывает правый глаз, ходули в мятых брюках перекрещены. А в углу видна несчастная девушка – она только что поняла, что счастье от нее ушло. Земля перестала вертеться вокруг оси, а сама она болтается, уцепившись за хвост бумажного змея. Стоит только добавить бедламно-желтых и приютски-серых красок да еще позолоченную рамку – и первая премия на выставке обеспечена.

– Я заявлюсь к ней, – бредил Франсис. – Я уже хорошенько обмозговал, как надо будет выглядеть: грязная рубашка, грубые солдатские башмаки, лицо и взгляд – дикие. Она у меня всю ночь, а может и больше, будет подыхать со страха!

Ясное дело – человеку пора подлечиться. Но ему я этого, конечно, говорить не стала. Он вдруг подскочил и сел, точно его змея укусила и змея эта – я. И как крикнет:

– Да ты знаешь, что это такое было для меня, когда я мальчишкой был?! Это дело святое!

После опять откинулся на подушки, руки опять заложил за голову – подпер свою упрямую башку, ничего не желавшую слушать. Но хоть на минутку я его заткнула. Я села рядом с ним. Он был небрит, волосы всклокоченные, взгляд уставлен в потолок.

Честно говоря, отмывшись и приняв нормальный вид, я меньше всего хотела обсуждать какие-то школьные страсти-мордасти. Хотя, с другой стороны, мы накануне все радости жизни имели. Я сказала себе: не может он уж слишком сильно взвинтиться, потому что резьба у этого винта быстро кончится. Видно, вино попалось дрянь – только и всего. С Мишу такое бывало, и даже с Магали, а уж она-то самая крепкая тыква на нашем огороде. Вот он протрезвеет, соснет хорошенько в придачу, да сам же еще и посмеется над своими бреднями, с пеной у рта будет доказывать, что ничего такого не думал.

Минут через пятнадцать я решила проверить, как он там, и вежливо попросила у него сигарету. Он пошарил в кармане брюк и дал мне закурить. Мне не очень-то хотелось курить, надо было просто немножко разрядить обстановку. Франсис прижался щекой к моему животу, чмокнул меня, вздохнул раз-другой. Я тихо-тихо, чтобы ничего не нарушить, спросила:

– О чем ты думаешь?

Он в тон мне осторожно и размеренно ответил:

– Если у нее еще сохранился карцер, я ее там запру.

Со мной он пробыл еще час, а может, и больше и все это время продолжал пережевывать эту историю.

А когда собрался уходить, то, перекинув пиджак через руку, поцеловал меня и сказал:

– Если все будет в порядке – до завтра.

Непреклонный такой, важный. Можно подумать, только что получил путевой лист – узнал точный маршрут. Вообще-то я обо всем этом рассчитывала рассказать Мадам – надо же было ей как-то объяснить, почему он такой психованный явился. А Франсису я всего-навсего сказала, немножко грустно, но нежно:

– Бедный мой Франк, втянешь ты себя в такую заваруху, которая неизвестно когда и чем кончится.

Я не ошиблась, и, на мою беду, никто мне ничего не может возразить; но даже я не думала, не гадала, что это завихрение таким сильным окажется.

Ну вот. Что могла, все рассказала. Ничего не придумала: все своими глазами видела, своими ушами слышала. Как хотите, можете верить не мне, а той, другой, – тому, что наболтала вам эта дурочка. А знаете, что мне сейчас пришло в голову? Вот вы что-то говорили насчет наследства, так вот: Жоржетта наверняка про эту историю пронюхала – где-нибудь под дверью подслушала. Это в ее стиле; может, потому-то она и напридумывала черт-те чего. Но это к делу не относится.

В "Червонной даме" никто, кроме меня, с Франсисом знаком не был. Он через мою жизнь прошел как сон, в одно мгновение. Если по пальцам считать, то и разуваться не надо: я его знала ровно семь дней. Даже не успела заметить, играет он на пианино или нет.

Вы и сами хорошо знаете, что я его еще раз увидела, но в такую минуту, когда и он был уже не он и я была уже не я – ни белая, ни негритянка, ни Сюзанна, ни Зозо, – и мне духу не хватает вспоминать об этом. Может, кто другой лучше меня обо всем расскажет: и слова всякие сыщутся, и язык не будет заплетаться. Я-то с малых лет так картавлю – с перепугу, когда однажды дом чуть не подожгла. Это было в Сент-Уэне, в двух шагах от газового завода. Еще чуть-чуть, и весь квартал на воздух взлетел бы. Вот что бывает, когда родителям по четырнадцать лет и они задрав хвост по танцулькам бегают, вместо того чтобы присматривать за своей малышкой в колыбели.

КАРОЛИНА

Я не стану называть ни числа, ни месяца, ни года, ни места, где это произошло. Вдруг мой рассказ попадется на глаза кому-то, кто меня знает? А я не хочу, чтобы меня теперешнюю сравнивали со мною тогдашней. Я слишком много выстрадала и не позволю втаптывать себя в грязь.

Допустим, это было в конце лета, на берегу Атлантики. В городишке, каких много на побережье, с маленьким портом и церковью; как и повсюду, под ее сводами велись бесконечные сплетни и пересуды.

Мне было двадцать пять лет, и я тогда уже четыре года как овдовела. О своем муже я тоже ничего не скажу, потому что, во-первых, не хочу осквернять его память – он этого не заслужил, а во-вторых, не знаю, что и сказать, – мы были знакомы всего несколько месяцев.

Я продолжала начатое нами вместе дело – содержала пансион для мальчиков. Всего в пансионе жило двадцать учеников, в основном трудные дети, старшему не было и десяти. Во время учебного года мне помогали кухарка и еще одна учительница, а во время каникул, чтобы не сидеть в пустом доме сложа руки, я делала в округе уколы.

И вот в пятницу вечером, заканчивая обычный обход своих пациентов, я позвонила в дверь парикмахерши, госпожи Боннифе. Я терпеть не могла этой сплетницы. Как только мы с ней запирались в столовой в ее квартире за парикмахерской, она принималась обсуждать интимную жизнь всех, кого только можно.

Она была прямо помешана на этом. Думаю, ей к тому же доставляло удовольствие мое ощущение. По врожденной стыдливости, по воспитанию я была ей полной противоположностью, но она непрестанно заводила разговор о том, что в моем вдовом положении меня совершенно не интересовало. Она отказывалась верить, что радости плоти мне чужды. Я не отрицала, что я молодая, красивая и фигура у меня точеная, но разве честная женщина обязательно должна быть уродиной?

Я, конечно, не высказывала этого вслух, потому что была уверена: она все извратит и разнесет по городу. Ее прозвали Трещотка – этим все сказано. Я как-то имела неосторожность выразить ей наедине мое изумление по поводу того, что она причесывает одну из обитательниц домов разврата, попадающихся даже в такой глуши, как наша. С тех пор, встречая меня на улице, потаскуха с наглостью на меня глазела, и мне приходилось переходить на другую сторону.

К тому же и сама Трещотка – отнюдь не образец добродетели. Я глуха к сплетням, но кухарка рассказывала о ней такие вещи! Однажды ночью в скалах видели, как она... на четвереньках... Другой раз на пляже, в раздевалке... стоя.

Умолчу о худшем. По общему мнению, у мужа парикмахерши рога до того велики, что в дверь не проходят.

В тот вечер, о котором я говорю, в городе только и было разговору что о бежавшем из тюрьмы заключенном. Произошло это где-то в наших краях. Устроили облаву, выставили заградительный кордон, но так его и не поймали. О нем-то и заговорила Трещотка, когда спускала трусы и укладывалась на диване на живот, всячески оттягивая время укола.

Она страсть какая неженка и, когда приближается шприц, вечно заводит одну и ту же песню:

– Умоляю вас, осторожно! Не сделайте мне больно!

Когда эта цветущая блондинка, безусловно соблазнительная для мужчин, вот так выставляющая свой белоснежный зад, вся извивалась от страха, мне всегда представлялось, что здесь, в точно такой же позе и, может быть, с такими же словами, она выставляется навстречу иным, не менее опасным нападениям.

Я тихо приказывала:

– Расслабьтесь! Не надо так сжиматься!

Она глядела на меня широко раскрытыми глазами. Но не жалость наполняла мое сердце, нет, – мной овладевало сладкое мстительное чувство. Наконец-то я могла отплатить ей за все издевательства над моим смущением, усугубляемым ее инсинуациями. Я еще целую минуту держала ее в состоянии ужаса, пока она, изнемогая от пытки, не зажмуривалась и, закрыв лицо руками, почти желала, чтобы неотвратимый укол был сделан. Всем своим существом она его хотела и всем существом ему противилась – тут-то я ее и колола. Сдавленно вскрикнув от неожиданности и беспомощности, парикмахерша вытягивалась на диване, жалкая, дрожащая, платье задрано, трусы спущены ниже подвязок, и вот тут-то медленно, со злорадством, каплю за каплей я вводила ей целебное зелье.

Потом она с трудом поднималась, оправляла платье, не переставая жаловаться и стонать. А я принималась уверять, что в жизни не видела такого упругого зада, и она мгновенно утешалась. Она была столь же глупа, сколь болтлива, – правда, следует отдать ей должное, совсем не злопамятна. И тотчас же возобновляла начатый нами до этого разговор. На этот раз, роясь в ящике, чтобы заплатить мне за перенесенные страдания, она снова вернулась к теме преследования бежавшего преступника.

– Знаете, как он скрылся от погони? Залез ночью в фургон некоего горожанина. Вы спросите, почему же фургон не обыскали? Да потому, что в нем одна парочка отправилась в свадебное путешествие. Подумайте, как деликатны военные! Только я еще кое-что об этом знаю.

Думаю, всем уже ясно, что за особа эта парикма-херша, как, думаю, ясно и то, что если я согласилась присесть и спросить, что же, собственно, она знает, то сделала это из вежливости.

– В этом месяце, – продолжала она, понизив голос, – венчалась только одна пара – господин Северен и рисовальщица его реклам, юная Эмма. Я сама ее, ми-лочку, причесывала к свадьбе. Волосы роскошные, ну и работа, я прямо наслаждалась. И вот, чтобы поехать в свадебное путешествие, они купили санитарную ма-шину, оставшуюся еще с войны четырнадцатого года. За четыре су, скажу – не солгу, мой муж самолично им ее продал. Вечером они тронулись в путь, и тут...

Молчание. Она обожала поджаривать собеседника на медленном огне нетерпения. Я, конечно, имею в виду других ее собеседников, сама-то я спешила домой и спросила, только чтобы поддержать разговор:

– Ну так и что же?

Она быстро взглянула на дверь, затем приблизи-лась и, схватив меня за руку, проговорила чуть ли не шепотом:

– В ту же ночь – один мой знакомый видел собствен-ными глазами – Северен вернулся в город без невес-ты... Хорошо, что вы сели. Представляете, он вернул-ся босиком, в одной пижаме!

Поверьте, я не сразу поняла, что тут такого. Я рань-ше видела господина Северена, рекламного агента, работавшего в порту. Встречала и его невесту – идет прямо, вся такая из себя, как угорь извивается, про-зрачное платье напялила – смотрите на нее. Сделать бы ей укол, думала я всякий раз, небось спеси поуба-вилось бы. Говорили, что они стали любовниками за-долго до свадьбы. Как-то при мне кухарка вывела сле-дующее умозаключение, по ее мнению довольно забавное, но заставившее меня покраснеть до ушей:

"Господин Северен с его комплекцией не принесет невесте большого вреда". Я прочла в одной книжке, случайно мною обнаруженной у нас на чердаке, что мужчины невысокого роста, напротив, очень... но довольно. Оставим это на совести автора, сама-то я абсолютно неопытна в таких вещах.

Насладившись моим недоумением, Трещотка наконец прервала молчание, воскликнув:

– Тут уж мне все стало ясно!

Она потерла висок, опять взглянула на дверь и наклонилась ко мне так близко, что ее надушенная физиономия почти коснулась моего лица.

– Вы еще не поняли? В ту же ночь на пути у них встал преступник. Увел фургон и невесту, ее с тех пор никто не видел, а господин Северен теперь заперся у себя и...

– Погодите, он еще подаст жалобу в полицию, сообщит обо всем, – возразила я.

– Для этого он слишком горд.

– Они, само собой, поссорились в дороге!

Парикмахерша развела руками, будто хотела сказать: "Думайте что хотите, и все-таки..." Сунула мне деньги за укол. Получив их, я пожалела, что обошлась с ней так сурово, и, чтобы загладить свою вину и доставить ей удовольствие, позволив выговориться, взяла ее под руку и уже у двери спросила:

– А как по-вашему, почему она не вернулась?

– Слишком гордая. Тот, кто ее увез, шесть лет не видел женщин. Нужно ли говорить, что он с ней сделал? А может быть, это он с ней расправился – к примеру, задушил и бросил в океан.

Можете судить, в каком состоянии я вышла из парикмахерской. Я уже говорила, что Эмма мне никогда не нравилась. Но ведь и я тоже женщина, и притом чувствительная. Я видела, как в день свадьбы она выходила из церкви – свежая, светловолосая и, если не считать цвета волос, прямо вылитая я четыре года назад.

Видела, как в сумерках мимо нас проехал ярко-желтый фургон, завешенный белым тюлем. И представляла себе, в какой кошмар превратилась ее брачная ночь. Проселочная дорога, луна, вокруг ни души. Машина остановлена, она внутри, раздета, может быть, связана. И что ей пришлось вынести перед тем, как он ее убил. И ее лицо, залитое слезами, глядящее с жалкой надеждой, что она останется жить.

На полпути от дома я поняла, что идти мимо порта мне не хватит храбрости. Мужчины, пьющие за столиками под открытым небом, всегда раздевали меня взглядами, некоторые даже свистели. Я, в своем неизменном бежевом пальто, проходя мимо них, всегда убыстряла шаг. Но теперь при одной только мысли об их голодных взглядах меня прямо передернуло от отвращения.

На этот раз я решила идти мимо вокзала, он всегда охранялся солдатами. Конечно, они тоже смотрели на меня с безмолвным тягостным упорством, но все они служили в армии – самой доблестной армии в мире, – и с ними я чувствовала себя защищенной от всякой грубости.

Красно-оранжевый цвет разгонял тени, освещая стены вокзала. Здесь, в отдалении, на скамейке сидел командир – крупный, плотный мужчина средних лет с мужественным лицом, с начавшими седеть волосами. Я узнала его. Это был капитан Котиньяк. Он присутствовал на похоронах моего мужа и теперь, встречая меня в городе, всегда со мной раскланивался и иногда галантно заводил разговоры о том о сем. Его считали нелюдимым молчальником, но мне кажется, он выделялся на общем фоне своими бесспорными достоинствами и, признаюсь, я находила его выправку безупречной.

Увидев меня, он поздоровался, и, поскольку у меня не было никаких неотложных дел, а возвращаться в пустой дом не особенно хотелось, я подошла к нему, и мы разговорились. После обычного обмена любезностями я спросила, увидев, что у него на коленях разложена военная карта местности:

– Ну что, капитан, еще не поймали преступника?

Весь город только об этом говорил, так что мне казалось вполне естественным задать подобный вопрос человеку, непосредственно ведущему поиски.

Не удивил мой вопрос и Котиньяка. Только взгляд его стал суровым.

– Наши посты охраняют дороги, вокзалы, пляжи, – ответил он, складывая карту. – Я уверен, что сквозь эту цепь он не прорвется. Негодяй далеко не ушел, он прячется где-то здесь. – Возвысив голос, он хлопнул ладонью по карте.

– Говорят, что вы лично заинтересованы в поимке этого человека.

– Человека?! – вскрикнул он. – Это не человек! Это лютый зверь!

И сейчас же, вспомнив, что перед ним женщина, и устыдившись своей резкости, почтительно снял фуражку и подвинулся, приглашая меня присесть.

Мы оба глядели на алое солнце. Немного успокоившись, он забормотал глуховатым голосом:

– Я, Каролина, – вы позволите называть вас по имени? – еще никому не рассказывал о воспоминании, которое меня гложет. Женщине-другу это рассказать легко.

"Было это много лет тому назад, – начал капитан. – На праздник Четырнадцатого июля нас расквартировали в одной деревне в Арле. Меня как старшего сержанта разместили у старосты. Мы с ним быстро нашли общий язык. Я ведь тоже из крестьян и не стыжусь этого. Только он стал деревенским старостой, а я начал самоучкой и шел все дальше и дальше, пока не получил диплом о военном образовании. Сыновей у этого работяги не было, зато была восемнадцатилетняя дочь, свеженькая, прехорошенькая, воплощение чистоты, – Полина. Глядя, как она, скромная, аккуратно одетая, снует взад-вперед по дому, кормит кур, вечерами шьет, я испытывал какое-то непривычное ощущение тихой радости. Мне пошел четвертый десяток, к гарнизонным шлюхам я всегда испытывал только отвращение и вот теперь мечтал о Полине, как ребенок мечтает об ангеле. А по смущению, с каким она встречала меня, когда я возвращался со службы, по взглядам, украдкой бросаемым поверх вышивания, легко было догадаться, что и я ей небезразличен.

Накануне праздника в деревне устроили фейерверк, и, поужинав, вся семья, кроме Полины, убиравшей со стола, пошла на него посмотреть. «Такой прекрасной возможности переговорить наедине с очаровательным созданием может больше и не представиться», – сообразил я и тоже задержался у стола. Я сидел в своей небесно-голубой форме, допивая вино и покуривая сигарету, а когда она подошла, чтобы убрать мою тарелку, удержал ее, взяв за руку. Девушка, смутившись, потупилась – легко догадаться, что она не привыкла к такому обращению. Не меньше ее взволнованный, я поведал ей о своем чувстве со всей прямотой французского солдата.

– У меня, Полина, нет дочери. Будь у меня дочь, я хотел бы, чтобы она точь-в-точь походила на тебя.

Она ответила тихо, не решаясь поднять на меня глаз, – от ее дыхания веяло лавандой и розмарином:

– Вы слишком добры ко мне, господин сержант.

– Полина, – сказал я ей тогда, – оставайся такой же невинной, такой же чистой. Когда моя служба кончится, я, несмотря на нашу досадно большую разницу в возрасте, попрошу твоей руки.

Она со вполне понятным удивлением взглянула на меня. И сейчас же приняла свой обычный сдержанный вид. Больше между нами не было сказано ни слова, но, поверьте, только стыдливость помешала ей немедленно согласиться. Мы с ней стоим одни в общей комнате дома, моя рука чувствует нежное тепло ее руки, за окном слышен отдаленный треск рвущихся ракет, восторженные возгласы ее родителей... Взгляд синих глаз на мгновение встречается с моим... Полина..."

"В следующий раз мне суждено было увидеть ее уже мертвой, – продолжал капитан прерывающимся голосом. – На другой день, после банкета в ратуше, где я присутствовал по долгу службы, я шел по улицам, увешанным знаменами и заполненным ликующей толпой. Я надеялся разыскать ее.

Посмотреть, как она, улыбающаяся, в национальном костюме, в белоснежном кружевном чепце, танцует под звуки дудок и тамбуринов. Может быть, самому потанцевать с ней. Я радовался, как новобранец радуется весеннему солнышку. Сталкивался с обнявшимися парочками, выслушивал оскорбления пьяной деревенщины, не предчувствуя, что сегодня же вечером в мою жизнь ударит молния и она разлетится на куски.

Случилось это в час, когда солнце висит над равниной подобно раскаленному шару. Ко мне подошел капрал с сообщением, что в деревне случилось нечто ужасное. Он не сказал, что именно, а моя душа была настолько полна Полиной, что я и подумать не мог ни о чем другом и даже не спросил его, в чем дело. С несколькими солдатами вскочил в грузовик и помчался к дому старосты.

Во дворе дома, около амбара, меня ждало ужасное зрелище. Распростершись наподобие тряпичной куклы, в одной изорванной в клочья рубашке, на земле лежала Полина. Щека, повернутая к нам, испачкана в земле, слезах, крови. И все нагое тело несчастной девушки залито кровью. На мгновение сердце мое перестало биться, а когда я немного пришел в себя, первым моим движением было поскорей прикрыть ее кителем. Пусть тела Полины, неприкосновенного при жизни, не коснутся даже взгляды моих солдат.

Неприкосновенного? Нет, ее обесчестили, опозорили, ее насиловали часами, пока она, изнемогающая от стыда, не выбросилась из окна амбара, спасаясь от пыток. Да пожрет пламя преисподней чудовище, которое это сделало!

Мы нашли его тут же, на соломе, усыпленного вином и разгулом своих звериных инстинктов. Один из солдат второго призыва – лживый разболтанный итальяшка, насквозь пропитанный всеми пороками своей нации, бахвал, как все они, прикрывающий изысканными манерами бывшего ученика иезуитов леность, развратность, пьянство. Только такой отъявленный негодяй мог напасть на беззащитную девушку... Но ни слова больше. Меня переполняет ненависть к чудовищу – иначе я его не называю, – видите, я весь дрожу. Я так давно преследую его и надеюсь, что час расплаты близок".

После долгого молчания капитан продолжил:

"Когда его подвели к телу жертвы, мной овладело безумие, я не смог сдержаться и вцепился ему в горло. Солдаты меня оттащили. Он говорил, что ничего не помнит. Стоял отупевший, всклокоченный, будто никак не мог понять, что происходит.

Издалека доносилась веселая музыка. Староста еще не знал о случившемся. Может быть, беспечно танцевал со своей женой... Как только я все это вспоминаю, вспоминаю стоящего во дворе убийцу: рубаха без ворота распахнута на груди, ноги босы, руки заведены назад – прямо-таки приговоренный перед казнью, – думаю, нет, зря солдаты мне помешали, не важно, что со мною сделали бы потом, я должен был немедленно с ним расквитаться. Но вместо этого военный трибунал, возможно растроганный его молодостью – молодостью, черт их дери! А разве он пощадил молодость Полины? – установил, что в момент преступления он был невменяем, и сохранил ему жизнь! Я был на суде в качестве свидетеля. Не знаю, как совладал со своим возмущением. Узнав на следующий день, что его заключили в крепость здесь, в этом городе, стал хлопотать, чтобы и меня перевели сюда. Долгая была волынка. Написал тысячу писем, обивал пороги всех начальников вплоть до министра и наконец два года спустя получил назначение в ваш город, уже в качестве унтер-офицера. Быть назначенным в тюрьму, чтобы там сделать невыносимым существование мерзкой гадины, платя ей мучениями за каждый отнятый у меня и у моей дорогой Полины час жизни, оказалось не так просто, как я предполагал. Но даже просто находиться рядом с местом, где он сидит, для меня облегчение. Поверите ли, я часто поднимался на маяк с биноклем, чтобы увидеть если не его, то хоть серые, мрачные стены с темными амбразурами. Этого хватало для поддержания моей ненависти. Представьте же, как радостно забилось мое сердце, когда после долгих лет тягостной службы я вдруг узнал о его побеге. Стоило взвыть сирене, я уже был уверен, что сбежал именно он.

Прошло три недели. Вначале я думал, что ему удалось от меня скрыться – не буду говорить, при каких обстоятельствах, чтобы не задеть чести одной юной, ни в чем не повинной новобрачной. Той ночью он одно мгновение был так близко от меня, что я мог прикончить его одним махом, но он ушел, как песок сквозь пальцы. Любой на моем месте решил бы, что он станет пробираться в глубь полуострова, чтобы, прорвавшись сквозь цепь охраны, затеряться на континенте, отправиться в Италию, в Испанию, черт знает куда еще. Но ход его мыслей непредсказуем. И внезапно я догадался, что он прорвался сквозь наш кордон, просто чтобы его тут не искали. Он собирается уходить морем. Пока у него это, к счастью, не вышло. Он прячется где-то здесь, может быть, в самом городе. Я не имею права сказать вам, где он скрывался последние дни, но это место вполне в его вкусе. Лишь благодаря женской слабости он добивается всего, чего захочет.

Но уже темнеет, Каролина. Возвращайтесь домой. На этот раз либо я его задушу собственными руками, либо его расстреляют. Когда мы его поймаем, все, что вам кажется непонятным в его побеге, прояснится и вы увидите, что только истинное чудовище может с таким гнусным упорством развращать невинность".

Домой я возвращалась в кромешной тьме. Кроме криков чаек и шума прибоя, ничто не нарушало тишины.

Я была в полной растерянности. Путаясь в лабиринте белых улочек, я не переставая думала о страданиях юной арлезианки. В моих ушах всю дорогу звучали слова Котиньяка. Чудовищные видения преследовали меня: Полина во власти насильника на соломе, Эмма в свадебном наряде на полу фургона... все мешалось в моем сознании. Зверские совокупления, слезы тщетной мольбы о пощаде... Сад я миновала бегом и все-таки не могла отделаться от этих жутких картин. Не знаю, сколько времени билась я у входной двери, вставляя в скважину то один, то другой, то третий ключ, но помню, что, наконец очутившись внутри, навалилась на дверь всей тяжестью и задвинула все засовы, словно за мной гнался осиный рой.

Включила в передней свет, перевела дыхание. Домашнее тепло меня успокоило. Я с облегчением слушала тиканье часов с маятником, радостно вдыхала приятный запах натертого воском паркета. Как всегда, я положила ключи и сумку на турецкий столик, повесила пальто на вешалку в полированный шкаф орехового дерева, затем остановилась перед зеркалом. Заметила, что волнение мое понемногу развеивается, и стала приводить в порядок волосы. Чтобы вполне соответствовать представлениям большинства людей о директрисах пансионов, я ношу высокую прическу. Распускаю волосы только тогда, когда остаюсь одна. Вечером после ванны раз сто провожу по ним щеткой. Каштановые, блестящие, доходящие мне до пояса, они вполне заслуживают такого ухода. Вдобавок к дикой прическе я обычно еще надеваю очки из оконного стекла, единственно чтобы себя обезобразить. Ведь люди так глупы.

Что же еще? Ну, поправила пояс юбки, разгладила складки на белой блузке с большим воротником и пошла на кухню. Когда я одна, дверь всегда открыта. И вот включаю я свет, не подозревая, что вхожу в преисподнюю, и вижу... его, выходящего из-за створки двери.

Я почувствовала его присутствие у себя за спиной еще до того, как он вцепился в меня и зажал мне рот, чтобы я не кричала. Когда я увидела, что он схватил нож, ужасный нож для разделки мяса, ноги у меня подкосились. Со стесненным дыханием услышала, что голос у меня над ухом произнес:

– Не двигайтесь, если вам дорога жизнь!

Я даже не сопротивлялась. Не могла. Какое-то время он стоял неподвижно, прижав меня к себе, потом одним рывком вытолкнул на середину кухни к столу. О стол-то я и оперлась, чтобы не упасть. Попыталась разглядеть его. И рост и цвет глаз совпадают с описанием бежавшего преступника. Но – как бы это получше выразить? – он не походил на того бесстыдного грубияна, каким его можно было бы себе представить.

Написано: высокого роста, плечистый, да, но в то же время и хрупкий, можно сказать, исхудавший. Написано: наголо обрит, – ничуть не бывало, на лоб падает тяжелая прядь каштановых волос. Я увидела черные глаза, длинный прямой нос, ямочку на подбородке, а когда он заговорил – и ряд белоснежных зубов. Даже двухдневная щетина не портила его умного лица с тонкими чертами. Но больше всего меня поразило то, что этот человек с ножом в руках, в засаленной одежде сам меня боится.

– Вы знаете, кто я? – спросил он глухо.

Я кивнула, всеми силами стараясь сохранить хладнокровие.

– Я обошел весь дом. Огнестрельного оружия нет?

Вероятно, некоторое время я пребывала в замешательстве, но он этого не заметил, а может, решил, что это у меня нервное. Потом покачала головой.

– Высуньте язык.

Я высунула не задумываясь. До раздумий ли было! Он сказал просто:

– Хорошо, теперь можете говорить!

Я сделала над собой усилие и наконец смогла ответить слабым, жалким голосом:

– Муж не хотел держать в доме оружие. Когда имеешь дело с детьми, никогда не знаешь, что может случиться.

– Когда умер ваш муж?

– Четыре года назад.

Он окинул меня с головы до ног нахальным взглядом. С тех пор как я показала ему язык, он чувствовал себя вполне уверенно.

– Так у вас есть дружок?

Я возмущенно пожала плечами.

– Нет? Так как же вы обходились все это время?

Вопрос возмутил меня до глубины души. Но не в силах выносить его взгляда, я попятилась вдоль стола. Он, не сходя с места, закрыл дверь.

– Когда я задаю вопрос, следует отвечать.

– Мне нечего вам ответить.

Он слегка вздохнул и стал на меня надвигаться, непринужденно поигрывая ножом. Я отступала все дальше и дальше, пока не оказалась припертой к стене. Он проговорил, подойдя вплотную:

– У меня тоже давно не было женщины.

Больше всего меня испугал даже не нож, а выражение его черных глаз. Я метнулась в сторону, но он с реакцией кошки мгновенно выставил руку, преградив мне путь.

– А знаете, чего бы я хотел? – произнес он со зловещей мягкостью, в то время как острие ножа вспарывало мою блузку, обнажая тело.

Страх парализовал меня. Кровь стучала в висках. Я видела, как нож срезает пуговицу за пуговицей, обнажая мне грудь. Потом он в одно мгновение, я даже не успела заметить как, перерезал бретельки комбинации и стал ласкать голые груди, поцеловал их, придерживая меня за плечи. Обессилев, я прислонилась к стене и, закрывая глаза, пролепетала:

– Умоляю вас, только не это...

Молчание. А потом он взвыл:

– Что "не это"? Да я есть хочу, черт бы вас побрал!

Прочитавший эти строки, вероятно, посмеется надо мной. Конечно, моя наивность смешна, но я поклялась себе выложить всю правду, даже если она свидетельствует не в мою пользу. Да и поставьте себя на мое место: какая женщина, оказавшись взаперти, наедине с человеком, о чьей жестокости, преступности и порочности говорят повсюду, не боялась бы, подобно мне, каждую минуту быть изнасилованной.

Каролина – типичнейшая учительница.

Она пишет "наивность", а ведь на самом деле это не что иное, как лицемерие, и о решении говорить только правду упоминает исключительно из самолюбования. Из семи любовниц или считающих себя таковыми, чьи свидетельства мне удалось собрать, она действительно самая лицемерная; в том же, что касается самовлюбленности, у нее, пожалуй, найдется одна весьма опасная соперница: в дальнейшем вы убедитесь в этом сами и оцените ее изысканные обороты и сложные соподчинения!

Согласитесь, описываемая сцена, в тот момент для Каролины крайне неприятная, а теперь приукрашенная невероятными подробностями, выглядит просто смешной. И таких примеров множество. Я остановилась лишь на одном, чтобы отныне к этому не возвращаться. Замечу только: одни и те же причины порождают одни и те же следствия. (Примечание Мари-Мартины Лепаж, адвоката.)

Я поставила разогревать все, что осталось от обеда. Говяжий фаршированный рулет, называемый в Провансе "жаворонок без головы". Меня научила его готовить моя мама. Я любила этот рулет, и, когда я была одна, он заменял мне множество блюд.

Пока я накрывала на стол, беглец помыл руки, смочил водой лицо. Я не предпринимала ни одной попытки к бегству: он все равно поймал бы меня раньше, чем я успела бы отодвинуть хотя бы один засов. Но сейчас настало время подумать.

Так, телефон стоит в прихожей. Маловероятно, чтобы преступник оставил мне возможность позвать на помощь. Остается маленькое окошечко в туалете на первом этаже. Но слишком уж оно высоко, достану ли я до него, встав на унитаз? Мальчишки когда-то пролезали в подвальное окно. Только ключ от подвала – в общей связке, в сумке на турецком столике, да и придумала я все это по-турецки: схватить на бегу сумку, найти нужный ключ, открыть люк в конце коридора, закрыть его за собой, скатиться вниз по ступенькам, протиснуться между прутьями решетки и, наконец, столкнуться с ним, преспокойно ожидающим снаружи с ножом в руках. Ну уж нет! Ведь не обязательно вылезать из подвала, меня и так услышат. Я решила попробовать, если не придумаю ничего лучшего.

Но он, вытерев лицо посудным полотенцем, сказал, будто прочитав мои мысли:

140

– Погодите раскидывать мозгами. Все равно я вас опередил. Я перерезал телефонный провод. Задвинул шкафом окно подвала. В спальню вы подниметесь только со мной. И даже пи-пи будете делать при мне, меня это не смутит.

С этими словами он воткнул нож в деревянную столешницу, сел и протянул тарелку за своей порцией.

– Вот увидите, Ляжка, я с рождения позабыл, что такое глупость, как любила говорить моя бабушка.

Меня поразило не его самодовольство, не то даже, что он портит стол, а то, что он знает прозвище, данное мне учениками.

– Почему вы меня так назвали?

– Если мне понравится ваша стряпня, скажу.

Я поставила перед ним полную тарелку, и мне самой захотелось есть. Я и себе взяла прибор. Но стоило мне сесть напротив него, как я увидела, что он жадно ест руками, облизывая с пальцев текущую подливу.

Подняв голову, он уставился на меня.

– В чем дело?

– Вы нарочно ведете себя так невоспитанно? – спросила я.

Скорее раздраженный, чем пристыженный, он вытер руки о свою рубаху. Я думала, он возьмется за вилку и нож, – ничуть не бывало. Он выхватил вилку у меня из рук, согнул ее и бросил на стол.

– Вы не будете есть, пока не станете такой же невоспитанной, как я.

И продолжал есть как ему нравится. Свинья. Когда ничего не осталось ни на его тарелке, ни на моей, ни на блюде и все было вылизано так, что и посуду мыть не надо, он откинулся на спинку стула и признал, что вкусно поужинал.

Долго сидел неподвижно, глядя на меня. Я выдержала его взгляд и прочла в нем странное, печальное довольство. Говорят, даже у животных есть душа. Вдруг он с резким смешком наклонился ко мне:

– С ума сойти! Вы точь-в-точь как ваша матушка!

Конечно, я могла спросить, а мама-то тут при чем, но он опередил меня, торжествующе воскликнув:

– Пиво – вина!

Это потрясло меня не меньше, чем сам факт его появления у меня на кухне. "*Пиво вина*" – ведь это все, что осталось от надписи "*Пансион святого Августина*" на фасаде дома моих родителей в Марселе: остальные буквы стерлись. Я спросила, по всей вероятности несколько побледнев:

– Вы хорошо знаете Марсель?

– Я там родился, умница.

– И пансион моих родителей знаете?

– Я оттуда сбежал.

– Как вас зовут?

Он откинул назад непослушную прядь, которая лезла ему в глаза.

– Эдуар. Но вы зовите меня по-дружески – Эдди.

Из кармана рубахи он достал измятую сигарету. Отодвинул стул, встал и направился к плите за спичками. Я схватилась за нож, воткнутый в стол. Он был всажен так глубоко, что мне не удалось его вытащить.

– Погодите, ужо я вам покажу!

Он спокойно отобрал оружие, сунул его за пояс. Слегка вздохнул и вдруг, схватив меня за плечо, вытолкал в дверь.

– Довольно я с вами церемонился. Живо в комнату. Живо в комнату, марш!

Я потеряла равновесие на паркете прихожей, он подхватил меня и на этот раз отбросил к лестнице. Юбка стесняла мои движения. Поднимаясь впереди него, я чувствовала себя уличной девкой.

В спальню он меня втащил действительно бесцеремонно. Ставни там были закрыты. Он закрыл и дверь, задвинул щеколду, прижал ручку стулом. Напрасно я себя уговаривала: "Заори, позови на помощь, пусть он тебя прихлопнет – не важно! Главное – заори!" Не могла заорать – и все тут.

И опять я прижата к стене. Только ночник освещает комнату. Мужчина отбрасывает широкую тень. Я пропала. Сейчас он бросит меня на кровать. Свяжет руки подхватками штор. Разорвет блузку... Нет, сначала он заткнет мне рот, потом с жестокой неспешностью, будто у него целый век в запасе, аккуратно снимет все, что ему мешает: белую комбинацию, прямую юбку цвета морской волны. Спустит к щиколоткам белые кружевные трусики, раздвинет мне ноги и привяжет к кровати... Заставит терпеть чудовищные ласки, скользнет руками по бедрам вверх, туда, где кожа так нежна...

Нет, он не будет терять времени, издеваясь надо мной, у него для этого вся ночь впереди. Просто властной рукой приподнимет, сунет под спину валик и все подушки, чтобы я открылась навстречу его непреодолимому желанию. Упиваясь моими страданиями, любуясь всей моей открывшейся наготой, одним махом снимет штаны, и моему взору предстанет член ужасающих размеров, который войдет ко мне туда, все разорвет, проткнет меня насквозь. Не стану вам описывать всех картин, в одно мгновение промелькнувших в моем воспаленном мозгу. В мире нет ни одной женщины, которая, претерпев те же муки, что и я, хотя бы раз в глубине души не пережила всего этого с болезненным отвращением. Между тем на этот раз, по счастью, насильник оказался именно таким, каким его описывал капитан Котиньяк: непредсказуемым. Когда он подошел ко мне – его лицо, видимое мне против света, глядело насмешливо, – я вскрикнула не своим голосом:

– Что вы сделаете со мной? Скажите, что вы со мной сделаете?

И больше ничего не смогла из себя выдавить.

Ответа мне пришлось ждать долго. Может быть, ему вдруг стало меня жалко? Может быть, на него произвело впечатление то, с каким достоинством я держалась? Только он сказал:

– Если вы возьмете себя в руки – ничего.

Но тут же с тем выражением, с каким отнимают блюдце молока у голодного котенка, добавил:

– Во всяком случае, сейчас.

Бросил нож на кровать.

– Только попробуйте еще раз его тронуть! Только попробуйте!

Потом, словно меня здесь вовсе не было, стал стаскивать башмаки, носки, грязную рубаху. Я и не думала, что у него окажется такое плотное, мускулистое тело. Расстегивая штаны, он было помедлил и, взглянув на меня, спросил:

– Вас не затруднит отвернуться?

Я послушалась, словно ученик, поставленный в угол. И помимо воли обернулась. Одну долю секунды я видела его абсолютно голым. Ноги – длинные и стройные, как у бегуна. Фигура, должна признать, просто идеальная – четкий треугольник: широкие плечи и тонкая талия, ни грамма жира – потому-то он и казался худым в своей одежде. Потому-то и был так ловок. Грудь не очень мохнатая, но волос на ней достаточно, чтобы прикрыть пересекающие ее шрамы...

"Доля секунды!" Ничего себе! Да если эта обманщица успела заметить все это в столь короткий срок, ей, пожалуй, позавидует любой фотоаппарат. Просто руки опускаются, как почитаешь такие вот recto verso [1] описания. Но я решила не вычеркивать из ее свидетельства ни одной запятой. Во-первых, потому, что и прочие свидетельства оставила в первозданном виде, а во-вторых, подобные несуразности, встречающиеся повсюду в ее рассказе, учат нас, как лучше понимать эту учительницу с ее неистребимой склонностью к искажению фактов. А это важ-

---

[1] *Здесь:* развернутые, детальные *(лат.).*

144

но, когда речь идет о чем-нибудь посущественнее шрамов.
(Примечание Мари-Мартины Лепаж.)

...Живот крепкий, плоский, руки натружены на каторжных работах. Пенис – я почти медсестра, и мне простительно говорить о нем без стеснения, как о любой другой части тела, – показался мне не короче и не длиннее, не толще и не тоньше, чем те, что я видела у своих пациентов, и отличался от них только тем, что безупречно соответствовал пропорциям его тела. Я уже говорила, что случайно нашла одну книжку, так вот, там говорилось, что нельзя судить о размерах пениса, когда он опущен. Некоторые под действием желания вырастают вдвое, втрое, а то и больше. Ужасно, правда?

Что он делает, я не успела заметить. Но об этом нетрудно и догадаться. В шкафу было полно почти или даже совсем не ношенной одежды мужа. Не знаю, зачем я ее сохранила. Может, потому, что жалко выбрасывать совсем новые вещи, может, потому, что, когда он умер, я думала, что у меня будет сын. То, что я почувствовала, когда осталась в двадцать один год одна в совершенно незнакомом городе, – тема для отдельного рассказа. Кстати, муж был одного с ним роста, несмотря на разницу в возрасте и прочие отличия.

Одно не вызывает сомнений – беглец читал мои мысли даже тогда, когда я стояла уткнувшись носом в стену.

– Сколько лет было вашему мужу? – спросил он вдруг.

– Сорок девять.

– И как вам с ним жилось?

– Мы прекрасно ладили.

– Даже здесь, в постели?

Я не ответила. Послышался сдавленный смешок, но больше он ничего не спрашивал. Когда мне было позволено обернуться, я увидела, что он напялил на себя шорты, белую рубаху и мокасины.

– Я, конечно, выбрал не самое лучшее, – сказал он мне. – Но это все белое и потому быстрей запачкается. Когда носишь белое, приходится чаще менять одежду и выглядишь всегда опрятно. Меня этому научили иезуиты, когда я еще пешком под стол ходил.

Он подавил зевок.

То, что он стоял передо мной в одежде мужа, не смутило меня. Во всяком случае, смутило меньше, чем я боялась. Теперь только небритое лицо отличало его от обычных людей, он стал не таким страшным. Еще до того, как он заговорил, я уже знала, что он снова собирается поразить меня своим даром ясновидения.

– А где бритва, которой вы бреете волосы на ногах?

– Мне нет надобности брить ноги.

Он поднял с кровати нож, с явным сомнением провел мизинцем по лезвию... Заткнул его за пояс. Потом скомкал свою грязную одежду, взял грубые башмаки и сунул все это под шкаф.

– На кухне есть точильный круг. – сказала я ему.

Я хотела добавить, что, если он хочет перерезать мне горло, пусть лучше сделает это одним махом, а не в несколько приемов, но вовремя сдержалась. Увидь он, что я так развеселилась, он заподозрил бы неладное. Он сам напомнил мне то, что я безуспешно пыталась вспомнить с самого начала моего пленения: место, куда мой муж запрятал четыре года назад, после нашего переезда сюда, свое ружье.

Когда он заканчивал бриться над мойкой в кухне, часы в прихожей пробили одиннадцать. Он беспрестанно зевал, тер глаза. Видимо, давно не спал. Я неподвижно сидела на стуле и молчала, совсем не заботясь о том, чтобы его сонливость рассеялась. Он умыл под струей воды лицо, прополоскал рот, вытерся, обтер нож и, вопреки всяким ожиданиям, тщательно вымыл раковину. Думаю, здесь бессознательно сработала тюремная привычка к дисциплине. Под конец вытащил из кармана связку ключей, взятую им для того, чтобы запереть дверь кухни. Теперь, когда он побрился, ему на вид нельзя было дать и тридцати.

Мои ожидания оправдались: он снова повел меня на второй этаж. Я испытывала все ту же неловкость, чувствуя, что при подъеме подол юбки задирается, а он, следуя за мной, рассматривает мои ноги и зад. Беглец, как всегда, угадал мои мысли и отпустил шуточку в своем вкусе – такую, что мне совсем невкусно ее повторить.

Тем не менее на этот раз мне было не так тоскливо идти в спальню. Может, он и привяжет меня к кровати, но вряд ли для того, чтобы изнасиловать. Он не станет меня насиловать, пока не выспится. До его пробуждения я останусь целой и невредимой – возможно, даже и раздеваться не придется. Он решил, что воспользуется мной, когда наберется сил, а значит, в моем распоряжении не один час и я успею освободиться от пут, вытащить из зеркального шкафа ружье и, если оно, благодарение Богу, окажется заряженным, стать в свою очередь убийцей. Если же оно не заряжено или, пролежав столько лет без употребления, не сработает или же в последнюю минуту у меня не хватит храбрости выстрелить в спящего, я по крайней мере его напугаю и выгоню из дому, а нет – убегу сама.

Но я слишком плохо его знала. Я думала, что он запрется со мной у меня в спальне, а он вместо этого повел меня к дортуару учеников. Прежде тут была целая анфилада комнат, но потом между ними сломали перегородки. Здесь стояло двадцать кроватей с голыми матрасами – ни простыней, ни покрывал.

От удивления и огорчения, что меня разлучили с ружьем, я воскликнула не подумав:

– В моей спальне нам было бы лучше!

– Нам? – отозвался он. – Вы думаете, мы ляжем вместе?

Передразнивая меня, он изобразил на лице неподдельный ужас и тотчас же, не скрывая издевки, рассмеялся, обнажая ряд белоснежных зубов.

– К сожалению, Ляжка, в вашей комнате есть окно, а мне так хочется поспать спокойно!

– Не знаю... ну привяжите меня, что ли...

– При-вя-зать? – Снова его лицо исказилось от ужаса, снова он стал скалить зубы. – Здорово придумала! Ничего не скажешь!

– Тут тоже есть окна!

Он обвел взглядом три окна с закрытыми ставнями.

– Ну и что? Или я, по-твоему, совсем чокнутый?

Говоря это, он стащил с ближайшей кровати подушку и матрас, сунул мне их в руки и, приказав: "Несите!" – подтолкнул меня к лестнице. Я пошла вниз с матрасом. Он повел меня через прихожую к выходу. Я ничего не понимала – он что, решил выгнать меня на ночь в сад? Но нет, слева от входной двери есть еще одна дверь, поменьше, ведущая в темную каморку без окон и мебели. Здесь когда-то была раздевалка. Когда я увидела, что он поворачивает оставшийся в скважине ключ, я не выдержала и, пав духом, выронила подушку и матрас.

– Не думаете же вы, что я буду спать там! Это невозможно! – закричала я.

– Но почему же? – промурлыкал он, и глаза его зло блеснули. – Вы ведь запираете здесь бедных детей? А что они такого делают?

Тоже мне нашелся борец за справедливость! Эти слова окончательно вывели меня из себя.

– Они заглядывают мне под юбку!

Тут я буквально задохнулась от неожиданности и грубости его действий: не успела я закончить, как он схватил меня за плечи – так, что я пошатнулась, – толкнул бесцеремоннее, чем до этого толкал мой матрас, и повел обратно через прихожую в класс. Буквально бросил к учительскому столу.

– Сядьте!

Разом включил весь свет. Я надела соскользнувшую с ноги туфлю и села за стол. Не знаю, как смогла перевести дыхание. Страшно подумать: я игрушка в руках сумасшедшего!

Он сел за первую парту, как раз напротив меня. Прядь волос спускалась ему на лоб. Сложив руки, он приказал тоном, не допускающим возражений:

– Положите ногу на ногу.

Я, конечно же, не послушалась. Он уже смотрел под стол на мои сжатые колени. Сердце мое ухало в груди. Я-то, дура, думала, что он с гусарской лихостью возьмет меня, зажав в угол, как уличную девку. Говорили же мне, что его жестокость гораздо изощреннее! Изгаляясь надо мной, он хочет вконец меня унизить, добиться покорности, потери всякого достоинства, а потом... Как там звучали эти слова капитана Котиньяка, потрясшие меня до глубины души: "Насиловали часами..." Вот и меня будут насиловать часами...

Я знаю, что в подобной ситуации многие женщины, в том числе и честные женщины вроде меня, прежде чем вызвать гнев чудовища, подумали бы: "Право сказать, ну и испытание! Вот бы и прочие оказались такими же смехотворными! Изображая ученика, с волнением заглядывающего под юбку учительницы, не издевается ли он сам над собой? Хочет увидеть наши ножки? Покажем ему их, пусть полюбуется!" Это было лишь очередным звеном в длинной цепи издевательств, которой он опутал меня с самого начала. Вкрадчиво улыбаясь, он глумился над моим одиночеством. Лезвием ножа распарывал мне блузку. Ломал вилку. Тащил в спальню. Чего стоит одна только его выставленная напоказ нагота! А переодевание! Теперь он заставляет меня возбуждать его!

Но я не из таких! Говорю это, чтобы вы поняли, как тяжело переживала я всю эту сцену в классе, освещенном ярко-преярко. Каково мне вспоминать об этом!

Показаться на пляже в купальнике, облегающем бедра, когда нельзя скрыть ни тонкой талии, ни округлых ягодиц, ни гордо торчащих грудей двадцатичетырехлетней девушки, – для меня уже сущая пытка. Я выходила купаться при последних лучах солнца раза два за все лето, не больше, и все-таки на пляже всякий раз оказывалось достаточно любителей поглазеть на меня, выходящую из воды; от их любопытных взглядов не могла укрыться ни одна часть моего облепленного мокрой материей тела. Взоры, устремленные на бугорок моего лобка, буквально жгли меня. "Какое ханжество!" – скажете вы. Ничего не могу с собой поделать. Я с детства приучена относиться к себе с уважением.

Не буду задерживаться на этом моменте, показавшемся мне бесконечным, – бесчестит он не меня, а моего мучителя. Достаточно сказать, что он угрожал силой заставить меня сделать это, если я не послушаюсь. Так что пришлось положить ногу на ногу. Я сделала это очень аккуратно – совсем не так, как он хотел. Потом много раз перекладывала ногу на ногу – все выше и выше. Видя, как впиваются его глаза в полоски голого тела над чулками, я не выдержала и взмолилась:

– Не надо, прошу вас... Вы возбудитесь и больше не сможете сдер...

Мой голос прервался. Он же изобразил насмешливое презрение.

– Да кем это вы себя возомнили!.. Ну-ка делайте, что вам говорят!

Я делала, но зажмурившись, чтобы не видеть его гадкого наслаждения. Не открывая глаз, подчинялась его командам: "Не так быстро! Расставьте шире!" Я чувствовала, как его взгляд проникает ко мне между ног, словно овладевает мной. У меня закружилась голова, ослабло все тело. Я уже не понимала, чтó именно показываю ему. Слеза скатилась по моей щеке, и я открыла глаза.

Он откинулся на спинку скамьи, заложив руки за голову, и пробормотал, глядя в потолок с отсутствующей улыбкой:

– Черт подери! А хорошо тогда было!

Понимай как хочешь. Я-то кое-что поняла. Некоторое время я не могла встать, так мне было стыдно. "Да-а-а! – думала я. – Если одно то, что он узрел твои ляжки, довело тебя до такого, что же будет, когда он перейдет к действиям? Да ты, несчастная Каролина, прямо расстелешься перед ним, ляжешь под него, как какая-нибудь мерзкая шлюха!" Я поклялась себе, что буду изо всех сил стараться сохранять хладнокровие. Терпеть, но оставаться недвижимой, по возможности безразличной. Я не могла себе представить, чтобы он, при столь извращенной сексуальности, мог оставить меня в покое.

И не ошиблась. Он отвел меня снова в карцер. Я не протестовала, вообще не проронила ни слова, только плечами пожала. Открыв дверь и бросив туда матрас и подушку, он сказал:

– Мне нужно выспаться. Я должен быть уверен, что вы не удерете и не поднимете на ноги весь город.

Потом взглянул на меня виновато, с каким-то идиотским смущением. Я заподозрила неладное. Он и так запирает меня на ключ в этом чулане, чего же не хватает ему для полной уверенности? И вдруг я поняла чего. Ниже пояса меня опять охватила та странная слабость. Я воскликнула, стараясь унять дрожь в голосе:

– Не хотите же вы сказать, что... Что вы к тому же потребуете у меня... мою одежду? Так?

Он плохо справлялся со своей ролью, и я уже знала эту улыбку и напускной испуг.

– Ну, Ляжка, кто же может этого потребовать?

– Не потребовать, а самому сорвать! Вот это бы вам понравилось! – парировала я, вне себя от подобного цинизма.

Я снова пожала плечами, чтобы не выдать своего смятения и сдержать данное себе слово. Вошла в чулан. Он дал мне прикрыть дверь, а мог бы распахнуть ее настежь. Его уступчивость меня немного успокоила.

После такого нервного напряжения я не могла бы раздеваться у него на глазах. Меня бы это убило.

Итак, я начала раздеваться в полумраке. Сначала сняла блузку, потом туфли, чулки, пояс. Все это я передала ему через щель, видя одну только руку с платиновым обручальным кольцом. Ни за какие блага мира я не задала бы ему раньше этого вопроса, но теперь, снимая юбку, осмелела.

– Так вы женаты?

– Я же сказал, что хочу спать!

Я не настаивала на ответе. В этот момент я задавалась вопросом, который как-то попался мне на глаза в одном из дурацких журналов для женщин у парикмахерши и уже тогда поразил меня. Вопрос примерно такой: "Что вы снимете последним, если вас заставят раздеться перед незнакомым мужчиной?" Может быть, я не допускала такой возможности, а может, напротив того, постоянно боялась, что это со мной случится... На мне оставались только трусики и комбинация. Сниму комбинацию – мне нечем будет прикрыть грудь. И я сняла трусики. Ах, будь я тогда столь же невозмутима, как сейчас, когда обо всем этом рассказываю... Уверена: любая женщина поймет ту тягостную неловкость, с какой даже при таких обстоятельствах отдаешь другому – пусть даже этот другой всего-навсего сластолюбивая свинья – то самое интимное, что носишь изо дня в день. Но вернемся к нашему повествованию.

Так или иначе, раз уж он решил, что ему нужна моя нагота, которая вернее всяких пут удержит меня в этих стенах, то он не согласится оставить на мне комбинацию, пусть даже она из совсем прозрачного шелка и в ней я выгляжу, возможно, еще неприличнее, чем голая. При тогдашнем положении дел не было никакого смысла доводить дело до схватки, в которой я бы все равно проиграла, но зато рисковала бы распалить его еще больше. Так что я без звука сняла комбинацию и отдала ему.

Потом, кое-как прикрыв грудь и живот, я стояла, ожидая, что же со мной будет дальше. Я решила не сопротивляться, если он станет меня насиловать. Он положит меня на матрас, я замру неподвижная, не заплачу, не закричу – пусть делает со мной что хочет, я останусь бесчувственной как труп, как манекен. Но меня приводило в ужас то, что однажды сказала мне моя помощница – не знаю уж, как ей удалось завести со мной разговор об этом: будто многие женщины слишком чувствительны – вернее, особенно чувствительна определенная часть их тела. Как бы они ни хотели, они не могут не испытывать удовольствия, и потому закон считает насилие насилием даже тогда, когда жертва была в конечном итоге на все согласна. Все равно, даже если он найдет все мои чувствительные места, я ничем, ничем абсолютно себя не выдам, мой позор останется при мне, и он никогда не узнает, какие ощущения я испытывала.

Долгое время он стоял неподвижно – видимо, раздумывал, – а потом закрыл дверь. Немного погодя дверь опять приоткрылась. Не заглядывая, он протянул мне ночной горшок, чтобы я ни в чем не нуждалась.

– Одежду вашу я сложил аккуратно, – сказал он. – Спокойной ночи! Советую вам не будить меня, не то я очень, очень рассержусь.

На этот раз он запер меня надежно. Я слышала, как ключ повернулся в скважине, как сам он прошел через прихожую и поднялся по лестнице. Видела, как под дверью исчезла полоска света – значит, поднявшись, он его выключил. Потом тишина. Долго я стояла в темноте, прислушиваясь. Даже голой мне было жарко. Часы прозвонили половину, я даже не знала какого. Наручные часы остались при мне, но как было разглядеть циферблат?

Я положила матрас и подушку в угол и свернулась на них калачиком, лицом к двери. Но скоро усомнилась, дверь ли это. Пошла проверить, ощупывая руками стены. Да, дверь. Я легла снова. Старалась не думать о том, что произошло, а перебирала все возможные варианты побега. Ни одного подходящего. Отгоняла от себя навязчивый образ беглеца – мне все виделись его черные глаза, его руки. Вероятно, я задремала. Это не был настоящий, глубокий сон, поскольку я слышала бой часов каждые четверть часа, но, когда я опомнилась от мучивших меня кошмаров, мне показалось, что они терзают меня целую вечность. К чему скрывать? Они были исключительно эротическими. Мне снилось, как он входит ко мне, доводит до изнеможения, уничтожает. Я вся была в поту. Наконец мне удалось забыться.

Когда я открыла глаза, в щель под дверью пробивался жидкий свет. Я замерла, прислушиваясь. Ни звука. Видимо, уже рассветало, и первые лучи солнца проникали в окно над входной дверью. Решив посмотреть в замочную скважину, я встала и увидела, что тот, кто считал себя столь хитроумным, забыл в скважине ключ.

Я долго еще вслушивалась, прижавшись ухом к двери, но различала только безостановочное тиканье часов. Вернулась к матрасу. В этой кромешной тьме я решила распороть его и вытряхнуть его все перья. Как можно тише я надорвала подушку с двух сторон.

Подушка превратилась в кусок обыкновенной ткани. Его я осторожно подсунула под дверь, тихо-тихо подталкивая, пока он не исчез до половины, а то и больше. Потом вытащила из прически шпильку и стала выковыривать ею ключ из скважины. Послышался бой часов. Я остановилась. Я так испугалась, что даже не сосчитала, сколько они пробили. Вероятно, семь, ведь в восемь летом бывает уже совсем светло.

В установившейся тишине я опять принялась за дело. Через минуту ключ упал с той стороны. Стук показался мне ужасно громким, хотя его и заглушила ткань наволочки. Я поскорее втащила ее назад. Когда я наконец перевела дыхание, убедившись, что вокруг все по-прежнему тихо, меня охватила такая радость победы, в моем сердце затеплилась такая надежда! Но приходилось сдерживаться. Я сделала из тряпки набедренную повязку. Стараясь не шуметь, вставила ключ в скважину. Повернула раз, другой. Толчком распахнула дверь, чтобы она не скрипнула...

Ворвавшийся поток воздуха взметнул вокруг меня перья подобно стайке белых птиц. Ужас сдавил мне горло. Я думала, у меня будет разрыв сердца. Прямо передо мной в кресле сидел беглец. Выспавшийся, спокойный, с презрительной улыбкой на устах. В неверном утреннем свете он казался самим дьяволом.

– Нет, вы только посмотрите на нее! Посмотрите-ка на эту лицемерку!

Он медленно поднялся. Я и не подумала отпрянуть, запереться в чулане – нет. Меня словно парализовало. Он смотрел мне прямо в глаза и, подойдя совсем близко, одной рукой неспешно, без грубости, сдернул прикрывавший меня кусок материи и бросил его за спину.

Я и не пыталась удерживать его. Перья взвились к потолку. Теперь, когда я стояла лицом к лицу с ним голая, на меня начало находить что-то вроде икоты. Он поднял ту же руку и распустил мне волосы. То, что я почувствовала, как они рассыпались по плечам, довело меня, в моем нервном напряжении, до полного исступления. Я взвыла как ненормальная и бросилась на него с кулаками. Я была на пределе – на пределе неистовства, на пределе слабости...

Он не дал мне сдачи, только удержал меня. Слезы застилали мне глаза, я не видела его, но, даже пойманная за руки, продолжала кричать. Я кричала бы до скончания века, не в силах остановиться, если бы страшный голос, донесшийся снаружи, неизвестно откуда именно, не прервал меня:

– Внимание! Дом оцеплен! Прекрати, бандит, истязать эту женщину, или я прикажу стрелять.

Беглец сейчас же отпустил меня, чтобы подобрать нож, оставленный на сиденье кресла. Его взгляд выразил такое замешательство, такую тоску, что я почувствовала себя отмщенной за долгие мучения. Запыхавшаяся, с горящими щеками, я все-таки не могла сдержаться и торжествующе захохотала.

Мне предстояла новая пытка.

За оградой сада, взгромоздясь на подножку военного грузовика, стоял капитан Котиньяк в окружении вооруженных пехотинцев. На тротуаре столпились соседи в пижамах и халатах, и он кричал на них в мегафон:

– Разойдитесь, разойдитесь! Дайте солдатам Республики исполнить свой долг.

Все это мы с моим мучителем увидели из-за полуоткрытой ставни кухни. Он подтащил меня сюда голую, зажав мне рукой рот. Я почти падала на него. Теперь настал его черед бояться. Он повторял словно заклинание:

– Нет, это неправда. Этого не может быть.

В лучах утреннего солнца к дому мчался еще один грузовик. Некоторые солдаты соскочили на землю, не дожидаясь, пока он остановится. Вот их уже десять, пятнадцать, двадцать. Котиньяк пошел им навстречу, ругая за то, что они не приехали раньше.

– Окружайте дом!

Из машины вытащили тяжеленный пулемет и установили на мостовой. У меня над ухом беглец беспрестанно повторял:

– Да они просто спятили, суки. Они спятили.

Он закрыл ставни, на мгновение повернулся ко мне лицом, и я увидела, что он не знает, что ему делать. Он больше не зажимал мне рот рукой.

– Они никогда не решатся стрелять ни из этой штуки, ни из ружей. Если вы будете действовать в открытую, мы останемся целыми и невредимыми.

– Мы? – воскликнула я. – Они пришли за вами! За вами, и только за вами!

– Пуля – дура. Если они начнут поливать из пулемета, от вашей хибары тоже ничего не останется, уж я-то Скотиньяка знаю.

Его слова на меня подействовали, он это понял.

– Слушайте внимательно, Каролина, они же меня не видели. Они не знают точно ни кто я, ни что у меня за намерения. Не знают, вооружен я или нет. Вы для начала высуньтесь в окно и крикните им, что все в порядке, что вы просто-напросто поссорились с дружком. Пусть они у...

Я не дала ему закончить: завопила что было мочи. Он снова разозлился, грубо зажал мне рот, так что я не могла ни вырваться, ни укусить его. Теперь-то я знаю, что в этот момент сделала самую большую глупость в моей жизни и отныне все в ней пошло кувырком.

– Видно, с вами надо говорить по-другому, – произнес он нехорошим голосом. – Если вы такая дура, то вопите, вопите сколько влезет. – Он поднес мне к горлу нож. – Ну же, вопите.

Я замотала головой, давая понять, что нет, больше я вопить не стану. Тогда он бесцеремонно потащил меня в прихожую. Открывая замки, он держал меня на почтительном расстоянии от двери, угрожая острием ножа.

– Умоляю, – забормотала я, – не выводите меня в таком виде, умоляю.

Он подобрал с пола распоротую подушку и швырнул ее мне. Я прикрылась спереди, придерживая ее двумя руками.

Потом он распахнул дверь и вытолкнул меня за порог. Перья разлетались во все стороны. Меня всю пронизывал ветер с улицы, я никогда еще так болезненно не ощущала своей наготы. Свет больно ударил мне в глаза. В толпе любопытных зашептались. Я отметила с отчаянием, что толпа эта растет и солдаты с трудом оттесняют ее от ограды.

Наконец установилась абсолютная тишина.

– Эй, Котиньяк, – воскликнул беглец, – взгляните-ка сюда, на нее, взгляните. Если хотя бы один из ваших засранцев, хотя бы один, слышите, на беду проникнет в сад, знайте, вы видите ее живой в последний раз.

Ответом ему был только шум прибоя вдалеке. Я зажмурилась, чтобы не видеть всех этих глаз, в безмолвии наблюдавших за моим несчастьем, потом меня втащили назад, в тепло дома, дверь захлопнулась, замок щелкнул, меня отпустили, и я, упав на колени на пол, выплакалась всласть.

Ставни кухни закрыты.

Сейчас, наверное, полдень, хотя не знаю.

Он позволил мне надеть комбинацию и туфли, немного причесаться. Я даже помылась под умывальником. Он отвернулся, но мог бы и не отворачиваться – мне было совершенно все равно.

Когда ему хотелось побыть одному, он запирал меня в карцер. Похоже, он проверил все окна в доме. Какая глупость! Толпа волновалась и шумела прямо за воротами у ограды. Время от времени он приоткрывал ставень и выглядывал на улицу, я не смотрела. Я их слышала. Они смеялись, переговаривались, будто пришли на представление. Притащили аккордеон, шарманку. Они запрудили улицу. Вот бы их рассовать по клеткам как зловредных животных! Трудно себе представить, но перед моим домом собрался чуть ли не весь город – мужчины, женщины, собаки, дети, старики.

Купальщики, что возвращались с пляжа, останавливались здесь прямо в купальниках. Появились торговцы жареным картофелем и мороженым.

В каком-то смысле это действовало на беглеца успокаивающе. Охрана только толпами и занималась. Котиньяк напрасно надрывался, пытаясь разогнать эту ярмарку, а мне было тошно, что я вместо чудовища видела рядом с собой товарища по несчастью, единственную опору.

Я пожарила то, что оставалось в морозилке. У меня со вчерашнего дня ни крошки во рту не было. Когда мы сели за стол, я увидела свою согнутую пополам вилку. С минуту наблюдала, как он ест руками, а потом и сама принялась есть точно так же.

– Вот видите, Ляжка, – проговорил он с набитым ртом, – не так уж это и трудно.

В стенном шкафу он нашел бутылку вина. Налил нам обоим. Раньше вино пила только моя помощница.

– Мне не было и семи, – продолжал он, – а я уже знал: все, что кроме киношки и аспирина называют отражением цивилизации, – сплошное рабство.

– Не называйте меня Ляжкой.

– Заметано, Каролина. Выпейте, это вас взбодрит.

Чуть позже, когда мы кончили есть, он тихо сказал мне:

– Я никогда не думал, что дело примет такой оборот. Сожалею, что доставил вам столько неприятностей.

Я пожала плечами. Мне было зябко даже в потемках кухни. Он прикрыл окно, чтобы не слышать шума толпы, и продолжал:

– А вы красивая, Каролина. Что бы там обо мне ни рассказывали, я не взял ни одной женщины силой, но в эту ночь я чуть было не сделал это.

– Напрасно лишили себя удовольствия, – сказала я, разумеется, с горечью.

Все горожане с сочувственными лицами перемалывали предположения о том, что он тут со мной выделывает, да не один раз, а десяток, и не как-нибудь, а с аппетитом. И тут сорока парикмахерша не жалела красок, уж это наверняка. Я заметила, что из нас двоих он смутился больше. Опустил темные глаза и принялся что-то искать в кармане. Вытащил мятую пачку английских сигарет. Я встала, чтобы принести спички. Когда я к нему подошла, одна бретелька сползла у меня с плеча – я самую малость помогла ей сползти.

Поднесла к сигарете спичку, и моя грудь оказалась как раз на уровне его лица. Я чувствовала, что сердце у меня бьется в горле. И при каждом вздохе грудь высоко вздымается. Так и стояла я возле него и ждала, пока он закурит. Даже если бы огонь жег мне пальцы, я бы не стронулась с места. И говорить я не могла, иначе сказала бы Бог знает какие глупости, лишь бы завлечь его в спальню.

В конце концов он отстранился. И заговорил о своем решении, но совсем не о том, которому я приготовилась принести себя в жертву.

– Дождусь-ка я ночи, – сказал он мне, – а в темноте найду средство отсюда выбраться.

Я посмотрела на него долгим взглядом. Благодарным, потому что наконец от него избавлюсь, и грустным – потому что по вине обстоятельств конец этой истории таков. Поверьте, если бы он изнасиловал меня столько раз, сколько должен был это сделать по расчетам толпы на улице, я бы отпустила его и ни о чем не пожалела. Ах, если бы я могла вернуться на несколько часов назад и исправить свою утреннюю ошибку, крикнуть в окно всем этим людям, что я тут со своим любовником, – да, да, и у скрытницы директрисы есть любовник, – отправив их всех к чертям собачьим. Я уверена, что он не причинил бы мне никакого зла. Я уже не верила, что он совершил все эти преступления. Он бы подождал, пока все уляжется, и продолжил свой путь. Может быть, я во время этого ожидания даже отдалась бы ему без всяких угрызений совести. Но вспять не вернешься и ничего не исправишь.

Я подняла бретельку и сказала:

– Вы можете убежать и сейчас. Я знаю как и могу показать.

Он удивленно и недоверчиво смотрел, как я открываю дверь кухни. Я дружески кивнула – пойдем, мол. Вставая, он бросил на стол нож.

Мы поднялись в спальню – я впереди, он следом, – и на этот раз мне вовсе не было стыдно. Но сердце у меня щемило, щемило от тоски. Когда мы вошли туда, я на секунду вспомнила себя такой, какой была накануне, когда стояла прижавшись к стене. И сказала:

– Вашу грязную одежду придется связать в узел и унести с собой. Они не должны знать, как вы были одеты.

Подошла к окну и осторожно приоткрыла ставень.

– Глядите!

Он снова стоял подле меня, но теперь даже не решался ко мне прикоснуться.

– Видите в глубине сада узловатую сосну? – спросила я и указала на нее пальцем.

Он подтвердил.

– И заросли за ней? Прекрасно, так вот за дроком, где-то в метре от земли, стена разрушена. Мы затянули отверстие металлической сеткой, но отогнуть ее ничего не стоит. За стеной начинается густой сосняк, который тянется до самого пляжа.

Я обернулась к нему. Он слушал как внимательный ученик, и я поняла, что говорю привычным тоном директрисы.

– Вы пока присмотритесь, я приготовлю вам узел.

Отходя от окна, я нечаянно споткнулась, и он, такой стеснительный теперь, удержал меня, и у меня снова съехала бретелька. Он смотрел на меня своими темными глазами с такой нежностью и благодарностью, что моя решимость поколебалась. Я закрыла глаза, чтобы не видеть его взгляда, и нашла в себе мужество сказать с раздражением:

– Оставьте меня. Мало вы меня лапали?

Он опустил и вторую бретельку и ласкал мне грудь, чего я так страшилась вчера. Теперь я принадлежала ему вся целиком, а он просто-напросто дрожал за свою шкуру...

Он оставил меня.

Я подошла к шкафу. Бросив случайный взгляд в зеркало, удивилась: волосы у меня растрепались, и лицо было искажено страхом – я боялась того, что мне предстояло.

– Думаю, что и там стоят солдаты, – сказал он, повернувшись к окну.

Язык мне не повиновался, и я не смогла ответить. Присев на корточки, продолжала следить за собой, скосив глаза в зеркало. В одной руке у меня был узел с его грязной одеждой, другую же я сунула под шкаф, где нащупала ружье, приклеенное снаружи к его дну изоляционной лентой. Муж специально прятал его здесь, чтобы в случае чего иметь под рукой. Помнится, я еще смеялась над ним. Оторвать его было парой пустяков. Бессознательно я протирала ствол грязной рубашкой.

И как раз в эту секунду он обернулся.

– Какой прелестный уголок с качелями в вашем саду!

Он улыбнулся. К несчастью для нас обоих, по-настоящему он меня не видел – просто взглянул в мою сторону, как бы приглашая в свидетели, и уже снова смотрел в окно.

– Следовало бы вам рассказать... – сказал он.

Я встала, держа ружье за спиной. Сердце бухало в груди так громко, что я удивилась, как это он ничего не слышит.

"Свою настоящую любовь, первую и единственную, я встретил в Марселе, когда еще учился у отцов иезуитов, – начал этот молодой человек, уже стоявший на

162

пороге вечности. – Как-то майским вечером, возвращаясь с занятий, я, вместо того чтобы, как обычно, направиться к конечной остановке трамвая на Сен-Жиньез, пошел куда глаза глядят.

Хотелось о многом подумать, и потому скорое возвращение в свою комнату отнюдь не привлекало. Улица, по которой я брел, привела меня к подножию лестницы. Здесь стояло огромное распятие. Я поднялся на площадь. Сады кругом цвели вовсю. За высокой оградой в глубине парка виднелся белый дом с барочными украшениями на фасаде. Вот тут-то, возле цветущего олеандра, я и увидел на качелях Ее. Лучше сказать – наконец-то увидел, ведь я был в том возрасте, когда с нетерпением ожидаешь чуда, не сомневаясь ни минуты, что оно непременно произойдет.

В белом муслиновом платье, она качалась медленно, словно покой сумерек убаюкал ее. В воздухе пахло медом. Ей было, наверное, лет семнадцать. Мне тоже на вид можно было дать семнадцать. Все это – и хрупкая шея, и белокурая головка, остриженная под мальчика, и само ее одиночество, и даже тихий дом в отдалении – заставило меня остановиться и залюбоваться. Она взглянула на меня. Ее глаза на закате переливались золотыми искорками, и в них был разлит такой покой, что я оробел. Я удалился, но, чтобы увидеть ее снова, обошел вокруг парка и вернулся, по-прежнему неся под мышкой свои книги.

Когда я проходил по площади в шестой раз, девушки на качелях не оказалось – ей, видимо, наскучило забавляться, наблюдая за моим кружением. Я направился в пансион, и сердце мое теснили одновременно радость и грусть. Я полюбил ее. Полюбил ангела с короткими волосами. Отныне я не мог себе представить Жанну д'Арк иначе.

На следующий день, как вы уже догадались, я опять пошел туда. Она снова была на качелях. Это повторилось и через день, и через два. Я ходил туда целую неделю. Незабываемая неделя! И каждый раз она ждала меня. Я был уверен, что она меня ждет, хотя мы не сказали друг другу ни слова. Лил дождь. Я пришел в назначенный час, как обычно кружить вокруг ограды. В парке пусто, никого нет. Какое-то время помедлил у калитки, кутаясь в плащ. Не плащ, а одно название. Почти все лицо мне закрыли налипшие волосы. Наконец я поплелся восвояси – уныло, словно побитый пес. И как раз в этот момент распахнулась дверь, и она выбежала из дома в небесно-голубом платье, держа над головой свитер – единственную защиту от дождя. Присела на качели, разок качнулась и скрылась. В этот вечер мы говорили не больше, чем в предыдущие, и качалась-то она чисто символически, минуту-две. Но все-таки это уже кое-что, не правда ли.

Итак, это было в воскресенье, а за воскресеньем, как известно, непременно следует мерзейший понедельник. Погода стояла ясная, но в парке сняли качели и все ставни в доме заколотили. Стоит ли говорить, как я был потрясен. Сердце у меня оборвалось. Я машинально обошел вокруг парка и снова оказался на том месте, где первый раз ее увидел. К одному из прутьев решетки чуть ли не метром веревки был прикручен листок бумаги. Да, скажу я вам, привязывать она умела крепко. Я обломал все ногти, я возился целую вечность, пока отодрал его.

Хотите узнать, что она мне написала? Я могу прочитать вам ее послание наизусть. Его я помню лучше, чем монолог Гамлета:

Мы получили НОСледство и уехали НОСлаждаться жизнью среди НОСтурций. Эта разлука невыНОСима, но мы по-НОСтоящему созданы друг для друга.

Не знаю, когда и где мы снова встретимся и на каких качелях, только, если на этот раз мы разговоримся, я непременно вас упрекну за то, что вы не шли так долго.

Жанна.

С тех пор я ее никогда не видел. Во всяком случае, до сих пор. Признаюсь, я замешкался в пути, но, стоит мне о ней подумать, мое сердце начинает учащенно биться, как прежде".

С этими словами он обернулся ко мне: взгляд его был затуманен грустью. Наставленного на него ружья он, похоже, не видел. Я не знала, заряжено ли ружье, в исправности оно или нет, – во всем положившись на судьбу, я закрыла глаза и нажала на спусковой крючок.

Отдача была сильнейшая. Меня отбросило к шкафу. Окно разлетелось вдребезги. Беглец словно бы плыл в облаке дыма, из раны в его боку текла кровь. Он сделал два шага – ноги уже не держали его – и растянулся посреди комнаты.

Вот так. Дело сделано. Внутри у меня все замерло от наступившей тишины. Я смотрела на лежавшую у моих ног белую бесформенную массу в пятнах крови и медленно пятилась к двери.

Я спасена и могу убежать... и вдруг вижу – рука, страшная рука мертвеца поднялась и ухватила меня за подол комбинации. Я готова была заорать от ужаса, но лишь сдавленно вскрикнула и повалилась на свою жертву. Хотя я билась в истерике, хотя его раны кровоточили, он как-то исхитрился взобраться на меня и со стоном гнева и боли прижать к полу. Я видела его испачканное в крови лицо. Он хотел что-то сказать, но не смог. И, обмякнув, придавил меня всей своей тяжестью.

Тут я услышала голос Котиньяка, идущий с другого конца сада, – он, видимо, кричал издалека в рупор:

– Каролина! Каролина! Вы живы? Ответьте!

Я не знаю, кричал ли он до этого. Не знаю, сколько времени прошло с момента выстрела. Не помню и того, как отшвырнула ружье. Скорее всего, сразу. Судя по протоколу, ружье нашли на другом конце комнаты под комодом.

Беглец встал на колени, потом на ноги – его рот кривился от боли. Заставил подняться и меня, совершенно обезумевшую, крепко взял за руку и вывел в коридор. Он сказал мне тихо и озабоченно, но без всякой враждебности:

– Вы сейчас поговорите с ними, Ляжка.

В комнате моей помощницы мы открыли окно, выходящее на улицу. Я скрестила руки на груди, чтобы не было видно кровавых пятен на комбинации. Толпа перед моим домом не разошлась, представление на открытом воздухе продолжалось, и я почувствовала – все они просто счастливы, что это еще не конец. Крикнула как можно громче:

– Капитан! Не вздумайте открывать огонь! Вы видите – я жива и здорова.

Беглец смотрел из-за моего плеча. Он шептал мне на ухо то, что я должна была сказать. Я крикнула:

– Капитан! Он хочет поговорить с девушкой, находящейся в толпе. Не раньше чем через четверть часа. Ее зовут Зозо. Она из "Червонной дамы".

Котиньяк повернулся к толпе, совершенно ошеломленный. Какая-то женщина крикнула:

– Знаю, знаю! Это негритянка, капитан!

Я увидела, что из толпы выбралась молоденькая негритянка с целой копной курчавых волос, в полосатом пляжном костюме. Солдаты на миг разомкнули строй, пропуская ее. Она подошла к офицеру, покачиваясь на высоких каблуках и глядя на наши окна. Даже сквозь ограду я видела ее тоскующий, влюбленный взгляд.

Я сидела на кухне, привязанная к стулу, в разорванной комбинации, с заломленными руками и связанными ногами. Он следил за тем, что происходит на улице. Рану он зажимал полотенцем. По лбу его струился пот.

Часы не пробили и двух, как я услышала скрип ворот. Он закричал:

– Только ее, Скотиньяк. Никого больше!

Гравий дорожки заскрипел под ногами негритянки. Беглец закрыл ставни, потом окна, затем вышел в прихожую, едва волоча ноги.

Я услышала, как отодвигаются задвижки, отворяется дверь, как потом все запирается. Испуганный голос воскликнул:

– Господи! Да ты ранен!

Я поняла, что она пытается его поддерживать. Он говорил с надеждой, плачущим голосом, как говорят все мужчины, когда признают свое поражение:

– Зозо, выручи меня из этой передряги! Ты была абсолютно права! Какого же я свалял дурака!

Он повел ее на кухню. Слышно было, как его подошвы шаркают по плитке, как его рука скользит по стене. Увидев меня, его подружка застыла на пороге: мы оба в крови, я связана, растрепана...

– Да что же это такое? Ведь этого не может быть! – Она выговаривала "сто зе", "не мозет".

Передо мной стояла девушка примерно моего возраста и такого же, как я, роста, с очень тонкими чертами детского личика, очень тоненькая и гибкая как лиана. Кожа у нее была коричневая, и поначалу я разглядела только большие доверчивые глаза и белоснежные зубы.

От волнения она присела на стул. Он растянулся вдоль стены у двери. Я немедленно сказала ей:

– Нужно, чтобы вы знали: он меня не насиловал. И вообще ничего со мной не делал.

Взгляд ее стал холодным, губы высокомерно поджались. Передернув голыми плечами, она ответила:

– Зачем ему вас насиловать? Для любви у него есть я.

– Вы? – парировала я в тон ей. – Само собой, раз это ваше ремесло.

Мы обе смолкли. По ее щеке скатилась слеза, по моей тоже. Я первая нарушила молчание:

– Простите! Я вовсе не это имела в виду! Я хотела сказать только, что люди злы. Они без стеснения насочиняют всяких кошмаров. Дескать, какие ужасы человек вроде него может сотворить с такой женщиной, как я.

Беглец, нетерпеливо вздохнув, привалился спиной к стене и уставился в потолок. Зозо встала, утерла слезу и сказала ласково:

– Франсис совсем не тот, за кого вы его принимаете.

– Франсис? Мне он сказал, что его зовут Эдуар.

– Мало ли что он вам сказал. Хотите знать правду? Это обычный студент. Он задумал выдать себя за беглеца из крепости, чтобы попугать вас.

Признаюсь, на секунду я потеряла дар речи. Она производила впечатление человека абсолютно искреннего и уверенного в своих словах. Но я пытливо взглянула на нее и спросила:

– А вы давно с ним знакомы?

– Нет, не так давно.

– Ну и? – продолжала я. – Почему бы ему не быть беглецом из крепости? Может быть, он задумал выдать себя за студента, чтобы обмануть вас?

Теперь пришел ее черед удивляться. Она довольно долго смотрела мне в глаза с отчаянным недоверием, потом обернулась к сидящему на полу, как бы прося у него ответа. Ее упорное желание верить ему отозвалось во мне болью и сочувствием, но ему явно было не до того.

– Слушай, Зозо, но даже если она права, что это меняет? Мне все равно нужно выбраться из этой клетки.

Он с трудом поднялся, держась за стену. Потом сказал:

– В глубине сада в ограде есть дыра. К сожалению, я видел около нее двух часовых.

Они смотрели в глаза друг другу. Он пытался справиться с потоком крови, прижимая к груди полотенце, она пыталась справиться с собой после всего, что узнала. Но любовь пересилила в ней обиду, она распрямилась, напряглась и ответила:

– Хорошо, я этим займусь.

Вот как все произошло на самом деле. Потом рассказывали много разного, но все это ложь. Например, говорили, что я сделала ему укол, прибавляющий сил. Моя сумка со вчерашнего вечера лежала на турецком столике; с тех пор как я вернулась домой, никто к ней не прикасался. Зозо промыла его рану спиртом и перевязала ее. Я только показала, в каком из стенных шкафов у нас аптечка. Мужнино ружье, как я узнала позже, было стареньким однозарядным "семплексом". Пуля пробила насквозь грудь моего обидчика под правым плечом, разбила стекло и застряла в стене спальни. Мне сказали, что, задень она легкое, у него не осталось бы ни единого шанса выжить.

Они проскользнули в сад через маленькую дверцу в классной комнате. Меня оставили связанной на кухне. Зозо ушла первой. Беглец наклонился ко мне и сказал на прощание:

– Я не затыкаю вам рот, Каролина, но вы им скажите, что кляп был. Если вы не начнете кричать до того, как Зозо вернется, я буду знать, что вы меня простили.

Поцеловал меня в губы и вышел.

Зозо вернулась через четверть часа, мне они показались вечностью. Она освободила меня. Я пошла в прихожую и подобрала с пола юбку и белую блузку. Пока я одевалась, она рассказала мне, что преследуемый бежал через пролом, в то время как она на свой лад занимала часовых. В последний миг, когда они пыхтели на ней, как два тюленя, он выглянул из-за стены уже шагах в пятидесяти, и они обменялись прощальным взглядом. Он направился к океану. Она видела, как он прихрамывая исчез в сосняке.

Я сидела на стуле, к которому до этого была привязана, и, прежде чем открыть окно и позвать капитана, прежде чем погрузиться в ожидавший меня ад, услышала:

– А все-таки я верю, что он студент, что бы вы там ни говорили. Если он мне не соврал, я ведь еще увижу его, правда?

Как вы знаете, ни я, ни она больше его не видели.

На допросе я не сказала ни слова о помощи, которую она ему оказала. Она будто бы уговаривала его сдаться, но он нас обеих связал и заткнул нам рты. Часовые, которых она так своеобразно отвлекла от исполнения их обязанностей, разумеется, не собирались трубить об этом на всех перекрестках.

После долгих часов, проведенных с ним наедине, я узнала, что человеческой низости нет предела. Поначалу меня жалели. Потом стали издеваться. И никто никогда не хотел мне верить. А хуже всего было то, что, кто бы что ни наплел, самые отвратительные измышления преподносились как мои собственные признания. Я получила множество писем, призывающих меня быть сдержаннее. От анонимов я узнавала, когда именно и как меня насиловали, били, в какой из комнат, существующих и несуществующих, подвергали содомскому греху. В какой позе моя обостренная вдовством чувственность была наконец удовлетворена. Затем начали приходить и другие письма. Письма от родителей моих учеников. Дескать, они очень сожалеют, но время военное, и т. д. и т. п. Напрасно я протестовала, напрасно негодовала – ко мне не вернулась даже моя помощница.

Мне ничего не оставалось, как продать дом вместе с обстановкой и уехать подальше от этих мест.

ФРУ-ФРУ

Как актриса я ноль. Но меня это не колышет. Я во всем слушаюсь Джикса. Посылаю всех к черту и чуть что топчу свои очки.

У меня что-то вроде дальтонии. Своим знаменитым взглядом, от которого так балдеют зрители, я целиком обязана контактным линзам. Стоит мне их снять в чувствительной сцене, все вокруг ревут белугой. А потом присуждают "Оскара". Даже двух подряд – как Луизе Рейнер. Один за *"Шею"*, другой за *"Ноги"*. Для симметрии отлично, а для славы маловато. Прославилась я на следующий год, когда в Балтиморе вручала приз Хепбёрн. Взбираясь на сцену, я ухитрилась споткнуться и расквасить себе физиономию. Вот тут-то и пришла слава. Разумеется, мерзавцы фотокоры украсили моей физиономией обложки всех журналов. Одну из них я обнаружила даже в Корее, где гастролировала для "джи-ай", американских солдат, – она украшала дверь сортира. Если после ядерной катастрофы устроят ретроспективу голливудских фильмов, глядишь, какая-нибудь уцелевшая обложка послужит афишей. Но меня это не колышет. Мне все не в кайф. Но я слушаюсь Джикса.

В то время я еще не была кинозвездой. Снялась во Франции в четырех-пяти черно-белых короткометражках. Одну из них я как-то посмотрела: затащили на просмотр. К концу первой части зрители храпели. Киномеханик тоже. И я сама заодно. Поэтому не скажу, что тот снотворный ролик меня духовно обогатил. Остальные я смотреть не захотела.

Видно, режиссер всерьез решил заморочить мне голову. Иначе зачем бы снимать сцены шиворот-навыворот. Положим, в начале фильма я – молоденькая девушка, потом – зрелая баба, а в конце – старуха. Поди тут угадай, с кем целуешься – с женихом или с внуком. Грим тот же, только нахлобучивали парик.

Но тут и моя вина. Уже с первых фильмов я не позволяла себя старить. Мне и впрямь начинало казаться, что я вот-вот отдам концы. Только попробуй – метала в гримерное зеркало что под руку попадется.

И все-таки придется вам пересказать туфту, с которой все и началось. Называлась она *"Поезд Тулуза – Что-то-там"*. Места назначения не помню. Если только не перепутали программку с содержанием фильма, которую мне всучили при выходе, я в нем задирала ножки в довоенном парижском кабачке. В партнерах у меня оказался коротышка художник в котелке. Ясное дело, он зазвал меня ему позировать в голом виде. Текст у меня был жуть зеленая, которую я и зачитала своему мазиле по бумажке. Поведала жалостную историю, что, мол, в восемнадцать лет осталась с малюткой на руках. Тут я сняла контактные линзы, чтоб явить лицо крупным планом. После чего мазила сразу сообразил, что просто подлость заставлять меня, бедняжку, дрожать от холода ради какой-то там мазни. Обниматься он, однако ж, не полез – ростом не вышел: зритель мог вообразить, что смотрит комедию. А заодно и не решился сделать предложение. Зато растряс семейную копилку чтобы я купила свой кабачок. Победный марш. Я – королева Парижа и прочая дребедень. Вот только сам поезд я так и не увидела. Но, может быть, его занесли без меня. Хуже всего, что танцовщица из меня никакая. Партнер, конечно, тоже художник аховый, но я-то выступала без дублерши. Короче говоря, большего дерьма я в жизни не видала.

Но даже в этой чуши я ухитрилась произвести впечатление на Джиксовых холуев, по крайней мере в первой части. Они-то и зазвали меня в Америку. Сам он, разумеется, в съемочный павильон не заглядывал, фильмов со мной не глядел и даже не читал сценариев. Что вы, он же Ясон, Айвенго, Колумб, Келли Сантекелс в одном лице. Он великий продюсер, большой дока, богач, но притом порядочный мерзавец. Нет, в койку он меня не затаскивал, ни малейшего намека. Говорил: ты будешь делать деньги – и все. Но тиранил ужасно, житья не давал. В контракте ровно семьдесят семь страниц занял список, чего я не имею права делать без его разрешения. Все по его выбору – от мужа до зубочистки. Даже если захочется перепихнуться, тоже сперва у него надо спросить. Судите, что за подарок. Я только и делала, что соображала, как мне оторваться от толпы шпиков, которых он ко мне приставил, по всему Лос-Анджелесу следы заметала. Каждый вечер перескакивала с такси на такси, чтобы хоть на минутку уединиться с мужиком. Где, мне уже было все равно, с каждым разом я делалась все менее брезгливой. Хоть в мужской гримерной, хоть в ржавом автомобиле на свалке, хоть в привокзальном сортире и даже в лифте некоего учреждения, как раз и надзирающего за общественной нравственностью. Где только не пряталась. В мотелях – это само собой. Как-то шпики застукали меня на месте преступления, попросту вышибли дверь. Так с перепугу меня так заклинило, а может, и парень сплоховал, что не меньше часа мы не могли с ним разлучиться. Думала, с ума сойду.

Вот что за тип был Джикс. Зато он снял меня в цветном мюзикле *"Шея"*, который уже за год принес кучу бабок. После него я и стала звездой. Певица из меня никакая, но сценарист выдумал гениальную штуковину. Вся история начинается с того, что я уже бывшая знаменитая певица. Гад, который меня бросил в двадцать лет с малюткой на руках, как-то расписиховался и придушил меня больше, чем надо. С тех пор от моего пения стали мухи дохнуть. Каково? Я же сказала – гений. Писать бы ему для меня и писать, если б он не поддержал чуть не прикончившую Голливуд забастовку, после чего Джикс его вышвырнул. Короче, бедной девочке, которая ничего, кроме как петь, не умела, остались только провинциальные подмостки, на которых она сипела: *"Не стоит пробовать – это и так возможно"*. Чтобы прокормить малыша, она металась по грязным захолустным мюзик-холльчикам. Тут уж поездов было вдоволь. Я носилась как угорелая из конца в конец Америки, с Восточного побережья на Западное, с малышом под мышкой. А он все канючил, выпрашивая кусочек торта с тонной взбитых сливок. Наконец он меня достал, и я ему свистнула этот кусок в вагоне-ресторане. По счастью, допрашивал меня молодой шериф из алабамской глухомани. Оказалось, он не расставался с моим фото, всегда носил его в бумажнике. Ясное дело, он узнал звезду вокала, фотографией которой любовался с ранней юности. А под конец – самая гениальная штучка, потом ее растащили миллионы подражателей. Я начинаю петь под фонограмму. На сцене я только разеваю рот, а в это время за кулисами звучит какая-то чертова запись. На премьере в "Чайниз" я сама все ладоши отбила. Дальше я по второму разу, но уже с триумфом объезжаю все кабачки, где мне так туго приходилось. А мой малыш в том вагоне-ресторане нахлобучивает на голову метрдотелю, который на нас донес, весь торт целиком. После чего я становлюсь королевой Нью-Йорка. А заканчивается все свадьбой с участием пары тысяч статистов и чуть не стольких же пожарных, создававших дождь. Ясное дело, чтоб разогнать мух. Мне ведь взбрело запеть собственным голосом. После такой сцены никто уж не сомневался, что "Оскар" у меня не за горами. А что до пения, так все дружно решили, что я просто валяю дурака.

Джикс научил меня работать.

– Когда ты чувствуешь, что у тебя не клеится сцена, – талдычил он мне, – писаке объясни, что сценарий у него дерьмо, оператора обвини, что слепит свет, от гримера потребуй, чтобы он подправил грим, всем остальным сообщи, что они кретины, от меня потребуй увеличения страховки. Режиссеру ничего не говори.

174

Надуйся на него так, чтобы он сам взмолился о пощаде и всю тебя усыпал розами. Дюжину роз подари костюмерше, остальные швырни ему в рожу. Можешь врезать ему каблуком по кумполу, искусать, ноги об него вытереть – ему за это деньги платят, вякать не будет. Ты должна делать свой фильм, – внушал он мне, – нечего плясать под его дудку

У Джикса вообще было много придурей. Он никогда не выводил меня в свет, не просвещал, только хамил. Плевать он хотел на мою личность. Как личность я ноль. Единственная моя мечта – чтобы все от меня отвязались. Мне б даже потрахаться не пришло в голову, если б мне это не запрещали. И все-таки Джикс по-своему меня понимал. После *"Шеи"* он отснял меня в фильме *"Глаза"*, где опять выпендрился: я сыграла глухонемую. Не знаю уж, что́ взбрело ему в голову, но была рада-радешенька – не нужно роль учить. А потом все, уф. Джикс посулил, что на два года я свободна.

В последний съемочный день я устроила для ребят отвальную между двумя съемками. И так накачалась шампанским, что, вместо того чтобы рыдать над очередным своим малюткой, с которым меня бросил его дерьмовый папаша, женившись на дочурке хлопкового плантатора, я не переставая ржала. Но никто ничего не понял: слезы, смех – они же похожи. "Не от твоей рожи они смеются и плачут, – говорил Джикс. – Иначе что делать с Бестером Китоном или с Рин-Тин-Тином, чертова кукла?" Черта с два он второго сам-то хоть раз видел на экране. Слышал, что тот заколачивает побольше Кроуфорда, и больше его ничего не интересовало.

Но слово он держал. Как только сцена со ржачкой была отснята, меня тут же – прямо в гриме – запихнули в машину, домчали до аэропорта, сунули в самолет до Майами. И ночь я провела уже на Джиксовой яхте "Пандора". А когда проснулась, вокруг плескался Атлантический океан.

Это была шикарная белоснежная посудина с двигателем в целый табун кляч: коридоры, ванны, бронзовые светильники. Джикс собирался обойти на ней весь шарик, просто приспичило. В Европе тогда воевали, и корабль шел под швейцарским флагом. Когда, уже много позже, я сообщила об этом газетчикам, они решили, что я глупо сострила. Ни один из этих долдонов не поверил, что у Швейцарии есть морской флот.

На "Пандоре" была дюжина человек экипажа, две девицы-стюардессы в форменных маечках, едва прикрывавших зад, повар-француз и прачка-китаец. К тому же Джикс повсюду таскал за собой личного психоаналитика: смахивала она на монумент Виктору Гюго, но представлялась Эсмеральдой. Он и с ней не трахался. Впрочем, она и вообще уверяла, что она девственница. И наконец, я. В отличие от других у меня никаких обязанностей не было. Загорала. Спала. Играла с Джиксом в рамс. За те почти два с половиной года, что мы бултыхались в море, он обыграл меня на пятьдесят три доллара и двадцать центов. Так что судите сами, отменный ли я игрок. В шашки я играю примерно так же. А в шахматах вообще ничего не смыслю. Джикс играл с Эсмеральдой. Но больше всего она обожала после ежедневного трехчасового трепа в каюте у Джикса окунуться в воду и сделать кружок вокруг яхты. На нее даже акулы не зарились.

А в общем-то мне жилось отлично. Какое счастье убраться подальше от киностудий и постоянных склок: видите ли, прическа у меня не та – уши закрыты, и говорю я с французским акцентом, и слова неверно употребляю. Языки для меня – темный лес. Да и на кой мне они? Для чего языки, если я каялась в своей распутной жизни только по бумажке, где все написано так, как произносится? Да пошли они на фиг. Бывало, приходилось читать по полсотни строчек. Это при том, что без линз и очков я все цвета вижу наоборот. Бумажка белая, а я ее вижу черной. Текст на ней написан черным, а мне кажется белым. Другим-то хоть бы хны, а для меня черт-те какая путаница. В результате – пересъемка. И еще одна, и еще. Снова мажут физиономию гримом. А я уже вспотела – приходится раздеваться, снова укладывать прическу, опять одеваться, потому что мои чертовы платиновые волосенки закручиваются сами по себе. Вот прожектора направляют прямо в рожу. Видите ли, появились тени под глазами. При этом подбадривают злобными взглядами и называют "милочкой" таким тоном, словно живьем бы меня сожрали. В конце концов терпение у меня лопается, и я поступаю по совету Джикса: ругаюсь по-французски, топчу очки, угрожаю, что вернусь в Монруж и снова стану маникюршей, чтоб каждое утро добираться на метро до "Насьон". Кстати, на яхте я всем делаю маникюр: и Джиксу, и Эсмеральде, и обеим потаскушкам стюардессам. Джикс повторял: "Ты создана, чтобы быть маникюршей. Как жаль, что кино создано для тебя". Он говорил с почти искренним сочувствием, но глазки при этом лукаво поблескивали.

Обогнув Ирландию, мы пристали в Корке, где нас должен был ждать лоцман, потом Джикс собирался пересечь Ла-Манш и пристать в Довиле. Но от этого пришлось отказаться, так как над Ла-Маншем кишели москиты со свастикой, жалившие любую посудину без разбора. Мы обогнули весь полуостров Бретань только для того, чтобы в Ла-Боле заправиться горючим и подхватить на борт какого-то австрийского режиссера и еще французского актера, на которых Джикс надеялся хорошенько наварить. С французом мы играли в тех первых моих фильмиках. Их сопровождала супруга, одна на двоих, по прозванию Орлом-и-Решкой. Она была необъятных размеров и выглядела очень внушительно – как сзади, так и спереди. При этом обожала умные беседы. Не меньше недели она доставала нас за столом каким-то дурацким Морбианом, где, если она не путает, креветок ловят сразу очищенными. Наконец она допекла даже корабельные моторы так, что они заглохли. Мы потерпели аварию.

Такие вот пироги. В моторах я мало чего смыслю, но, похоже, все-таки побольше ребят с "Пандоры". Два с половиной месяца нам пришлось проболтаться на якоре, пока они копались в моторе и ждали нужных деталей, которые все не подвозили. Когда же подвезли, те не заработали. Джикс послал к черту стармеха и телеграфировал, чтобы прислали на гидроплане не такого болвана. Самолет вылетел и был потоплен немецкой подводной лодкой. Бедолаги спаслись, но посол Рузвельта вякнул, гитлеровский министр извинился, а в лос-анджелесских газетах появились шапки: *"Трое смельчаков рискуют жизнью, чтобы спасти Фру-Фру из ада"*. Вскоре рядом с яхтой, словно огромный цветок с небес, опустился другой гидроплан. Теперь уже новому стармеху пришлось дожидаться прибытия деталей. А тут еще незадача: разбомбили завод, где их делали. Впрочем, стармех скоро понял, что по ним так уж томится только китаец-прачка. Короче говоря, мы все лето, как буек, колыхались на якоре у самого полуострова, так называемой косы Двух Америк, между Олероном и Руайаном. Джикс поговаривал, что, если заманить на "Пандору" сценариста, можно было бы прямо тут же снять недорогой фильмец и подзаработать бабок. Но это он, конечно, шутил. Ни один из его двужильных писак сюда бы не сунулся. Не соблазнился бы нашими набитыми дурами, даже шлюшками-стюардессами и Орлом-и-Решкой, которая и им даст фору. Отбил бы телеграммку в таком роде: *"Скорблю, Джикс, но сюжета для фильма не вижу. Однако сообщаю, что в данный момент пишу сценарий фильма «Три мушкетера», а Селзник – не тот продюсер, который способен его отснять. Если вы согласитесь и т. д."*. И на все сто чек был бы ему обеспечен. Крутые ребята все эти сценаристы.

Между тем издалека наше положение выглядело отнюдь не так уж радужно. Радио на "Пандоре" работало исправно. Поэтому мы знали: весь мир от Сансета до Уилшира уверен, что нам крышка. Что мы подыхаем от голода, унесенные шквалом, поднятым воюющими армиями и флотами. На самом же деле жилось нам совсем не плохо. Бултыхались мы в живописной бухточке под названием Морские Короны, и каждый день двое моряков снаряжали шлюпку и привозили нам все, что нужно. Нам даже удавалось разглядеть курортников на прибрежных скалах. Вначале они старались привлечь наше внимание, махали платочками. Потом привыкли и уже не мешали жить. По радио мы слышали, что моих соотечественников и их союзников здорово расколошматили. Только слышали, но не видели, даже в морской бинокль. Впрочем, вскоре мы перестали слушать радио. Все, кроме Джикса, которому, чтобы обделывать свои делишки, приходилось держать руку на пульсе.

Незадолго перед премьерой фильма *"Глаза"*, в котором я отснялась перед отъездом, записали на пленку мое обращение ко *"всей дружной семье американских кинематографистов"*. В день премьеры его передали по радио вместе с французским гимном "Марсельеза", и оно облетело всю страну, наделав немало шуму.

По контракту, подсунутому мне Джиксом, я не имела права говорить о себе в первом лице. Только так: "Фру-Фру чихать на вас хотела" или: "Фру-Фру не знает, куда засунула свою вонючую правую туфлю". Даже со своей лучшей подругой Рейчел Ди, торгующей сорочками "Эрроу" в Уэствуде. Что уж говорить о других? Но для моей тронной речи Джикс сделал исключение, позволил говорить как всем нормальным людям. Чудеса, да и только! Несмотря на треск и хрипы, моя речь *"явилась лучом надежды в сумерках мирозданья"*. Так писали все газетенки. Зачитала я ее по бумажке, которую сочинили нанятые Джиксом борзописцы. Хотя все слова там были написаны так, как они произносятся, прочитать их было для меня пыткой. Я спотыкалась на каждом слове, состоящем больше чем из одного слога. Потому и слеза в голосе, не по какой другой причине. Я сообщила, что фильм *"Глаза"* мне дороже всех моих фильмов, потому что *"в тяжкую годину, которую сейчас переживает все цивилизованное человечество, моя роль глухонемой, вне зависимости от мастерства исполнительницы, вырастает в символ"*, и все в таком духе. Далее я выразила свою глубокую скорбь, что оторвана, и, увы, неизвестно насколько, от общества коллег, но притом заверила, что храню благодарную память о радушии, с которым они приняли в свою среду французскую девчонку, что явилось символом нерушимой дружбы, связывающей две великие нации еще со времен Лафайета. Потом, кажется, я помянула Чарлза Боера, Эдварда Г. Робинсона, Анабеллу. И конечно, этих сбежавших от нацистов чертовых режиссера и актеришку, которых подобрал Джикс. Понятно, не называя фамилий. Странно, что меня не заставили помянуть и об Орлом-и-Решкой с ее очищенными креветками.

Короче говоря, не успели мы еще сняться с якоря, как *"Глаза"* принесли столько башлей, сколько *"Шее"* и не снилось, если б я даже в ней и не пела. Каждый день за завтраком Джикс подсчитывал барыши. После чего лукаво на меня поглядывал и заявлял: "Если б сейчас под рукой был Бен Хеч или хотя бы кто-нибудь из гарвардских сопляков, который разродился бестселлером и теперь по целым дням дрочит в застенках «Фокса», мы б такое забацали".

А я радовалась, что это все мечты. Никогда в жизни я еще так чудно не отдыхала. Поскольку на берег мы не сходили, я была избавлена от всех туристических прелестей: осмотра дерьмовых достопримечательностей, всяких там живописных руин, от разговоров о болезнях и политике. Наряжалась я только к обеду, не агукалась с вонючими детишками на радость их мамашам, не ублажала пропахших мочой старух, не обязана была выслушивать всякие бредни и о себе не говорила в третьем лице, да и вообще никак. Единственной моей обязанностью было валяться на корме и жариться на солнышке. Чтобы не ввести в соблазн морячков, которым, разумеется, никогда в жизни не приходилось видеть голую бабу, пляж был отделен от остальной палубы огромным полотнищем. Поверьте, я получила все, что мне надо для счастья: содовую, шоколад, калифорнийскую жару, игру в картишки с небольшим прибытком, сигареты "Кэмел", четыре смены контактных линз, приспособленных, чтобы видеть на расстоянии от полуметра до бесконечности, книжку о домашнем растениеводстве и последнее письмо от мамы, направленное Жермене Тизон, абонентский ящик 424, Сен-Жюльен-де-л'Осеан.

Это был самый счастливый период в моей жизни, не считая детства в Монруже, когда, стоило открыть рот, мне туда совали леденец. До четырех лет все звезды. А потом уже больше не балуют. Но ключ от счастья лежит у меня в кармашке: там его хранят не только кенгуру. Когда у меня уже не найдется ни одной части тела, достойной появиться на экране, я рожу девочку. Пускай вопит, орет, болеет желтухой, все равно я буду ей делать каждое утро маникюр. Даже если на закате моей поганой жизни мне придется подбадривать ее парой моих "Оскаров" и хорошим пинком. Пусть я сдохну, но так и будет.

Короче говоря, валяюсь я на корме "Пандоры" в чем мать родила, вся платиновая, как новая Харлоу: каждый день после обеда я, не будь дура, заваливалась подремать на свой матрас. Тут-то в один прекрасный день вся эта каша и заварилась. Точно месяц и год я не назову. По-моему, сороковой, где-то в начале сентября. Если вы станете меня убеждать, что был август, спорить не стану. Если станете настаивать, что тридцать девятый или сорок первый, тоже не буду, но останусь при своем мнении. Да какая, к черту, разница?

Помню, тогда стояла мертвая тишина. Зеленый шар катился за горизонт. Просыпаюсь я от плеска, протираю глаза и вижу сквозь дырку спасательного круга, прямо как в кадре: к "Пандоре" плывет какой-то тип. Море красное, а он весь черный. Хватаю контактные линзы номер три и вскакиваю на ноги.

А малый уже на последнем издыхании: вижу, что руками едва шевелит, слышу, как бульки пускает. Бросаю ему круг на канате, а заодно и все подвернувшиеся под руку канаты. Если я не скинула адмиральские сходни, так только потому, что их не оказалось под рукой. Добрых две минуты у него ушло, чтобы обвязаться, а потом он с безумным взглядом стал карабкаться на "Пандору", то и дело срываясь и при этом бухтя: "Ноно... Ноно..." Этакая молитва великому "Но", которое фиг ответит.

Наконец взобрался. Как только его физиономия появилась из-за борта, хватаю его за шкирку и, как половую тряпку, швыряю на палубу. Потом присаживаюсь на корточки и разглядываю. Длинная жердь лет тридцати или около, в сорочке "Лакост", красный от крови. Сначала он только кашлял и отплевывался, пыхтя, как боксер в конце раунда. Потом умоляюще глядит на меня своими черными зенками и, заикаясь, шепчет:

– Умоляю вас, никого не зовите. Я бежал из тюрьмы. Меня ранило...

Я ума не могла приложить, что мне делать. Притом позабыла, что на мне ничего нет, кроме стеклышек, которые, однако же, не скрыли от него, что я совсем обалдела. Он тут же всполошился.

– Клянусь вам, – ноет, – я не виноват. Я не преступник.

Парень был весь заляпан кровью, но рана уже не кровоточила. Он был кое-как перевязан под сорочкой.

– Умоляю вас, – твердит.

Конечно, малый совсем не прочь был сдружиться. Оттого поглаживал мне плечо, а потом по рассеянности принялся и за сиськи. Тут я шлепнула его по руке и перешла к делу:

– Вы можете встать и на меня опереться?

Он благодарно моргнул глазами. Я тут же напялила свои причиндалы и накинула халат. Как раз и стемнело. Для начала надо было его где-то спрятать.

Кое-как я сволокла его на нижнюю палубу, потом еще ниже, в трюм. Там, между машинным отделением и резервуарами с мазутом, была комнатушка, заваленная мешками с черт его знает чем и заставленная всякой ерундой: там и бидоны с краской, и драные шезлонги, и почему-то облупленная деревянная лошадка. Лампочка здесь светила не слишком щедро, потолок как раз для лилипута, но зато вряд ли кому взбрело бы сюда сунуться. Разве что озабоченная Джиксова психичка потихоньку затащит китайчонка-прачку.

Я уложила бедного малого на мешки, а потом сбегала в свою каюту за одеялом и всякими лечебными штуками. Вернувшись, я обнаружила его совсем голым, если не считать обручального кольца на левой руке. Одежду он развесил на трубах, а сам пристроился в уголке: расстелил пару прохудившихся матрасов и свернулся на них калачиком. Хотя в этом чулане было чертовски жарко, он дрожал.

Я распутала его повязочку. Спереди, пониже плеча, но, тьфу-тьфу, сильно выше сердца, у него зияла дыра. Такая же и сзади, даже еще больше. Морская вода хорошенечко их промыла, но и я еще протерла спиртом. Он даже не шевельнулся, так и лежал с закрытыми глазами. Я залепила раны пластырями, обляпанными мазью так, что смахивали на блины со свежей сметанкой, потом наложила отличную, в меру плотную повязку, как нас учили в скаутском отряде в Монруже. Обожаю лечить – почти так же, как делать маникюр. Толедо, одна из стюардесс, была раньше медсестрой, и мы с ней постоянно болтали о лечебных процедурах. Я много чего от нее нахваталась, но случалось и мне заткнуть ее за пояс. С банками, к примеру. Банки я ставила мастерски. Если бы за это вручали "Оскара", у меня бы полки не хватило.

Когда я закончила и он наконец согрелся под одеялом, я спросила, как его зовут. Он прошептал:

– Фредерик. Можете называть Фред, но так меня звали в тюрьме.

– Долго вы там просидели?

– Шесть лет.

– И как же смылись?

– Это секрет. На случай, если опять сцапают.

Он снова закрыл глаза.

– Расслабьтесь. Никто вас здесь не накроет. Хотите есть?

Он повозил затылком по матрасу, что означало "нет".

– Ну спите, утро вечера мудреней.

Ответа не последовало. Он спал.

После ужина, уже ночью, я зашла на него взглянуть. Выглядел он неплохо, только говорил во сне. Если я верно разобрала его тарабарщину, он бормотал что-то о качелях, помидоре и корабельном колоколе. Он явственно произнес:

– Да подавись вы своим колоколом, зануды!

И сжал кулаки как для драки.

На следующий день у него начался настоящий бред.

Пришлось впутать в это дело еще одного человека. Кого – не скажу. Да потом-то уже чуть не вся команда пронюхала, и мне немало бабок стоило, чтоб ребята не проболтались. Вы можете с моими показаниями делать что хотите: пишите книгу, снимайте фильм, пусть там даже меня сыграет какая-нибудь крашеная шлюшка, пожалуйста, меня это волнует, как прошлогодний снег, но кто мне помогал прятать Фредерика, вы все равно не выудите. Некоторые из них все еще служат у Джикса, а проведав, он их уж как минимум вышвырнет. Только учтите, что это была не Эсмеральда, не Орлом-и-Решкой и ни одна из стюардесс, ни Толедо, ни Бесси. То есть ни единая телка с этой дерьмовой посудины. Конечно, я всего лишь кинозвездочка с куриными мозгами, но все ж не такая дура, чтоб довериться бабе. Даже своей лучшей подруге Рейчел Ди, торгующей сорочками "Эрроу" в Уэствуде – она меня уже наколола. Еще как паскудно. Причем за здорово живешь. Чтоб мужика заарканить.

Короче говоря, после обеда я пришла навестить доходягу уже не одна.

Это Лавернь, повар-француз. Он сам так утверждает. По крайней мере известно, что он уволился от продюсера уже давно. (Примечание Мари-Мартины Лепаж, адвоката.)

Мы решили подождать сутки. Я сменила бинты и приволокла еще два одеяла. Фредерик весь горел. Когда у него в башке прояснилось, он твердил одно и то же:

– Пора сниматься с якоря. Пора в путь, иначе я никогда не дойду до конца. Колокол будет звонить снова и снова, мне не хватит времени.

На следующий день Фредерику стало получше. Я дала ему поесть. Ел он очень мало, зато выпил много воды. Он был потным как мышь, но дрожал от холода. Когда я его переодевала, он смотрел на меня, словно не видел. Я была уверена, что он принимает меня за какую-то другую женщину, хотя ни разу не произнес имени. Зато называл и своей красавицей, и своей газелью, и своей толстушкой, и своей малышкой, и своей деткой, и своей цыпкой, и своей крошкой. Так что, уж не знаю почему, я вообразила, что все это относится к одной и той же. В общем, его здорово припекло.

А через пару дней он был уже здоров. Чудо, да и только. Когда стемнело, я, как всегда, отправилась его навестить – поглядеть рану, смерить температуру и вообще взглянуть, как он там. Смотрю – он сумел выбраться в коридорчик, стоит держится за дверь. Объяснил:

– Не могу все время валяться, а в этой крысиной норе даже спину не разогнешь.

Температура тридцать семь и две. Рана – конфетка. Однако ж порядком скуксился, когда я ему сообщила, что поскольку ночью он уже снимался с якоря, то теперь, коль он чудесным образом излечился, пора и на самом деле отчаливать. Можно свистнуть спасательную шлюпку и доплыть до берега, так что ни одна собака не заметит. Свою роль я отыграла клево, не хуже, чем в *"Глазах"*, где шпики подсовывают мне бумагу, чтоб я написала донос на того гада, который бросил меня с малюткой, а я отказалась. Теперь я тоже не донесла, но все-таки была не прочь, чтобы малый поскорей убрался.

– Да куда ж мне идти? – вопрошал он. – Ну еще немножко потерпите. Может быть, вы отплывете уже этой ночью. Я сойду в любом порту, только бы не во Франции, и больше вы обо мне никогда не услышите.

Как сейчас помню – та конура, он лежит, растянувшись на драном матрасе, а я сижу рядом, на полу, в спортивном купальнике от Сакса с красно-голубой ленточкой и в своих окулярах. Вдруг он спрашивает:

– Вы не могли бы на минутку снять очки?

Подчиняюсь. Я уже знаю заранее, что сейчас он приподнимется на локтях и уставится на меня с таким видом, словно пытается припомнить, в какой таксишке мы с ним перепихнулись в рождественскую ночь. Знаю и следующий вопрос, на который мне приходится отвечать по сто раз на дню, почаще, чем на привет-как-поживаешь:

– Скажите, я не мог вас видеть в каком-нибудь фильме?

Тоже отвечаю как всегда:

– Да вы шутите, в каком же?

Сцена в черно-белом. Действие происходит в гостиничном номере, недорогом, но опрятном.

Девушка с платиновыми волосами стоит, облокотившись о створку двери, которая медленно закрывается. Глаза ее полны слез. В своем дешевеньком, промокшем от дождя платьице она обворожительна.

Молодой шофер грузовика складывает чемодан. Он удивлен ее приходу и вместе с тем обрадован. Он оборачивается. Поношенная, но чистая фуфайка подчеркивает его могучие плечи.

О н а (*взволнованно*). *Вы хотите знать правду, так слушайте!.. Муж меня бросил, я осталась одна со своим мальчуганом. Чтобы получить работу, я была вынуждена отдать его в приют. Но он не вынес этой тюрьмы! Он сбежал! Теперь малыш живет у бабушки.*

Молодой шофер крупным планом. Он потрясен. Протягивает девушке руку.

Девушка крупным планом. Она неверными шагами идет ему навстречу.

О н а. *О, не подумайте, что он совсем пропащий, нет же! Но он постоянно делает глупости. Может поджечь газету и кинуть в окно. Любит ходить по крышам, не понимая, что может обломиться черепица.*

С сочувственной улыбкой юноша обнимает ее за плечи и усаживает на кровать. Видно, что он хочет ее поцеловать, но не решается.

О н а (*горестно*). *Мне советуют поместить его к отцам иезуитам. Он такой способный, он многого бы добился в жизни... Но у меня нет денег!*

Рыдает.

Юноша, держа руки в карманах вылинявшей, но чистой спецовки, с решительным видом расхаживает по комнате.

О н. *Выслушайте меня, дорогая. Я всего лишь бедный шофер. Я тоже воспитывался в приюте. Но это не важно. Главное, что я не боюсь никакой работы!*

Юноша становится перед ней на колени. Два профиля на фоне окна. Все громче звучит мелодия их первого вальса.

О н. Любимая, будь моей женой! Ваш сын станет моим сыном. Мы поместим его к отцам иезуитам. Я не выпущу из рук баранки, целыми днями буду колесить по дорогам...

Обезумевшая от счастья, вся в слезах, девушка падает в его объятия.

Музыка звучит все громче. Тем временем камера постепенно отъезжает, пока в кадре не оказывается стоящий на ночном столике слон, играющий на цимбалах, которого они купили для малыша в первый день знакомства.

Конец

Патетический момент.

Пришлось признаться беглецу, что это была одна из первых моих нетленок. Название я позабыла, но точно помню, что моим партнером был тот самый Матьё, который сейчас ошивается на "Пандоре". Предполагается, что действие происходит в Марселе, но отсняли это барахло в Ницце, во время карнавала. Поэтому паренек, который должен был сыграть моего малютку, потерялся в толпе и исчез с концами. Так что пришлось обойтись без крошки. Срочно вызванный на подмогу писака еще подсахарил, где нужно, а крошку сбагрил в приют. Можно только догадываться, куда б он запихнул меня, если б вдруг я потерялась.

Фредерик глубоко вдохнул, откинулся на матрасе, закинув руки за голову, потом изрек:

– Нам крутили этот фильм в тюрьме. Честное слово, я плакал.

Его глаза заметались, не зная, на чем остановиться, но я-то понимала, что сейчас для него главное – меня разжалобить, чтоб я его не выкинула до ближайшего порта. Джикс действительно решил отчалить этой ночью. Отчего ему взбрендило ночью, я так и не поняла, хотя размышляла над этим весь обед.

Я вскочила на ноги, причем так удачно, что чуть балду не разбила этим чертовым потолком. Каждый раз, когда я спускалась в чулан, я светила себе свечкой, но ни разу мне не удалось из него выбраться, не набив шишку. Я вскрикнула: "Дьявольщина!" — а потом сообщила Фредерику, что иду переодеться, а там поглядим.

Попробуйте дать кому-нибудь палец — увидите, что из этого получится.

Прощальный ужин был обалденным, вряд ли я сумею его достойно описать, просто спектакль. Никогда ничего не стеснялась, но все же не решусь пуститься в детали. И не потому, что вы тиснете статейку в "Конфиденшл". Ну тиснете, ну "Тайм" перепечатает, и что? Сборы вырастут вдвое, и все дела. Нет, у меня просто слов не хватает. Сыграть — другое дело. На это бы хватило даже такой дерьмовой актриски, как я. Так бы, черт возьми, сыграла, что любая старушенция, которая забрела бы на меня поглазеть вместе со своей правнучкой, потому что не достоялась на *"Верную Лесси"*, хорошенько бы усвоила, до какого скотства могут дойти мужики.

Ладно, все на фиг. Затыкаю уши, чтоб самой себя не слышать. Начнем с декораций. Салон "Пандоры": кругом бронза и красное дерево. Огромный овальный стол с белой скатертью. Посуда из английского фарфора, шандалы. Жарко. Иллюминаторы распахнуты, блики от свечей лениво колышутся на волнах.

Дальше. Действующие лица одеты: мужчины — в смокинги, дамы — в вечерние платья. Джикс со своей седой шевелюрой и брюзгливой миной сидит во главе стола. У него под рукой ортопедическая палочка и полсотни склянок с лекарствами — так что никакая хворь нипочем. Напротив него сижу я, в воздушном черном платье, контактных линзах, бриллиантовом ожерелье и нефритовом сердечке на безымянном пальце в память о первых нетленках. Ногти, ресницы – по высшему классу, чувственные губы и знаменитые платиновые волосы, сияющие в свете шандалов.

По левую и правую руку от Джикса: Эсмеральда в белом платье, с роскошными плечами и шеей, кудряшками, падающими на глаза, почти такие же зеленые, как мои, и с надменным видом шарлатанки, сдирающей пару сотен баксов за сеанс, да еще Орлом-и-Решкой – метр семьдесят роста и восемьдесят кило розового филея, упакованного в ярко-красное платьице. Волосы светлые, глаза голубые, сиськи непомерные, как два глобуса: никогда еще не видала таких жутких сисек, текучих, своевольных, непослушных, любопытных. Для одного мужика эдакий клад, конечно, много чести. Оттого она и обзавелась двумя супругами, которые сидят по обе стороны от меня. По одну руку – режиссер Франц Стокаммер, подтянутый мужик под полтинник, с единственным волоском, аккуратно зачесанным назад, и галльскими усищами. По другую – актер Матьё: двадцать пять лет, нос и зубы поддельные, улыбка Гранта, мышцы Гейбла, бархатистый взгляд Рафта, голос Боера. И, несмотря ни на что, вполне приятный малый.

Да, чуть не забыла, обслуживали нас две стюардессы – обе с голыми ляжками, в маечках и пилотках с надписью "Пандора": черненькая Бесси и белокурая Толедо. Я уже говорила, что с Толедо мы сдружились на медицинской почве. Бесси мне тоже очень нравилась, но тут без взаимности. Даже не знаю, почему она мне была так симпатична. Разве что как раз потому, что я ей не нравилась.

Такая вот собралась компашка. Сидим, помалкиваем, что-то жуем, наливаемся шампанским. Я пью либо содовую, либо шампань. Так решил Джикс. Только тайком мне удается выхлебать стаканчик воды со льдом. Может, это вредно для желудка, печенки, сосудов, но у меня всегда было железное здоровье, так что от ледяной воды мне хоть бы хны. Целое лето мы проболтались на якоре, успели все уже переговорить. Может быть, только Орлом-и-Решкой, кромсая кусину кровавого бифштекса, ухитрилась сморозить очередную глупость, но все уже привыкли пропускать ее чушь мимо ушей. Тут я решила полюбопытствовать. Обращаюсь к актеру:

– Извините, Матьё, вы не могли бы подсказать Фру-Фру, как называется фильм, в котором мы с вами играли?

Он проглотил кусок, сморщил лоб и произнес:

– Не *"Голгофа матери"?*.. Погодите, потом название изменили. Кажется...

– *"Красотка и шофер"*, – уверенно бросил Стокаммер, даже не поглядев в нашу сторону.

– Ведь это, кажется, я его финансировал? – заговорил Джикс весьма высокомерным тоном. – Значит, он не мог так называться.

Тут я аж подпрыгнула на стуле. Что за черт? Кто-то под столом ухватил меня за лодыжку. В этот миг Матьё воскликнул:

– Вспомнил!.. Он называется *"Брошенная жена"!*..

Отгибаю уголок скатерти, заглядываю. Что же я вижу?! Распахнутый люк, из него успел выбраться мой голубчик и пристроился под столом. Он уже залез мне под юбку и дотянулся до колена. Мужик он здоровый, так ему пришлось всему скрючиться, изогнуть шею, вывернуть голову. Лежит, стервец, улыбается. Сразу и сконфуженный, и жалкий, и куда как довольный собой. В полном обалдении одергиваю скатерть. В это время Джикс раздраженно поучает:

– Мать, жена, один черт! Если так обозвать фильм, только поистратишься на пленку!

Тут я почувствовала, что беглец еще больше обнаглел. Я уже рот раскрыла, собралась дать ему по руке, но так ничего и не сделала. А вскоре к одной присоединилась и другая. Они забрались мне под чулки и так нежно-нежно поглаживали ляжки. Просто ужас какой-то. Я была уверена, что сейчас моего болвана сцапают. Джикс бы его просто вышвырнул за борт, а со мной двадцать лет бы не разговаривал. Тут опять заговорил Матьё:

– Кажется, припоминаю. Не *"Ради сынишки"*? По-моему, что-то в этом роде.

Держаться с достоинством, держаться с достоинством. Я уже слова не могла вымолвить, но одаряла общество великосветской улыбкой. Словно я, мерзавка, угодив на эту моторную посудину ценой в пару миллионов, еще и выпендриваюсь. Беглец уже успел задрать мне до пояса платье с комбинацией и теперь атаковал трусики, очень ему не терпелось их стащить. Вдруг я услышала свой умоляющий голос:

– Нет, о нет!..

– Фру-Фру права, – подтвердил Джикс. – Никаких детишек, ни в названии, ни на афише. Пойдут разве что на эту мордастую Ширли Темпл. Вот если им подсунуть какого-нибудь там пуделя или чечеточника, тогда повалят.

Я старалась сидеть неподвижно, но еще как приходилось пошевеливаться. То ли я пыталась спасти свои трусики с кружавчиками, то ли, наоборот, помочь их стянуть, то ли разом и то и другое. Значит, приходилось переваливаться с ягодицы на ягодицу. Представляете, как я от этого ошизела.

Потом, через несколько лет, я выпытала у одного из собратьев Эсмеральды, чего же именно мне хотелось в тот вечер. Он мне тогда устало, но терпеливо принялся втолковывать, что подобную милую сцену ему пересказывают по сотне раз на дню, что, мол, это самый распространенный женский фантазм, лидер на хит-параде заскоков. Одна представит пиццерию на Палм-Спринг, другая – день рождения у соседки, а иная даже и Белый дом, так как ее супруг, ныне страховой агент или холуй "Юниверсал", прежде спал и видел себя сенатором. А виновато, мол, наше христианское ханжество. Верь ему, так я всю жизнь мечтала потрахаться таким манером: на виду у всех, но чтоб никто не догадался. Да еще чтоб мужик на коленях стоял, унижал свое мужское достоинство. К тому ж меня еще грело, что тот бедолага – беглый каторжник. Я ждала от него, что он поступит со мной как со шлюхой, потому его и спрятала. Вот если бы Эсмеральда, Толедо или невесть какая бабенка осмелилась бы мне наговорить такого, я бы потребовала, чтоб ее казнили на месте. А этот зануда целую неделю пылил мне мозги, совсем достал. Но мало того, наконец допетрив, что попусту тратит свое время и мое терпение, он попытался завалить меня на диван. Тут я хорошенько врезала ему по его мужскому достоинству своей лакированной лодочкой с острым каблуком, благословила от души, по католическому, апостолическому и римскому обряду.

– Уверен, что мы все передумали! – неожиданно выкрикнул Стокаммер, метнув свой нож на тарелку.

К тому времени беглец уже стянул с меня трусики и принялся за дело. Раздвинул мне ноги, и я почувствовала, как его язык щекочет между ляжек. Что он придумал дальше, я рассказывать не буду, сами догадайтесь. Я и сломалась. Положила локти на стол, подперла подбородок, делаю вид, что внимательно слушаю, но чувствую – глаза у меня закатываются, с трудом сдерживаюсь, чтобы не охнуть.

– Вам нехорошо, Фру-Фру? – подозрительно спрашивает Эсмеральда.

Кое-как выдавливаю по словечку:

– Да... Так жарко!.. Фру-Фру не может... Фру-Фру не может. ..

– Что вы не можете? – пристает эта кретинка.

Тут уж все на меня уставились. Галантный Матьё вынул из ведерка со льдом бутылку шампанского:

– Может быть, глоточек?

Он расплывается в моих контактных линзах, все вижу как в тумане. Шепчу:

– Да!.. О да! О да!

Матьё наполняет бокал.

Вытягиваю ноги. Я хочу остановить Матьё. Я чувствую, что все на меня глазеют, но ничто уже не сломает мне кайфа. Умоляю:

– О да! Так! Так!

– Еще? – откуда-то доносится удивленный голос вконец ошалевшего Матьё.

Я улетаю в небеса. Шампанское переливается через край. Слышу свой хриплый голос, твердящий: да, да, да. Я подаюсь вперед, мышцы напряжены, ноги сводит. Как же мне хорошо. Наслаждение все длится, длится, хоть бы оно никогда не кончалось. Да что вам рассказывать, сами знаете, как это бывает.

Когда я немного прихожу в себя, обнаруживаю, что лежу, откинувшись на спинку, безвольная, как тряпичная кукла. Тело наполовину под столом, так же как и руки. Вся компашка озадаченно меня разглядывает. Чтобы показать, что я пока не сдохла, поднимаю бокал. Причем, когда несу его к губам, ухитряюсь еще пролить. Молча глазеют, как я пью. Молча глазеют, как я вытряхиваю контактные линзы и протираю глаза, как встряхиваю платьем, чтобы проветриться. Потом Джикс снова принимается жевать, прежде закончив спор:

– Ладно! Фильм уже прокрутили, какая, к черту, разница, как он называется?..

Можете себе представить, какую выволочку я устроила подлому насильнику, когда сразу после ужина спустилась в его чуланчик, чтобы принести поесть. Только захлопнулась дверь, я, вся скорчившись, чтоб не удариться головой о потолок, приступила к суровому допросу:

– И как вам не стыдно?

Он, как всегда, валялся на матрасе, закинув руки за голову Может, ему и было стыдно, но не слишком. Честно отвечает:

– У меня полгода не было женщины. Целых полгода!

– Вы считаете, это повод залезть мне под юбку? Ведь, чтоб вас же спасти, я не могла ни крикнуть, ни сопротивляться.

Но почитай-ка мораль этакой здоровенной жерди ростом еще подлиннее, чем Орлом-и-Решкой. Я его уже не интересовала, только моя жратва.

Я присела рядом и наблюдала, как он приканчивает целого цыпленка, грушевый компот и бутылку медока. Поглядишь на него и не поверишь, что он способен кинуть подлянку. Ел он очень элегантно, даже если приходилось орудовать пятерней. Глазея, как вино исчезает в его глотке, говорю:

– Я из Монружа. А ты?

– Из Марселя.

– А что ты делал до тюрьмы?

– Так, всего помаленьку.

– Ты женат?

С недовольным видом спрятал руку с кольцом за спину. Отвечает весьма резко:

– Не надо о ней! Это мое дело.

Я не стала настаивать, взяла поднос и уже собралась отчалить, но он схватил меня за руку. Нет, не злобно, наоборот. И, пряча глаза, извинился:

– Не сердитесь, но это святое. Она меня долго ждала. Уверен, что и сейчас ждет. Она само постоянство, ее и зовут Констанция.

И замолчал на добрые пяток минут, погруженный в грустные думы о своей половине. Какие мы все-таки смешные. Глядя, как он убивается по другой, мне вдруг захотелось. Может быть, именно поэтому меня и разобрало. Конечно, там, под столом, он вел себя как свинья, но ведь почти бескорыстно, сам-то он вряд ли получил такой уж кайф. Короче говоря, я потянула молнию сзади платья, с одной только целью, чтоб он меня трахнул и – квиты. Но, видимо, в том и состоял секрет той сволочной поломки, с которой столько бились светила механики. Стоило мне коснуться молнии, как "Пандора" снялась с места. Взревели моторы, звякнул колокол, и вся посудина заходила с борта на борт.

В панике я вскочила на ноги, тут же опять получила этим дерьмовым потолком по кумполу и, рассыпая искры из глаз, крикнула:

– Дьявольщина!.. Мы поплыли!

Кое-как я доковыляла до двери и, перед тем как выйти, уже застегивая молнию, сказала Фредерику, что, мол, ничего уже не поделаешь. Видно, судьба ему тут отсвечивать до ближайшего порта.

Закончив свои делишки, этот крысенок сразу смылся из салона так же незаметно, как туда пробрался. При этом, наверно, здорово потешался, что оставил меня с голой задницей. Сейчас он, пошарив в карманах, извлек оттуда мои кружавчики и галантно мне их преподнес, покачав на указательном пальце, как отбитый у врага стяг. Я их тут же натянула, причем с подобающими стыдливыми ужимками, да еще в спешке задом наперед. Так что малому было о чем помечтать до утра.

Не знаю, так ли уж он возбудился, но сама я до утра не дотерпела. В три ночи, когда я ошивалась на верхней палубе в своей коротенькой ночной рубашке, меня вдруг осенило, что хватит дурью маяться, как та вот одинокая селедка, что резвится при луне в этой чертовой луже. Я спустилась в трюм, где обнаружила беглеца совсем голым, если не считать одеяла, и мы отлично порезвились.

Вот так.

Теперь вы знаете все, кроме финала.

Мне долго еще пришлось придуриваться, так как в первый раз с Фредериком вывалялись в дерьме на долготе Руайана, а в последний – на другом конце света, у острова Рождества. Прошло много дней, ночей, недель, месяцев. Но если бы это происходило в фильме, показали бы только какой-нибудь дерьмовый календарь с резво отлетающими листками, да еще наложили бы нос "Пандоры", лихо режущий волны. А может, к тому же для выразительности добавили бы пунктир, бегущий по старинной карте полушарий. Джикс повторял:

– В фильмах про любовь зрителя интересует, с чего началось и чем кончилось. Остальное нужно, чтобы подкинуть работенку режиссеру и оператору и израсходовать сколько положено пленки.

Тоже новость! Конечно, всем хочется, чтобы раз-два – и дело к стороне. Но это все же не фильм, а моя дерьмовая жизнь. Так что попытаюсь вам рассказать, что было в промежутке.

Ну, во-первых, не могла же я сплавить своего затворника, если он этого не хочет. Первым портом был Лиссабон. Нет бы ему хоть соврать, что он от меня без ума, я бы и рассиропилась. Так он попросту заявил, что не знает португальского, так что, мол, придется его еще потерпеть. Ишь какой целомудренный малый. Когда же потом он лез ко мне с лживо ласковыми речами, я ему отвечала: "Дура Фру-Фру", "Бедняжка Фру-Фру", а чаще: "Несчастная дура Фру-Фру". Как-то он даже в порыве хандры заявил, что не хотел бы меня потерять. Я вам еще расскажу об этом случае, а пока только замечу, что, наливая в тот вечер свой бокал, он не перелил его через край.

Я, понятно, женщина особой породы, таких на земле всего-то пять-шесть миллиардов – как себя помню, я все время спала и видела подцепить себе мужичка: не важно, длинный он будет или коротышка, красавец или урод, богатый или бедный, дурак или умный, – главное, чтобы руки не распускал и был обаяшкой. Трахни меня такой малый, и никто мне был бы больше не нужен. Я, конечно, не сомневаюсь, что отыщется на белом свете примерно двести девяносто три дамы всех рас и народов, что попытаются меня опровергнуть, включая консьержку дома 486 (бульвар Писс-Винэгр, Париж, Франция), примутся утверждать, что, мол, я вру, что несчитано-немеряно, сколько мужиков меня трахнули только в комнатенке на третьем этаже "Беверли-Хиллз", но в гробу я этих сплетниц видела в белых тапочках. Да не вру я, честное слово. Если я выскочила замуж за своего первого или за последнего, так только потому, что ужасные зануды они были, главным занятием у них было перемалывать косточки ближним и к тому же они не более постоянны, чем флюгер в бурю. Ну если уж совсем честно, то находились и такие, кому надоедали мои киношные закидоны, и они сами меня безжалостно выкидывали – случалось, даже в пургу. Разумеется, я подзалетала. После чего каждый раз зарскалась связываться с мужиком до тех пор, пока не появлялся очередной олух.

Во Фредерика, что уж греха таить, я здорово втюрилась. Просто подарок судьбы. Он стал моей любимой игрушкой, почти такой же, как плюшевый медвежонок. Мне его подарили в три года, и до восемнадцати я с ним не разлучалась. Даже взяла с собой на "Нормандию", на которой меня увезли Джиксовы холуи в надежде, что я покорю Америку В нью-йоркском порту я так закрутилась с багажом, декларациями и прочей таможенной ерундой, что потеряла медвежонка. Джикс потом нанял кучу детективов, чтоб его отыскали. Он не врет, я проверяла. На "Нормандии" я лопалась от спеси. Каюта первого класса, цветы, которыми меня завалили при отплытии, обеды за капитанским столом еще как вскружили мне голову. Я и задремала, совсем как зрители на первой части моей чепуховины, которая и доставила мне всю эту роскошь. Очнувшись, я расписховалась так, что все подумали, будто у меня украли ребенка. Джикс дал объявление в разные газетенки, где обещал озолотить того, кто вернет мне мишку живым и невредимым, и чуть не убедил своих друзей в сенате начать кампанию за распространение закона Линдберга на плюшевых медведей. За считанные недели я получила по почте тонну мишек всех цветов радуги, но моего Пинко среди них не было. Я их потом сбагрила на Филиппины, тамошнему Обществу охраны детства. Рассказываю это, чтоб вы поняли, насколько я была счастлива с Фредериком.

В Гибралтаре англичане обшарили всю "Пандору", словно это была пирамида Хеопса. Моему голубчику пришлось спрятаться в вентиляционную шахту, после чего он трое суток никак не мог очухаться. Поверьте, он был не из тех, с кем я бы стала трахаться кое-как, например в лифте. Впрочем, сомневаюсь, что ему приходилось хоть раз им пользоваться, хотя бы из любопытства.

Кстати, пирамиду Хеопса я помянула не случайно. Джиксу взбрендило посетить ее и сестричек поменьше, чтоб их использовать как декорацию для фильма, который доверит отснять Стокаммеру. Мне в нем доставалась роль авантюристки в шортах, которая отыскала мумию, нашпигованную бриллиантами, чтобы, разумеется, прокормить очередную крошку. Однако Джон Керредайн или там Бэзил Ресбон ничем не брезгуют, чтобы увести у меня добычу, просто житья не дают. А Рей Милланд в это время чинит свою этажерку, потерпевшую аварию в пустыне. Жанр, как видите, знакомый. К счастью, Средиземное море превратилось в стрельбище для военных кораблей и нам пришлось сменить курс. По радио все кому не лень подавали нам советы подобру-поздорову вернуться в Америку, на что Джикс отвечал, что не какому-то вшивому австрийскому ефрейтору нарушить его планы, и поэтому он решил продлить плавание на полгода, чтобы обогнуть Африку.

Не подумайте, что все время Фредерик сидел в трюме согнувшись в три погибели. Примерно через недельку я поселила его в своей каюте – точнее, в трех каютах на главной палубе прямо напротив трех же кают Джикса. В свой чулан он отлучался только по утрам, когда Толедо делала уборку. Наткнувшись пару раз на разбросанные по каюте мужские шмотки, она, наверное, решила, что я трахаюсь с кем-нибудь из морячков, а может, кто знает, и со всей дюжиной. Однако ж вопросов не задавала ни словом, ни выражением своей румяной мордашки цвета огайского яблочка.

Умасливать Толедо мне не пришлось, хватало мелких чаевых, которые я ей подбрасывала. Зато матросики оказались настоящими кровопийцами: в каждом порту мне приходилось идти отыскивать американский банк. Только китаец-прачка оказался человеком бескорыстным. Деньги его не интересовали. Взамен он попросил, чтобы я как-нибудь ему показала свою штучку, со всем прочим в придачу. Мол, он даже пальцем ко мне не притронется. Просто часок поглазеет, и все дела. Разлучились мы с ним неожиданно, вы еще узнаете как, и с тех пор я его не видела. Но если как-нибудь я его повстречаю в закоулках какого-нибудь чайна-тауна, то тут же затащу его в ближайшую гостиничку и расплачусь точно по часам, чтоб не сомневался, что я человек честный. Про китайца я могу говорить свободно – во-первых, Джикс его давно уже вышвырнул, а потом, он даже не полюбопытствовал, за что я готова с ним расплатиться. Правда, если даже вначале он проворонил пташку, то уж наверно обнаружил, когда она в очередной раз вылетала из клетки.

Короче говоря, все или почти все на нашей посудине в результате узнали о беглеце, кроме Джикса и баб. Только через много месяцев его обнаружила самая большая идиотка и все испоганила.

В конце осени мы пристали в Касабланке. Удивительный город, где моряки, с чьей бы они ни были посудины, стоило только сунуться в кабачок парню в немецкой форме, дружно запевали "Марсельезу". Я это видела в фильме, который потом посмотрела в Америке. Фредерик побоялся сойти на берег, чтоб его не сцапали петеновцы, а я, как вы уже знаете, по натуре не туристка. Как всегда, на "Пандоре" появилась свора холуев и стряпчих, с которыми Джикс просиживал дни, а случалось, и ночи напролет в своей каюте. Кажется, он закупал беспилотные самолеты или еще какие-то летающие гробы, черт его знает. О своих делишках он не слишком откровенничал, разве что мог поболтать о кино. Поначалу я допытывалась у Фредерика, что он думает о Джиксовьк делишках. Ему было наплевать, как, впрочем, и всей компашке, которая тратила свои извилины разве что на игру в скрэббл.

До конца года мы проболтались в порту, и все было отлично. Но вдруг, в день святого Сильвестра, когда мы готовились к новогоднему ужину, на "Пандору" нагрянула французская морская полиция. Как снег на голову, Фредерик едва успел смыться в свою шахту. Здорово повезло, так как на этот раз именно его-то и разыскивали. Мне было просто стыдно за своих соотечественников. Морских полицейских я не виню, такая у них уж поганая работенка, и делали они ее спустя рукава. Но с ними еще была одна тыловая крыса, зануда и горлопан, болван из болванов. Его подручные, наверно, сами не могли взять в толк, чего это он вдруг так взъелся на нашу посудину, да еще под швейцарским флагом. Звали его майор Скотиньяк. Имя мне назвал Фредерик, когда я по свежим следам его описала. Узнав, что эта скотина преследует его по всему Средиземному морю, Фредерик затрясся, как тогда в Гибралтаре. Но уже не от клаустрофобии, а от бешенства. Сказал:

– Если мы с ним как-нибудь встретимся на узенькой дорожке, я его придушу. Даже если это будет последним добрым поступком в моей жизни.

Однако ж на этот раз пронесло, и мы весело отпраздновали Новый год. Ровно в полночь я чмокнула всех по очереди в щечку, после чего выковыряла контактные линзы и залилась слезами. Я сообщила, что Фру-Фру уходит к себе, мол, ей сейчас не до праздника. Она удаляется в каюту, чтобы там оплакать свою мать и школьных подруг, томящихся в плену у неприятеля. Сценка удалась, так что, может, я не такая уж дерьмовая актриска. Даже Эсмеральда отвернулась, чтобы скрыть, до какой степени тронуто ее суровое сердце. Даже Орлом-и-Решкой рассиропилась. Даже единственный волосок на голове Стокаммера встал дыбом, так же гордо и непреклонно, как в былые годы, когда Гарбо еще пешком под стол ходила, а он измывался над сестрами Гиш и Глорией Свенсон. О горе симпатяги Матьё и говорить нечего, оно, сами понимаете, было безмерно.

К тому же повезло, что мой номер сопровождался "Прощальной песней". Она звучала, когда я заперлась в каюте и наконец впилась своими изголодавшимися губами в такие же изголодавшиеся губы Фредерика. Там уже был накрыт роскошный стол. Секрет, с помощью какого из моих помощников я раздобыла икру, гусиный паштет, омара, индейку с каштанами, шампанское, помероль 1928 года. Как положено, Фредерик получил подарки, в частности американский пуловер морской и небесной голубизны в белую полоску ручной вязки. Шел он ему обалденно. Но где его носить? Одевался он только в матросскую робу с крупной надписью "Пандора" на груди. Это на случай, если его в коридоре застукает Джикс или какая-нибудь из наших дурынд. Примерил он этот чертов пуловер всего два раза. Первый раз в новогоднюю ночь, сообщив при этом, что в детстве, когда он учился у иезуитов, у него был почти точь-в-точь такой. О второй ночи, когда он его примерил, я чертовски не люблю вспоминать. Мне, разумеется, он не мог преподнести другого подарка, как самого себя. Но для меня и это было выше крыши. Кажется, и ему самому было недурно. Только под конец он слегка окосел и раскис. Принялся вспоминать супругу. Начал пороть, что непременно исхитрится добраться до той дыры, называемой Сена-и-Марна, где она по сю пору проживает, чтоб только раз увидеть в окошке ее ангельский лик. Чтоб она его не узнала, он переоденется клошаром. Что и говорить, роль мне досталась поганая, но я все сделала, чтобы его отговорить. Ему ведь и так чуть не влепили вышку. Если он вернется в свою дыру, то не позднее чем на рассвете его сцапают. В конце концов он уныло со мной согласился:

– Ты права, Фру-Фру. Как ни случись, она только хлебнет со мной горя. Для нее самой же будет лучше меня забыть. Пусть кого-нибудь подцепит, пока не перевелись ухажеры.

Он, наверно, представил картинку, как супруга отбрасывает свое вязание и прыгает в постель к любовнику. Думаете, эта фантазия его взбодрила? Взбодрить его мог только помероль, который я ему подливала и подливала. Наконец часа в четыре утра Фредерик хныча принялся мне вываливать кучу воспоминаний юности. Как он перебрался в Париж, чтоб поступить в Сорбонну, как на площади Дофины познакомился с Констанцией, которая в ту пору стучала на машинке, как они поселились в гостинице на улице Шевалье де ла Барр у подножия Монмартра, как для красоты он вырезал звездочки на каком-то вонючем абажуре, как, заголившись, они воспаряли в небеса. Я заверила, что очень ему сочувствую. Просто жутко вся испереживалась, почти как он сам. Предложила ему холодной водички из холодильника. Короче, была на высоте. Именно в эту ночь он и сделал страшное признание, что он не хотел бы меня потерять. Черт побери, я тоже ревела, роняя слезы в шампанское. Я уже позабыла, что мы бултыхаемся в море, и собиралась вызвать такси, и пусть он катится в свою Сену-и-Марну. Если эта святоша не желает поделиться своим муженьком, пускай им подавится. А я возвращусь в Монруж и там отравлюсь газом. В общем, у нас у обоих крыша поехала. Проснулись мы уже под вечер, валялись на ковре вповалку, даже не помню, кто сверху, кто снизу.

Понятно, что я храню самые нежные воспоминания о Касабланке, но все-таки была рада оттуда убраться. Следующая стоянка была на Канарах. Проболтались мы там с полмесяца, и стоило Джиксу отвернуться, как Фредерик сбегал на берег. Канары – офигенная штука. Куча закрытых на зиму отелей, куча бассейнов без воды. Куча лавочек, где можно приобрести целую коллекцию вырезанных из камня апостолов. Пальмы, урны, и все вокруг чешут по-испански.

Дакар по сравнению с Канарами просто атас. Ну, во-первых, в порт нас не пустили, пришлось пристать к островку напротив него, а они там, даю голову на отсечение, держали каторжников. Вдобавок Фредерик за что-то на меня надулся. Но зато именно в Дакаре я разжилась звуковым кинопроектором, и с тех пор мы с Фредериком стали в моих трехкомнатных хоромах устраивать просмотры. Джикс скупил всю халтуру, которую крутили в Африке. На своем белоснежном "бентли" с его гордым именем на дверце Джикс притаранил мне чуть не три десятка коробок с лентами. С тех пор мне негде стало повернуться: я не могла зайти в сортир, ванную, порыться в шкафу, чтобы не наступить на это дерьмо, которое так и лежало внавал. Пожалуйста, никогда не упоминайте при мне ни *"Чикагского погорельца"*, ни *"Завоевателей"*, ни *"Ганга Дин"*, ни *"Маленькую принцессу"*, ни *"Мистера Смита в сенате"*, тем более достопочтенных Дидс, Чипс, Бебе и, Боже упаси, ту старушенцию, которую все никак не могут сцапать в поезде. Честное слово, я и сейчас готова их растоптать. Так же, как и свои *"Глаза"*. Не могу себе представить эту хреновину, как только разорванной в клочья и спущенной в умывальник.

А Фредерик блаженствовал. Сдергивал с постели простыню и на ней по десять раз кряду крутил один и тот же фильм. А так как я уже на первом просмотре засыпала, он потом еще десяток раз подряд пересказывал мне сцену, где Дитрих погибает, прикрыв грудью Стюарта, который успевает выхватить свои пушки, и как потом она, уже умирая, обалденно трогательным жестом стирает с губ свою поганую помаду. Когда же я ему неосторожно напомнила, что простыня существует не только для того, чтобы висеть на стене, он битый час со мной не разговаривал. И открыл рот, только чтобы сообщить, что меня, тварь неблагодарную, судьба наградила прославиться на самом великом поприще, а я только и делаю, что его оплевываю. Актриса я дерьмовая, это, мол, он сразу понял, но зато природа меня не обидела: и этот чертов прищур дала, чертовски соблазнительный, и сиськи, от которых пленка лопается, и ляжки, что для любого счастье, чтоб его ими удавили, да еще шикарную задницу, порочно натягивающую юбку. И вообще, если бы так и продолжать называть фильмы моими органами чувств и частями тела, то мне на всю жизнь хватило бы только тех, которые разрешила бы цензура. В кино это важней таланта, ничего уж не поделать. Короче говоря, по его словам выходило, что я полная идиотка.

После его речи я замолчала и молчала до тех пор, пока он не понял, что погорячился. Таким льстивым-льстивым, таким нежным-нежным голоском он принялся меня уверять с фальшивой кротостью, что во всех искусствах он полный профан – ничегошеньки не смыслит ни в музыке, ни в литературе, ни в домашнем растениеводстве, единственная его страсть – это кино. Он не виноват, так уж вышло. В тот миг, когда какой-то там дерьмовоз прибыл на вокзал в Ла-Сьота, он прозрел.

Что вы на это скажете? Чтоб не предстать в его глазах уж слишком большим ничтожеством, я так и не решилась спросить, из которой моей чепуховины была та Ла-Сьота. Потом справилась у Матьё. Век буду помнить это чертово название, из-за которого вся моя жизнь пошла наперекосяк. Но, честно говоря, из всей этой кучи хлама, которую Фредерик ни за какие коврижки не позволил бы мне не только сбросить за борт, но хотя бы выкинуть из каюты, была одна неплохая штуковина. Сценка из второй части фильма *"Глаза"*, когда тот самый гад пытается меня изнасиловать на гумне: силы у меня уже на исходе, а на помощь не позовешь. Всякий раз, когда он смотрел эту сцену, я считала своим долгом тут же сыграть ее живьем. В точности как на экране, с тем же безумным взглядом. Конечно, на пару с Фредериком. А потом начиналось что-то обалденное.

В Габоне, в Либревиле, вдобавок к нашей швейцарской тряпке подвесили еще одну – сине-бело-красную с лотарингским крестом. Только для того, чтоб я больше прославилась. Так она и проболталась до конца плавания. Фотографию, где я чмокаю ее взасос, словно проглотить собираюсь, одетая в моряцкий блин с помпоном и морское трико, позволяющее полюбоваться на ямочку на правой ягодице, уж наверное вам приходилось видеть в приемной у дантиста или в парикмахерской. Ведь тогда все журнальчики принялись дружно мусолить мою жизнь почти так же, как потом, после удачного вольта при награждении Хепбёрн. Так вот, на ней можно разглядеть и Фредерика. Там в глубине, прямо над корейцем, который с трудом сдерживается, чтобы не заржать, – иллюминатор. А в нем виднеется, хоть и нечетко, рожа Фредерика. Он всегда любит поглазеть куда не следует.

Никак не могу понять, почему все мужики такие болваны, даже самые умные из них. Наверно, раз сто мне приходилось неожиданно возвращаться в каюту: забывала там пилочку для ногтей, какую-нибудь другую мелочь. Так вот: в ста из ста я обнаруживала Фредерика прилипшим к родному иллюминатору. Причем в девяноста прямо перед его носом маячила задница Толедо или Бесси. Не важно, которая из двух, главное, чтоб она, согнувшись в три погибели, драила палубу, демонстрируя свои крошечные трусики, чуть не лопающиеся по шву. В оставшихся десяти не знаю уж точно, на что он глазел, но думаю, что на Эсмеральду, которая, выставив зад, в очередной раз шарит по палубе в поисках своей дерьмовой сережки. Готова побиться об заклад: ставлю свою рубашку против вашей. Но не советую: останетесь с голым пузом. В жизни я не встречала бабы, которая бы так часто теряла серьги. Если вам как-нибудь взбредет взобраться на вершину Гималаев и там вас угораздит отыскать сережку, не теряйтесь: в конверт ее и в ящик, адреса не надо. Самый придурковатый почтальон ощупью сообразит, что́ это за штуковина, и отнесет прямиком Джиксовой психичке.

Все мужики – козлы. Будь любая грымза, которой даже мой дедушка бы побрезговал, хотя он-то как раз в этом толк знает, все равно станут глазеть на ее задницу. Ничего уж тут не поделаешь. Такова их природа. Впрочем, меня даже не слишком бесила Фредерикова придурь. Я ограничивалась тем, что иногда между делом сообщала ему, что он онанист несчастный, половой психопат, вонючий извращенец, отбивала кулаки об его руки, которыми он трусливо прикрывал свою лживую глотку, да еще пыталась ему залепить знаете куда своей лакированной лодочкой на остром каблучке. Ну а под конец, конечно, топтала очки.

Вы спросите, на что же он глазел на том прославленном фото. Обалдеть, но он глазел на мою задницу! Что, не чокнутый? Она ведь в полном его распоряжении все двадцать четыре часа в сутки, пожалуйста, сниму трусики и разглядывай на здоровье со всех сторон, сколько влезет. Причем я готова, делай с ней все, что хочешь, разве что дуть в нее не стоит. Так нет же, ему надо подглядывать тайком, дрожа от нетерпения, дожидаться, пока мое трико задерется, оголив ямочку на правой ягодице. Вы-то сами понимаете мужичков? Для меня это темный лес, голова идет кругом.

Ангола, Луанда. Уродство. Пальмы, урны. В День независимости мы огибали мыс Доброй Надежды. Я это точно помню, потому что в тот же день был юбилей и у Фредерика. В тридцатник, глаза его бесстыжие, заглядывает бабам под юбки. Когда мы пристали в Порт-Элизабет, я преподнесла ему подарок – еще десять фильмов, включая *"Марию-Антуанетту"*, которую он и так знал наизусть, и *"Женщин"*. С тех пор он дни и ночи напролет донимал меня Нормой Ширер. Совсем от нее свихнулся. За год до того я познакомилась с мисс Ширер на какой-то вечеринке, куда забежала минут на десять, и та меня удостоила парой приветливых слов. Угораздило. Фредерик меня заставил столько раз повторять эту пару слов, причем еще требовал один в один передать интонацию – так разукрасить те десять минут живописными подробностями, что вечеринка мне до сих пор снится в ночных кошмарах – просыпаюсь в холодном поту. К тому же Мария-Антуанетта во весь рост вовсе не коротышка. Целая башня коробок. Бедняга Бесси, очищая от них мою ванну, заработала люмбаго. Ист-Лондон, Дурбан, Лоренсу-Маркиш описывать не стану. Пальмы, урны, только названия меняются. Уж не помню, на каком Богом забытом берегу наши решили устроить сафари, а Джикс по-быстрому смотался на самолете в Америку. На "Пандоре" остались только мы с Фредериком и несколько надежных морячков. Никогда еще за все время этого поганого плавания мне не было так хорошо. Теперь Фредерик мог сколько влезет слоняться по палубе, трепаться с парнями, удить с ними рыбу. С тех пор как наши отвалили, мы с Фредериком только и занимались тем, что плавали, катались на водных лыжах, а обедали в сарайчике на берегу, где не было даже электричества. Я вообще люблю есть при свечах, чтобы было как в церкви. В детстве мне казалось, что это шикарно. В том трактирчике, освещенном сотней маленьких свечек, я робела больше, чем у "Максима". Назывался он "Поворот колеса". Хозяин был француз с железным обручем на шее, совсем как Строхейм в одном фильме, только в отличие от него одетый в отрепья, как все в этом захолустье.

В первый раз, когда мы туда заявились, пришлось мне натерпеться страха. Тот тип только завидел Фредерика, тут же достал откуда-то из-под кассы огромный пистолет и целит ему прямо в сердце. А затем принялся его гонять по всей хибарке, стреляя поверх головы – думаю, он не слишком заботился всадить ему пулю. Всякий раз, когда они словно два психа проносились по залу, Фредерик с криком "Поберегись! Поберегись!" сшибал меня на пол. И тут же четыре пули, одна за другой: вжик, вжик. И так несколько раз. Когда у того бешеного кончились заряды, роли тут же переменились. Теперь уже Фредерик принялся его гонять с тем бóльшим остервенением, что и сам натерпелся страха, здорово поначалу сдрейфил. Теперь уже тот субчик швырял меня на пол, сперва попользовавшись как щитом. Тут-то я и поняла, как погано себя чувствует ломтик ветчины в двойном бутерброде, как ему, бедняжке, обидно.

Впрочем, страдала в тот вечер только я одна. Тот малый, как я поняла, – бывший лесник. С моим они познакомились в Шаранте, после того как Фредерик сбежал из тюряги. Закончив свою молодецкую забаву, они хорошенько клюкнули и принялись обниматься. Из-за чего уж они так поссорились, что понадобилось располосовывать мой белый полотняный костюмчик и насажать везде синяков, дуэлянты мне сообщить не поторопились. Не бабьего ума дело. Но я сильно подозреваю, что их свара как-то связана с браконьерством. В охоте я ничего не смыслю, мухи не трону, разве что она меня укусит, но все ж я не больше идиотка, чем меня считают. Заметив, как у них бегают глазенки, когда я касаюсь скользкой темы, я заподозрила, что дичь, которую они не поделили, – безусловно, самка, такая самочка в шелковых чулочках. Будь это заяц, вряд ли они пошли бы на мировую.

И все же это была обалденная стоянка. Не помню, как звали того субчика и как называлась та дыра – кажется, мы тогда бултыхались в какой-то мозамбикской бухточке. Зато я хорошо запомнила ошейник, который подпирал его подбородок, так называемую "Минерву". Если Фредерику хотелось смыться на берег, он предлагал: "Сплаваем к Минерве?" А когда они принимались спорить о войне, о де Голле и прочей чепухе, тот тип твердил: "Не порть мне нервы, не порть мне нервы". После чего оба ржали, хлопая себя по ляжкам, словно лучшей шутки сроду не слыхали. Да, честно говоря, и я не унывала. Всякий раз, когда мне приходилось усаживаться за столик, я присматривала за своей юбкой и лифчиком, так как Минерва все время пытался засунуть свою грязную лапу куда не следует, при этом выкрикивая фальцетом: "Мяконько-то как, ну чисто перепелочка!" А Фредерик, вместо того чтобы поучить его хорошим манерам, принимался ржать с ним на пару. Гоготали они так, что стены тряслись, лупили себя по ляжкам, закатывались до икоты, я боялась, что их кондрашка хватит. Вот и пойми мужиков.

Джикс явился недели через две, прямо к 11 августа, моему дню рождения. Уже три года, как я его не праздновала, все оставалось двадцать один. Так решил Джикс. На самом деле мне тогда стукнуло двадцать четыре. Потом уже, во всей этой суматохе, я совсем потеряла счет, но, сдается, что-то давненько я застряла на своих двадцати пяти. И я-то уж знаю почему: Норма Ширер – вот она, причина. Она тоже родилась 11 августа, где-то в Монреале, в Уэстмаунте. Говорят, от судьбы не уйдешь, верно? На деньги, которые он выиграл в карты у Минервы, Фредерик подарил мне детеныша макаки, которого прозвал Чита, не смущаясь тем, что это был мальчик. Но зверек вскоре сбежал. Видно, ему не по вкусу пришлось наше угощение, и он отправился искать стаю более близких ему приматов. Смылся он до возвращения наших охотников, так что не пришлось ничего объяснять.

Правда, им все равно было бы не до макаки. Как-то вечером я наблюдала, как они один за другим выползают из гидроплана, все усталые, измочаленные, замурзанные, обозленные, скисшие, обиженные. Сафари провалилось: целый месяц они прошлялись по всей Танганьике, но так ничего и не подстрелили, кроме только разве что Бесси.

Как это вышло, я так и не поняла. Они сами – тоже. Видно, выпустили все заряды, чтоб отогнать антилопу – охотиться на нее запрещено. А вернувшись после джигитовки, обнаружили Бесси с простреленной ляжкой. Они доволокли ее до ближайшей больницы на палатке, которую собственноручно сшила Толедо. Теперь страдалица валялась на больничной койке в Дар-эс-Саламе, далеко на север отсюда. Стокаммер оставил ей две тысячи баксов, чтобы, поправившись, она смогла отвалить в свою Флориду. Джикс его одобрил. Толедо было заикнулась, что хорошо бы отправиться в Дар-эс-Салам и подождать, пока Бесси оклемается, но Джикс шепнул ей пару ласковых, после чего она выбежала в слезах и больше об этом не заикалась.

Взамен Бесси Джикс нанял юную туземку, всю закутанную в цветастые тряпки – только голова из них торчала. Разговорчива она была не больше, чем в фильме *"Глаза"*. Болтала только по-итальянски, причем на каком-то странном диалекте, который только и могла освоить девчонка из Абиссинии, пожившая в Танганьике. Матросики тут же завалили ее любовными записками, переводить которые выпало мне. Всякий раз мне приходилось жестами показывать, чего от нее хотят. Старалась вовсю. К счастью, понять было не трудно: все хотели одного и того же. Она с печальной усмешкой качала головой, умильно вздыхала, а потом жестами же показывала, что надо ответить. Ответ был тоже всегда одинаковый. Мне надлежало записать его на почтовом бланке "Пандоры". Сначала ответные послания были вполне вежливы: я предлагала ухажеру заняться онанизмом или попробовать прикадриться к китайцу. Но по мере того как письма становились все более краткими и пылкими, я тоже отвечала кратко: просто писала поперек листа: *"Пошел в задницу"*, а внизу подпись – *"Диди"*.

Однако ж не поручусь, что в результате она не сдалась превосходящим силам противника, судя по тому, что ее язык обогатился смачными американскими ругательствами и она стала отчего-то очень интересоваться, кто когда дневалит. К тому же она добилась, чтоб вместо Толедо убирать мою каюту, после чего стали пропадать мои причиндалы, которые, не сомневаюсь, ей очень шли. Потом она их подбрасывала в шкаф, всегда выстиранными и выглаженными. Ну и наплевать, тем более что я ни на секунду не заподозрила, что и Фредерик здесь попался. Во-первых, я знаю его почерк. Во-вторых, он говорит по-американски примерно так же, как я играю на тромбоне. В-третьих, единственную негритянку, которую Фредерик трахнул, он сперва – нарочно не придумаешь – долго тер марсельским мылом, чтоб отмыть черноту.

Мы неслись как угорелые: Африка, какой-то мыс на Сейшелах, Мальдивы, Индия. Пирамиды уже отпали. Джикс заявил, что ничуть не хуже, даже лучше, Стокаммеру накрутить фильм в индуистском храме. Декорации ненамного дороже, а денег можно загрести кучу. Мне доставалась роль авантюристки в шортах, которая распотрошила статую Кали, нашпигованную бриллиантами, которые ей нужны

позарез, чтобы прокормить свою малютку. Но Ресбон или Керредайн, по крайней мере точно не Бик-
форд, иначе бы волынка затянулась, пытается увести мою добычу, причем по дури раскочегаривают
динамитной шашкой священный вулкан. И пока бедняга Рей Милланд чинит свою этажерку, потерпевшую аварию в джунглях, я имею все шансы быть
заживо похороненной лавой. Кульминация. Так и
остается неясным, погибла я или нет, в картине даны
две версии. Фру-Фру заверила, что по ее, Фру-Фру,
мнению, это очень трогательно, и тут же отправилась дальше тайком трахаться с Фредериком. Остальные же каждый вечер, даже в отличную погоду, стали собираться в кают-компании на конференции по
поводу названия фильма.

Однако ж отыскали они его, опять-таки перебирая
все части моего тела. Стокаммер заявил, что наверняка найдется какая-нибудь поганая косточка, или мыш-
ца, или сустав, хоть как-то связанный с сюжетом.
Джикс не сомневался в этом. Орлом-и-Решкой тоже.
Эсмеральда была просто в этом уверена. Как и Матьё.
Наконец, пусть меня подстрелят, как бедняжку стю-
ардессу, если я вру, – они изобразили мое тело на лис-
те бумаги, потом разрезали на кусочки, сложили их в
капитанскую фуражку и вытянули наудачу. Губы. Ге-
ниально. Теперь все наши были уверены, что фильм
станет сенсацией года, и принялись заранее друг друга
поздравлять, словно старушенции, победившие на кон-
курсе тортов своего прихода. Фру-Фру заверила, что,
по ее, Фру-Фру, мнению, это очень трогательно, но все
же напомнила, чтобы они не забыли хоть как-нибудь
связать ее губы с сюжетом.

Что будет дальше, я знала наизусть, оставалась сущая ерунда. Они наймут борзописца и оплатят ему
каждый поцелуй, сколько я успею их нанести за час
двадцать. Перелобзаешь по очереди – Милланда, Кер-
редайна, Ресбона, Бикфорда, Питера Лора, Бориса

Карлоффа, потом еще статую Кали, чтоб она изрыгнула свои бриллианты, и вдобавок целую индийскую деревню статистов, которые тебя собрали по частям, когда ты выпала из горящего самолета, включая жрицу весьма сомнительной нравственности, а кончишь тем, что скатишься на роликах прямо в речку с крокодилами. Но это еще что! Поганец заставит тебя целоваться с лавой, мол, это какой-то там вонючий символ: она тебя поглощает, а ты ее целуешь. А чтоб все выглядело натурально, заставит все губы себе измочалить. Так что в конце концов тебя будет впору показывать в ярмарочном балагане как Женщину-Без-Рта. А как ты ешь, объяснят на табличке и прибьют к клетке.

И знаете, что меня спасло, какой зигзаг удачи? Сейчас узнаете. Чего угодно я ждала, только не этого. Японцы разбомбили Пёрл-Харбор.

Никогда мне не приходилось видеть, чтобы Джикс нюнил. Он растерялся, рванул из-за стола и, забыв про еду, час сорок трепался с Голливудом – только в тот день. Слеза выкатилась из его левого глаза ровно в девять вечера, во время обеда, когда морячок, склонившись к его уху, огорошил новостью. Тут же он вызвал Лос-Анджелес. После чего заперся в каюте.

Но к завтраку он был уже в порядке. Громогласно заявил, что хотя япошки и засранцы, но, к счастью, наших авианосцев во время бомбардировки на Гавайях не было и теперь мы уж точно им наложим, пусть хоть десять лет будем воевать. Тем временем мы уже бултыхались в Бенгальском заливе. Он нам сообщил, что в Калькутту, этот шумный вонючий городишко, мы ни ногой. Сейчас свернем на Сингапур и через Филиппины – домой.

Уверена, что решение Джикса всех обрадовало, хотя в тот горестный час никто открыто радоваться не посмел. Я спросила у Фредерика, как он к этому относится. Никак не относится, только не уверен, что Америка примет его с распростертыми объятиями. Ведь у него ни паспорта, ни хоть какого-то удостоверения. Он сомневался, стоило ли ему гонять по всему шарику, чтоб в результате сгнить в американской тюряге вместо французской в обществе всяких поганцев, которые ни слова не рубят по-французски. Да еще неизвестно, какая там, в американской тюряге, жратва.

Вот ведь какие мы все болваны: печалимся до времени. А жизнь всегда решает по-своему.

Джикс вдруг заявил, что хватит, мол, прикрываться швейцарским флагом. Провозгласил:

– Швейцария хороша для хранения денег, а не для сохранения собственной шкуры. Я американец греко-французско-еврейского происхождения и равно горжусь как своей кровью, так и своей родиной.

После чего всех нас согнал на верхнюю палубу – поглазеть, как в небо взмывает полосатый стяг. Однако лотарингский крест Джикс решил пощадить, как он подчеркнул, из уважения к четырем находящимся на "Пандоре" французам. Я не слишком сильна в счете, целый час мне пришлось подсчитывать на пальцах и копаться в родословных, пока я не убедилась, что про Фредерика он все-таки не пронюхал. Кроме меня, Матьё и кока француженкой оказалась и Эсмеральда, которая родилась в Рокфоре – и чтоб ей заняться сыроварением! А я-то всегда считала, что она появилась на свет прямо из пентхауза на Вашингтон-сквер, сразу с дипломом психички в зубах.

Потом я помню, как мы играли в догонялки с японцами, но никак не могли за ними поспеть. Они оказались куда проворнее. Пока мы тащились до Сингапура, они накинулись на Гонконг, Таиланд, Бирму, Малайзию, а потом обрушились на Филиппины. Пришлось по-быстрому сменить курс и спуститься поближе к полюсу. Джикс повесил в кают-компании огромную карту Азии и Океании с красными флажками на иголках. В военной стратегии я ничего не смыслю, но и без того было ясно, что эти косоглазые муравьи расползаются по всей карте, мешая нам пробиться на во-сток. Пришлось пристать к Австралии.

Впрочем, один черт. В Дарвине мы отпраздновали Новый год, но как-то уже все было не в жилу. "Пандора" загрузила столько жратвы и топлива, сколько смогла свезти, да еще наши нос и корма украсились огромными зенитками. После чего мы отплыли в Океанию, намереваясь проскользнуть под Новой Гвинеей, если, конечно, муравьи и до нее не доберутся. В Коралловом море нам пришлось совсем кисло, там бы даже спасательная шлюпка не проскользнула. ВМС США попросили нас оттуда убраться подобру-поздорову. Пришлось повернуть лыжи еще южнее.

В Новой Каледонии мы пристали, чтоб починить очередную поломку. Там тоже все готовились к вторжению. Потом мы долго и занудно тащились прямо по тропику Козерога. Глядя на Джиксову карту, я сообразила, что япошкам этот тропик не за фигом, разве чтобы захватить Антарктиду и потом с тыла напасть на эскимосов. Правда, иногда над нами принималась кружить какая-то их козявка, почти и не видная в синем небе, вероятно размышляя, не протаранить ли нашу посудину. Тут же объявлялась тревога, и по камикадзе палили из зениток. Но всякий раз ему удавалось благополучно смыться.

Зато мне посчастливилось побывать на Таити. Мы там простояли весь май 42-го, да еще весь июнь – опять забарахлил этот вонючий мотор. Поскольку это французская колония, Джикс разрешил нам сойти на берег, но только ночью. И на том спасибо. Ночной Папеэте – просто финиш, очень вам рекомендую. Шлюхи и урны, конечно, очень красивы при луне, но я на них быстро нагляделась и пожалела, что не осталась на посудине поглазеть какой-нибудь паршивый фильмец или вспомнить с Фредериком молодые годы и счастливые денечки в Мозамбике.

Да и все на "Пандоре" пресытились туризмом. Джикса теперь интересовала только война. Он приказал повесить в салоне фотографии Макартура и Нимитца в рамочках и всякий раз перед едой поднимал тост за их здоровье. При этом взирал на фото глазами, полными нежности и безграничной веры. Эсмеральда мне потом объяснила, что в эту тяжкую, но и великую годину он обрел в Даге, с его трубкой и черными очками, отца, а в адмирале – идеал морехода, каким мечтал стать сам. Это ж ясно, как дважды два, мол, только я одна не допетрила, просто стыд. Но мне вовсе не было стыдно, во-первых, потому, что я привыкла считаться идиоткой, во-вторых, потому, что давно уже заметила, что все тут свихнулись, а она сама в первую очередь. Когда мы проплывали Суматру, Эсмеральда вдруг взмолилась, чтобы я не дала ей попасться живой в лапы к япошкам, этим насильникам подлым, если они, конечно, на нас нападут. Умоляла пальнуть ей в голову. Даже приподняла волосы, чтобы показать, куда именно целить. Потом затащила меня в свою каюту, чтобы показать пистолет с костяной ручкой и объяснить, как он стреляет.

У Орлом-и-Решкой тоже крыша поехала. Она уже давно со мной не разговаривала, а тут вдруг заговорила, чтобы предложить напялить каски и по очереди с ней дежурить у зенитки. А то ведь в команде может оказаться предатель. Куда я ее послала, вы догадаетесь. Перед тем как отплыть с Таити, Джикс всех собрал и сообщил без всяких хиханек, что нас сейчас ждет самая длинная и опасная часть пути. Что мы поплывем без стоянок до тех пор, пока не замаячит фонарь Сан-Диего в Калифорнии. Что нам предстоит проплыть тысячи километров над темной пучиной, где не на что будет уповать, кроме как на Бога и на собственное мужество. Наверное, все же его тянуло завернуть в Гонолулу, чтоб пошарить по тамошним лавочкам. Но как бы то ни было, в Гонолулу мы не попали.

Вот, собственно, и все. Я могла бы вам еще много чего понарассказывать про наши склоки с Фредериком по каждому пустяку, про то, как в один прекрасный день он удалился в трюм и заперся в своем чулане, а я все-таки вышвырнула фильмы за борт, как в одну прекрасную ночь он согнал меня с моей собственной постели – видите ли, вдруг стало тесно – и я, как собачонка, спала на подстилке, и еще про много пакостей. Могла вам описать, как с каждым днем любовь угасала, потому что скука оказалась врагом почище, чем японцы. Но зачем? Суть в том, что трахались мы все реже и реже.

Если мужик, с которым вы чего только не выделывали в течение долгих месяцев, вдруг стал отлынивать, с ним все ясно. Возможны только две причины: либо он завел другую бабу, либо, наоборот, слишком долго трахался только с тобой. Все телки с "Пандоры" были у меня на подозрении. Но, поскольку их было всего четыре, вычислить ту, что одалживала у меня Фредерика, было нетрудно. Я уже говорила, что Диди я отбросила сразу. Орлом-и-Решкой, с Матьё впереди и Стокаммером сзади, с фишками скрэббла в руках, с креветками во рту, с каской на башке, готовящая зенитку к бою, уж и не знаю как сумела бы перепихнуться с моим мужичком. Эсмеральда? Никогда не поверю. Она б ему причинное место оторвала. Оставалась Толедо. Каких только жутких планов я не вынашивала, каким только воображаемым пыткам ее не предавала. Теперь мне ужасно стыдно. Моей соперницей оказалась вовсе не она. Однако, неотступно преследуя ее по пятам, как учили у скаутов, я и вляпалась в дерьмо.

Однажды лунной ночью, когда очередная свара избавила Фредерика от обузы меня ублажать, встаю с постели, поднимаюсь на верхнюю палубу и скребусь в кабину к стюардессам. Толедо уже спит, Диди тоже. Извиняюсь, вру, что перепутала лестницы. Они, наверно, решили, что я надралась. На самом деле – ни в одном глазу, хотя и утешилась в своем одиночестве, вылакав пару бутылок шампани. Вовсе не спьяна, а совершенно сознательно я решила обшарить все закоулки этой паршивой посудины и чпокнуть любого, кто бы ни трахался с Фредериком, будь то баба, мужик или зверь.

В черной ночной рубашке, пошатываясь от качки, я обошла всю палубу, заглядывая в каждый иллюминатор. Светился только один из них. Когда я к нему направлялась, дверь каюты приоткрылась, и я едва успела метнуться в темный угол и там замереть. Было два или три часа ночи. Каюта принадлежала Орлом-и-Решкой. Эта жирная корова тоже была в ночной рубашке, только белой. Подсвеченная еще и луной, она смахивала на привидение. Вижу, как это привидение буквально утопило Фредерика в объятиях, а потом чуть не всосало своей пастью. Такое было гадкое зрелище, что я едва не хлопнулась в обморок. Пришлось закусить палец, чтобы сразу не отдать концы, не крикнуть, не разреветься. Наконец она изрыгнула Фредерика. Он выкатился из каюты, прошел прямо рядом со мной, шмыгнул к лестнице – и нет его. Одет он был в тот самый пуловер в белую полоску, мой подарок.

Когда я пришла в себя, Орлом-и-Решкой уже закрыла дверь. Мне тут же пришла мысль навестить Эсмеральду и стянуть ее револьвер. Конечно, ей может спросонья померещиться, что япошки уже тут как тут, и она поднимет такой визг, что перебудит всю нашу скорлупку. Ну и фиг с ней, никто не успеет очухаться. А я – раз в каюту к этой шлюхе, пожелаю ей доброго пути в преисподнюю и шлепну прямо в койке, где она только что резвилась с моим миленком. Шесть пуль всажу в ее жирное брюхо. В крови утоплю. Не жить ей, даже если она надела на ночь свою каску.

Когда я добрела до каюты Эсмеральды, глаза у меня были на мокром месте. Я уже ничего не видела сквозь свои стеклышки, кроме разве что будущего. Я ведь навсегда потеряю Фредерика – из-за меня его схватят и прикончат. А терять его мне вовсе не хотелось. Наоборот, я мечтала его вернуть, и чтоб, как раньше, он был только мой. Надо сейчас пойти к Фредерику и сказать, что я его прощаю. Мол, ерунда, что он перепихнулся, главное, чтоб не подцепил от своей грымзы какую-нибудь заразу. Но и это, скажу, чушь – продезинфицирую, и все дела.

И еще, размышляла Фру-Фру, пересчитывая ступеньки своей восхитительной задницей, было бы неплохо его припугнуть. Пусть знает: или я, или смерть. Но тогда все равно надо вооружиться. Разбиваю витрину в коридоре и извлекаю оттуда огромную хреновину, смахивающую на пистолет, и другую огромную хреновину, смахивающую на патрон. При этом раню правую руку. На шрамы мне всегда везло. Честно говоря, я ничего уже не соображала.

Когда я распахнула дверь чулана, то застала там картину, как в самом начале: Фредерик в рубашке от Лакоста и белых штанах валяется на драном матрасе между деревянной лошадкой и пустой винной бутылью, служившей ему подсвечником. Подперев голову рукой, он уставился в какую-то книжку. И такую я вдруг почувствовала к нему нежность, что стою – слова из себя не могу выдавить. А он дико на меня взглянул и завопил:

– Фру-Фру! Ты что, выкинь эту штуку! Это ракетница! Здесь рядом бензин, понюхай!

– Плевать я хотела! Что ты читаешь?

Он сразу забыл про ракетницу и взглянул на книжку.

– Приключения Артура Гордона Пима.

Я встала рядом с ним на колени. Почему-то я решила, что теперь уже не способна кому бы то ни было отомстить, тем более Фредерику. Так мне хорошо было в этом чуланчике, при этой дерьмовой свечке, как еще никогда не бывало. А может, мы вообще влюбляемся в то, что вот-вот предстоит потерять. Спросила:

– Кто написал?

– Эдгар По. А перевел Бодлер.

– Видишь, ты все от меня скрываешь. Никогда не видела, чтобы ты читал.

Он обнял меня и поцеловал так нежно, что я снова разревелась, как бешеная, какой я тогда и была. Ни один из нас не догадывался, что это наша последняя ночь, что сейчас мы разлучимся навсегда.

Он опустил голову и печально произнес:

– Я не хотел тебе изменять. Это она меня заставила, пригрозила, что выдаст. Ты ведь знаешь, что тогда было б. Либо опять в тюрьму, либо за борт.

И Фредерик снова поглядел на меня своими черными блестящими глазами, такими искренними, тревожными. Сказал:

– Ты понимаешь, Фру-Фру, сколько акул нас преследует?

Я понимала сколько. И погладила его волосы. И тут мне – дура я, дура, дура – взбрело учинить допрос:

– И давно вы так?

– Она засекла, как я выходил из каюты.

– Когда?

– Да не помню уже. После Новой Каледонии.

Словно мне врезали кулаком в живот. Я не сильна в счете, но тут подсчитать было нетрудно. Крикнула:

– Новой чего?.. Значит, ты мне врал столько...

От ошаления, бешенства, ужаса я одним махом вскочила на ноги и тем же махом вмазалась головой в этот вонючий потолок. Простонала, схватилась за голову:

– Дерьмо!..

И тут бабахнула фигня, которую я так и держала в руках. Две, три, может быть, четыре секунды я стоя, Фредерик сидя наблюдали, как этот чертов заряд мечется от стенки к стенке, испещряя чулан огненными дорожками, а потом вселенная взорвалась.

Когда я очухалась, я обнаружила, что лежу на дне спасательной шлюпки, положив голову на колени Толедо. Все тело ломит. Рядом сидит Джикс, наблюдая, как вдалеке, все удаляясь, полыхает "Пандора". Стоит жуткая тишина. От Америки до Австралии – ни единого звука, кроме плеска наших весел. За нами следом тащились еще две шлюпки. Но они были почти не видны в молочном тумане. По крайней мере для меня, стеклышки-то я ведь не захватила. Джикс меня обнял и произнес:

– Еще не вечер. Вот если 6 нас потопили япошки, спасатели уж точно бы не сунулись.

К полудню нас всех подобрал караван сухогрузов, плывущий в Колумбию. Там нас снабдили фуфайками и штанами, а потом пересчитали, сколько там оказалось на всех кораблях. Получилось, что в катастрофе, включая Фредерика, погибло двое. Мне сделали укол снотворного.

Вот теперь действительно конец. Вернувшись домой через Боготу, я потом еще долго отлеживалась на бортике бассейна в поместье у Джикса. У меня не обнаружилось ни единого ожога, ни одной ссадины, кроме шрама, который я заработала, добывая ракетницу. Мне было ни хорошо, ни плохо, а просто все безразлично. И теперь мне плевать: можете с этой историей делать что хотите, отпираться не стану, но знайте, что вся правда известна только вам, никому больше, даже моей подружке Рейчел Ди, торгующей сорочками "Эрроу" в Уэствуде, которая тоже здорова захапать мужика.

В сентябре начались съемки. Я даже радовалась, по крайней мере вначале. От всего напридуманного во время этого поганого путешествия осталось только название – "Губы". Я там сыграла медсестру, которая целует бравых джи-ай перед тем, как они отдадут концы, и находит свою малютку в тот самый миг, когда Макартур вручает ей орден. После "Губ" я снялась еще во множестве таких же слюнявых фильмиков, где без конца меняла наряды, курила модные сигареты и хихикала над плоскими шуточками. Уж лучше купил бы Джикс говорящую куклу. Она сыграла бы не хуже, чем я, да еще сэкономил бы на очках.

Джикс вскоре разжился "Пандорой-2", вдвое большей, чем прежняя. С тех пор как два года назад я отказалась повторить на ней кругосветку, у нас с ним строго деловые отношения. А с тех пор как я год назад вышла замуж за владельца международной сети институтов красоты, мы с ним общаемся только через моего агента. С тех пор как я два месяца назад стала вдовой, еще побогаче, чем он сам, Джикс кричит на каждом углу, специально, чтобы мне настучали, что якобы он уже отыскал очередную платиновую кретинку, еще более убойную, чем ваша покорная слуга, и теперь сделает из нее кинозвезду.

Но я-то уж знаю, что он от меня не отвяжется, пока не переберет все части тела, в конце концов увенчав афишу моей задницей. Тогда я наймусь в один из своих институтов маникюршей.

ЙОКО

Я никто, ну ровным счетом никто.

Все мое детство я очень счастливо живу с моими родителями в Йокогаме. Мой отец – очень строгий японский господин и начальник порта, а моя мать рождается в Талькауано, Чили, и она поет весь день и смеется. Мой отец говорит:

– Хватит, безмозглая женщина!

Но он тоже смеется, закрывая рот, и он самый довольный с ней, потому что она готовит вкусную еду. Вот почему мои глаза – не такие щелочки, как у моих соотечественников. В школе глупые девчонки дразнят меня Телячий Глаз, но я не сержусь, мне на это плевать и растереть.

Я учу ваш язык, и английский, и испанский, и особенно живопись, но очень скромно. Когда мне исполняется семнадцать лет, мой отец соглашается с моей матерью, и я еду на год в Изящные искусства, Париж, Франция, и живу самая довольная посреди Лувра, и Буль-Миша, и Сены, и всех этих несравненных сокровищ. Я влюблена в сокурсника из Изящных искусств, а после – еще в одного, очень красивого, но об этом молчок. Никогда я так не веселюсь, как в Париже. Я очень грущу, потому что уезжаю и оставляю приятелей, и я плачу украдкой, когда иногда получаю открытку, но такова жизнь, разве нет?

Два года после, когда я получаю диплом по живописи, мой отец соглашается с моей матерью, и я еду на год в Мельбурн и Сидней, Австралия, практиковаться в английском языке. К великому несчастью, начинается война. Меня берут на японский корабль, чтобы вернуть домой. И бум! Нас торпедируют.

Много дней и ночей нас полным-полно людей на обломке корабля посреди океана, мы едим маленьких рыбок, которых легко брать, и пьем воду от дождя. Мы выбрасываем двух старух, трех мужчин и младенца без молока, которые умирают. И еще многим мужчинам не хватает сил, и их смывают волны. Я часто плачу в своем углу, думая о родителях, и я не сержусь, но хочу, чтобы американцы получили наказание за свое злое дело.

К счастью, у меня хорошее здоровье моей матери, чья бабушка за бабушкой еще живет в Талькауано, Чили, и насчитывает сто двадцать лет. Однажды ночью нас выбрасывает на берег, и, когда рассветает утро, я своими глазами вижу, что попала на землю с большими зелеными деревьями, но я не знаю, как они называются на вашем языке, и вместе со мной по песку разбросаны шесть моряков моей страны.

Стоит сезон пекучего солнца. Наши одежды изодраны. На мне грязное кимоно с одним только рукавом. Мои спутники в еще худших лохмотьях грустят от нашей судьбы. Я назову их имена: Йоширо, главный, Тадаши, Акиро, Нажиса, Кендзи и Кимура. Много часов им больно в тени деревьев, потом они заходят куда попало в воду, глядя на конец океана, и сотрясают кулаками, и орут нехорошие слова.

В следующее утро Йоширо зовет их всех перед собой и говорит разумно, и они собирают вместе на песке все остатки несчастного корабля, которых не хочет океан. Мы идем гуськом по пляжу в сторону, где встает солнце. Идем долго. Мы много раз находим питейную воду. Видим птиц и рыб, которых легко брать, и крабов, которые живут на земле и забираются на деревья. Не знаю, как они называются на вашем языке, но они очень вкусные в еде. Мы своими глазами не видим на пляже никого и никакого следа, что здесь когда-нибудь живет человек. Зато полным-полно огромных бамбуков, и Йоширо смеется, потому что можно построить дом для нас и ждать помощи. Он против, чтобы строить корабль, это идея Тадаши, и Кендзи, и Кимуры. Он говорит, что мы слишком далеко от другого берега, где живут наши соотечественники. Он говорит:

– Теперь мы солдаты и охраняем для нашей родины эту землю, которую нам дает судьба.

Мы идем все дальше вперед, рядом с большим океаном, и, когда снова видим своими глазами остатки несчастного корабля, сложенные в кучу на песке, солнце палит нам в спину. Так мы узнаем, что выброшены на остров размером в полдня похода на полный круг. Посреди мы не видим никакой горы, а только зеленые джунгли, где не смолкают крики птиц, даже ночью.

Еще в следующее утро я остаюсь в этом месте с Нажисой, самым молодым, а остальные гуськом уходят в большие деревья. Мы с Нажисой тщательно осматриваем все остатки несчастного корабля и откладываем в одну сторону целое, а в другую негодное. В стороне, где целое, у нас кресло-качалка, и ящик с прищепками для белья, и много прочей ерунды, но нет ни оружия для охоты, ни еды, ни материи для одевания. Из всех моих вещей я нахожу только папку для рисунков, и я сушу листы на песке, а Нажиса находит свою матросскую шапочку.

Наши товарищи возвращаются перед ночью. Они видят много грызунов, которых легко брать, и плоды, и питейную воду, они довольные. Они поднимаются на высокие деревья, и никаких следов других людей. Йоширо много хвалит нас с Нажисой за нашу работу, но потом тщательно осматривает все, что целое, и говорит: "Кусо!" – то есть "дерьмо" по-нашему, и пинает ногой кресло-качалку.

В следующие дни они мастерят инструмент из железа от несчастного корабля, особенно Йоширо и Тадаши, которые с очень умелыми руками, и они срезают твердые деревья и толстые бамбуки, чтобы строить дом. Они строят все время, и так проходят три недели. Я ношу мелкие предметы и воду для жажды, потому что им очень жарко, и готовлю еду из рыб и крабов, и часто прыгаю под океан, чтобы поймать раковины, и все меня много хвалят, потому что я готовлю вкусную еду – насколько это, конечно, возможно в подобных обстоятельствах.

Дом построен в месте, где нас выбрасывает океан, на самой границе джунглей. Совсем рядом – источник питейной воды, она течет по бамбукам, которые Кимура, самый хитрый из всех, долбит и вкладывает один в другой, и мы до вечера в тени деревьев, а красивая гряда желтых скал не дает волнам приходить на пляж слишком сильными. Это очень практичный дом и очень крепкий, хотя и немного походный с виду. Длиной он десять моих шагов, шириной – семь, и он хватает спать всем, с красивой верандой впереди и маленькой лестницей, чтобы спускаться на песок. Под домом – пустота в мой рост, на тот случай, когда океан вздувается, и теперь я только смеюсь, потому что океан никогда не бушует так, чтобы замочить нам даже ноги, а еще это практично для сезона дождей и чтобы сложить туда прогнившие остатки несчастного корабля.

Ночью мы делаем свет в лампах с жиром зверей и рыб, но он плохо пахнет, и немного погодя мы делаем это древесным спиртом Кимуры, самого хитрого из всех. Кимура умеет делать спирт из всего, и все сажать, и собирать воду везде, когда она ему нужна. Я, Йоко, делаю циновки, чтобы спать, и ветки, украшенные маленькими бумажками, чтобы почтить духов этого острова и наших погибших соотечественников с несчастного корабля. Я делаю окно и дверь из калек для рисования, и много приборов, чтобы есть и пить, и я пою, когда солнце садится и мы все так грустим вдали от нашей родины. Я пою песни моего детства и моей матери, а еще – веселые песни приятелей по Изящным искусствам в Париже про маленького рогоносца, и я перевожу слова, и все ржут.

Все время, что мы живем вместе на этом острове, мои спутники никогда не говорят мне обидные слова или грубости. Они хвалят меня за мою работу и дарят мне цветы и ракушки, и все очень-очень хотят меня, но с большим уважением. Немного погодя я вижу, что они все очень страдают от этого желания, когда я иду по песку, или плаваю, или лежу на циновке. Чтобы не иметь ненужных ссор и утолить мое собственное горячее желание дрючиться, я даю себя каждому один день в неделю, а последний день оставляю себе для отдыха. С кем из моих спутников я получаю больше всего удовольствия – это молчок: я даю клятву перед великим океаном, на гряде желтых скал, никогда этого не говорить.

Каждый день, когда они уходят, я прыгаю в воду, которая меня очищает, и я мою свое дрянное кимоно и укладываю мои длинные волосы на палочки, чтобы быть красивой – насколько это, конечно, возможно в подобных обстоятельствах. Они не хотят, чтобы я,

Йоко, ходила в джунгли – а вдруг меня заберут змеи или злые духи. Они моряки и доверяют одному только великому океану.

Йоширо, главный из всех и инженер по машинам несчастного корабля, срезает дерево, и они вкапывают его в песок и поднимают на нем наш флаг из сшитых вместе кусков белых рубах и крови зверя, но кровь делается черной, и Кимура, самый хитрый из всех, делает красную краску из растертых камушков. Когда они все застывают перед флагом – и я позади них на песке, – Йоширо говорит:

– Мы в нищенских лохмотьях, мы без оружия, но мы живы, и наши жизни принадлежат нашему высокочтимому Императору ради великой победы.

Так мы живем много дней под пекучим солнцем, с охотой, и рыбной ловлей, и смехом, а иногда и с плачем украдкой, и, когда солнце садится, я иду в дом рука об руку с любовником, а остальные наши спутники сидят снаружи на пляже и молча пьют спирт Кимуры или говорят свою жизнь, когда они были моряками. После они возвращаются в темноте и спят. А я, Йоко, когда получаю удовольствие от любви, лежу и думаю о моей семье и о нашем чудесном домике в Йокогаме, и желаю пробыть там все часы моего сна.

И вот перед самым сезоном дождей наступает день, который никогда не покидает мою память. Мои спутники уходят в джунгли ловить дикую свинью, которую они много раз видели, и Йоширо идет первым с копьем, которое делает своими руками, а другие вооружены ножами и веревками из травы. Нажиса, самый молодой, шагает позади в своей матросской шапочке. Он насчитывает двадцать лет, как и я.

Проходит около часа, не больше. Я мою в океане приборы для еды, и вдруг слышу из джунглей "так-так-так", и вскакиваю на ноги, и снова слышу "так-так-так" – звук такого ружья, которое часто стреляет много патронов подряд. Да, ведь я знаю его название на вашем языке: автомат. После я долго ничего не слышу и хожу взад и вперед по пляжу, сильно боясь и призывая духов острова помогать моим спутникам. И тут я моими глазами вижу Йоширо – он выбегает из джунглей и кричит:

– Они все мертвые! Они все мертвые!

И я, Йоко, бегу ему навстречу, и мало погодя мы вместе падаем на песок, и Йоширо плачет, как женщина, и говорит:

– Несчастье на нашу голову! Они все убиты!

И я вижу в его руках ружье, которое часто стреляет.

Правда такова: все они идут гуськом по своей маленькой дорожке в джунглях вдогонку за дикой свиньей, глядя себе в ноги из-за следов. И вдруг Нажиса, самый молодой, который смотрит вокруг, быстро подбирает в траве комок красно-белой бумаги, который прыгает ему в глаза, и когда он делает его гладким в ладонях, я говорю вам, что это такое: обертка от сигарет "Лаки Страйк". Нажиса сильно боится и бросает глаза по сторонам, крича:

– Враг! Тревога! Враг!

И Йоширо, главный, видит в его руке эту бумажку и говорит:

– Молчи, дурак!

И в то же время он, как и Нажиса, бросает глаза по сторонам, и я говорю вам, что они все видят над головами: в ветвях большого дерева висит вражеский летчик со своим парашютом, и он поврежден, но еще жив. Тогда мои спутники хотят спрятаться в траве, потому что враг держит в руках наклоненный в них автомат, но у них, к несчастью, не получается, и тогда-то я и слышу "так-так-так", пока мою в океане приборы для еды, и все они падают пораженные, не имея оружия для защиты. Судьба хранит одного Йоширо, который очень сильно кидает свое копье в тело врага, как он научился с китобоями Хоккайдо, и он кричит: "Победа!" – когда забирает себе падающий в траву автомат, и тоже делает "так-так-так" в своем удовольствии, потому что все это смертоубийство длится не больше секунд, чем пальцев на руке, и уже потом он своими глазами видит всех наших спутников мертвыми.

Такой мучительный рассказ я слышу из губ Йоширо, когда мы лежим на песке. Мы долго остаемся грустные и пришибленные, и я думаю, что я уже никогда не встаю, и не хожу по этому острову, и не продолжаю жить. Но Йоширо собирает в руки волю и говорит:

– Идем на то место, тащим оттуда тела, пока их не жрут звери.

Так я с Йоширо в первый раз иду в джунгли. Когда мы приходим в это смертоубийство, я не держусь и плачу, трогая руками лица моих несчастных спутников. Только прежний день я ласкаю Кендзи на циновках, и он получает много удовольствия у меня во рту и в животе и рассказывает мне поэзию, которую он придумывает, когда остается один. А еще день назад – Нажиса, самый молодой, который заставляет меня обещать свадьбу, когда нас спасают и отвозят в нашу родину. И Кимура, самый хитрый, который хочет увидеть, когда наступает сезон дождей, дает ли еду маленькая рисовая плантация, которую он сажает. И Тадаши, самый строгий, который всаживает в меня очень глубоко и очень долго, чтобы получить удовольствие. И Акиро, самый старый, который насчитывает сорок восемь лет, и которого все называют Папаней, я так и не узнаю почему, и с которым в пару мы все время ржем. Все, все они лежат, полные крови и земли, еще теплые от жизни. Ну реветь.

Мы с Йоширо тащим каждое тело за ноги из джунглей на пляж, и когда Йоширо приходит туда, он бежит ко мне, уже бессильной, и тащит вместо меня. После влезает на дерево, где висит мертвый враг, и срезает ветки, чтобы тот падает вместе со своим парашютом. Он говорит мне свое мнение, что этого чело-

230

века относит ветер за ночь и его самолет сбивают очень далеко наши соотечественники, потому что, если его сбивают здесь, мы просыпаемся.

Как я узнаю потом, правда такова, что самолет никто не сбивает, а у него ломается мотор и он падает недалеко в океан. К несчастью, нам мешают это услышать птицы и звери, которые кричат ночью.

Враг – американский лейтенант, и его ошейник носит имя Говард Дж. Ферчайлд. Ему, мы думаем, лет тридцать, он высокий, желтоволосый и неженатый, потому что без кольца. При таких обстоятельствах я, можно сказать, довольна, что его смерть не причиняет страданий любящей супруге и детям. Йоширо говорит, что его мы тоже тащим на пляж, даже если он убивает наших спутников, потому что смерть не делает никакой разницы между несчастными солдатами и нам позорно оставить его тело зверям.

Так и делаем. Перед покинуть это проклятое место Йоширо берет два пояса, наполненных патронами, которые наш враг носит обмотанными вокруг груди, и тщательно осматривает под деревом. Он находит хороший нож, упавший в травы, и говорит:

– Теперь я понимаю, почему этот человек не может убежать и прикончить нас во сне.

После, на пляже, я снимаю одежду и сапоги с нашего врага, а Йоширо срезает деревья, чтобы зажечь большой огонь и устроить всем достойные похороны. Я очищаю питейной водой тела наших спутников и нашего врага. Я прыгаю в море, чтобы очиститься самой, и укладываю мои волосы на палочки, и наношу краску на щеки и на глаза, чтобы почтить усопших. В заходящем солнце Йоширо взгромождает тела на тщательно сложенный костер, он сильно потеет и украдкой плачет, и тогда я вижу своими глазами, что он теряет мужество и разум. Он камнем лежит на песке, плача и стуча ладонями, и говорит:

– Это для меня слишком – сжигать моих верных друзей и молодого неугомонного Нажису, это выше моих сил, я больше не могу.

Тогда я ободряю его ласковыми словами, и веду в дом, и здесь говорю ему, что это женщинам судьба назначает часто хоронить мужчин, что он уже готовит замечательный костер и теперь пусть отдыхает. Я даю ему спирт Кимуры, сидя у него на коленях, и говорю:

– Если хочешь почтить наших спутников, напейся пьяный, думая о прекрасных мгновениях, которые вы переживаете на великом океане и в объятиях ваших девушек от севера Китая и до юга Австралии.

Он плачет и смеется в одно время, качая головой, а я выхожу наружу и почти всю ночь бегаю туда-сюда, чтобы подкармливать дровами огонь, и пламя поднимается до небес, и я ору всем:

– Я не забываю, я не забываю, пусть ваши души вернутся в горы!

Иногда я падаю. А иногда у меня на лице песок и сажа. Но я прошу прощения, и поднимаюсь, и бегаю туда-сюда, все время, и я устраиваю хорошие похороны – насколько это, конечно, возможно.

После, недели две, а может, три, я живу с одним Йоширо. Он до вечера сидит в кресле-качалке с автоматом на коленях и с патронными поясами, обмотанными вокруг груди, думая о смертоубийстве и открывая рот только чтобы попросить есть или пить. Я, Йоко, каждый день хожу на гряду желтых скал и бросаю в океан венки, которые делаю из цветов. Здесь же я раньше бросаю и пепел от костра, и я тщательно убираю то место на пляже, где горят наши мертвецы, и остров остается в чистоте.

Я одна хожу в джунгли, выглядывая везде цветы для венков и следы грызунов, чтобы ставить силки. Кимоно у меня уже совсем без рукавов и длиной до задницы, но под низ я сшить трусы из парашютной ткани. На пляже и в джунглях мне очень жарко, а когда солнце садится, у меня толстая меховая куртка американца. Сапоги очень велики для моих ног, а Йоширо отказывается одевать вещи врага. Надо сказать, что с тех пор, как нас выбрасывает на этот остров, мы все время шлепаем босиком. Поэтому я вырезаю из этих сапог хорошие сандалии, чтобы ходить в джунгли.

Так я продолжаю свою жизнь, "на войне как на войне", и я еще смеюсь и делаю вкусную еду для Йоширо и чистоту в доме. К великому несчастью, Йоширо, печальный и молчаливый, целыми днями без единого слова раскачивает свое тело на веранде, а ночь проводит далеко от меня на своей циновке, несмотря на мое горячее желание любиться. После он уже не знает, что Нажиса и остальные мертвы и их пепел – в великом океане, он иногда заговаривает с Нажисой, который не делает, что он приказывает, или с Тадаши, который считает, что нужно строить корабль, и он говорит:

– Я думаю, это хорошая идея, Тадаши, нужно построить его завтра и возвращаться домой.

Все это очень мучительно, а еще немного дней погодя он превращается в ребенка, который насчитывает сорок лет, мне приходится его бранить и водить на границу джунглей, чтобы он опорожнил живот.

Тогда наступает сезон дождей. В тот день, что я говорю, вода ручьями течет везде в джунглях и по пляжу, Йоширо сидит на веранде, тихонько раскачивая свое тело и храня дух внутри, а я, Йоко, мою пол в доме и могу видеть Йоширо через открытую дверь. Тут Йоширо жалобно стонет, и я своими глазами вижу, как он падает из кресла и лежит мертвым на полу веранды. В его окровавленной спине торчит топор, а кресло все качается и качается, а мне не дает кричать дикий ужас. Я только выпрямляюсь и вижу своими глазами, как к двери подходит очень высокий мужчина в изодранной солдатской одежде и с красными волосами и бородой. А потом я вижу другого западного солдата, пониже, с желтой бородой и со шляпой на голове, какую я вижу у австралийцев в их стране.

Тогда я быстро-быстро отступаю назад к стене, и оба они молча и долго смотрят на меня и видят, что у меня нет оружия и сил, чтобы на них напасть, они стирают с себя суровый вид и склоняют головы в почтительном приветствии.

Я вам говорю, кто они такие: австралийский пехотный солдат Уильям Коллинсон, двадцать пять лет, – это с красными волосами, и австралийский пехотный солдат Ричард Бенедикт, двадцать семь лет, – это желтоволосый в шапке. В тот день, что я говорю, они первым делом просят кушать, и я даю им еду, плача при виде несчастного мертвого Йоширо, из которого они вытаскивают топор, но оставляют лежать на полу веранды. Потом они тащат его тело с моих глаз, и закрывают дверь, и говорят мне, чтобы я снимаю с себя кимоно и что я сохраняю свою жизнь, если даю им сделать с собой то, что они хотят. Я отвечаю, что я даю им сделать это после, когда я обмываю своего несчастного спутника и устраиваю ему приличные похороны. Они довольны, что я говорю по-английски, хотя и скромно, но для похорон им надо дождаться вечера и чтобы дождь немного унимается, и они очень-очень хотят меня, потому что много дней не имеют женщины. Тогда я прошу дать слово, и каждый мне его дает, и я даю им делать с собой, что они хотят. При этом мне как никогда больно, особенно с Красноволосым, который слишком велик, когда вставляет в меня, и он дрючит меня вовсю, закинув мои ноги себе на плечи, и мне стыдно стонать перед другим солдатом, который присутствует здесь.

Потом, когда они получают свое удовольствие, они тщательно осматривают автомат и пояса с патронами, взятые у Йоширо, и я рассказываю им, как у нас происходит то смертоубийство, а они рассказывают мне в подробностях катастрофу самолета. Правда в том, что в самолете они летят пятеро, из Австралии на Гавайские острова: два американца, два австралийца и один британский раненый полковник, но моторы умолкают, и они пытаются сесть на этот остров. Тогда, видя, что ничего не получается, полковник, раненный за игрой в поло, приказывает им прыгать на парашютах, что они и делают. Самолет падает в океан по ту сторону острова, а стоит ночь, и Билл с Диком теряют своих спутников. Утром они ищут их в джунглях и на берегу. Тогда они своими глазами видят наш дом, и меня, и шестерых моих соотечественников, которых слишком много, чтобы напасть на них с одним топором, и они уходят и прячутся там, где падают со своими парашютами.

В дни после они кушают корни и плоды, потому что они неумелые поймать рыбу, а от крабов, которые ходят по земле, они тошнят. Они строят укрытие из веток, боясь, что их видят мои соотечественники, а однажды они решают плавать в океан, найти место, где падает самолет. После многих плаваний они находят его под водой, но глубоко, в двух минутах без дыхания, и они не могут до него дотронуться. Они во всем не такие умелые, как мои соотечественники-моряки, даже Нажиса, самый молодой. Все это время они не знают про смертоубийство, до сегодняшнего вечера. Правда в том, что они не хотят на нас нападать, а хотят воровать оружие и еду. Поэтому они пользуются шумом дождя и крадутся к самому дому, и долго смотрят и понимают, что Йоширо один со мной, и они убивают его топором.

Так мне рассказывают два вражеских солдата. Они недовольны, что американский летчик убит, но на меня не сердятся, они только качают головой и говорят: "Шит!" – что по их значит "дерьмо", а потом они говорят, что дают мне свою помощь в похоронах Йоширо.

Они и правда дают помощь. Когда ночь уже черная, дождь перестает, и мы несем спиртовые лампы на пляж, чтобы светить. Билл и Дик идут рубить дрова топором и разложить костер – я им говорю, как надо делать, – а пока они кладут, я мою целиком своего несчастного спутника и тихонько разговариваю с ним, чтобы его дух всегда пребывает в довольстве вместе с остальными умершими родственниками или со своими друзьями-моряками, если ему так больше нравится, а чтобы обмануть его страх, я передаю ему много посланий для Нажисы, и для Кимуры, и для других наших спутников.

После Билл и Дик поднимают его тело на костер вместе с копьем, которое он делает своими руками, и большой чашей спирта Кимуры, а я, Йоко, очищаюсь в океане и крашу свое лицо белым и красным, и черным вокруг глаз, и делаю все эти грустные вещи. Долгое время костер отказывается от огня, намоченный дождем, но потом пламя взбирается высоко, и я бегаю вокруг, следя за тем, чтобы дрова горят хорошо. Двое врагов сидят на лестнице перед домом, молчаливые от уважения к похоронам, а потом они засыпают, и, когда огонь умирает, уже почти день и мне можно сбежать, но куда?

В то утро, что я говорю, Билл и Дик помогают мне носить пепел на гряду желтых скал, и я тщательно мою пляж и веранду, чтобы стереть нечистоту. После они хотят спустить флаг моей страны, который на срезанном дереве. Я говорю:

– Я, Йоко, не могу вам помешать, я всего только женщина двадцати лет и одна в ваших руках, вот почему я даю вам совать в меня не кусаясь, не царапаясь и не сердясь, но если вы спускаете флаг, то теряете мое доброе согласие.

Они совещаются вдали от меня, и наконец Билл, красноволосый, говорит:

– Ладно, скоро снова дождь, и плевать нам на этот кусок материи для женской менструации. Пусть она висит, раз ты так хочешь.

Он говорит это по-другому, грубо, я не знаю таких слов на вашем языке, но флаг моей страны остается на все то время, пока я живу с ними.

Потом больше недели идет дождь, и мы остаемся в доме – или бунгало, как они его называют, – без выхода наружу. Хотя они враги и не такие умные и спокойные, как мои соотечественники, они хорошие спутники. Никогда не говорят мне обидных слов и не ударяют. Еды вдоволь, и я учу их играм с камушками, которые я знаю, и иногда они ржут, но иногда и рычат, как звери в клетке. В меня всаживает каждый из них, и днем и ночью, а иногда оба вместе, и мне стыдно получать так удовольствие, но потом мне на все плевать и растереть. Но так длится совсем недолго, а потом они становятся злые и не хотят больше делать это вместе, и когда в меня всаживает Дик, другой уходит на веранду, сильно закрывая дверь и говоря себе в бороду гадкие слова, а когда со мной Билл, Дик нарочно смотрит на нас с насмешкой и все время говорит:

– Ты плохо работать, она наверняка получает больше удовольствия одна со своим пальцем.

И вот наступает первый день без дождя. Я иду с ними в намокшие джунгли, где с листьев падают холодные капли. Билл с Диком – в своей драной солдатской одежде, я – в рубашке мертвого американца и с матросской шапочкой Нажисы на волосах, и мы идем к месту их укрытия. Это пляж, похожий на наш, но без желтых скал, и волны там очень сильные. Мы режем и вяжем вместе веревки от парашютов – такие новые и очень прочные нити, – и они обматывают этой длинной веревкой мое тело, и я иду в океан. Они плывут со мной посреди очень сильных волн, а потом океан становится спокойней, и они указывают мне место, где падает самолет. Я одна плыву под воду, и вижу там самолет со сломанной рукой, и с силой опускаюсь к нему, все это время тщательно осматриваясь вокруг. Океан не такой глубокий, как говорят эти австралийцы, а я хорошая ныряльщица – относительно, разумеется. В тот раз я не вижу своими глазами, куда можно вязать веревку, но вижу, что в самолете вода и что Билл, хозяин этой идеи, слишком самонадеянный, когда хочет его вытащить.

Когда я возвращаюсь из океана, я говорю это, и они очень недовольные и задумчивые, потому что надеются спасти радио и дать знать своим соотечественникам, где они. Потом я снова иду в океан и вхожу в самолет через дыру на месте его отломанной руки. Я своими глазами вижу мертвого летчика и полковника, тоже мертвого, и я прогоняю, сильно крича под водой, много рыб, которые их кушают, и я вижу, что они объедены до костей, и вижу всякие предметы корабля, которые годятся, но только не радио, и мне не хватает воздуха. Тогда я очень сильно поднимаюсь, и когда нахожусь снаружи океана, то тошню из себя всю пищу, которую кушаю раньше. Я все время вижу перед собой рыб на телах несчастных врагов и долго не могу это рассказать. Потом я говорю только, что летчик и полковник мертвые и что радио я не вижу. Тогда Билл и Дик просят меня вернуться в самолет в третий раз, и Дик рисует на песке, где я нахожу радио, и я иду еще. Я вижу своими глазами все приборы, которые управляют самолетом, и радио взять можно – наверное, погружения за три, – но я думаю быстро и умно – относительно, разумеется, – и решаю, что это не мой долг – помогать нашим врагам сообщать о себе своим соотечественникам.

После я говорю Биллу и Дику, что радио соединяется с другими приборами и я не могу его взять, даже если хожу под океан больше раз, чем у меня на голове волос. Тогда они говорят: "Шит!" – и они недовольные, и в конце концов они хотят вернуться в бунгало, чтобы ломать головы над тем, как вытащить самолет. Но все их мысли только о том, чтобы спать, ссориться по пустякам и совать в меня каждый со своим удовольствием, и все то время, что они делают так, жизнь проходит и идет дождь. Я, Йоко, не хочу говорить обидное ни для кого, но я много раз вижу, что у мужчин Запада нос длинный, а терпение короткое. Вы дуете ртом, и они пугаются ветра и меняют свое мнение. Правда, не все: после я знаю одного, что упрямее ослицы.

Еще много дней и ночей мы остаемся в доме и выходим под дождь, только чтобы опорожнить животы, и однажды Дик своими глазами видит под домом этот ящик с бельевыми прищепками. Тогда он смеется и говорит Биллу, красноволосому, что нужно уходить на веранду, потому что он имеет большое желание в меня сунуть. В меня, Йоко, каждый совал только что перед этим, и я делаю плохое лицо, хотя я по-прежнему предпочитаю Дика, потому что он не такой большой, и с гладкой кожей, и пахнет лучше, а Билл сует в меня очень сильно и без уважения к моему телу. Тогда Дик подбадривает меня и ласкает, и наконец я хочу. Тогда он говорит мне снять рубашку и трусы и ложиться на циновку, и тогда он делает мне очень долгие и сильные удовольствия, используя секрет, который он узнает в одном нехорошем заведении на Борнео, и все то время, что он мне делает эти вещи, я забываю стыд, и кричу, и сотрясаю тело, но вы, наверное, знаете, так что молчок. Тут нужны семь бельевых прищепок.

После возвращается Билл, и он очень сердится на своего спутника, потому что слышит мои удовольствия, и каждый раз, что я говорю, он поднимает плечи и называет меня то потаскушкой, то японской шлюхой. Тогда Дик говорит ему:

– Хватит обижать Йоко, она ведь добрая к тебе, когда ты плачешь и засаживаешь куда попало свое полено!

А Билл говорит:

– Объяснить тебе, в какое место я его засаживаю? В ее японскую задницу, да-да, и так глубоко, что оно вылезает у нее через рот и ты его сосешь!

Тогда Дик кулаком бьет ему лицо, и потом они дерутся в доме, и я кричу обоим, чтобы они перестают. К великому несчастью, Билл сильнее, и Дик лежит на полу весь в крови. Тогда Билл ему говорит:

— Шлюхин ты сын, я показываю тебе, как я уделаю твою гейшу!

И он бросает меня на колени, сгибает меня к полу и собирается сунуть в меня так, как много раз раньше, но на этот раз он должен меня убивать, чтобы сделать это, и я кричу:

— Будь проклят ты, и все твое семя, и все твои британские соотечественники!

Тогда он становится спокойней и стыдный, и я наконец могу выпрямиться и обмыть несчастного Дика. После они не говорят ни слова вместе, а я, Йоко, когда Красноволосый слишком близко сзади меня, говорю:

— Если только пробуешь прийти мне в рот, я показываю, какие у меня крепкие зубы!

Тогда Билл на веранде остается недовольный, но больше никогда никуда в меня не сует, я даю клятву.

Тогда приходит тот день без дождя, и они двое идут наружу из дома, на песок, и я делаю еду и слышу их злые голоса. Я иду на лестницу, говоря им не драться, но у них лицо суровое и без капли крови под кожей, и они кружат по песку, глядя на другого каждый с ножом в руке, и не слушают Йоко. Тогда они злобно пытаются убить спутника, и я кричу, а после плачу, сидя на лестнице, я не хочу видеть это своими глазами и не хочу, чтобы они умирают, особенно Дик, менее сильный, и в конце Дик мертвый, а Билл кровавый, потому что нож входит в его живот.

Все время, пока Билл еще живой, он со мной на песке, и я прошу духов этого острова оставить ему жизнь и что теперь уже хватает смертей, чтобы быть в мире с ними, хоть мы и крепко нарушаем их покой, когда нас выбрасывает сюда. Я держу Билла на руках все время, пока ночь черна и идет дождь, и в конце он говорит:

– Несчастная Йоко, которая хорошая для меня, а я всегда такой плохой для нее. И несчастный мой друг которого я убиваю в безумии, – как Христос может забыть мою вину?

А я, Йоко, тихо качаю его голову в руках, и взываю к Христу, и говорю, что надо забыть его вину, потому что мы люди, далекие от матери, и плохая только война, но, наверное, дождь слишком сильно шумит, чтобы Христос слышит, не знаю.

В наступивший день я не могу делать погребение двум моим австралийским спутникам и кладу их под песок, чтобы защитить их тела, а после я долго плачу, и думаю об их лицах, и крепко ругаю себя за то, что не даю Биллу получить от меня удовольствие и оттого он становится злой.

В конце, день после, дождь не такой сильный, и я строю огонь и делаю мое погребение. В ночи я кончаю, и я холодная и больная. А после я больная много дней. И иногда я своими глазами вижу Йоширо, или Кендзи, или Нажису, самого молодого, и прошу прощения, что заставляю их ждать еду, и говорю, что сейчас встаю. А иногда еще я своими глазами вижу на этом острове меня одну, лежащую в доме и слушающую дождь снаружи, и я боюсь умереть вот так, в остатках еды и в нечистотах от опорожнения моего живота. Но я не умираю, а после я знаю, что не умираю никогда.

Так кончается первая часть моей истории на этом острове.

Когда возвращается сухой сезон, я довольна, и хожу по песку, и раздеваюсь голая, чтобы чувствовать солнце и очистить мое тело в великом океане. Я беру рыб, и крабов, и раковины для еды, и долблю бамбуки, как Кимура, чтобы стереть нападения дождя и вернуть питейную воду в дом. Повсюду много питейной воды, и я мастерю пути воды в маленькую рисовую планта-

цию Кимуры и два добрых хранилища воды в парашютах австралийцев.

Так я работаю, чтобы забыть, что я одна уже много
дней с пекучим солнцем и криками птиц в джунглях.
Иногда я иду в джунгли с автоматом, но я боюсь снова
вызвать недовольство духов шумом и предпочитаю
ставить силки на грызунов. И так я каждый день убираю чистое бунгало, как будто жду возвращения снаружи моих соотечественников, и поздравляю себя за
хорошую работу. А еще я рисую каждого кусочками
обгорелого дерева на белой бумаге – так, как их видит
моя память, и все время идиотски плачу, и мои слезы
делают пятна на рисунке. И часто я делаю венки из
цветов и иду на край желтых скал бросать эти венки в
великий океан, чтобы почтить всех моих покойных
любовников.

И приходит тот день, который великий океан выбирает, чтобы дать мне новую судьбу. Я стою на желтых скалах в рубашке Дика, и закрываю глаза, и скло-
няю лицо, чтобы вызвать духов, и слышу звуки,
которые кружат мне голову. Тогда я своими глазами
вижу предметы, которые двигаются в воде в сторону
берега, но слишком далеко от меня, чтобы знать что.
После небольшого времени я уже внизу скал и вижу,
что это двое пловцов, один из которых более впереди, чем другой, и более умелый для плавания. Тогда
я думаю, что оставляю автомат на веранде дома, и я
должна бежать, чтобы взять его раньше этих чужих,
а уже после я смотрю, кто это – соотечественники
или враги.

Так я делаю, и я без гордости говорю, что бегаю
быстро, будучи высокой для японки. К несчастью, от
меня до бунгало много шагов, и передний пловец ближе. Хоть и усталый, он выпрямляется стоя, и я своими глазами вижу, что на самом деле это женщина
Запада и она тоже идет к дому. Тогда я думаю глупо.
Я не бегу прямо брать оружие на веранде, а иду в

сторону, к границе джунглей, чтобы не влезть им в глаза. У меня всегда не хватает слов, чтобы отругать себя за это идиотство. После я бегу еще, но женщина идет со всей волей, выпрямляясь каждый раз, когда падает на песок, и доходит до лестницы. Другой пловец – мужчина без сил после плавания, и он продвигается по песку на коленях и ладонях. И тогда, пока я бегу, глядя его, та женщина берет автомат и падает сидя в кресло Йоширо, и я вижу, что оружие потеряно для меня, и бросаю свое тело в высокую траву, чтобы спрятаться.

Вот как все происходит, и все это умещается в меньше чем две минуты. И я, Йоко, которая живу на этом острове многие и многие месяцы с моими соотечественниками, и с австралийцами, и еще совсем одна, в меньше чем две минуты теряю дом над головой, и овечью куртку американца, и запас еды и воды, и мои картонки для рисования, и оружие, и все мое добро, и я как нищая, которая небыстро бежит и идиотски думает, и кусо, кусо, кусо.

Женщину я говорю, какая она, потому что вижу ее своими глазами многие длинные дни: очень высокая, с суровым лицом, с глазами цвета джунглей, с темными волосами, длинными за плечи, с красивым телом, очень умная, очень сильная во всех делах, быстрая в плавании, как я, быстрая в беге, хорошая готовщица еды, хорошая убиральщица дома, очень чистая телом и французская.

Мужчину, тоже французского, я говорю, какой он, много быстрее, потому что вы видите его своими глазами прежде меня: это он упрямей ослицы.

Конечно, когда я смотрю тех двух иностранцев в тот раз, недовольная и испуганная за травинами, они попорченные. Женщина одета в рваную ночную рубашку, длинную до пяток, намоченную океаном, показывая грудь, и живот, и все тело голышом, и прическа ее висит как попало. А он – в одежде из кусков, и передвигается по песку на коленях и ладонях, как большой кот, попавший в суп. Тогда она резко говорит, наклонив на него автомат:

– Остаетесь там, где вы есть! – А после она говорит: – Если надо жить здесь какое-то время, все время помните, что эта штука в моих руках!

Я не могу найти ее точные слова, но тогда она пуляет из автомата – "так-так-так", – и я вижу, как во многих местах перед мужчиной прыгает песок. А он в испуге указывает рукой наш флаг на срезанном дереве и кричит:

– Черт! Вы что, не видите? На этом острове япошки!

Она поднимает плечи и отвечает ему как земляному червю:

– Я удивляюсь, если это так. Когда где-то есть мужчины, любая женщина это сразу знает, по одному только запаху. – И она говорит ему сердито: – От вас смердит!

Несчастный пловец вытирает руки одеждой и смотрит на нее как обруганный ребенок, но не находит слов для своей защиты. Тогда она бросает глаза повсюду, сидя в кресле Йоширо, и говорит:

– Здесь слишком чисто. Мое мнение, что в этом доме есть живущая женщина и в эту минуту она прячется и смотрит на нас. А если она только смотрит, значит, у нее нет оружия.

Она хлопает рукой по так-таку и говорит, довольная своим острым умом:

– Единственное, которое у нее есть, когда мы приплываем, это оно!

С того дня на этом острове нет больше нашего флага, и я, Йоко, возвращаюсь в джунгли. Я махаю рукой на бунгало и на все полезные вещи, что там есть. Со мной только рубашка Дика, и трусы из парашютной ткани, и еще ткань на лбу, чтобы держать прическу. Я на голых ногах и очень тщательная, куда ступаю, из-за змей. Тогда я иду в другую сторону, где укрытие австралийцев, и устраиваюсь с новыми листьями, чтобы поспать. В ту первую ночь я тщательно думаю, и мое мнение – это не нападать без оружия на двух французов вместе. Мое мнение – это ждать и кормить надежду, что духи этого острова дают мне их милость, потому что я дольше здесь живу.

Я не помню, враги ли французы моей родине или нет.

Когда я на несчастном корабле оставляю Австралию, я беззаботная к войне в Европе, я считаю нашими врагами только американцев и англичан. Но в тот вечер я думаю, что французы тоже, потому что мужчина вот так говорит про япошек. Я, конечно, грустная, что они враги, я предпочитаю французов всем прочим, из-за парижских Изящных искусств, и всех моих приятелей, и милых дам из общежития иностранных студентов на улице Суффло. Тогда я даю клятву: если духи этого острова дают мне победу над этими врагами моего дома, я их никогда не убиваю, а нахожу хитрость, чтобы словить их по-другому.

В день после я хожу по этому пляжу австралийцев и думаю, что возвращаюсь в самолет и нахожу внутри другое ружье. Но я боюсь мертвецов, объеденных рыбами, и что я вижу их кости и их головы, и что я крепко оскорбляю духов океана. Тогда я взываю к великому океану и говорю: если его оскорбляет то, что я прихожу в его глубину и беспокою мертвецов, пусть он показывает мне это каким-то знаком. Я говорю, что ныряю у берега и беру раковину, и если внутри есть жемчужина, то я не должна идти, но если жемчужины нет, то он согласен пустить меня в самолет. Так я делаю, поплавав немного, и беру раковину. После я ее открываю, стуча камнем, и в ее мясе – прекрасная блестящая жемчужина. Тогда я благодарю великий океан за этот знак и оставляю свою идею.

Тот день, что я говорю, и многие другие, когда солнце низкое, я иду на границу джунглей с другой стороны острова и долго смотрю французов, хорошо спрятавшись в травах и молча, и слушаю их слова, совершенствуясь в вашем языке. Много я не узнаю, потому что они говорят одно и то же. Этот мужчина, которому имя Фредерик, связан по рукам и ногам парашютной веревкой, и его шаги по песку слишком коротки, чтобы бежать, но он делает так, будто это ничего – быть связанным, он смеется и говорит:

– Вот же сучка!

А эта женщина, которой имя Эсмеральда, стоит в малоглубокой воде с нижней частью своей ночной сорочки, закатанной между ходулями наподобие трусов, и пуляет из автомата куда попало, чтобы убивать рыб, а после приходит на песок с, может быть, тремя сильно дохлыми рыбами на боку и говорит, идя далеко от несчастного мужчины:

– Вот же кобель!

Ночью, в доме, я не знаю, как она делает с ним, но думаю, что держит его привязанным для сна. Один раз я вижу, что она привязывает к его ногам большой кусок нашего несчастного корабля, и теперь, когда он хочет идти по пляжу, ему надо тащить эту деревяшку. А другой раз она завязывает парашютной материей глаза этого мужчины и говорит:

– Это вас отучит смотреть на меня так, как вы делаете.

После она оставляет автомат на песке, и развязывает свою ночную сорочку, чтобы плавать со всем удовольствием, и говорит:

– Ах, как приятно, дорогой Фредерик, плавать совсем голой!

Но в другие дни он связан только как в первый раз и она бранит его без гнева. Она говорит:

– Я тоже грустная, что держу вас так. Если вы спокойны, и не хотите забрать у меня оружие, и даете мне клятву, вы через некоторое время можете быть свободны.

Но он плюет изо рта на песок, чтобы показать свое презрение, и говорит:

– В один прекрасный день я свободен сам по себе, и уже я вас привязываю и делаю вам сто раз то, что вы мне делаете один раз.

Правда в том, я думаю, что вы никогда не сможете поместить двух французов вместе и добиться от них одинакового мнения.

Во время всех этих длинных дней плохая женщина не уходит от дома дальше ста шагов, и она плавает в одну сторону и в другую, но только не на конец океана. Часто она смотрит на границу джунглей, быстро поворачивая голову, и надеется увидеть меня своими глазами. Пищу она делает только из рыб и раковин, а один раз еще из неразумного грызуна, который выходит из джунглей. И всегда ее пища хорошо пахнет, и я очень хочу ее кушать.

После Фредерик работает на маленьком рисовом поле Кимуры по ту сторону дома, и он неловкий со своими связанными впереди руками, но он берет рис и тщательно делает дорожки для воды. Теперь он носит на руках и на ногах браслеты, которая эта изобретательная женщина мастерит из проволоки несчастного корабля, потому что один раз Фредерик сжигает парашютную веревку, которая связывает ему руки, и почти может убежать.

Часто этот мужчина сидит на песке с чашками, и бамбуками, и горелками, с которыми Кимура изготовляет спирт, и я вижу, что он не может понять, как Кимура поступает со всеми этими предметами, и он говорит один себе:

– Проклятый механизм! Если надо, я трачу дни и ночи, но я нахожу твой секрет!

И он правда находит его после много времени, и делает спирт из дерева для горелок и из риса для питья. После он пьет немного спирта, еще теплого, и я смеюсь внутри, потому что лицо его показывает, что это плохо, но эта женщина подходит шагов на десять с любопытством и презрением, и тогда он делает ртом довольный звук и говорит:

– Очень хорошо! Никогда не пью ничего лучше!

Наконец однажды я прячусь в траве, чтобы смотреть французов, и своими глазами вижу, что эта женщина смелеет до того, что выпрямляется на желтых скалах, и я говорю в уме: "Так вот, моя дорогая, один раз ты идешь быстрее меня, когда я на этих скалах, но теперь мы смотрим, кому победа". Мужчина сидит на песке, показывая мне спину, и я иду за домом, как змея. После я уже не в их зрении, и неслышно забираюсь по бамбукам руками и ногами через окно, смотрящее на джунгли. И тогда я узнаю, что у меня мало разума и много гордыни, потому что эта проклятая женщина ставит повсюду в доме такие звоночки из кусочков железных банок, висящих на нитях в виде паутины. Когда вы внутри этой ловушки, вы не можете выйти, не наделав еще больше шуму.

Конечно, я беру все, что могу нести в руках, пока бегущая с криком француженка не подоспеет меня убить. Я беру овечью куртку американца, и его бутылку из железа и материи с надписью "US", и инструменты, которые я делаю, когда нас выбрасывает на этот остров, и быстро бросаю глаза повсюду, чтобы увидеть ножи солдат и топор, но их нет или они тщательно спрятаны. Тогда я подхожу близко-близко к своей смерти, потому что та женщина входит в бунгало, как раз когда я убегаю через окно, падая на всю мою высоту, и кричит:

– Стойте! Стойте, или я вас убиваю!

А я бросаю мое тело со всем моим добром в высокие травы, и она делает "так-так-так" куда попало в листья джунглей много раз, и мое сердце выходит из ума, и я даю клятву, что никогда не возвращаюсь в этот дом без приглашения. Даже потом, когда я далеко и спокойная, я еще дрожу от страха всем моим телом.

Но в тот день, что я говорю, пока солнце не садится, я вижу мою смерть еще раз. Плохая женщина сердится, что я убегаю, и ходит в джунглях больше двух часов, глядя мои следы, и она приходит на этот пляж австралийцев. Я не верю своим глазам, и вы, наверное, тоже, но это так. Она выпрямляется с автоматом в руках и с лентами патронов крест-накрест вокруг тела, и я лежу в укрытии, которое делаю из листьев, и это большое счастье, что она меня не видит и не идет в мою сторону. Но она видит пляж перед собой и песок, весь истопанный моими ногами, и кричит:

– Зачем так продолжать? Мы, французы, женщин не убиваем! Если вы поднимаете руки на голове и идете ко мне, я даю вам хорошую еду и обильную воду и мы вас держим достойно, как пленницу!

И так она говорит приятными словами, но я знаю, что если высуну только нос, пускай он и короткий, как мои соотечественники, то она убивает меня навзничь в крови, наверное, ста патронами, и оставляет мое дырявое тело для еды зверей, после того как плюет на меня ртом. Так что я боюсь, но шевелюсь не больше камня и заклинаю духов этого острова, чтобы француженка не приходит на мое укрытие.

Она остается долго, бросая глаза повсюду на пляж и на джунгли, и вертится вокруг себя, говоря вот так по-французски и английски:

– Вы здесь? Отвечайте! Вы здесь?

Наконец терпение убегает от нее, и она говорит:

– Ну, японская ослица, я тебе покажу, что я делаю с тобой, когда ловлю!

И она делает "так-так-так" со злостью и куда попало в листья. К счастью, я не умираю, и она поднимает плечи, и идет в джунгли, откуда приходит, и возвращается к себе. Уй-юй-юй, какой же гадкий у этой женщины характер!

После приходит сезон пекучего солнца, и два француза остаются внутри дома почти весь день. Когда они идут наружу, я своими глазами вижу, какой тот мужчина: более жалкий, чем уличная собака. Борода его растет, и волосы тоже, и одна одежда у него – это штаны, да и то отрезанные короче колен, и его кожа делается темная от солнца, а волосы – желтыми. Он сидит в плену на песке, глядя в конец океана, и иногда поет себе музыку, очень тихо, я не могу слышать слова. Мое расположение на его стороне, и я боюсь, что он теряет свой здоровый смысл, как Йоширо, но один раз он показывает мне, что этот смысл у него пока есть.

Он на пляже со связанными ногами, чтобы делать маленькие шаги, а руки тоже связаны впереди, и он начинает работу в песке. Я не вижу из своих трав, что он делает, и эта женщина на лестнице тоже, потому что она говорит:

– Фредерик, что вы делаете?

А он говорит ей:

– Если кто-нибудь у вас спрашивает, говорите, что не знаете.

И тогда, прежде чем солнце заходит и она орет ему возвращаться в дом, он много и тщательно работает и ходит искать камни и ветку, полезную для того, чтобы делать песок чистый и плоским, и я, кажется, немного понимаю, и мое сердце стукает быстрее, потому что я боюсь, что эта женщина тоже понимает.

В день после я прихожу в травы раньше солнца, и когда связанный Фредерик выходит наружу из дома, он идет в сад, будто не знает, что ему делать. И тогда он видит мое имя и подбирает плод. Он стирает мое имя ногой, показывая плохой женщине спину, и после, когда он сидит далеко от нее и ест плод, она говорит:

– Смотри-ка, где вы находите этот плод, который едите?

А он не глядит в ее сторону и спокойно отвечает:

– Это не плод, это что-то, что я отрезаю у себя между ног.

В другой день, когда они долгими пекучими часами находятся в тени дома, я забываю страх и двигаюсь как змея, чтобы слушать их слова. У них две циновки, или матраса, как у западных людей, сделанных из парашютной материи и сухой травы, и кресло Йоширо теперь стоит в доме. Чаще прочего та женщина сидит в кресле с прицепленным сзади автоматом, а он лежит привязанный на матрасе. Они разговаривают, чтобы обмануть скуку, и там много вещей, что я не понимаю, но все равно для меня там больше удовольствия, чем оставаться одной в джунглях. Так что и в дни после я прихожу, и во все другие дни.

Я не говорю, что я несчастная. Я строю другое укрытие, больше и удобнее, в глубоком месте джунглей, где много питейной воды, копая землю, и я ем плоды, рыб и раковины, но не грызунов и не крабов, потому что, если я зажигаю огонь, плохая женщина по дыму знает, где я. Эта женщина носит на себе куртку летчика прежде, чем я ее беру, и я нахожу в кармане гребешок, который Нажиса, самый молодой, делает для моих волос, и еще очень красивые бусы, которые она делает из раковин. Теперь я всегда держу гребешок с собой и надеваю на шею бусы. У меня есть еще режущий инструмент Тадаши, не годный, чтобы убить француженку, но очень полезный для еды, и копье из бамбука, чтобы брать рыб. Вокруг этого острова я знаю все пляжи и все места, где прячутся съестные рыбы, и один раз я ссорюсь с акулой, которая хочет мою рыбу, но она и ее сестры не очень ловкие на пляже и боятся шума. Змеи опаснее, но они тоже боятся, и, если у них нет гнезда в том месте, где вы поселяетесь, вы легко их прогоняете. А если у них есть гнездо, вы тоже можете поселяться, но только если жизнь ваша слишком горькая и вы сыты этим до самого горла.

Я, Йоко, когда я сыта этим до самого горла оттого, что все время одна, хожу глядеть французов в доме, в тени бамбуков. Больше чем четыре часа я как в театре, существуя только чтобы дышать. После нескольких дней я понимаю, почему женщина связывает Фредерика, когда они попадают на этот остров. Правда в том, что раньше каждый другого никогда не знает. Он – это преступник, который убегает из тюрьмы своей страны и прячется в корабле, и она первый раз видит его своими глазами, только когда корабль горит и идет на дно, а он ночью цепляется за тот же кусок, что она. После они три дня на великом океане, и они видят этот остров, и плывут, и Эсмеральда берет оружие японской дуры.

Фредерик много раз говорит, что он сидит в тюрьме за преступление, которого не делает, но она поднимает плечи. Она предпочитает просить прощение за ошибку, когда их спасают, чем встретить такую же смерть, как та крестьянка, что насчитывает двадцать лет на юге Франции. Если я верю ей, эта крестьянка убивает себя, потому что Фредерик в нее сует и ей стыдно. Фредерик говорит:

– Никогда в жизни!

Я, Йоко, совсем никто, чтобы судить такие вещи, но я думаю, что Фредерик говорит верно, потому что в этой истории нет здорового смысла. Я много раз давала совать в себя австралийцам, только чтобы сохранить жизнь. Пускай мне стыдно, что я не могу помешать себе получать с ними удовольствие, но никогда мне в голову не приходит мысль, что я должна себя убить. Если я и должна кого-то убить, так это двух австралийцев, и особенно Билла Красноволосого, но они всегда прячут от меня автомат и ножи, и в конце я даже плачу, что Билл умирает, и крепко себя ругаю за это смертоубийство, потому что если я позволяю ему совать в себя, он не становится сердитым. Но, может быть, французская крестьянка, пускай она и насчитывает столько лет, сколько я, моложе меня в привычке к несчастьям и к безумству войны. Или, может быть, я должна считать правдой мнение Билла, что я японская шлюха.

К большому счастью, те два француза чаще говорят о других вещах, чем об этом барахле. Эсмеральда – немного, и я после говорю почему, но Фредерик говорит моменты из своего детства и его жизни прежде, чем он идет в тюрьму, и красивых женщин, которых он любит. И он говорит его бабушку очень хорошей, а его мать подло покинутой, когда он насчитывает всего десять лет, и свою жену Констанцию, тоже очень хорошую и очень красивую, которая никогда его не забывает. И еще тот миг, что он сражается за эту Жанну д'Арк, и я, Йоко, боюсь, что проклятые англичане ее убивают, и мне очень трудно не дать услышать мою радость, когда Фредерик спасает ее жизнь. Я не пень, что у вас значит "глупый", и я понимаю, что это, может быть, не правдивая история, но кто знает? Однажды я спрашиваю у великого океана, и он отвечает, что никто не знает. Он помещает мне в голову, что если англичане сжигают другую, то это не первый раз и не последний, что они врут.

Часто у себя в укрытии, когда сон задерживается в пути, я вижу в моей памяти моменты, что говорит Фредерик, особенно смешные. Так, примерно, когда он юный студент Парижского университета и влюблен в студентку, которая изучает юридическое право, и вы, может быть, ее знаете. Пускай я в своей мысли всегда заменяю эту французскую студентку, которой имя как у вас, Мари-Мартина, мной, Йоко, живущей в Париже, но я говорю вам историю.

Однажды, когда я хочу идти с моим влюбленным Фредериком, и за окном ночь, и дверь в общежитии девушек заперта, мое мнение – уходить наружу через окно, но, к великому несчастью, это высоко и я не могу, и мой влюбленный зовет на улицу Суффло большой красный грузовик пожарных, с такой длинной лестницей. И главный пожарный говорит:

– Но, мой мальчик, я не вижу огня!

А Фредерик ему почтительно:

– Вы не можете его видеть, мы с моей японской голубкой его прячем, но это очень сильный огонь, который мы хотим погасить.

Тогда главный пожарный понимает и говорит:

– Бедная Франция! Хорошо, на этот раз идет, но завтра вы покупаете лестницу на свои деньги или говорите вашей японской голубке переселиться на первый этаж!

После все в общежитии знают, что я прячу под юбкой огонь, и если директриса не пишет моим родителям, то только из страха, что сердце моего отца разлетится на кусочки.

Я не хочу снова надоедать великому океану, чтобы узнать, правдива ли эта история так же, как та, другая, потому что огонь в них разной исторической пропорции, но если у вас есть власть судьбы, чтобы дать мне сегодня ответ, то я очень рада и почтительна.

Уклониться от истины было бы нетрудно, поскольку на юридическом факультете в те годы, когда я там училась, Мари-Мартин было, вероятно, предостаточно, но откровенность моей японской корреспондентки предполагает ответную искренность. Так что я скажу, что история эта в общем-то соответствует действительности, за исключением разве что некоторых деталей. Общежитие, где я жила, находилось на улице Гренель, пожарная машина не была вызвана, а лишь проезжала мимо, но я находилась в столь неловкой позе на гладком узеньком карнизе четвертого этажа, что эти достойные люди не могли не вмешаться. Что же касается моего отца, то, будь он поставлен в известность относительно моих злоключений, он вряд ли потерял бы от этого аппетит или сон, поскольку был чересчур занят своими собственными. Все это, разумеется, ничуть не умаляет воспламенительных способностей того, кто вдохновлял свою авиньонскую голубку на подобные подвиги. (Примечание Мари-Мартины Лепаж, адвоката.)

В рассказах Фредерика есть много других интересных моментов, особенно когда он в побеге из тюрьмы вместе с новой брачной другого мужчины, и когда он играет в пианино в шикарном доме женщин, надушенных с головы до ног и в роскошных платьях, и когда он пугает плохую учительницу, чтобы ее наказать. Один из моментов, который всегда в моей памяти, когда я одна в моем укрытии из листьев с маленькой лампой, которую я делаю и хорошенько прячу, чтобы ее не видят снаружи, это когда потом он живет почти целый год с двумя сестрами, рожденными в один день, которые продают съестной лед, или иначе мороженое, и он в точности как я с двумя австралийцами, с той разницей, что мужчине удовлетворить двух женщин куда труднее – относительно, разумеется. И еще я часто думаю, не умея сдерживаться, о моменте, когда эта актриса, которой имя Фру-Фру, а красота не знает себе равных, ест в большой комнате для еды на корабле, и все вокруг нее в праздничных одеждах, а Фредерик прячется в секрете под столом, и тогда она очень боится, что они увидят ее удовольствие. Но я без никого на этом острове уже длинные месяцы. Пускай я заменяю в уме эту женщину Йоко и ласкаю себя, эта мысль делает мое желание подрючиться слишком мучительным. Так что я, когда могу, прогоняю ее, говоря себе грубые вещи или насмешки.

Правда в том, что истории Фредерика для меня прекрасные, а для Эсмеральды отвратительные. Эсмеральда насчитывает двадцать семь лет. Перед тем как оказаться со своими друзьями на корабле, что я говорю, она лечит ум людей, и она очень гордится, что умеет его лечить. И вот пока она с суровым видом раскачивает свое тело в кресле, Фредерик лежит на матрасе и рассказывает свое детство посреди приятелей в Марселе, Франция. И тогда он поднимается с приятелями на крышу того дома, куда матери приводят младенцев, и они все смотрят сквозь окно в крыше. В этой большой комнате матери сидят, и, когда какой-нибудь младенец жалобно кричит, мать открывает свое платье и дает ему есть. Тогда все другие младенцы тоже хотят, и все матери показывают свою прекрасную грудь, налитую молоком, и Фредерик с приятелями очень любят смотреть, и даже девочки, которые с ними. Я очень хорошо понимаю Фредерика, тоже будучи раньше маленькой, и я люблю смотреть, как младенец жадно сосет прекрасную грудь своей матери. И тогда Фредерик говорит, забывая годы, что проходят с тех пор:

– И они сосут, стервецы, сосут так, словно их жизнь в опасности, если они это не делают!

И даже через дырку в бамбуках любая японская дура может видеть в его лице, что он сильно доволен этой мыслью.

К несчастью, Эсмеральда встает стоя в своей ветхой и много раз зашитой ночной сорочке и ходит между двумя концами хижины с хмурым лицом, и она совсем, совсем недовольная. Она говорит:

– Да, это в точности то, что я думаю с самого начала. Вы такой, как очень большая часть мужчин: умственно отсталый, любитель подсматривать и (тут слово, которое я знаю потом) женоненавистник!

Тогда Фредерик садится сидя на матрасе силой одной спины и говорит с насмешкой:

– Я? Женоненавистник?

И она говорит:

– Да-да, именно вы! Все любители подсматривать – женоненавистники. Их интересует только тело женщины, потому что оно для них не более чем плотская пища для их голода. Даже в детские годы!

Фредерик кричит сильнее, чем она:

– Так что, девочки-младенцы не сосут грудь? Что вы плетете?

Она стоит возвышаясь над ним и говорит:

– Скотина! Я говорю не о голоде на молоко! А о том нечистом и порочном голоде, что женщины всегда видят в ваших глазах!

И Фредерик орет еще сильнее:

– Неправда! Вы знаете, как писал Шекспир? Глаза – безумцы сердца. А Шекспир – это вам не массажист с базара!

Я, Йоко, не любя ссор и чувствуя себя такой же вот любительницей подсматривать в тени пекучего солнца, отдаю мое расположение Шекспиру, пускай он и англичанин, но я вижу, как эта женщина грустно поворачивается, слабая и поникшая, берет автомат, и идет на циновку или на матрас, и, когда вся вытягивается, говорит:

– Я ненавижу любителей подсматривать, слышите? Они для меня страшнее всего.

Длинное время она не говорит, и Фредерик не рушит ее молчания. После она говорит:

– Слушайте. Когда я моложе, моя мечта – стать чемпионкой по теннису.

И еще одно время она молчит. Фредерик выпрямляется стоя, и ходит мелкими шагами из-за своих железных привязей, и старается не потревожить мысль Эсмеральды. Тогда она говорит:

– Тот день, что кладет конец моей мечте, я сражаюсь за турнир во дворце Ривьеры...

К большому несчастью, я не могу рассказать как она, забывая слова из вашего языка, так что я рассказываю по-моему, но вы должны представить, что она говорит скромно и тихим голосом.

Итак, она насчитывает восемнадцать лет, она хорошая игрунья с частыми поздравлениями, одетая в теннисное белое красивое платье в длину меньше колен, и на поле – ее врагиня, то ли шведская, то ли норвежская, то ли еще чья-то патриотка. Прежде чем сражаться, они бросают мячи, чтобы подогреть каждая себя, и

Эсмеральда, когда сгибает свое тело, чтобы брать мяч на земле, слышит сзади смех и шутки. Там, на границах теннисного поля, очень много людей из этого шикарного отеля Ривьеры приходят смотреть сражение, а один очень умный судья сидит на очень высоком кресле. Тогда Эсмеральда стучит мячи своей большой ложкой, и на каждый удар, когда она прыгает в воздух или сгибает свое тело, люди смеются и даже хлопают ладонями, чтобы показать свое удовольствие. Тогда она спрашивает у себя, почему все эти люди видят ее такой интересной, и в ее ум входит идея безумия. Тогда она трогает свое тело рукой, и это совсем не безумие: когда ее платье поднимается, у нее голая задница! Как происходит такое, что в этот день она забывает влезть в трусы, она никогда не может объяснить. Конечно, это очень тяжелый удар в ее уме. Она хочет продолжать сражаться, будучи гордой и очень волевой, скрывая свое достоинство ненужной в игре рукой, но люди сильно и все время смеются, даже ее врагиня, и тогда она бежит прятаться в отель, с большим стыдом и глазами, полными плача, и никогда еще раз не ставит ногу на теннисное поле.

Вот несчастный рассказ Эсмеральды, когда она лежит в длину в хижине. Она молчит с рукой на глазах, и Фредерик, очень задумчивый и понимающий ее печаль, идет мелкими шагами по звучному полу, с руками, связанными на спине, и наконец говорит:

– Ну-ну-ну! Почему вы так мучаете себя этим моментом в памяти? Вы раздуваете муху в слона. Однажды вы показываете всем людям вашу задницу, и что из того? Вы рассеянная, и что из того?

Тогда, еще плача, Эсмеральда делает носом выдох насмешки и говорит:

– Вот так рассеянность! Забыть надеть трусы!

И она не может сдержать себя от громкого смеха вместе с Фредериком, и я, Йоко, тоже ржу, укрывая рот. После они очень долго молчаливые, и Фредерик качается в своем кресле, и очень жарко. Наконец она сушит глаза, и выпрямляется сидя, и скромно говорит:

– Благодарю вас, Фредерик. Я чувствую, что это хорошее облегчение – сделать вам мое признание и слушать ваш ответ.

Тот вечер, что я говорю, и в дни после они спокойные вместе и добрые приятели. Она бреет бороду Фредерика американским ножом, хорошо потертым о камень, и он более молодого и более красивого вида. Он насчитывает тридцать два года. Когда солнце спускается и они выходят наружу, она иногда оставляет его свободным от браслетов рук и ног, чтобы плавать в океане, и бросать воду в воздух, и смеяться. Она следит за ним с пляжа с автоматом, но он не пытается нападать на нее или бежать куда смотрят глаза, и, когда она говорит ему возвращаться и повернуться, чтобы стать связанным, он поднимает плечи и без гнева делает как она просит. Она связывает его и когда хочет идти в джунгли, чтобы убить грызуна или брать плоды. Она втыкает в песок два толстых заточенных полена, чтобы прицепить его браслеты и держать его лежачим, но она ставит и палки, чтобы сделать ему стену от солнца из материи парашютов.

К несчастью, я должна убегать в мое укрытие, когда она идет в джунгли, потому что она теперь отважная и умелая с автоматом и если увидит меня своими глазами, я умру, и, может быть, даже от единственного патрона. Однажды она убивает дикую свинью, такую толстую, что ее хватает на многие дни еды, и я слышу только один выстрел. Мое мнение – что она хочет оставить Фредерика на пляже привязанным к поленьям, и делать вид, что идет глубоко в джунгли, и быстро вернуться, когда я прихожу его освободить. Я не больше пень, чем эта женщина.

А однажды утром я чувствую сквозь травы дым от ее еды, и это очень хороший запах яиц, жаренных на груди дикой свиньи. После я тщательно смотрю, куда она ходит в джунгли, потому что я знаю, где все яйца птиц этого острова, и я делаю, где она ходит, ловушки из дыр в земле, из бамбуков, и из веревки, и из деревьев, которые легко гнутся. Чтобы сделать веревку и построить ловушки, нужно много дней. Если у меня есть нож Билла или Дика, нужно, конечно, меньше времени, но тогда, может быть, я разрушаю мою клятву не убивать, я прыгаю француженке на спину и режу ее горло. Я говорю это, конечно, в шутку, хотя я не особенно шутливая. Правда в том, что я не хочу убивать или быть убитой от нее. Я хочу словить ее пленницей, чтобы забрать у нее ружье и мужчину.

Так я вижу, как рождаются и умирают дни, и каждый из них наполнен работами, чтобы обмануть одиночество, и моментами, когда я смотрю, как живут французы. Но каждый день еще и делает все ближе сезон дождей, и меня сильно пугает моя должность остаться жить под жалким укрытием из листьев, и что мне не хватает еды, и что после Эсмеральда находит меня дохлой в грязи и поеденной зверями.

Тогда однажды я плаваю у пляжа австралийцев, и солнце на утре, и ко мне приходит эта идея, что птиц много и высоко над джунглями, и еще они жалобные, как когда их тревожит охотник, но раньше я не слышу "так-так", и я в воде, а Фредерик, конечно, привязан. Тогда я влезаю только в одну мою рубашку Дика и быстро бегу в джунгли. Скоро я слышу шумы в листьях деревьев и злобные крики и иду туда. Тогда я дрожу от удовольствия, когда вижу моими глазами то, что вижу, и кричу свое торжество: Эсмеральда висит за ноги вверху молодого дерева, которое я сгибаю, может быть, три дня раньше, и она напрасно сотрясает свое тело, чтобы выбраться из моей ловушки. Я кладу веревку этой ловушки, сделанную из волокна крепких трав, перед одним гнездом птиц, и, конечно, эта женщина хочет брать яйца, и вот она поднята в воздух с криками и хорошо поймана.

Тогда я спокойно иду к ней, не пугаясь ее автомата, потому что он не в ее руках. Ее лицо совсем красное и перевернутое вверх ногами, и ее глаза, наоборот, смотрят на меня широко открытые, и она сотрясает тело. Она говорит:

– Черт побери, кто вы такая?

Я с удовольствием отвечаю:

– Йоко.

И быстро беру в траве автомат. После я говорю:

– Если вы остаетесь спокойная, я никого не убиваю. Никого!

Я иду ей за спину, и отвязываю ее пояс с патронами, и оставляю эту сильно гордую женщину тщательно думать о том, чтобы, может быть, поменять характер.

Я бегу в джунгли и наконец прихожу на тот пляж, где дом. Фредерик лежит на песке с руками и ногами, привязанными к поленьям, и он укрыт от пекучего солнца стеной из материи, но ему очень жарко. Когда я становлюсь перед ним, он смотрит на меня с удивлением, а после закрывает глаза и говорит:

– Вот дьявол! Не может быть!

Тогда я говорю:

– Я делаю плохую женщину пленницей!

Он открывает глаза, еще более удивленный, что я говорю его языком, пускай и скромно, и говорит:

– Добрая Йоко, быстро освобождаете меня от этих браслетов!

Я тщательно думаю, когда бегу в джунглях, так что я отвечаю:

– Мое мнение не такое, что я должна вас освободить. Вы французский, как она, и после вы ее освободите, и это я делаюсь пленницей. Я должна вас держать и ее тоже.

Тогда он говорит мне с лаской, обещая, что никогда не делает что-то против меня, и часто просит меня его освободить. Никогда с тех пор, как я рождаюсь, я не вижу таких красивых глаз у мужчины и лица тоже, но я всеми силами запрещаю себе менять мнение. Я иду в дом брать воду в кружке и даю ему пить, а после я мочу его шею и грудь, чтобы ему не так жарко. Тогда я не могу помешать себе поцеловать его губы. И я долго целую их, и наконец он тоже целует мои, конечно обманно, с мыслью, что я его освобождаю, но после я без дыхания, и с пекучими щеками, и с мутными мозгами. Тогда я говорю, скромно наклоняя глаза:

– Я прошу прощения, но с сезона дождей я лишена всего, и у меня слишком горячее желание дрючиться.

Тогда я открываю спереди свою рубашку и прихожу на него голая с колени по две стороны его тела. Я открываю и его короткие штаны, и он дергается на браслетах, говоря:

– Но что вы делаете? Вы сумасшедшая?

Что он говорит после, я уже ничего не слушаю. Конечно, он хочет от меня ускользнуть, и уколоть меня насмешками, и силой воли помешать себе расти, но я знаю, как заставить любовника расти, однако молчок. Тогда я копаю в песке ямы под коленями, чтобы ощутить этого мужчину глубже во мне, и подпрыгиваю на нем, как на резвой лошадке, и получаю много раз большое удовольствие. И конечно, в моем желании удовольствия я говорю слова безумия, но он не может понимать по-японски. Даже когда он побежден, я еще долго получаю удовольствие и крепко сую его в себя. Наконец я без сил и остаюсь на песке поперек него, и все мое тело мокрое от пота, даже волосы, которые липнут к лицу. Уй-юй-юй, я раньше никогда не дрючилась с привязанным любовником, но это так хорошо!

В тот же день, когда я освобождаю Эсмеральду из ловушки, она без чувства и на вид почти мертвая оттого, что висит так долго за ноги. И конечно, я ругаю себя за беспечность, но я тащу ее на пляж и в дом, и после единственной ночи она вполне живая и с тем же плохим характером.

После, в течение очень многих месяцев, видя два раза сезон дождей, мы вместе на этом острове, иногда хорошие приятели, иногда меньше, и никогда мы не видим глазами корабль в великом океане или самолет в небе. Мы ничего не знаем о войне, и она, может быть, кончена, и мои соотечественники победители или, может быть, нет. Я поднимаю на пляже флаг моей страны, как следует подправленный красным, потому что он изношен Эсмеральдой на мытье хижины, и я тщательно стерегу моих пленников, следя за ними с автоматом.

Правда в том, что после первого сезона дождей я очень жалею, что это не я пленница. Те двое, пускай и привязанные, отдыхают на пляже, и ходят в воду, и с желанием едят мою еду, и играют в карты, которые они делают из моей бумаги для рисунков, а я должна и резать бороду Фредерика, и всегда бегать от одного до другой, когда они разделены – просто потому, что Эсмеральда хочет пи-пи, и сто раз в день каждый просит меня освободить его от браслетов, чтобы сделать что-нибудь вроде почесать свое ухо, и сто раз в день я их освобождаю, и сто раз в день я их опять связываю. И это еще не все. Если они ссорятся, я уже не знаю, куда бежать, и что говорить, и что делать. И всегда-всегда я должна бегать. Чтобы пойти в джунгли за едой, чтобы дать дерево огню, чтобы вымыть мое тело в океане, прежде чем они просыпаются, чтобы вынести нечистоту наружу, когда они спят. И еще я должна чистить дом, и копать для питейной воды, и рубить деревья топором. Дни недостаточно длинные, а ночами я сплю глазом справа или глазом слева, но никогда двумя вместе.

Фредерик часто сильно хочет меня, и я веду его под дом, чтобы Эсмеральда не видит нас своими глазами, потому что однажды ночью она просыпается, и видит нас, и орет нам перестать. Но я совсем близко от удовольствия и не хочу переставать. И тогда она говорит:

– Мерзкая свинья, разве это хорошо, когда тебя так истязает твой боров?

И много других колючих вещей, от которых Фредерик только смеется, а я теряю мое удовольствие. Даже и под домом, когда она слышит мои крики, потому что я громкая и показываю Фредерику семь бельевых прищепок, она стучит браслетами в пол и зовет:

– Йоко, вы еще живы? Он не режет вам горло? Отвечайте! Я пугаюсь ваших ужасных криков!

Я обещаю ей, что никогда не даю ей пить и есть, если она обижает меня еще, и она оставляет нам покой.

Я не знаю, дрючится ли она с Фредериком прежде, чем я делаю их пленниками. Мое мнение, что иногда дрючится, потому что есть дни, когда они добрые приятели, но своими глазами я этого не вижу. Так что я спрашиваю Фредерика, и он говорит:

– Женевская конвенция запрещает допрашивать пленных.

Тогда однажды я вижу Эсмеральду одну на желтых скалах и спрашиваю у нее, и она отвечает:

– Что вы думаете? Что мужчина и женщина могут так долго оставаться днем и ночью и ничего не происходит? Вы так считаете?

Я говорю – нет, если женщина – это я, потому что мне часто приходит горячее желание дрючиться, но если она, я не знаю. Тогда она говорит:

– Я оставляю на ваше решение, кто я – тоже женщина или что-то другое.

После она долго смотрит на меня и видит, что я молчаливая и недовольная ее ответом, и наконец она поворачивает глаза к великому океану и говорит:

– Я дрючусь с ним много раз, и первый раз – это вообще мой первый раз с мужчиной. Может быть, вы хотите знать точное количество, и способ, и кто кого просит, или же этого хватает для вашего любопытства?

Тогда я вижу, что у нее слезные глаза, и молчу.

После, когда я иду в джунгли, я еще больше боюсь, что Фредерик слушает ласковые слова соотечественницы и она соглашается дрючиться, чтобы он убегает вместе с ней, и тогда они освобождают каждый другого и остаются двое против меня. Так что я связываю их вместе и стоя, лицо против лица, пленных ногами и руками, и они могут только с большой осторожностью двигаться в песке. Я довольна, что вижу их такими, потому что у них вид несчастных идиотов, как они говорят меж себя, но вы зря думаете, что уж тут они не ссорятся. Эсмеральда меняет лицо оттого, что ее тело постыдно касается тела Фредерика через тонкую материю, и она говорит:

– Я хочу видеть вас мертвым! Слышите? Мертвым!

А он насмешливо отвечает:

– Но почему бы нам не полежать спокойненько на песке, пока не приходит Йоко?

Тогда она орет:

– Вы прекрасно знаете почему!

А он с видом беззаслуженной обиды отвечает:

– Но я же тут ни при чем! Это неуправляемо!

Она со злостью отворачивает свое лицо подальше от него, и когда я возвращаюсь из джунглей, наверное, с час после, они лежат на песке, и она красная и возмущенная тем, что он нарочно трется об нее, и она умоляет меня о разделении их тел.

И вот в один день пекучего солнца я больше не могу. Я заворачиваю ружье, патроны, ножи и топор – все оружие – в парашютную материю и иду в джунгли копать яму. После я прихожу к ним и говорю:

– Все, хватит. Пускай вы убиваете меня намертво, мне на это плевать и растереть.

И я освобождаю каждому руки и ноги. Они двое молчаливы и с круглыми глазами, а я наконец могу лечь на песок и отдыхать. Тогда Фредерик говорит мне:

– Хорошо. Теперь ты видишь: когда я что-то обещаю, это не пустые слова на ветер.

И он, очень довольный, уходит плавать в океан, и Эсмеральда подходит ко мне, и дает свою руку, и тоже уходит. После мы вместе плаваем и много ржем. Я, Йоко, плаваю самая быстрая, и Эсмеральда немного позади, а Фредерик всегда последний. Но он говорит:

– Я не такой привычный, как вы, но однажды я перестаю лениться.

Вечером, оставив Эсмеральду в доме, я ухожу с ним, и он несет меня сидящую на его плечах, и мы идем на другой пляж. Солнце сидит на океане совсем красное, и он раздевает меня из рубашки, целуя все мое тело, и мы дрючимся на песке, и проклятые браслеты уже не царапают мою кожу.

В день после я вижу, что мое решение спрятать все оружие неправильно, потому что оно полезно и к тому же есть много других способов меня убить. Так что я веду Фредерика на место, где копаю. Тогда мы делим оружие на троих. Каждому по ножу – у меня нож американского летчика, – Фредерику еще и топор, а ружье – тому, кто идет на охоту. Тем более что в поясе теперь мало патронов и мы бережем их для диких свиней, ни для кого больше.

Что сказать об этих длинных днях? Я очень влюблена с Фредериком, но Эсмеральда тоже немного, и я понимаю, что в этом причина ее мелких ссор с ним или со мной. Некоторые вещи, которые я не должна видеть, я предпочитаю видеть в лицо. Так что я говорю Эсмеральде:

– Если ты хочешь мужчину, я знаю, что за моей спиной ты можешь его брать. Если мы делим его надвое топором, мы ничего не выигрываем. Если я тебя убиваю или ты меня убиваешь, мы выигрываем не больше, потому что он грустит оттого, что другая умирает от любви к нему, и все время держит это в голове. Ты не считаешь, что мы должны договориться по-хорошему?

И Эсмеральда отвечает:

– Я довольна, что ты так говоришь, потому что я хочу говорить похоже, но не решаюсь.

Потом мы думаем обе вместе, как нам справедливо поделить Фредерика. Я рассказываю, как я делю дни с моими спутниками, когда нас выбрасывает на этот остров. Она очень удивляется, что я могу удовлетворять каждый день разного мужчину, и смеется, прикрывая рот, и говорит:

– Я не верю своим ушам! Как это ты можешь?

Я говорю, что мое сердце трогает только один, но другие тоже несчастные мужчины, и я думаю, что как единственная женщина не должна отказывать им в удовольствии, как не должна отказывать в еде и питье. После они теряют разум и убивают того единственного, который дает мне удовольствие, и меня уже дрючат против моей воли.

Но мы с Эсмеральдой обе соглашаемся, что такой договор о разделе дней нехорош. Если Фредерик усталый за три дня с одной, он не дотрагивается до другой, а через три дня он отдохнувший и удовлетворяет все ту же. Мы много ржем, думая об этих вещах, а после мы грустим, не знаю почему. Тогда Эсмеральда говорит:

– Наверно, мы не должны так говорить. Наверно, достаточно согласиться, что Фредерик идет с тобой и со мной и мы две остаемся добрыми подругами по несчастью.

Вот так мы договариваемся между собой и ударяем по рукам, и после, когда я вижу, что они идут вместе, я нахожу себе работу и стараюсь забыть, что они удовлетворяют друг дружку, и Эсмеральда долгое время такая же со мной. Меняются только мелочи. В доме или на пляже ей плевать, что она раздевается голой, когда Фредерик тут. И иногда, когда он занимается рисовой плантацией или делает спирт для ламп, она подходит к нему, и тихонько ему говорит, и быстро обнимает за шею. А иногда она плачет, глядя на меня, когда мы все вместе кушаем нашу еду, и я не понимаю причину и не хочу спрашивать.

К великому счастью, есть и другие занятия помимо этого барахла, даже на этом острове. Мы вместе идем на пляж австралийцев и плывем все втроем под великий океан, чтобы войти в самолет. Теперь быстрее всех плавает Фредерик, и он хороший нырятель, с большим запасом воздуха в груди, и ему совсем не стыдно беспокоить покойных. Мы вытаскиваем наружу воды много вещей с самолета, но не радио. Фредерик сразу видит, что ему крышка. Мы берем солдатские сумки с одеждой, еще патроны для ружья, и бутылки, и одну коробку с консервными банками, и другую с сигаретами, и жевательной резинкой, и галетами, не тронутыми водой, и гамак для спанья, и бидоны с маслом, и еще парашюты и инструменты для механики. Фредерик считает, что нужно взять и горючее из баков самолета, и мы изготовляем большую длину из полых бамбуков, и все время, пока мы их выскребаем и соединяем вместе, – а это больше трех месяцев, – мы с Эсмеральдой никогда в жизни не видим такого терпеливого и работящего ради своей идеи мужчину, как Фредерик. Он говорит:

– Если я хочу достаточно долго, я могу.

Так его учат священники Христа в Марселе, Франция. Тогда я говорю, ржа вместе с Эсмеральдой:

– А если ты хочешь поднять весь самолет целиком, ты можешь?

А он отвечает:

– Смейтесь, смейтесь. Однажды я это сделаю.

И он и правда делает это во второй сезон дождей, что мы видим вместе.

Во-первых, он забирает горючее. Чтобы его держать, мы копаем баки в песке и кладем на дно парашюты.

После он забирает мотор самолета парашютными веревками – мы тянем все втроем, и Фредерику надо пять недель, чтобы все отделить, хорошенько вычистить горючим и смазать маслом, и сделать мотор поменьше, который никак не хочет работать. Тогда он начинает все сначала, как он это делает со спиртом Кимуры, и часто я вижу, как он работает с руками и всей верхней частью тела, выпачканными черным маслом, и я не знаю его конечную идею, но призываю духов этого острова – на тот случай, если Христа вдруг не хватит, – согласиться ему помочь.

Наконец однажды мы, две женщины, находимся рядом с домом и слышим вдали громкий шум мотора, и он прекращается, и доносится снова, и мы бежим на пляж австралийцев. Когда мы туда добираемся, солнце краснеет за деревьями во всей своей неописуемой красе, и в грохоте шума мы своими глазами видим этот самолет целиком – из него отовсюду вытекает вода, и он выходит наружу из океана носом вперед, а руки его еще далеко. А на берег его вытаскивает дымящий мотор Фредерика – с помощью колеса, и цепей, и парашютных веревок, и мы с Эсмеральдой прыгаем от радости и орем победу.

Я люблю мысль об этом дне. Я люблю видеть в своей памяти Фредерика на коленях в песке, его лицо, перепачканное смазкой и недержимыми слезами, и как он стучит стиснутым кулаком о землю этого острова и кричит:

– А, черт! Я это делаю! Я это делаю!

И видит нас с Эсмеральдой, как мы падаем на него и обнимаем, и после мы такие же перепачканные. Тогда мы смотрим на эту здоровенную железяку, вылезшую на мелкую воду, и я говорю:

– Может, Фредерик теперь хочет поднять это в воздух?

И они двое ржут и делают вид, будто бьют меня в песке, но не взаправду. После мы возвращаемся в дом и моем один за другим свои тела мылом, найденным в солдатских сумках. Мы едим вместе, и пьем рисовый спирт, чтобы поздравить себя, и орем:

– Черт бы побрал эту войну!

И Фредерик, очень гордый, рассказывает что он малость разбирается в механике от своего второго отца, шофера грузовика, и как он долго ссорится с этим упрямым мотором, и как он заменяет горючее на воздух в баках самолета. После он раздевает Эсмеральду от ее солдатской рубашки, и она забывает стыд и что я здесь, и я смотрю все то время, что она принимает Фредерика в себя – совсем по-другому и со стонами, – и после я принимаю его тоже. Я люблю мысль об этом дне.

К великому несчастью, когда мы просыпаемся, нас ждет большое удивление. На другом конце острова в небо поднимается толстый дым, и, когда мы добираемся до пляжа австралийцев, там все разрушено высоченным огнем. Хотя он слишком пекучий, чтобы подходить близко, мы не даем ему съесть джунгли: весь день берем воду из океана и бросаем ее на деревья. Вечером, когда огонь тухнет, от самолета остается только скорченное железо, и мы теряем все, горючее и мотор, все. Мы никогда не знаем, как зажигается этот огонь. Может быть, Фредерик бросает свою сигарету "Кэмел", когда мы уходим. Может быть, горячий мотор поджигает веревку или кусок дерева. Я, Йоко, считаю, что мы уж очень сильно побеспокоили покойников в самолете и огонь зажигает дух великого океана – тот самый, что прежде дает мне свое знамение.

Еще целую ночь мы разговариваем все втроем, и Фредерик очень подавленный, что теряет горючее и кожуру самолета, потому что день раньше он думает построить внутри корабль с мотором и бежать с этого острова. Когда Эсмеральда спрашивает, бежим ли мы с ним, он говорит:

– Нет, потому что, если умираю я, вы две тоже умираете. Здоровый смысл в том, что я пытаюсь один добраться до островов Рождества, и после вас спасают. А если я умираю в океане, вы остаетесь живые.

Но Фредерик никогда долго не бывает подавленный. Он считает, что острова Рождества далеки на две тысячи километров к западу, потому что это последнее положение их корабля, когда он тонет. Может, он умеет достичь их по-другому. Я, Йоко, считаю, что мои соотечественники – хорошие моряки, особенно Йоширо, когда он еще в своем разуме, и если Йоширо говорит, что мы не можем плыть с шестерыми опытными мужчинами, то как Фредерик может совсем один? На что Фредерик отвечает:

– Раньше ты мне говоришь, что Йоширо не хочет строить корабль, потому что близко нет земли, где живут ваши соотечественники. Ты никогда не говоришь, что он считает невозможным добраться до островов Рождества. А я никогда не говорю, что возможно добраться до твоей Японии.

Я должна признать это правдой. Тогда Фредерик говорит:

– Мы смотрим этот проект после сезона дождей. А все время, пока он держит нас в доме, будем довольны нашей судьбой.

Так мы и делаем, кушая еду, и играя с камушками и картами, и разговаривая о наших жизнях. Эсмеральда строит музыкальный инструмент из бамбуков, и мы поем всякие придуманные вещи. Я учу двух моих спутников японскому, но они думают, что он слишком трудный, и после я уже не учу. Ночь мы спим вместе, чаще всего под дождливый шум. Мы показываем Эсмеральде семь бельевых прищепок, и она сначала выходит вся из себя, а потом сильно смущается, но, когда мы просыпаемся, она говорит мне в шею, что довольна. Она очень хорошо знает дни, которые нужны для детей, я не так хорошо, так что она часто ради шутки обманывает меня, говоря:

– Сегодня, Йоко, с Фредериком ни на что не нужно соглашаться.

Но она еще и очень хорошая женщина для него и для меня, и никогда не внимает на мелочи, и очень крепко держит дом. У Фредерика характер живее и изменнее. Иногда он шутливый и очень ласковый в словах. А иногда сидит в своем углу и дуется, и мы не знаем, что такое мы говорим раньше для его неудовольствия. Правда в том, что он все чувствует лучше, чем понимает. А еще иногда, выпив слишком много спирта, который он готовит и топит свое горе оттого, что он так далеко от своего дома, он говорит вслух всякие гордые и путаные сны, что он входит в большой океан и выходит победителем, что он кладет все свое терпение и мужество и мастерит такую хорошую вещь, что каждый видит своими глазами, на что он, Фредерик, способен, а под конец он всегда говорит:

– Черт бы вас всех побрал!

Когда на остров возвращается солнце, мы еще плаваем и живем наши дни, но лучшее в нас далеко, и остается только грусть оттого, что мы забыты. Я не хочу рассказывать, как Эсмеральда первой теряет надежду и я тоже. Хочу рассказывать только последние дни, когда мы живем на острове трое.

Давно раньше Эсмеральда много говорит об этом огне на пляже австралийцев, потому что боится, что мы с Фредериком думаем, что это она его зажигает, и она говорит – нет, она не зажигает. А после она говорит, что, может, и хочет его зажигать, чтобы Фредерику нельзя убегать по океану, так что никто так никогда и не знает, что же она делает с нами в ту ночь, после того как он вытаскивает самолет.

Тогда Фредерик ей говорит:

– Я хорошо знаю, кто зажигает огонь и почему. Так что не бери в голову.

И конечно, я думаю, что он считает, что это я. Я говорю:

– Да как я могу? Всю ту ночь я провожу у тебя в руках и ни разу не выхожу из дому.

Он на то отвечает:

– Разве я говорю, что это ты? Ты все еще видишь во мне *теки?*

Это значит "враг". Я говорю – нет, и бегу далеко, чтобы не слышать глупости, которые делают больно всем.

После Эсмеральда хочет поставить в хижине материю одного австралийского парашюта, натянутую на веревку. Так она отделена от нас, когда я с Фредериком. Он говорит: "Делаем как она хочет", и мы делаем.

После она уже не хочет, чтобы Фредерик приходит на ее сторону поговорить и видит ее голую. Он жмет плечами и говорит:

– Ладно, когда хочешь еще – говоришь.

И потом никогда уже не приходит на ее сторону.

После, на пляже, она одна, и грустная, и поет, как он раньше, когда привязан. На любое мое слово она отвечает:

– У меня нет неудовольствия против тебя, Йоко. Мне хорошо так.

И Фредерик единственный раз приходит с ней поговорить, сидя рядом с ней на песке, и она ставит свою голову ему на плечо и плачет. А я далеко и потому не слышу их слов.

После, в ночи, когда она сидит по ту сторону парашютной материи и у меня горячее желание дрючиться, стоит мне только влезть на Фредерика или ему на меня, как она кошмарит. Она кричит, чтобы нам помешать. Я знаю, что она делает так нарочно, потому что и у меня бывают иногда плохие сны, но я никогда не рассказываю их так хорошо своим голосом в ту самую минуту, когда они приходят, да еще с такой точностью, как она:

– Боже мой, вот я на многолюдном приеме! И все эти мужчины на меня смотрят! Боже мой, мое замечательное платье зажимает дверью, а я забываю надеть трусы! Они меня видят! Они все могут видеть мой голый зад!

Я с неудовольствием говорю Фредерику:

– Не слушай, ну пожалуйста, не слушай!

Но попробуйте-ка дрючиться вот так – сами увидите, каково это.

Другим днем Фредерик вкусно кушает раковины, которые я беру под океаном. И, как это часто, находит жемчужину. Мы все три в хижине, Эсмеральда лежит в гамаке. Тогда он говорит:

– Йоко, ты берешь много таких жемчужин?

Я иду на место в полу, где прячется мое богатство, и поднимаю доску, и достаю мешочек, который мастерю из носка Акиро по прозвищу Папаня, когда нас выбрасывает на этот остров. И я сильно сотрясаю мешочком, чтобы показать вес, а после открываю его перед Фредериком, и он своими глазами видит все прекрасные жемчужины, которые я держу для родителей, или для доброго супруга, или для кого угодно, не знаю. Тогда он, очень удивленный, говорит:

– Черт побери! Да это, может, поценнее, чем наследство моей бабушки!

А я говорю:

– Я даю тебе три жемчужины за каждый раз, что ты крепко целуешь мои губы, и пять – за каждый раз, что ты крепко целуешь мои кончики грудей, и десять – за каждый раз, что ты соглашаешься быть моей резвой лошадкой, и все-все – за один раз, что ты их хочешь, ничего мне не делая, потому что они твои.

Тогда он ржет, и я тоже, но Эсмеральда говорит:

– Что это еще за наследство вашей бабушки? Мне вы никогда про это не рассказываете.

Тут молчание, и Фредерик отвечает:

– Это вас не касается.

И без других слов ест раковины.

Наконец наступает та ночь. Меня дрючит Фредерик по нашу сторону материи, а Эсмеральда говорит во сне, чтобы нам помешать. Он делает так, будто у него нет ушей, и она по моим радостным стонам понимает, что может снить себе какие угодно сны – мне на это плюнуть и растереть. Тогда она придумывает вот это, хотя слова могут быть и не совсем точными:

– Боже мой, вот я в крестьянском доме, мои родители где-то на деревенском празднике! Этот синий солдат рвет руками мое платье и швыряет меня на пол! Ах, теперь он мнет мою грудь и мой голый зад! Боже мой, он входит в меня и получает во мне удовольствие! Как мне больно! Как замарано мое тело! Я хочу умереть! Господи Боже мой, прости меня, я бросаюсь вниз!

И все то время, что эта безумная орет, Фредерик орет тоже:

– Прекратите! Вы не имеете права! Прекратите, или я встаю и заставляю вас замолчать!

Конечно, он отделяется от меня и садится сидеть на матрасе, держа голову в руках, а Эсмеральда этим временем обманно просыпается и говорит:

– Ах, какой ужасный сон!

Тогда я, Йоко, говорю Фредерику:

– Какой же ты дурак! Ты ведь понимаешь, что эта женщина не спит, она говорит нарочно, чтобы нам помешать!

А он отвечает:

– Даже во сне она не имеет права! – А ей орет: – Слышите? Вы не имеете права!

Тогда она смеется и говорит с той стороны материи:

– Ну помилуйте, дорогой мой, это же *неуправляемо!*

Такова дурость людей на этом острове, да и в любом другом месте. Фредерик выпрямляется без капельки крови под кожей лица и говорит:

– Стерва!

И после никогда, вы слышите, никогда он никому ни разу не говорит ни слова – ни ей, ни мне.

Рассказываю вам его дело целых дней и недель после: молчаливый, как без языка, он рубит бамбуки и деревья топором. Когда усталый, курит сигарету и пьет воду или спирт из плодов. Иногда плавает в океане, один.

Я иду к нему. Говорю:

– Я, Йоко, ничего не делаю против тебя, и я несчастна, что ты со мной не говоришь. Умоляю тебя говорить со мной!

Ничего. И Эсмеральда просит его прощения за свою вину, и я своими ушами слышу, что она говорит, и ее слова скромные и прекрасные, и они гонят слезы на мои глаза. Он – ничего. Рубит бамбуки.

Память о ране в этом человеке такая же длинная, как и его терпение. Я часто иду к нему, когда он рубит топором и с лица и тела его течет пот. Я ставлю на землю еду, но он ее не ест. Он готовит свою еду из плодов, и корней, и раковин, а иногда из яиц джунглей. Спит он на песке под хижиной. Его борода растет и волосы. Тогда мы видим, что он собирает вместе бамбуки крепкими веревками и строит стену другого дома у желтых скал. После он строит пол. После – большую циновку из сильно-сильно сжатых трав. Я говорю Эсмеральде:

– Когда он кончает свой дом, мы каждую ночь идем внутрь, показывая ему наши тела и танцуя, как в фильмах, и он влюблен, как раньше.

Но я долго живу с Фредериком и совсем не знаю его.

Одним вечером он, задумчивый, сидит на песке, куря сигарету и глядя в красное солнце на конце океана. Я иду спать. В утро после я иду в джунгли поймать птицу или грызуна. Возвращаюсь, когда солнце самое высокое. И уже не вижу своими глазами постройку Фредерика на пляже. Но тут я вижу поднятый на обрезанном дереве вместе с моим флагом синий, белый и красный флаг французов с четырехруким крестом, и я рада, что Фредерик таким способом говорит мне, что он выбирает мир. Когда я бегу в хижину, ноги у меня слабые, а сердце сильное-сильное.

Поднимаюсь по лестнице. Вхожу. Эсмеральда одна в своей солдатской рубашке, с красными глазами, но с хорошо устроенной прической. Она говорит мне:

– Бедная Йоко, бедная дура. Он строит не дом, он строит корабль с парусом. И теперь он далеко.

Тогда я бегу наружу и бросаю глаза везде по большому океану. И не хочу верить. Тогда я иду по песку и ору. Ору Фредерику вернуться. Тогда я опять бегу в дом. Эсмеральда все у окна. И я двигаю головой, показывая, что не верю. Она говорит мне:

– Смотри!

И показывает рукой на место, куда я кладу мешочек с жемчужинами, и на вскрытый пол.

Тогда я с мутной головой иду на веранду и ору большому океану вернуть моего Фредерика. А после сижу в кресле, плача не в силах сдержаться, и Эсмеральда подходит сзади меня, и кладет свои руки мне на плечи, и говорит:

– Не плачешь, не плачешь, Йоко. Мы выживаем. Женщины всегда выживают. Позже мы можем спокойно думать о нем и держим в памяти только одно: что он нас любит и уходит за помощью.

Так кончается моя история на этом острове.

Есть, конечно, и другая часть, но я думаю, что для вас она мало интересна. Так что я говорю быстро. Мы с Эсмеральдой живем там вместе еще четыре недели, и тогда нас приходит брать крейсер США. Когда мы спрашиваем, кто устраивает нам спасение и где он, капитан не знает. Крейсер идет в пути на Гавайские острова, и по радио приходит приказ нас брать. Война проиграна для моих соотечественников, и моя бедная страна ранена, как каждый знает.

После меня долго допрашивают в Сан-Франциско про смерть американского летчика и двух австралийцев, и я говорю то, что вижу своими глазами. Я подписываю много бумаг и живу свободной в Лос-Анджелесе с Эсмеральдой, которая дает свое поручительство. Время, что я с ней, – это почти четыре месяца, и она всегда очень добрая и богато со мной обращается, и люди-ослицы говорят в ее спину, что мы влюбленные, но ей плевать и растереть.

После я объявлена невиновной в смертоубийстве, и покидаю эту замечательную подругу, обещая быстро вернуться, и наконец еду в свою страну на самолете, насчитывая почти двадцать пять лет.

У меня хорошая судьба иметь еще мать и отца в живых, а еще – бабушку за бабушкой моей матери, которая теперь насчитывает сто шестнадцать лет. Одним днем я пишу ей письмо в Талькауано, Чили. Она отвечает, используя чью-то руку, потому что никогда не учится писать:

Я вижу всех подруг моего детства, как они умирают одна за другой. О них никто ничего уже не знает. Никто не дает им даже один цветок на могилу. Так что я не дура. Я не умираю.

ТОЛЕДО

После идиотского крушения "Пандоры" я вернулась во Флориду и встретила там Бесси, которая успела вполне оправиться от своих африканских ран. Какое-то время мы держали с ней на Ки-Уэсте рыбный ресторанчик, но потерпели очередное крушение. Расстались мы с ней, однако, добрыми друзьями, и я поступила медсестрой в Военно-морские силы США.

Последний день войны застал меня в полевом госпитале на берегу Бенгальского залива, в Бирме, в сотне километров от Рангуна. Исполнилось мне тогда двадцать семь, и я была в чине, соответствующем лейтенанту флота.

До тех пор я всегда плавала в Тихом океане. Мы сопровождали флот, когда он отвоевывал Филиппины, потом на Иводзиму. Раненых и мертвых вывозили оттуда целыми грузовиками.

А в Бирме после всего этого нам показалось, что наступили мирные времена. Британцы уже взяли Рангун и очистили от японцев почти всю территорию страны. Из пяти больших палаток нашего госпиталя в дельте Иравади три пустовали. Раненые, что еще оставались на нашем попечении, – в основном американские летчики и моряки, пополнявшие запасы оружия и продовольствия наших союзников в ходе зимней кампании, – быстро шли на поправку и только и ждали, что их вот-вот отправят на родину.

Капитуляция Японии привела их в полный восторг – мол, возвращение домой не за горами. Но не тут-то было. Слишком много военных приходилось репатриировать со всех концов света. “Наберитесь терпения, – говорили нам, – буквально в считанные дни...” Вот мы и считали их, считали... Самые большие оптимисты насчитали триста шестьдесят пять в году.

Август перевалил за средину. Вовсю дули муссоны. Даже если не было дождя, мокрая насквозь одежда противно липла к телу. Да и от дождя никакого облегчения – теплый, мерзкий. Горные речки – а их было много вокруг нашего лагеря – сплавляли в Иравади рыжую грязь, а иногда дохлых буйволов. В это расчудесное времечко и привезли к нам человека в полузабытьи, с капельницей, о котором было известно только то, что пережил он что-то невероятное, едва остался жив и бредит по-французски.

Главный врач нашего госпиталя Кирби осмотрел больного, а затем его перенесли в одну из пустовавших палаток, именуемую у нас “Карлейль”, по названию нью-йоркского отеля. Четыре других носили громкие названия: "Плаза", "Дельмонико", "Пьер", "Святой Реджис". Уложили его под москитник, он не проснулся, и я подставила ему в изголовье капельницу. Ухаживать за ним поручили мне, поскольку я одна говорила по-французски.

Когда санитары с носилками ушли, доктор Кирби сказал мне:

– Пока мы не получили относительно него никаких распоряжений, никого не подпускайте к нему, Толедо. И немедленно поднимайте тревогу, если он вздумает бежать.

– Бежать? В таком состоянии?

– Ну, этому все нипочем. Если верить всему, что он говорил в бреду, ему пришлось переплыть Тихий океан на плоту.

Я проводила доктора до выхода из палатки, и тут он подал мне матерчатый мешочек цвета хаки величиной с ладонь.

– Висел у него на шее. Посмотрите. Внутри еще один. Похоже, старый носок. Но носок, набитый жемчугом. К нему приложен сертификат военно-воздушной базы Соединенных Штатов на острове Джарвис. Эти юмористы даже число жемчужин указали. Пересчитайте на досуге.

На пороге он обернулся и еще раз взглянул на спящего.

– Да, в войну чего только не насмотришься.

Я потом сосчитала жемчужины. Считала целую вечность. Получилось 1223. В военно-воздушном документе было указано 1224. Уж не знаю, кто ошибся – может, я, а может, означенный в документе сержант Дж. К. Даун, считавший их до меня. Ясно одно – даже самый дикий скупердяй не подарит своей подружке ожерелье из одной жемчужины, так что кто мог на нее польститься?

Пять дней я не отходила от кровати больного, строго следуя предписанию: следить за тем, чтобы он крепко спал, и наполнять капельницу. Палатка "Карлейль" находилась дальше всех от нашего барака, и, чтобы не бегать туда-обратно, я стала там ночевать. Освободившись, я помогала другим медсестрам и, если прекращался дождь, вместе с ними плескалась в море. Правда, эти купания нисколько нас не освежали.

Как-то поутру я завтракала в столовой, и ко мне подсел со своей чашкой кофе доктор Кирби.

– Мы кое-что узнали о французе. Его подобрал вертолет на островке, затерянном в океане. Он лежал на берегу без сознания. Поскольку никто не знал, что с ним делать, его направили к нам на грузовом самолете, летевшем в Рангун транзитом через Джарвис.

– А кто он, неизвестно?

– Подождите. Очнется, сам скажет.

Очнулся он только к вечеру. Огромные вентиляторы вяло взбалтывали духоту. Я скинула халат. Мне было невмоготу даже в самой легкой белой рубашке, какую мне только удалось найти.

Когда он открыл глаза, я стояла к нему спиной – наводила порядок в аптечке, разложив лекарства на соседней кровати. И вдруг слабый голос у меня за спиной отчетливо произнес:

– Толедо!

Вздрогнув от неожиданности, я обернулась. Он лежал и, удивленно улыбаясь, смотрел на меня сквозь москитник. Надо сказать, что и я была удивлена не меньше.

– Вы меня знаете?

– Видел вас на "Пандоре".

Я приподняла сетку, чтобы получше рассмотреть его. Нет, лицо совершенно незнакомое.

– Вы тоже были на "Пандоре"?

– Тайно, – сказал он все с той же улыбкой, – но т-с-с-с!

Теперь ясно, кто это был! На яхте я каждое утро убирала каюту мисс Фру-Фру. Только слепой бы не заметил, что она тайком расточает кому-то свои милости.

Так, так! А я-то грешила на экипаж или на того актера, что с нами ехал. Ладно, это, в конце концов, не мое дело. Терпеть не могу совать нос в чужие дела. Можно и без носа остаться.

– Вот это встреча! А знаете, Толедо, вы нисколько не изменились.

Забыв, что болен, он попытался было встать, но я быстренько уложила его, сунула в рот градусник и стала объяснять, что поневоле, мол, растеряешься, если кто-то, оказывается, так хорошо знает твою спину, что он как-нибудь непременно мне все расскажет, что Толедо – это мое прозвище (я родилась в городе Толедо, штат Огайо), а на самом деле меня зовут Дженнифер Маккина. Наболтав с три короба, я извлекла градусник. При его состоянии температура вполне сносная. Я спросила, как его зовут.

– Морис, – ответил он. – Можете, конечно, звать меня Момо или Рири, как звали меня в детстве, но лучше, наверное, Морис.

– Морис, а дальше?

– Морис и Морис. Ведь вот в чем шутка: окликните Рири Момо или Момо Рири, я все равно буду знать, что речь идет обо мне.

– Вы француз?

– Гражданин Свободной Франции. Знаете, генерал де Голль и все такое...

– Теперь уже вся Франция свободна – Германия капитулировала еще весной, а Япония совсем недавно, как раз в день вашего прибытия.

– А сейчас я где? – вдруг спросил он.

– В Бирме. Вас доставил один из наших самолетов.

Он порывисто схватил меня за руку.

– Вот черт! И сколько же я тут нахожусь?

В глазах у него мелькнуло беспокойство.

– С неделю.

– Боже мой! Ведь там, в океане, на острове остались две женщины! Нужно немедленно сообщить, чтобы их забрали.

Так в этот вечер я узнала, что мисс Эсмеральда жива.

Доктор Кирби вызвал двух офицеров из Рангуна и направил их к Морису, беседовали они больше часа. Выходя из палатки, один из них буркнул:

– Либо этот лягушатник вконец окосел от ваших снадобий, либо мир перевернулся и мы, сами того не подозревая, ходим на головах. Вы что, тоже были на этой сраной посудине, когда она накрылась?

Я подтвердила, что "Пандора" на самом деле потерпела крушение и во время его мы потеряли молодую женщину, психоаналитика из Лос-Анджелеса.

– В каком месте?

– Где-то в тысяче миль на юго-восток от островов Рождества. Плыли мы тогда в Гонолулу.

– Ну и дела! – воскликнул офицер. – Поверьте, это самая невероятная из историй, которые я когда-либо слышал! Бельевые прищепки, а!

Когда они с товарищем уходили, вид у него был озадаченный.

Наконец я принесла Морису настоящую еду – стейк, гороховое пюре и фруктовый салат из консервной банки, – и он набросился на нее с аппетитом. За последние дни он так хорошо отоспался, что ему теперь спать не хотелось, он много говорил, но ни слова о том, что с ним было после крушения. Сообщил только, что мисс Эсмеральда жива и вместе с ней там, на острове, находится молодая чилийка – весьма привлекательная особа, окончившая Академию изящных искусств в Париже и прекрасно говорящая по-французски. Я поняла, что никаких других подробностей из него клещами не вытянешь. Зато он рассказывал мне о своем детстве, о Франции, о Марселе, где родился, о бабушке, которую очень любил, об иезуитах, у которых учился. Рассказал и о своей семье. Будто женат он на самой прекрасной, на самой очаровательной из женщин – мечте любого мужчины. Но вот уже двенадцать лет, как они в разлуке, и его очень мучает, что жена все эти годы ждет его и ждет. Он, правда, очень хочет послать ей какую-нибудь весточку. И тут Морис вспомнил о жемчужинах. Я достала мешочек и честно призналась, что считала их и одной недосчиталась. Сам он жемчуг не пересчитывал, но полагал, что во время его странствия из Джарвиса в Рангун у него непременно украдут все или по крайней мере добрую часть. Я положила мешочек ему под матрас, и больше мы с Морисом к этому не возвращались.

Я отправилась к своей кровати – стояла она у меня у самого входа и раньше я спала голышом, по такой духоте мне с избытком хватало москитной сетки. Но теперь, когда Морис пришел в себя, я даже халата снять не могла. Решив, что завтра же попрошу принести мне сюда ширму, я улеглась на постель прямо в халате и долго еще слушала его болтовню. Сперва он спросил:

– Толедо, вы спите?

– Непробудным сном.

Тут он пошел чесать языком, пересказал мне содержание всех фильмов, которые они смотрели с мисс Фру-Фру. Поговорил о жаре, о том, что в Мозамбике есть место под названием "Крутящееся колесо", об обезьянках уистити, карабкающихся по деревьям...

Утром он крепко спал. Я отправилась принять душ и выпить кофе. Когда я вернулась, его нигде не было. Я уже готова была поднять тревогу и вдруг увидела Мориса на пляже – Мориса или его двойника, похожего на него как две капли воды, только Морис все время лежал, а этот стоял, завернувшись в простыню. Ветер нес с моря брызги, длинные волосы Мориса намокли, залепили все лицо, и я видела один только его глаз.

– Вы что, с ума сошли? – крикнула я.

– Должно быть, раз очутился в этой дыре! Неужели это Бирма? Я решил было, что это Сент-Мари-де-ла-Мер на следующий день после потопа.

Я заставила его вернуться и лечь. Я чувствовала: угрозами тут не поможешь. Просто сказала, что, если он сам не будет благоразумен и не дождется, пока за ним приедут его соотечественники и во всем разберутся, отвечать за все последствия буду я. Меня выгонят. Мне будет не на что жить. Он притих и некоторое время недоверчиво меня рассматривал. Оглядел мой халат и пренебрежительно фыркнул:

– Разве женщина может так одеваться! А вообще-то вы ничего, миленькая, и хорошо сложены.

Вечером, когда я была уже без халата, в кофточке, он только молча вздохнул. Принесли ширму. Я отгородила ею кровать. Мы долго играли в шашки, но пора было и поспать, и я погасила лампу Мориса. У себя за ширмой я скинула то немногое, что на мне еще оставалось, и сейчас же услышала:

– Толедо, гасите и вы свою лампу! Я вас вижу как в театре теней. Нельзя же так!

Мы долго еще болтали в темноте в нескольких шагах друг от друга. Он смешил меня, и должна вам сказать, что, когда хихикаешь голяком совсем рядом с мужчиной в большой темной палатке, чувствуешь себя весьма своеобразно. Ясное дело, он тебя не видит, но тебе все же как-то неуютно и потому хохочешь во все горло над чем попало. На следующее утро в столовой я поймала себя на том, что вместо того, чтобы пить кофе, то и дело поглядываю на себя в оконное стекло. Конечно, я и раньше в него смотрелась, но теперь я поняла, что понемножку влюбляюсь в Мориса.

С начала моей службы на флоте у меня были три любовника. Первый – капитан медицинской службы, когда я проходила практику в Сан-Диего. Красавец был мужчина. Второй – лейтенант, совсем мальчишка. Не знаю, что уж он выделывал на трапе, только угораздило его сломать ногу. И когда я с тысячей предосторожностей устраивалась сверху, чтобы хоть как-то его утешить, он только и знал, что повторял: "Тише,

тише, ты сместишь мне коленную чашечку!" В общем, ясно, что я не за чинами гонялась, все и дальше у меня шло по нисходящей, и третьим оказался матрос. В ночь перед высадкой в Лейте мы с еще одной медсестрой решили хорошенько развлечься и напрочь забыть о войне.

Можете себе представить, в каком состоянии вернулась я в тот день в "Карлейль". Но Морис ни с того ни с сего пустился в ужасное занудство. И суп-то ему плох. И рыба никудышная! Сперва он потребовал, чтобы я подстригла ему волосы, а потом ныл, что подстригла слишком коротко. Я стала его брить, а он сжимал кулаки так, будто терпел пытку или готовился меня стукнуть, если я хоть раз его порежу. Мне-то показалось, что после всех этих процедур он стал выглядеть вполне прилично, насколько может выглядеть прилично француз, но он заявил, что никогда не видел более гнусной рожи и что таким его могла сделать только встреча с американцами. В конце концов я не выдержала:

– Да что вы ко мне привязались? Никто здесь еще так со мной не разговаривал! Не нравится – стригитесь сами!

Я стояла в ногах его постели и вдруг глупейшим образом разревелась как последняя дура (как будто можно разреветься по-умному) и выбежала вон из палатки, уверенная, что теперь он все про меня понял. Возвращаться к нему я не собиралась. Ужин по моей просьбе ему отнесла другая сестра, хорошо бы всыпать в этот ужин еще и какой-нибудь порошочек, чтобы избавиться от него на веки вечные. А ночью его охранял часовой.

Сама я вернулась к себе в барак, и там меня радостно встретили товарки, и я могла наконец спать голой – голой, хоть пляши от радости, и, если не считать обычных в таких случаях слез из-за всяких глупостей, спала я в ту ночь по-королевски.

На следующий день – то же наказание. С обедом к нему отправилась Падди, брюнетка-коротышка с пластинкой для исправления прикуса и добродушием добермана, которому только что отрубили хвост. Когда я ее спросила, как там Морис, она ответила:

– На вид ничего, симпатичный, а башка дурная. Я и упрашивала, и сукиным сыном обзывала – ноль внимания. Пишет и пишет кетчупом на простыне: "Толедо".

О том, как подействовало на меня это сообщение, рассказывать излишне. Но я дала себе слово помучить его до самого ужина. Я заботилась обо всех и обо всем, но только не о Морисе. А потом извела гору мыла, зубной пасты, шампуня. Надела новую кофточку, новую шапочку, новые трусики, новые туфельки. И побрызгалась новым дезодорантом.

При затуманенном закатном солнце обворожительная кукла-блондинка, которую только-только вынули из коробки, несла негодному мальчишке изысканнейшие блюда, которые только может изобрести гастрономия специально для французов: соевый суп с красным перцем, жаркое из мяса буйвола, макаронную запеканку, яблочный пирог и роскошное украшение стола, в знак дружбы и прощения, – орхидею. Если бы вы могли прочитать ее мысли (представим, что куклы способны думать), вот что бы вы узнали. Кукла думала: она входит. Он, сраженный ее красотой, молит о прощении, а потом... ну что ж! Хотя они, конечно, из совсем разных миров и она еще в детстве в своем родном Толедо, штат Огайо, тысячу раз слышала, что французы все чокнутые, одно их парля-ля-ля чего стоит, она отдается ему на измятой, разворошенной постели в невыносимо влажной духоте периода муссонов.

Но ничто (он сам любил это повторять) не кончается так хорошо или плохо, как предполагаешь. Я вошла. Морис обернулся. Скрестив руки, он полулежал на подушках. Я видела, что он дуется, но, сделав вид, будто его не замечаю, поставила перед ним поднос. Он его оттолкнул. И на здоровьице. Оставила поднос с чудесным ужином на соседней кровати и вышла.

Ночью я вернулась. Уже не куклой, а обыкновенной медсестрой, совершающей обход, насквозь промокшей, начисто не понимающей мужчин. Зажгла над ним лампу. Он смотрел на меня печально-печально. Запеленавшись в измазанную кетчупом простыню, он как будто хотел сказать, что находится еще в том нежном возрасте, когда капризы позволительны. К ужину он так и не притронулся.

– Шеф-повар рассердится, – сказала я, – он негр из Вашингтона и очень ревниво оберегает свое профессиональное достоинство. Вдобавок он куда крупнее вас, и я нисколько не удивлюсь, если он разукрасит вам физиономию, как только вы поправитесь.

Морис пожал плечом. Не помню, левым или правым. И сказал без тени улыбки:

– Ах, если бы вы знали, Толедо, что делает с человеком война! Долгие годы без женщины...

– Знаю, знаю. Мне это говорил каждый, за кем я ухаживала.

– Нет, вы представить себе не можете, что делает война с человеком.

– Кажется, вы были не один на этом острове?

– На острове? Да я там пробыл меньше часу. Понял, что Эсмеральда жива, и пообещал, что позабочусь об их спасении. Надвигался тайфун.

Он протянул руку, приглашая меня подойти поближе. Я взяла ее. Другую руку он запустил мне под халат. Я осторожно высвободилась.

– Как вы неразумны, Морис. Почему вы ничего не съели?

Он приподнялся и бросил на меня яростный, насмешливый взгляд.

– Есть? А зачем? Вы знаете, что меня ждет, когда я отсюда выйду? Расстрел.

Он перевел дыхание и глухо проговорил:

– Я дезертир!

Чтобы не упасть, я села на край кровати – не совсем в ногах, ближе к коленям.

– Не может быть!

– Де-зер-тир!

Я долго смотрела на него, не в силах выговорить ни слова. Он опустил голову. Наконец я взяла его руку и тихо спросила:

– Почему вы дезертировали?

– Да все потому же... Забыл, как выглядит женщина...

Конечно, это была комедия, и только, но его рука сжимала мою руку, и в глазах – невообразимо черных глазах с длинными ресницами, каких, по-моему, и не бывает, – стояли слезы. Патетика!

Патетика патетикой, а сердце у меня сжималось от жалости и волнения.

– Чего же вы хотите? – прошептала я.

Он пожал плечом – левым ли, правым ли, – помню только, что в прошлый раз он пожимал другим.

– Вы прекрасно знаете чего, – проговорил он, отведя глаза. – Нет-нет, трогать я вас не трону.

Задавая вопрос, я, конечно, догадывалась, чего ему хочется, но теперь понимала другое: я непроходимая дура. Я вскочила на ноги. А он внимательно на меня смотрел. Вряд ли он сомневался в том, что сейчас я согласна выполнить любое его желание, и ждал теперь, что будет дальше. А я будто враз отупела. Мы глядели друг на друга. Ни один мускул не дрогнул на его лице, и мое тоже оставалось неподвижным. В конце концов я не выдержала:

– Вас это забавляет? Меня нисколько!

Сказала и побежала вон из палатки, на ходу уткнувшись головой прямо в холстину, что вместо двери. Обернулась и с порога спросила:

– А нашим офицерам вы сказали, что вы дезертир?

На этот раз он пожал обоими плечами вместе.

Я неслась под дождем к себе в барак. У входа под навесом беседовали врач с двумя солдатами. Они осведомились, как там лягушатник. В таком маленьком госпитале, как наш, всем все моментально становится известно. Я бросила на ходу:

– Все в порядке.

Поверили они мне или нет – спросите у них сами.

Следующие два дня я была непроницаемее сфинкса. Приходила к Морису в халате с деловым видом, молча ставила ему градусник. Температура нормальная, давление удовлетворительное, белки глаз белые, зубы ослепительные, ниже пояса пациент стыдливо укутан в простыню. Когда я, собравшись переменить белье, злобно потянула ее к себе, он вцепился в нее с такой силой, будто защищал честь великой Франции. Наплевать. Я унесла чистую простыню обратно.

Но "как длинны твои ночи, Боже", поет Армстронг, и по ночам я плакала, упрекая себя в том, что сразу не поняла, чего от меня хотят. А ведь, казалось бы, чего проще? И сделалось бы это ничуть не сложнее, чем тогда, когда я раздеваюсь за ширмой. И разве до этого я не была согласна дать ему много больше?

Что произошло на третью ночь, рассказывать необязательно, но я все-таки расскажу. Завесив поплотнее вход в палатку, я поставила поднос с ужином к нему на колени и сказала нарочито строго, чтобы хоть чуть-чуть себя подбодрить:

– Если я это сделаю, вы поедите?

Он недоверчиво вскинул на меня глаза. Кивнул головой – мол, обещаю.

Я выпрямилась, как адмиральская шпага, и сделала к нему три безупречных по красоте шага, как учили меня в Сан-Диего, устремив взгляд к несуществующему горизонту, медленно сняла поясок, расстегнула одну пуговку, потом другую... Хотя я тысячу раз прокручивала в голове эту сцену, мной вдруг овладела такая неловкость, что я не могла продолжать и взглянула на него. Он сейчас же схватил тарелку и зачерпнул пюре.

Я слушала жужжание вентиляторов и чувствовала, что вся взмокла. Он смотрел на мою грудь и расстегнутый вырез так, будто на свете не было ничего прекраснее и нежнее. Я набралась храбрости и расстегнула третью пуговку, а потом, пригнувшись, вне себя от смущения, – последнюю, четвертую. Пальцы у меня дрожали.

Вы ни за что не догадаетесь, что он сказал, когда я стояла перед ним без халата, пунцовая, онемевшая от стыда. Он не стал упрашивать меня снять последнее, что на мне оставалось, – кружевные трусики, одолженные по такому случаю у другой санитарки. Он только шепнул:

– Молчи.

И, отведя глаза, откинулся на подушки. Приложи он ладонь тыльной стороной ко лбу и покашляй – вылитой был бы Гретой Гарбо в ее знаменитой роли. Это и рассеяло мой страх, и я уже сама, по своей воле, спустила трусики моей подружки к щиколоткам; то, что я чуть не упала, из них выпутываясь, только насмешило меня. Мне хотелось как можно дольше не снимать туфли с каблуками – линия ног красивее. Но и мои туфли не помогли Морису сдержать свое слово – он меня трогал. И когда взял меня, я все еще была в туфлях – в туфлях и шапочке.

Если уж я влюблялась, то влюблялась всерьез, но такого со мной никогда не было. Я любила в нем все: манеру думать, чувствовать, тело, душу. Что со мной творилось, что творилось – не передать словами!..

До этого я держалась всегда уверенно, спокойно, ни особых восторгов, ни особых недовольств. А тут... Не знаю, как отнеслись в госпитале к произошедшей со мной перемене: удивились, возненавидели или попросту позабавились. Мне никто и слова не сказал. Но я знаю, что мои вопли могли поднять на ноги, так я думаю, все Военно-морские силы США.

Второго сентября, в день подписания мира, Морису выдали одежду, обувь и белье. Потом он долго беседовал с доктором Кирби. Доктор Кирби решил в ожидании распоряжений сверху оставить француза пока под надзором, разрешив ему выходить из "Карлейля" только на ежедневную прогулку до проволочной ограды пляжа и обратно.

– Разбирайтесь с ним сами, Толедо, – сказал он мне, – но только чтобы до нашего отъезда его не было видно и слышно.

На следующий день с Джарвиса через Рангун пришли важные вести. Меня ознакомили с телеграммой. Я побежала к Морису. Он как раз упражнялся, колотя по мешку с опилками, который специально притащил в палатку. Полуголый, в одних кальсонах цвета хаки, он обливался потом.

– Нашли на острове твоих подружек. Сейчас они уже едут в Сан-Франциско, – крикнула я ему.

Он обрадовался, но так запыхался, что не мог выговорить ни слова, взял полотенце и стал им обтираться.

– Мисс Эсмеральда утверждает, что ты жил на острове чуть ли не три года, – прибавила я.

Он промолчал.

– Еще ты говорил, что с ней на острове была чилийка, а в телеграмме сказано – японка.

– Какая разница, чилийка или японка?

Я обернулась к нему, растянув пальцами глаза.

– Послушай, она замечательная девчонка. Мне совсем не хотелось, чтобы у нее что-то не заладилось с твоими соотечественниками.

Руки его, когда он колотил по мешку, были обмотаны бинтами – теперь он сидел и аккуратно их сматывал.

– К тому же глаза у нее совсем не раскосые. Поверь, она вылитая чилийка.

– И ты спал с обеими?

Он взглянул на меня и понял, что хочешь не хочешь, а ответить придется, и сказал, продолжая сматывать бинты:

– Знаешь, их нелегко было поймать.

На следующую ночь, когда мы с ним лежали на его узкой постели, я вспомнила еще кое-что и спросила:

– Так если ты все время с момента крушения был на острове, то из какой это армии, позволь узнать, ты дезертировал?

– А от чего, думаешь, я прятался на "Пандоре"?

– Не от чего, а для чего. Чтобы заниматься всякими гадостями с мисс Фру-Фру.

– Вовсе нет, – ответил он. – Я бежал из военной тюрьмы, значит, раньше был солдатом.

Тут он и рассказал мне, что его осудили на пожизненное заключение за преступление, которого он не совершал. Когда он сказал, какое это было преступление, я поняла, что он и правда тут ни при чем. Я проглядела весь устав американских Военно-морских сил, но не нашла ничего, что походило бы на случай Мориса. При первом удобном случае, я осведомилась у летчика из "Дельмонико", сбитого над Араканом, что у нас делают с преступником, сбежавшим во время войны. Летчик из Виргинии, которого звали то ли Джим, то ли Джек Форсайт, ответил:

– Он получает пулю, а если пули жалко, его посылают на передовую и забывают о нем. И там он опять же получает пулю.

– Это правда?

– Как то, что я сын своей матери.

– А если его ловят, когда война уже кончилась?

– Получает пулю, тогда уже пули не жалко.

На мое счастье, получая от меня все, чего хотелось, Морис не трепал мне нервы, не бил на жалость, рассказывая, как недолго ему осталось жить.

– Подожду, когда они обо мне вспомнят, – говорил он, – к тому же все и так устали от убитых.

Если погода прояснялась, он гулял по безлюдному пляжу, уходящему вдаль, насколько хватало глаз. За оградой госпиталя тянулись затопленные водой рисовые поля. Вдалеке зеленели деревья. Вокруг не было ни одного селения, ни одной пагоды, которая напоминала бы, что мы находимся в Бирме. Морис глядел по сторонам и говорил мне:

– Вода повсюду одинакова! Знаешь, есть предположение, что мы происходим от странных таких организмов, вышедших из воды. Я по зодиаку Рак. А знак этот водяной. Он единственный управляется Луной. А ты?

– Рыба.

– Подходяще.

Но лучше всего он ладил с Тельцами: и его жена, и все его друзья – Тельцы. Сама я обо всем этом никогда не задумывалась.

Мы бродили по пляжу нагишом и лишь изредка купались: больно много грязи приносили с гор речки, грязи и всякой дряни. Я загорела, но не так, как он, и попа у меня была совсем белая, я ее стыдилась. А раньше я об этом не думала.

А потом была знаменитая ночь Чжу Яна. Она всегда приходилась на начало сентября. Все, о чем я сейчас расскажу, длилось всего каких-то несколько часов.

Как всегда на закате, я принесла Морису ужин. Он ел, сидя за столом, который ему принесли по моей просьбе, а я целовала его в шею, скользнула рукой вниз к резинке его кальсон цвета хаки – в общем, всячески старалась его разжечь.

Бокс прекрасно развил ему спину и плечи – я просто им любовалась. Настроен он был вполне благодушно и хотя и ворчал: "Что ты делаешь, Толедо, уймись, отстань!" – но по-настоящему не сердился.

Вдруг мы услышали доносившиеся издали звуки колокола, что висел у нас возле кухни, и Морис так и застыл, не донеся вилки до рта. Глаза у него широко раскрылись, будто его только-только разбудили от глубокого сна, и он с неподдельным ужасом вслушивался.

– Что это, черт побери?

Конечно, в колокол били не часто, но меня удивила его впечатлительность. Раньше в колокол звонили, когда к нам приходили англичане.

Я ответила:

– Ничего особенного. Просто подают знак, что пришел из Рангуна Чжу Ян играть в карты.

– Кто-кто?

– Чжу Ян. У нас его зовут "Китаёза-Деньгам-Угроза". Никто еще не смог его обыграть.

Морис встал, обернулся к двери, глубоко вздохнул – видимо, чтобы окончательно избавиться от овладевшего им беспокойства, – и спросил:

– А что, здорово он играет?

Толком я ничего не могла ему ответить, я никогда не интересовалась, как они там играют и каким образом наших солдат обдирают как липку. Заметив, что взгляд Мориса скользнул по матрасу – под ним лежали жемчужины, – я быстро зашептала:

– Нет-нет, Морис. Тебе это ни к чему!

А теперь попробую описать вам, что́ происходило в "Карлейле" шесть часов спустя. Свет ламп с трудом пробивался сквозь сигаретный дым. Чтобы шум не мешал играющим, отключили вентиляторы, и было слышно, как снаружи барабанит дождь. Посреди палатки стоял стол. Его обступили безмолвные зрители, с напряженным вниманием наблюдавшие за игрой. Зрителями были две ночные сиделки, которые сегодня не дежурили, три медсестры и выздоравливающие британские и американские солдаты. В общем, человек пятнадцать, раскрасневшихся, растрепанных, потных, сидевших кто на стульях, а кто на ближайших к столу кроватях.

По одну сторону стола восседал Чжу Ян. Бритоголовый, в форме китайского генерала, с черными глазами-щелками и поистине восточным бесстрастием. К нам за деньгами он всегда приходил в сопровождении юной, стройной, очень красивой китаянки – Малютки Лю. Она и теперь стояла с ним рядом в черном платье с глубоким вырезом, стояла как неподвижная статуя – даже ее накладные ресницы ни разу не дрогнули – и курила сигарету в длинном китайском мундштуке.

Напротив Чжу Яна сидел Морис в бежевых штанах и гавайской рубахе, одолженной им у одного матроса из Олазы.

Морис осторожно клал жемчужину за жемчужиной на одну из чашечек крошечных золотых весов, уравнивая свою ставку со ставкой противника.

В начале партии у Чжу Яна не было жемчужин. Он ставил одиннадцать долларов за каждую. Теперь у него их стало даже больше, чем у Мориса, и с каждой партией все прибавлялось.

“Партия” – громко сказано, игра примитивнейшая: между игроками кладется колода, каждый берет по карте, и тот, чья карта оказывается старше, выигрывает.

Одна-единственная сложность: противникам иногда попадались карты одинакового достоинства. Морис в таких случаях торжествующе восклицал: “Свара!” – а китаец молчал. Он не выказывал своих эмоций. Играющие тянули еще по карте – медленно-медленно, чтобы позлить противника и показать свою опытность. Китаец показывал свою карту и ссыпал себе на ладонь жемчуг, не удосуживаясь даже взглянуть, что за карту вытянул Морис.

Было уже три часа ночи, а Чжу Ян за все это время проиграл не более шести раз. Говорили, что он никогда не проигрывает больше семи, какая бы длинная ни была партия. Когда колода подходила к концу, карты тасовали и заново складывали в колоду, так что она никогда не кончалась. Мне казалось вполне резонным полагать, что эта партия продлится ровно столько времени, сколько потребуется Морису, чтобы проиграть весь жемчуг. Перед каждой ставкой он утирал тыльной стороной ладони пот со лба, выпивал глоток рисовой водки, стряхивал с сигареты пепел и заглядывал в старый носок – много ли там еще осталось.

К рассвету там не осталось ничего. На весы легли последние три жемчужины. Чжу Ян вытянул валета, Морис – семерку. По "Карлейлю" пронесся вздох разочарования. Еще горше всем стало, когда китаец, поставив весь жемчуг против старого носка, выиграл и носок.

Игра длилась долго, зрители не выдерживали и, не дожидаясь конца, уходили спать. До конца досидели два британца и три американца – теперь и они собрались последовать примеру товарищей. На плече одного из них, сержанта Уилкинсона, уже прикорнула моя товарка, Вирджиния Косентино. Я стояла около Мориса. Напившийся, накурившийся и уставший, он пристально следил за тем, как тонкие пальцы Чжу Яна перекладывают жемчуг в носок. Внезапно встрепенувшись, он крикнул со слезами оскорбленного самолюбия на глазах:

– Стой, стой! Я ведь не сказал, что игра закончена! У меня еще есть бабушкино наследство!

Я обвила его шею руками и взмолилась с отчаянием:

– Нет, Морис, прошу тебя! Не делай этого!

Он оттолкнул меня, глядя на китайца злобно и вызывающе. Глаза-щелки Чжу Яна были по-прежнему непроницаемы. Малютка Лю наклонилась и что-то шепнула ему на ухо. Щелки совсем сузились. Китаец откинулся на спинку стула и спросил по-французски:

– Достопочтенный союзник, кажется, сказал: наследство?

Даже не понимая ни слова из разговора, зрители вернулись к столу. Морис налил себе стакан и залпом осушил его. Зажег сигарету. Глубоко вздохнул, выпустил кольца дыма и начал говорить, причем лицо его стало на удивление нежным.

– Когда я был маленьким, мы жили в Марселе. Моя бабушка всегда ходила только в черном, даже летом. До конца своих дней она носила траур по покойному деду.

Своим соотечественникам и британцам я перевела это так:

– Он был ребенком. Его бабушка – вдовой.

"И еще она была очень бедная, – вспоминал этот молодой человек вдалеке от родины. – Чтобы хоть что-то заработать, она ходила от подъезда к подъезду по всему кварталу Майской красавицы, храбро взбиралась по лестницам, одной рукой держась за перила, другой прижимая к себе кошелку и черный зонт, с которым не расставалась. Нажимала на кнопку звонка. Она едва успевала перевести дух и унять сердцебиение, как дверь открывалась и на пороге показывался либо мужчина в майке, либо женщина в халате. Мужчина, недовольный тем, что его оторвали от чтения газеты, угрюмо говорил бабушке:

– Нам ничего не нужно!

– И прекрасно, – отвечала бабушка. – Потому что мне нечего вам продать. Но если у вас все есть, может, у вас найдется также несколько пустых тюбиков из-под зубной пасты? Я собираю вторсырье.

Иногда мужчина заявлял, что в его семье никто зубов не чистит, но женщина в халате толкала его локтем в бок, и, хочешь не хочешь, приходилось идти за тюбиками. Бабушка ждала, прислонившись к стене, а женщина в халате, оставшись с ней одна, приглашала:

– Захаживайте к нам иногда, мы будем откладывать для вас тюбики.

И вот, спустя некоторое время, бабушка уже без труда наполняла кошелку доверху, а за сданный свинец получала деньги. Не Бог весть какие, однако слушайте дальше. Как-то раз, отважно преодолев много лестниц и обойдя множество домов, она позвонила в очередную дверь, и на пороге показался пенсионер в халате с пустыми тюбиками наготове. Пока она складывала тюбики в кошелку и хвалила его за чистоплотность, он переминался с ноги на ногу и, наконец решившись, робко начал:

– Мы с вами, госпожа Изоля, теперь одни на свете. Я бывший железнодорожник, получаю хорошую пенсию. Почему бы нам не пожениться?

Бабушка, покраснев, бросила на него уничтожающий взгляд и отрезала:

– Я принадлежу только одному мужчине! За кого вы меня принимаете? Меня не в чем упрекнуть. Я никогда даже не смотрела на другого!

И она кинулась вниз по лестнице, подальше от всяких гнусных типов, но пенсионер, сожалея, что оскорбил эту верную супругу в ее лучших чувствах, остановил ее:

– Прошу вас, не уходите так! Я хотел вам сказать еще кое-что: может, вот это сгодится!

И он вытащил две пустые винные бутылки и показал, что горлышки у них в свинцовой оболочке. Бабушка сорвала свинец и сложила в сумку.

– Мне все сгодится! Я собираю вторсырье!

Мало-помалу поле ее деятельности расширилось. Она собирала тюбики на бульваре Лоншан, на Прадо и на улице Святого Ферреоля – по всему Марселю. В предрассветных сумерках она катила по мостовым тележку с собранным свинцом и несла набитую сумку через плечо. Она шла по жизни, неустанно трудясь; ни на кого не обращая внимания, смело смотрела вперед. Вечно нагруженная, с вечным черным зонтиком на боку. Неутомимый муравей".

Морис откашлялся, скрывая волнение, и продолжал:

"Когда я убежал из пансиона – меня туда засунули потому, что негодяй отец нас бросил, – я убежал к ней. Она жила тогда на Национальном бульваре в маленькой квартирке на втором этаже, где жила когда-то и моя мать и где я родился. Квартирка состояла из кухни, комнаты и каморки, где все еще стояла моя кроватка.

Днем мы все время проводили на кухне. Над раковиной у нас висел фильтр для питьевой воды, окно выходило на бульвар, и отсюда я, еще до пансиона, бросал на тротуар зажженные бумажки. Не знаю, зачем я это делал. Вы не хуже меня понимаете, что в пять или шесть лет не даешь себе отчета в том, что тобой руководит, не можешь выразить это словами. Я, видно, не нашел лучшего способа для выражения своих чувств, чем зажженные бумажки, доводившие прохожих до исступления.

Помню, в тот вечер, когда я пришел к ней пешком из Труа-Люка – не ближний свет для маленького мальчика, – она поняла одно: пришел внук, голодный и грязный. Вымыла меня в тазу, завернула в полотенце и посадила за стол, покрытый клеенкой. Пока я уписывал за обе щеки спагетти, щедро сдобренное соусом и пармезаном, она сидела рядом, глядя на меня с бесконечной нежностью и грустью. Потом спросила:

– Бедняжка ты мой, что же теперь с тобой будет? Что из тебя выйдет?

Я честно ответил:

– Не знаю.

– А кем бы тебе хотелось стать?

Немного подумав, я неуверенно предположил:

– Может, мне стать доктором?

Она в это время готовила мне давленый банан с сахаром.

– Нет, это не профессия! – отозвалась она. – Что это такое – вызывают днем и ночью все кому не лень. Ты будешь их рабом. Нет, это совсем не то, что тебе нужно.

Какое-то время мы молча смотрели друг на друга. На самом деле я знал, кем мне хочется стать. Вот стану боксером и разделаюсь со всеми, кто дразнит нас макаронниками! Все будут меня бояться, и бабушке не придется всякий раз бежать ко мне на помощь со своим зонтиком. К сожалению, этого я не мог ей сказать, потому что стоило появиться у меня царапинке, как весь наш дом на протяжении недели только об этом и слышал.

Тогда я сказал:

– Раз так – ладно! Я буду рассказывать истории.

Бабушка была уже старенькая и потому поняла не сразу.

– Как это, рассказывать истории?

Я ответил, придвигая к себе тарелку с давленым бананом:

– Ой, да ну, ты же знаешь, как в кино!

В кино бабушка не была со времен Перл Уайт, но афиши на улицах видела и сразу сообразила. Посмотрела на меня с недоумением:

– Разве за это платят?

Я честно сказал:

– Не знаю.

Она тяжело вздохнула и поднялась. Около плиты был стенной шкаф. Она открыла его и вытащила оттуда картонную коробку из-под сахара рафинадного завода в Сен-Луи. Разложила на клеенке ее содержимое. Коробка была набита купюрами, тщательно сложенными в пачки, и каждая пачка была перехвачена резинкой. Никогда в жизни не видел столько денег сразу. И, выдохнув, спросил:

– Бабуля, а сколько у тебя таких коробок?

Она ответила с гордостью:

– Девять! А если поживу подольше, то удвою их число. Это твое наследство!

Бабушка наклонилась и поцеловала меня. Я почувствовал запах духов – не знаю, как они называются, но она всегда душилась только ими.

– С моим наследством, – зашептала она тихо-тихо, коль скоро это был наш с ней секрет, – ты сможешь рассказывать какие угодно истории и не будешь ничьим рабом.

Я и сейчас вижу как она стоит передо мной в своем обычном черном платье с седыми, забранными в пучок волосами и счастливо улыбается, очень довольная тем, что мы все так хорошо придумали.

– Но хочу дать тебе один совет, – добавила бабушка, убрав коробку. – Когда ты вырастешь и будешь, как все мужчины и как твой бедный дед когда-то, ухаживать за женщинами, – не торопись с выбором. Помни, твое наследство должно достаться только той, которая напоследок закроет тебе глаза".

Морис умолк, грустно глядя на свой стакан.

Его рассказ растрогал всех собравшихся у стола – даже тех, кто слышал его лишь в моем переводе.

Но вот Малютка Лю наклонилась к уху Китаёзы-Деньгам-Угрозы и что-то ему сказала. Тот мягко спросил:

– Быть может, мой благороднейший противник соблаговолит указать место, где теперь находится содержимое коробок из-под сахара?

– В банке. Разумеется, в швейцарском.

Чжу Ян обратил глаза-щелки к своей верной подруге. Та в знак согласия опустила нескончаемые накладные ресницы.

– Прекрасно, – проговорил он, – сыграем на наследство вашей достопочтенной бережливейшей бабушки.

И он пододвинул старый носок с жемчугом к середине стола.

Морис первым взял карту. Я стояла у него за спиной, и сердце чуть не выпрыгнуло у меня из груди, когда я увидела у него в руках бубновый туз. С видом победителя он бросил карту на стол перед Чжу Яном. Зрители загудели, а Вирджиния Косентино, не удержавшись, захлопала в ладоши и вслух выразила свою радость.

Лишь китаец и китаянка смотрели бесстрастно. Чжу Ян осторожно положил карту поверх карты Мориса.

Мы взглянули – туз пик.

– Свара! – впервые за все время игры произнес китаец.

И снова каждый вытянул по карте. Я опять заглянула Морису через плечо, и по нашим лицам все поняли, что ему не повезло. Он с досадой бросил семерку, генерал покрыл ее десяткой.

Чжу Ян не стал терять времени на выражение бесплодных соболезнований и всякие там китайские церемонии. Он вытащил из кармана кителя блокнот и ручку.

Дождь между тем перестал. Было совсем светло, и я увидела, как Морис, совершенно уничтоженный, начинает писать долговую расписку.

Я не могла на это смотреть и крикнула:

– Нет! Подождите! Француз не все еще проиграл!

Я сорвала с головы шапочку и с вызовом, со слезами на глазах стала надвигаться на бритоголового генерала.

– У него еще есть я!

Невозможно описать овладевшее всеми замешательство. Вирджиния Косентино, не в силах выговорить ни слова, в ужасе схватила меня за руку. Морис вскочил, желая удержать меня. Яростно вырвавшись, я взглянула китайцу в глаза. Откинувшись на спинку стула и положив руки на стол, он процедил:

– Не нуждаюсь!

Я кинулась к аптечному шкафу. Достала оттуда и бросила на стол семь бельевых прищепок. Обычных деревянных прищепок – когда-то я сняла их с веревки за кухней, где сушили белье. Что можно сотворить с этими семью прищепками – даже и не спрашивайте, все равно не скажу.

Замешательство сменилось у зрителей испугом. Только Морис снова уселся, подперев голову руками, и Малютка Лю опять принялась нашептывать что-то на ухо своему другу. Пока она говорила, устремленные на меня глаза Китаёзы-Деньгам-Угрозы сужались все сильнее, пока не превратились в две черные полоски на каменно неподвижном лице.

В конце концов Чжу Ян сгреб обеими руками прищепки и, ни слова не говоря, пододвинул их на середину стола.

Я снова стояла за спиной Мориса, судорожно вцепившись в его плечо. Я чувствовала, как мало-помалу к нему возвращается мужество и плечи у него расправляются. Воцарилась такая тишина, что слышно было, как над рисовыми полями кричат птицы.

В колоде оставалось всего четыре карты. Китаец хотел было перетасовать отыгранные и присоединить их к колоде, но Морис, что сидел понурившись, поднял ладонь и остановил его.

Все мускулы у него напряглись, когда он сказал:

– Сперва ты. Твой черед!

Китаец взял карту, Морис тоже и взглянул на нее снизу, не переворачивая, так что я ее не видела. Китаец выложил десятку. Все затаили дыхание.

Но Морис, вместо того чтобы открыть свою карту, положил ее рубашкой вверх.

– Моя старше, – произнес он тихо и не без некоторой жестокости, глядя на своего противника. – Я отыграл наследство, но ты, если хочешь, тяни еще. Иду ва-банк! Ставлю всё против всего.

В колоде теперь оставались только две карты. Слушая, что ему нашептывала Малютка Лю, Чжу Ян несколько раз кивал в ответ. Спустя некоторое время он произнес:

– Мой высокочтимый противник, надеюсь, отдает себе отчет в серьезности сказанного? Я не ослышался, было произнесено: "Всё против всего"?

– Нет, ты не ослышался, – ответил Морис.

Тогда Чжу Ян вытащил правой рукой из рукава что-то длинное, блеснувшее черным лаком. Прежде чем положить это что-то между собой и Морисом на стол, он раскрыл его, и мы увидели лезвие бритвы.

Все инстинктивно отпрянули – все, кроме меня. Я еще не поняла, в чем дело, и по-прежнему держалась за плечо Мориса.

– Всё против всего, – медленно проговорил Чжу Ян. – Деньги, радости плоти, ничтожная наша жизнь – что это в сравнении с красотой игры?

Я взмолилась:

– Нет, нет! Только не это!

Но меня оттащили от Мориса. Он кивнул мне – мол, не беспокойся. Щелкнув ногтем по рубашке своей карты, он сказал:

– Ты стал что-то уж слишком разговорчивым, генерал. Чего ждешь? Играй!

Китаец протянул руку и, немного помедлив, взял полагавшуюся ему карту. С непроницаемым лицом какое-то время смотрел на нее, затем положил на стол. Ему достался пиковый валет.

Теперь все взгляды были устремлены на Мориса, но и его лицо оставалось непроницаемым. Казалось, он смотрит в глаза своей судьбе. А что, если он сблефовал? Все мы задавали себе только этот вопрос. Чжу Ян и Малютка Лю не сомневались, что так оно и есть. Морис щелчком перевернул карту: червонная дама!

На радостях все бросились обниматься. Сержант Уилкинсон заиграл на гармонике буги-вуги. Вирджиния Косентино пошла отплясывать с одним из наших. Я пустилась в пляс с британцем.

Морис по-прежнему сидел, подперев рукой подбородок. Его гавайская рубаха почернела от пота. Генерал Чжу Ян молча поднялся из-за стола. Надел на голову фуражку, забрал бритву и удалился своим обычным размеренным шагом. Лишь минуту помедлил он у входа в палатку, вдыхая свежий утренний воздух, а затем исчез.

Никто так и не узнал, что сталось с Китаёзой-Деньгам-Угрозой. Может быть, он покончил с собой, может быть, нет. Однако у нас в Бирме, в дельте Иравади, говорили, что именно он выдал беглого француза.

Последнее, что осталось у меня в памяти от той кошмарной ночи, – это неподвижно стоящая перед столом Малютка Лю. В своем шелковом платье с глубоким вырезом она стояла выпрямившись, устремив загадочный взгляд огромных глаз на Мориса, и посасывала длинный мундштук, словно бы безучастная ко всему на свете.

В последующие дни никто уже нам не говорил о возвращении на родину. Каких только слухов не ходило по госпиталю, каждый старался что-то узнать по своим каналам, но прошла целая неделя, потом вторая, а о нас, казалось, забыли начисто, вот разве что медсестры, и я в том числе, получили анкеты для желающих остаться на сверхсрочную.

Из нас всех одна только Падди пожелала остаться в Военно-морских силах. У нее не было ни семьи, ни дружка. Как-то разоткровенничавшись со мной, она рассказала, что однажды плавала на минном тральщике и за все три недели после Гуадалканала ни одному из экипажа ни разу не помешали такие мелочи, как пластинка на зубах или несоразмерная задница. Потом я получила от нее открытку со штемпелем одной из оккупационных частей в Токио с одной только фразой: *"Погрязла в соблазнах"*.

Сама я, пока мне не доставили мой личный "соблазн" на носилках, думала, что вернусь во Флориду, разыщу Бесси Дункан, свою подружку с "Пандоры", и мы снова заведем какое-то дело. Например, можно на мои сбережения и пособие по демобилизации приобрести в кредит славную яхточку и вывозить туристов на ловлю крупной рыбы в открытое море. Или, скажем, открыть погребок с кубинской музыкой, или издавать газету частных объявлений, или торговать на пляже горячими сосисками. Теперь я уже и не знала, что буду делать.

Не могу же я уехать в Америку и бросить Мориса на произвол судьбы. И что будет с этим французом, если мы все внезапно снимемся с места? Я задала этот вопрос доктору Кирби, несмотря на его явно выраженное желание ничего не слышать и не видеть. Как-никак француз вверен нашим заботам, и разве не наш долг взять его с собой?

– Французы репатриируются в Индокитай. Если его и следует куда-то отправлять, то только в Сайгон.

А потом, увидев, что я опустила голову и чуть не плачу, вспылил и заорал в гневе, сметая со стола бумаги:

– Черт вас подери! Я хоть раз за всю эту проклятую войну вмешался в ваши дела?! Да усыпите его, мумифицируйте, разрежьте на куски, спрячьте в сумочку, оденьте курсантом, медсестрой, обезьяной, наконец! Но, когда мы поедем, я не должен ничего об этом знать!

В тот же вечер в "Карлейле" я составила подробный план, как переправить Мориса в Америку. Шрамы у него на груди не очень-то походили на следы ранений, но ничего, кто их там будет рассматривать? Фамилия его будет Маккина, как у меня, имя – Джереми, так что любой мой документ, где стоит только начальная буква моего имени, вполне подойдет. Вот он и станет бравым американским санитаром, получившим ранение во время отступления японцев. Я могу даже наложить ему на левую ногу гипс и поставить на нем тысячу подписей и пожеланий, какие ставят обычно товарищи по госпиталю.

– Ничто и никогда не происходит как задумано! – твердил Морис. – Оставь мою ногу в покое. Я пока не научился бегать на одной.

Пришли за ним в середине сентября, в воскресенье. В этот день он пожелал, чтобы я, несмотря на жару, нарядилась в полную летнюю форму американского морского флота. Я стала наряжаться и думаю, что все поймут меня правильно. Принесла в палатку мешок с барахлом и стала одеваться. Пока одевалась, он стоял ко мне спиной. Больше года я обходилась без нейлоновых чулок, резинок, пояса, без этой нашей идиотской пилотки, а теперь, не пожалев себя, напялила даже галстук.

Налюбовавшись, нацеловавшись, ощупав, обласкав, измяв, освободив от белого кителя и малейшего самолюбия, он пожелал меня стоящей в туфлях и нагнувшейся к столику из тикового дерева, который в этот день неожиданно оказался заставлен лекарствами, и пузырьки зазвенели в такт моим вздохам. Я закрыла глаза и уже была на пороге райского блаженства, как вдруг Морис резко прервал наше занятие. Ах, как это было бесчеловечно, и я уже взмолилась о продолжении, но он зажал мне рукою рот. Тогда и я услыхала то, что слышал он: к нашей палатке на полном газу мчался автомобиль.

Не знаю уж как, но я мгновенно одернула юбку и была уже у двери, когда раздался скрежет тормозов и машина остановилась. Прежде чем выйти навстречу прибывшим, я кое-как застегнула рубашку.

Перед палаткой стоял "джип" с лотарингским крестом на флажке. Из него спрыгнул на землю здоровенный французский полковник. С ним были еще двое, водитель и капрал. Все трое были в полевой форме.

Полковник бросил свою каску на сиденье и направился ко мне. Он был седой, с грубыми чертами лица. Осанкой он походил бы на Джона Уэйна, если бы Джон Уэйн мог уродиться злым. По его взгляду я поняла: от него не ускользнуло, что я занималась совсем не служебными делами. И немудрено: щеки мои пылали, волосы растрепались, галстук сбился на сторону.

– Полковник Котиньяк, – представился француз.

Голос у него был грубый – такой же грубый, как и его вторжение в частную жизнь людей.

– Простите, господин полковник. Я на секунду задремала.

Резким движением он прихлопнул на щеке комара. Мое времяпрепровождение занимало его не больше, чем жизнь бедной букашки.

– Я уполномочен арестовать человека, находящегося в этой палатке.

– Арестовать? Это невозможно, полковник! – воскликнула я.

И, не помня себя от страха, раскинула руки, преграждая ему путь. К счастью, дверь из полотна и пластика захлопнулась за моей спиной, так что я продолжала уже более близким к уставному тоном:

– Абсолютно невозможно, господин полковник. Больной в коматозном состоянии.

– Ну и что?

Он отстранил мою руку, упорно желая войти. Я заслонила собой проход, не уступая.

– Полковник! Прошу вас, дайте ему хоть умереть спокойно! Мы уже отчаялись его спасти. Он тает с каждым днем.

Я опять возвысила голос, но на этот раз для того, чтобы Морис меня слышал. Двое остальных тоже вылезли из "джипа" и теперь стояли чуть поодаль. Вид у них был глуповатый.

– Я хочу на него посмотреть, – спокойно ответил полковник, – посторонитесь, мисс. Это приказ!

– Я подчиняюсь приказам только главного врача Кирби. Пошлите за ним!

Он бесцеремонно оттолкнул меня и вошел.

Простыня доходила Морису до подбородка. Он лежал, неподвижно вытянувшись на кровати, под москитником. При взгляде на его лицо с закрытыми глазами становилось ясно: человек этот давно уже соборовался и причастился. Дыхание его напоминало предсмертный хрип. Над головой висела капельница, конец трубки исчезал под простыней. Я опять преградила полковнику путь:

– Теперь вы все видите сами, безжалостный вы человек! Немедленно уходите, прошу вас.

Время шло, а он все смотрел на умирающего, и я видела, как его ненависть сменилась злорадством. Наконец он развернулся и вышел вон. Я последовала за ним, поспешно закрыв дверь.

Полковник прихлопнул еще одного несчастного комара и проговорил глухо, не глядя в мою сторону, как бы про себя:

– Чудовище! Наконец-то он мне попался! Я преодолел тысячи километров, потратил пять лет своей жизни на то, чтобы его разыскать. Я, присягавший маршалу Петену, из-за него даже стал голлистом! Но теперь он от меня не уйдет!

Взглянув на меня, он прибавил:

– Мы приедем за ним завтра на рассвете. Даже если его придется нести к стенке в бессознательном состоянии, я все равно прикажу стрелять!

Он подошел к "джипу". У меня от ужаса подкашивались ноги, лицо закрывали распустившиеся волосы. Я спросила:

– Ну почему? Почему вы так ожесточились, господин полковник?

Он подал знак своим спутникам занять места в машине и ответил мне тихим, хриплым от ярости голосом:

– Хотите знать почему? Во Франции этот негодяй в праздничный день изнасиловал и убил юную девушку!

Полковник закрыл лицо руками, не в силах совладать с нахлынувшими чувствами.

– Юная, восемнадцатилетняя девушка... чистая... Накануне вечером... она согласилась стать моей женой!.. – Вот все, что он смог выговорить.

Даже Джон Уэйн способен плакать – я видела, как слеза сползла по его щеке. Молодой солдат, сидевший за рулем, вдруг сказал неожиданно теплым, сочувственным тоном:

– Ну-ну, господин полковник, не надо доводить себя до такого!

Полковник Котиньяк отер лицо рукавом. Сделав над собой усилие, он сухо кивнул мне и прибавил голосом человека, привыкшего командовать:

– А ну, застегнитесь! Терпеть не могу расхристанных лейтенантов!

Сел в "джип", и они уехали. Я застегнула китель си-кось-накось. Я опять не знала, чему мне верить. Как сомнамбула вошла в палатку, закрыла дверь. Все еще находясь под впечатлением от услышанного, я смотрела на Мориса невидящими глазами. Подойдя к столику, машинально задрала юбку и приняла позу, в которой меня застал приезд этого страшного человека.

Морис вновь прижался ко мне сзади, поцеловал в шею, стал ласкать мне груди, но чувствовалось, что и ему не по себе.

– Ты все слышал? – спросила я.

– Он лжет. Ты прекрасно знаешь, что я никого не насиловал и не убивал. Все это гнуснейшая судебная ошибка.

– Да я не о том. Тебе нельзя оставаться здесь ни минуты.

Я почувствовала, как он входит в меня, и не могла сдержать стона.

– Там на дворе стоит санитарная машина. Сможешь достать от нее ключи?

– Конечно.

Пузырьки на столе мало-помалу снова стали ритмично звякать. Он шепнул:

– Сможешь бежать со мной, прямо сейчас?

– Одного я тебя никуда не пущу.

– Я даже не знаю, куда бежать!

Я хотела было ответить, что мы поедем по направлению к Мандалаю, попробуем перейти китайскую границу, что в Шанхае у меня есть знакомый – очень ловкий американец, но я так ослабела, что шепнула только:

– А я знаю...

– Вот и прекрасно.

Когда мне стало хорошо, он подхватил меня, чтобы я не упала, но, поскольку хорошо было и ему, а его подхватить было некому, мы оба оказались на полу – вместе с пузырьками, потому что столик опрокинулся. Я лежала снизу, он сверху. Как это получилось, что я развернулась к нему лицом? Форменные рубашка с юбкой превратились в мятые тряпки... В этом хаосе мы и достигли рая. Нет, ни за какие блага мира не отпущу его одного.

Я была совсем мокрая и разделась догола. Не до любви, как положено, а после. Когда я скатала поехавшие чулки в комок и стала засовывать их в карман, откуда недавно достала, он обратил внимание на бирку – *"Queen of the Hearts"*. Его это позабавило: как-никак именно червонная дама победила в игре с Чжу Яном, и вдобавок он когда-то отдыхал в пансионе с таким же названием. После всех наших акробатических номеров мы улеглись в постель. Я прижималась к нему все теснее и теснее. Он спросил:

– И чулки вам тоже выдает морфлот?

– О Господи! Нет, конечно. Вернее, скажем так, не всегда.

Я кивнула в сторону семи, может шести, башен, составленных из деревянных ящиков. Все это время они стояли в углу палатки.

– Эти ящики битком набиты чулками. Но проходят как сухое молоко.

Он приподнялся, чтобы получше их разглядеть. Вскочил, чтобы их потрогать. И когда я наконец открыла один из них, потакая его фетишистским наклонностям, он запустил туда обе руки и принялся копаться в его содержимом.

Зная Мориса – а я изучала его с такой вдумчивой нежностью, с какой не изучала еще никого, – я при одном только взгляде на его горящие глаза поняла, что лучше мне было смолчать.

– Черт побери! – воскликнул он. – А ты знаешь, что они ценятся на вес золота?

В сумерках я принесла из барака свою сумку. Там лежало по смене белья ему и мне и с десяток всяческих пропусков с печатью нашей части.

Красть трудно только в первый раз. Я пригнала санитарную машину от "Дельмонико", где она стояла, к "Карлейлю", и мы загрузили ее ящиками с нейлоновыми чулками. Морис вынес порядочно, но и я от него не отставала. И хотя оба мы были в халатах на голое тело, от нас прямо-таки пар валил.

Потом я села за руль. Притормозила возле кухни и попросила у Большого Генри, нашего чернокожего шеф-повара, провианта дня на два. Сказала, что еду за больным в Аракан. Он показал мне, где у него коробки с сухим пайком:

– Берите, что хотите, мисс милочка Толедо. Кому это сейчас нужно?

Загрузив коробки в багажник, я заглянула под навес, который считался у нас гаражом, и с помощью Мориса в кромешной тьме наполнила несколько канистр бензином. Потом Морис снова спрятался за ящиками с надписью *"Milk"*, набитыми чулками.

На выезде из госпиталя нас остановил часовой – рыжий Барри Ноулан, ирландских кровей, как и я. Все почему-то считали, что я шотландского происхождения. Но это не так. Когда моему отцу было двенадцать, он еще разгуливал в клетчатых гетрах по улицам Лимерика.

Берри лишь на мгновение зажег свой фонарь и сейчас же меня узнал.

– Уезжаете? А сегодня вечером будет славная пирушка. Жаль, пропустите. Не в обиду вам будет сказано, не так уж много у нас девушек.

Я и ему сказала, что еду в Аракан за больным и вернусь самое позднее послезавтра. Я знала, что майор Кирби не станет поднимать тревогу по поводу моего исчезновения до срока, указанного мной Барри.

Скорее всего, он подумает, что я решила спрятать куда-то француза, но потом вернуться.

Выехав за ограду госпиталя, мы сначала катили вдоль берега. Потом я остановилась, чтобы Морис мог перебраться на сиденье рядом со мной. В матросской шапочке, со значком *"Дж. Маккина"* на халате, он выглядел самым настоящим американцем: ни дать ни взять сын какого-нибудь иммигранта из Бруклина.

На мандалайскую дорогу мы выехали около Пегу, севернее Рангуна. Нам то и дело приходилось пережидать, пока пройдут длинные британские эшелоны, но всерьез задержали нас только раз. Я предъявила командировочное предписание, которое выписала себе сама. В последний момент Морис чуть было все не испортил. Когда солдаты – это был индийский полк – уже разрешили нам проехать, он не удержался и сказал: "Сенкью бери мяч!" – и показал руками, будто берет что-то круглое, чтобы его наверняка поняли.

Мы ехали всю ночь, сменяясь у руля. В свете фар можно было различить только бесконечную ленту грязной, размытой непрекращающимся дождем и разрушенной снарядами дороги.

Наступил день, да такой солнечный и теплый, какого я не видела за время моего пребывания в Бирме.

Проехав Мандалай, мы направились в Лашо, а оттуда до китайской границы рукой подать. Джунгли кончились, мы уступами поднимались в горы. Останавливались, только чтобы поесть и подлить в бак бензина из канистр.

К вечеру мы приехали в Куткаи, обширное селение, около которого стоял межевой столб, обозначавший, что именно тут проходит тропик Рака и километрах в ста отсюда пролегает китайская граница. Здесь располагался лагерь японских военнопленных.

Проезжая мимо японцев, строящих мост, Морис замедлил ход автомобиля и крикнул на ломаном английском:

– Есть тут кто-нибудь из Йокогамы?

К дверце подошел молодой человек в лохмотьях с повязкой на лбу. Пока он шел рядом с нами, Морис дал ему одну из коробок с провизией и попросил по возвращении на родину разыскать некую Йоко, дочь начальника порта.

– Боюсь, в нашем городе слишком много Йоко, – ответил японец, – Но вы мне давать еду, и я стараться ее найти. Что я ей говорю, если нахожу?

– Скажи, что видел человека, который спас Жанну д'Арк, – она поймет.

Японец наверняка знал, кто такая Жанна д'Арк. И я знала, но ровным счетом ничего не поняла. Когда мы снова тронулись в путь, Морис пересказал мне на свой лад историю Жанны д'Арк, а потом историю ее двойника, девочки на качелях. Тут во мне проснулась истинно ирландская въедливость, но, наверное, дело было скорее в бессознательной ревности.

– Ты прекрасно знаешь, что двойников не бывает. Во всем мире не найдешь двух одинаковых людей!

– Конечно, – согласился он. – И это только доказывает, что я прав. Речь-то идет не о двух одинаковых людях, а об одном, который просто живет в разные эпохи.

Я отвернулась к окну, и какое-то время мы ехали молча. Потом он проявил удивительную любезность: во-первых, запустив правую руку куда не следует, во-вторых, услужив огоньком своей спутнице, безуспешно обшаривавшей халат в поисках спичек, а в-третьих, сделав вид, будто намеревается направить американский санитарный автомобиль в пропасть, чтобы покончить со всем раз и навсегда.

Поднимаясь все выше в горы, мы вдруг очутились в густом сосновом бору – вдалеке забелели вдруг снеговые вершины китайского Тибета, а затем мы снова спустились в долину, всю сплошь в виноградниках. В этой долине, около небольшого озерца, была деревня Калегоу, а в ней стоял австралийский гарнизон – человек тридцать солдат, у них мы и решили разжиться бензином. Нашего запаса хватило бы еще на несколько сотен километров, но путь до Шанхая предстоял долгий, и кто знает, сможем ли мы заправиться у китайцев или нет.

Очень приятно после тряски в автомобиле ходить по твердой земле, любоваться виноградниками, дышать свежим воздухом. Мы больше часа провели в этом райском уголке.

Австралийцы, по счастью, прибыли сюда в самом конце войны, когда бои уже кончились. Они занимались мирным делом – расчистили себе волейбольную площадку, построили душ – куда лучше, чем тот, что был у нас в госпитале. Мы с Морисом помылись. Морис стал до ужаса подозрительным и даже под душем не снял с шеи мешочка с жемчугом.

Потом наши хозяева угостили нас вином местного разлива. Конечно же, Морис не удержался и стал хвастать им, что он француз и разбирается во всем лучше всех, он величайший знаток вин и тому подобное. Причмокивая своим французским языком, он приговаривал:

– Недурно, недурно. Кисловато, мутновато, но пить можно.

А я переводила суждения этого тонкого ценителя.

Когда, наполнив пять канистр, мы собрались ехать дальше, солнце уже скрылось за гору. Морис сел за руль. Мы проехали от силы километра два и остановились около виноградника.

Морис сказал, что лучше нам сейчас выспаться, а границу перейти днем, тогда можно будет в случае чего позвать на помощь наших друзей-австралийцев. Мы сидели, свесив ноги из фургона, глядели, как внизу, в деревне, один за другим зажигаются огни. Не знаю, навевает ли здешнее вино особенно грустные мысли, только Морис стал вдруг тосковать по своей жене, оставшейся на другом конце света, по дочке, которую ему не суждено растить.

– Ты никогда не говорил, что у вас есть дочка, – сказала я, несколько удивившись.

– Зачем? – вздохнул он. – Ведь я никогда не увижу ни ту ни другую.

– Сколько ей?

– Одиннадцать. Я уже был в тюрьме, когда она родилась. Прости, Толедо, я не должен был тебе всего этого рассказывать. Но вдруг грустняк напал. Ничего, пройдет.

И прошел. И грустняк и моя уверенность в том, что смогу удержать его около себя надолго. Но я с самого начала раз и навсегда запретила себе думать о том, что с нами будет. Помимо всего прочего, война учит нас радоваться всему, что посылается в данный момент, и не беспокоиться о будущем. Я же не мазохистка.

Потом мы разложили в фургоне койку. Морис поцеловал меня, я сбросила халат, и мы любили друг друга, забыв обо всем на свете.

Когда стало совсем уже поздно, он открыл дверь и стал на пороге, вдыхая ночной воздух.

– Знаешь, – сказал он мне, – гляжу я на эти виноградники и вспоминаю, что когда-то был точно в таком же фургоне и тоже среди винограда. Только было это перед войной. Там была еще девушка, танцевавшая под разбитое пианино... Звали ее... Звали... Забыл. Я тоже сбежал из тюрьмы и взял в заложницы... кого бы ты думала? Невесту! Настоящую невесту в белом платье и фате.

Он принужденно рассмеялся. Подошел ко мне, сел. В темноте я видела только его силуэт. После долгого молчания он проговорил:

– Ах, Толедо, никогда нам с тобой не остановиться и не зажить счастливо. Мне нужно вечно бежать и скрываться, скрываться, скрываться, пока меня наконец не поймают. Я не имел права вмешивать тебя в эту историю. Я негодяй.

Я скользнула к нему поближе и крепко-крепко обхватила руками.

– Не говори так.

– Если бы не я, ты бы сейчас уже уладила все свои дела и уехала в Америку.

– А сейчас я еду туда, куда хочу, и счастлива.

Он обнял меня за плечи.

– Толедо, прошу тебя, скажи им, скажи, что я тебя принудил, взял заложницей! Обещай, что скажешь!

– Чтобы ты на этом успокоился и забыл обо мне? Премного благодарна!

Я не видела его лица, но сказал он это так нежно, что у меня защемило сердце:

– Нет, нет, я никогда не забуду тебя, Толедо! И ты меня не забывай! Что бы ни случилось, не забывай, что я люблю тебя, правда, люблю! Мне хотелось бы иметь сотню жизней и одну полностью посвятить тебе!

– Если бы у тебя было много жизней, – весело отозвалась я, – я взяла бы их все.

Может быть, он видел в потемках лучше меня, но только его губы мгновенно нашли мои, и мы оба повалились в койку. Поцелуй длился долго-долго. Нагая, в его объятиях, я было обняла его ногами и стала чуть раскачивать, чтобы мы занялись чем-то более существенным, чем поцелуи, но он отодвинулся, с приглушенным стоном схватившись рукой за правое плечо.

– Тебе больно?

– Ничего. Старые раны...

Я встала, он растянулся в койке. Несколько раз тяжело вздохнул, справляясь с болью. За все пять недель с момента, как он очнулся, я не слышала от него ни единой жалобы и потому не взяла никаких лекарств. Вот разве что на дне косметички завалялся аспирин.

Я полезла за ним в сумку, но Морис остановил меня.

– Не суетись. Мне ничего не нужно.

Я села на койку рядом с ним.

– Знаешь, чего бы мне хотелось? – сказал он несколько минут спустя. – Винограда!

– Думаешь, он тут есть?

– Не знаю.

Я порылась в сумке, нацепила первое, что попалось под руку, – мужскую рубашку, которую взяла для Мориса, – и босиком, с голой попой направилась к двери со словами:

– Я сейчас. А ты пока отдохни.

Я спрыгнула на землю.

– Дженнифер! – окликнул меня Морис, приподнявшись в гамаке.

Луна осветила его лицо, и я увидела, что он смотрит на меня с нежностью и улыбается.

Я шла по винограднику и почему-то чувствовала себя ужасно глупо. Винограда почти не было – две-три сморщенных ягодки, забытых сборщиками.

Я приподнимала листья, пытаясь отыскать еще, и тут вдруг услышала шум мотора. Обернулась: перед тем как тронуться, машина мигнула фарами, и на землю шлепнулась моя сумка.

Машина вырулила на дорогу и скрылась.

Я стояла без движения, кажется, даже не крикнула. Просто смотрела, как она уезжает. Уезжает, растворяясь в темноте. Слезы застилали мне глаза, но это потому, что я не верила, не могла поверить. Я не сразу поняла, что Морис назвал меня моим настоящим именем. Еще с большим опозданием до меня дошло, что он бросил меня между Китаем и Бирмой.

Меня, несчастную идиотку из Толедо, штат Огайо.

МАРИ-МАРТИНА

Красная лампа на потолке не гаснет у меня в камере всю ночь, при ее свете я и пишу. Мне пришлось побороться, прежде чем я заполучила карандаш и бумагу. Они уверяют, что мое состояние ухудшается, когда я возвращаюсь к этой истории. Но кто, кроме меня, может рассказать, чем она закончилась?

Поэтому я и притворяюсь веселой.

Притворяюсь благоразумной.

А сначала они решили, что я сошла с ума. Стали делать мне уколы. Я не отличала ночи от дня. Плакала. Топала ногами. Ударила одного из так называемых врачей. Но ничего не добилась, поэтому теперь и притворяюсь.

Мне подчас не под силу довести свою мысль до конца. Это все из-за уколов. И еще оттого, что я много плакала. Ночью санитары приходили ко мне в палату и мучили меня. Иногда вдвоем, иногда втроем. По-моему, это было в Ле-Мане, в первой лечебнице, куда они меня поместили. Я слишком много выпила лекарств и теперь уже не помню точно где. Разумеется, мне никто не поверил. Они все заодно.

Моя прежняя помощница Эвелина Андреи навещает меня каждую последнюю субботу месяца. Семь показаний, которые я в прошлом году собрала и снабдила разъяснениями, надеясь как можно лучше защитить любимого человека, она хранит у себя. Хочу добавить к ним и свои. Пусть теперь это не имеет никакого значения, ведь все уже кончено; сама я заперта в тюрьму, исключена из коллегии адвокатов, все от меня отвернулись, а он не более чем тень, сопровождающая меня в несчастье.

Иногда по вечерам, прежде чем погрузиться в свой ночной кошмар, я представляла себе, что пересматривается его судебное дело. И все наконец убеждаются, что он невиновен. Меня, однако, не оправдывают, никто не признает моих заслуг, но какая разница, если я своего добилась?

По-настоящему его звали Кристоф.

Познакомилась я с ним в Париже задолго до войны, еще студенткой. Помните девушку на пожарной лестнице? Он был моим первым любовником. Мне тогда было семнадцать. Он поступил в Сорбонну, и мы занимались любовью в комнатушке на чердаке, которую он снимал неподалеку от Обсерватории. Он раздевал меня и ласкал перед большим овальным зеркалом. По ночам у себя в комнате, в женском общежитии на улице Гренель, я записывала все в дневник. Особо интимные переживания я зашифровывала, и поэтому самые безобидные слова стали таить для меня возбуждающий смысл. Даже Даллоз в своих скучных трудах по юриспруденции ухитрялся напомнить мне о нашей близости с Кристофом.

Тетрадь, в которой повествовалось о самых упоительных днях моей жизни, я сожгла, когда он объявил мне, что все кончено и мы не будем больше видеться. Под каштанами на площади Дофин он встретил молоденькую секретаршу и решил на ней жениться. Наша связь длилась одиннадцать месяцев и девять дней. Я была потрясена. Сбегая вниз по лестнице в его доме, я поскользнулась на натертых мастикой ступеньках и сломала ногу. Больница находилась как раз напротив. Не прошло и получаса, как я уже лежала на кровати пластом, опустошенная, в гипсе. Смешно, но мне было не до смеха.

Больше ничего я о нем не слышала. Не знала ни что его призвали в армию, ни тем более что он осужден за преступление. которого явно не совершал. Время излечило мою тоску.

Мне повезло, я родилась в богатой семье. В двадцать лет я стала адвокатом, сердце мое было свободно, а сама я совершенно независима. Кристоф успел приучить меня к удовольствиям, и у меня бывали любовные приключения, но вела я себя как убежденный холостяк: держала их в тайне и ни к кому не привязывалась душой. От бесцветной любви я всегда уходила.

В адвокатских конторах, где я стажировалась, а потом и в моей собственной меня, вероятно, принимали за бездушную карьеристку, всегда занятую работой.

Мама лишь раз застала меня в развеселой компании. Дело было еще во время оккупации, мама неожиданно вернулась в наш загородный дом и, наверно, решила, что попала на какую-нибудь тайную сходку военных без формы, иначе как объяснить, что на мне было так мало одежды.

В то утро, когда Кристоф вновь ворвался в мою жизнь, на мне были хотя бы купальные трусики. Кроваво-красные. А было это в прошлом году. Я родилась в июле, как он. До тридцати мне не хватало лишь несколько часов.

Я говорю: в прошлом году, но, может, я ошибаюсь. Какая разница, пусть будет в позапрошлом, а то и в позапозапрошлом. Путать дни, ночи, места, куда меня перевозили, я начала с сентября. В остальном, что бы ни говорили эти эскулапы, я помню все до мельчайших подробностей. Точно знаю, в то утро мне исполнилось тридцать. Накануне я потеряла винтик от дужки темных очков и поломала ноготь на указательном пальце левой руки, пытаясь скрепить их шпилькой.

Тогда я уже две недели лечилась отупением неподалеку от Бискаросса, в клубе исключительно для женщин-адвокатов. Я ни с кем там не знакомилась. Целыми днями лежала на надувном матрасе возле удивительного плавательного бассейна в виде восьмерки, украшенного мостами, скалами и водопадами. Я почти не плавала, не читала газет, не курила, не пила и раскрывала рот лишь для обмена нечленораздельными приветствиями. Я чувствовала, что превращаюсь в растение.

И вдруг в одно прекрасное утро надо мной нависла тень. Непроизвольно я открыла один глаз и из-за яркого солнца различила лишь высокую женскую фигуру в просвечивающей одежде. Женщина произнесла:

– Я Констанция, жена Кристофа.

Пока я прикрывала полотенцем грудь, она примостилась рядом со мной, на шезлонге, и уже не заслоняла солнце. Я увидела, что она моих лет и, вопреки предположениям, которые я некогда делала для своего утешения, красавица – с вьющимися белокурыми волосами, правильными чертами лица и трогательно-нежным взглядом. Вылитый ангел, если человеческое существо может быть ангелом!

От удивления лишившись дара речи, я вскочила на колени. Будущие светила адвокатуры и те, кто когда-то обещал ими стать, жарились поблизости на солнце или шумно барахтались в бирюзовой воде, но я до того опешила, что ни крики, ни смех не достигали моего слуха.

– Я пришла к вам, – сказала Констанция, – потому что Кристофу нужен адвокат, способный спасти ему жизнь, он никому больше не доверяет.

Вот оно как! Я ошеломленно пробормотала:

– Что? Кристофу? Спасти жизнь?

У меня запершило в горле, и я так закашлялась, что на глазах выступили слезы. Констанция, опустив взор, разглаживала на коленях шелк своего платья. Когда я оказалась в состоянии ее слушать, она с грустью в голосе пояснила:

– Он наделал много глупостей, очень много, и все из-за женщин, но обвиняют его несправедливо.

Она снова посмотрела на меня светлым, внимательным, спокойным взглядом. Потом открыла лежавшую рядом белую сумку, вынула плотный бумажный конверт и протянула мне.

– Прочтите. Думаю, там все, что я могла бы рассказать.

– А он? Где он сам?

– В крепости, откуда он уже однажды бежал. Теперь он там единственный заключенный. Никто не имеет права видеться с ним, кроме защитника, а от защитника он до сих пор отказывался. Так, по крайней мере, мне сказали.

– Вы его видели?

– Нет. Ни я, ни наша двенадцатилетняя дочь, которая знает о нем лишь по моим рассказам. В прошлом году она даже сбежала из дома – ее не было больше месяца, – хотела его найти. Сумасшедшая.

Констанция явно гнала прочь тяжелое воспоминание. Она уже встала и застегивала сумку. Наша беседа не заняла и пяти минут.

– Прошу вас, останьтесь, – сказала я.

С извиняющейся улыбкой она отрицательно покачала головой.

– Меня ждет такси. Я не успею на поезд.

Возвышаясь надо мной, она глядела безмятежно-спокойным взором.

– Когда вы его увидите, – прошептала она, – скажите только, что мы будем ждать его всегда.

Не помню, подала ли Констанция мне на прощание руку. Она удалялась, как и пришла, под лучами солнца, словно призрак, окутанный тайной, а я все стояла на коленях, не в силах сдвинуться с места. Мне понадобилось время, чтобы прийти в себя.

Потом я кинулась к себе в комнату. Не одеваясь, села на кровать и раскрыла конверт. Там было листов двадцать отпечатанного на машинке текста, где излагалось то, что Кристоф счел нужным рассказать о своих странствиях начиная с праздничного дня в Арле, с которого минуло столько лет. Еще там приводились адреса и комментировалась нелепая процедура, какой только и может быть чрезвычайный суд.

Я позвонила в Сен-Жюльен-де-л'Осеан и заказала двойной номер в новой гостинице, потом позвонила своей помощнице Эвелине Андреи, чтобы она прибыла туда сегодня же вечером.

Стоит ли загромождать рассказ описанием моего душевного состояния? Повесив трубку, я тут же принялась собирать вещи, а у меня, как на грех, привычка всегда таскать с собой все, что могло бы мне понадобиться до конца моих дней в любое время года и при любых обстоятельствах, будь то в Африке или на Аляске.

Одиннадцать часов следующего дня.

Председателем на суде, наделенным всеми или почти всеми полномочиями, будет Поммери, которого я вижу первый раз в жизни.

Высокий, тучный, добродушный на вид, с большими глазами и живописным носом, он прохаживается, беседуя со мной, по кабинету в своей квартире – кабинет отделан сизым бархатом и темным деревом, окна выходят на набережную, на пустынный рошфорский фарватер.

Поммери бросает курить. На столе лежит большая открытая коробка с конфетами, а за столом у стены – стойка для ружей. Выбор прост: лишние килограммы или самоубийство.

– Итак, – говорит он, – мы остановились на том, что ваш клиент бросил в Бирме, посреди виноградника, в одной рубашке, медсестру Военно-морских сил США. Это само по себе предосудительно.

Голос у него громкий и слащавый, как у комедианта. Я в новом синем платье сижу, выпрямив спину, в кресле времен Второй империи и отважно возражаю:

– Он поступил так из милосердия! Не хотел вмешивать невинную девушку в свою безумную затею!

– Да что вы такое говорите! – возмущенно восклицает самый невозмутимый судья на процессах, которые велись после Освобождения. – Он ведь увез с собой восемнадцать тысяч пар чулок! Первоклассных, из нейлона, по десять денье!

Я замолкаю и отвожу взгляд в сторону.

– Никто не знает, – продолжает судья, – что он делал последующие пять месяцев. Он об этом либо совсем не распространяется, либо говорит уклончиво. Похоже, однако, что в Куньмине, в Китае, он снова встречает молодую метиску, которую, если верить его словам, он выиграл в карты.

– Раз он говорит, значит, правда. Кристоф никогда не врет.

– Он говорит лишь ту правду, которая ему выгодна, – поправляет судья. – Он хорошо усвоил уроки отцов иезуитов.

– Не станем же мы ставить ему в упрек еще и школу, где он учился.

Судья смеется и берет конфету. Он развертывает ее с той же ревнивой тщательностью, с какой в недавнем прошлом разворачивал сигару.

– Я прошу вас, детка, – вздыхает он, – не пытайтесь меня уверить, будто вы глупее, чем на самом деле. И не перечьте мне на каждом слове.

Он уже предлагал мне отведать своих конфет для ожирения и больше не настаивает. Какое-то время, меряя шагами комнату, он сосет и жует конфету. Вдруг останавливается и не совсем прилично сует мне под нос указательный палец.

– В феврале этого года мы его обнаруживаем где?

Я понятия не имею. Если верить записям Констанции, после Китая Кристоф по воздуху воде и суше следовал примерно по тропику Рака. Почти все это время его сопровождает преданная подруга, которую он называет Малюткой Лю, но когда Кристоф добирается до Каира, он уже снова в одиночестве.

– В Австрии, в Вене, – торжественно восклицает судья, – Мекке для спекулянтов всех мастей послевоенной Европы.

Несколько месяцев назад я была в Вене. Помню руины, занесенные снегом, колесо обозрения на ярмарке, Воллебенгассе, 16, где живет моя подруга Рея, слышу звуки цитры.

– Этот негодяй сплавляет втридорога нейлоновые чулки и наживает целое состояние. Его разыскивает полиция всех союзных стран.

Поммери наклоняется ко мне – его большие глаза утопают в моих – и переходит на театральный шепот, подбираясь к самому главному.

– Однажды ночью англичанам у себя в секторе удается завлечь его в ловушку. Он мечется по канализационной системе, его должны вот-вот схватить, и знаете, кто вдруг появляется на сцене?

Разинув рот, я с дурацким видом трясу головой, сердце у меня под звуки цитры разрывается на части. Судья возвышает голос:

– Его бабушка! Родная бабушка, которая, вопя во все горло, размахивает зонтом и оттесняет преследователей в сторону. Пока ее урезонивают, вашему подопечному удается улизнуть.

Тут я взрываюсь и ударяю по подлокотнику кресла.

– Послушайте! Но это бред какой-то! Бабушка Кристофа давным-давно умерла!

Судья вздыхает и снова меряет шагами ковер. Всплеснув руками, он говорит:

– Спустя полтора месяца полиции благодаря доносу опять удается напасть на его след. Ни за что не догадаетесь где!

По счастливой случайности я это знаю. Констанция делает кое-какие намеки в своих записях. Розоватые, как бы выгоревшие на солнце крыши. Старый порт, холм Нотр-Дам-де-ла-Гард. Я отвечаю, еле шевеля губами:

– В его родном Марселе.

Палец, которым он непристойно тыкал мне в лицо, опускается. Судья не может скрыть своего разочарования.

– Теперь он извлекает барыш иным способом. У него что-то вроде склада, куда женщины стоят в очереди, как к зубному врачу. Потом одна за другой они лезут на стол и задирают юбки, а ваш Кристоф с помощью кисточки и специального состава собственного изготовления рисует им до середины ноги чулки с прямым швом – от настоящих не отличишь.

Судья прыскает со смеху, я тоже. Он усаживается за стол, утирая глаза, его тело сотрясается.

– О Господи! – восклицает он. – Прямой шов, а сверху кружева – так черным по белому в полицейском донесении.

Тут в комнату входит секретарша, и судья вынужден настроиться на более серьезный лад. Секретарша сама очень серьезная и очень юная, с пышной грудью под наглухо застегнутой блузкой. Она принесла документы на подпись. Подписывая, судья, ничуть меня не стесняясь, бессознательно, по привычке, обнимает ее за талию.

Выходя, секретарша встречается со мной взглядом и с невинным видом улыбается. Я решаю, что ей семнадцать. Потом оказывается, что девятнадцать.

– Изабелла, – бросил судья, когда та была уже в дверях. – Приготовь, будь добра, пропуск для госпожи Лепаж... Мари-Мартина, если не ошибаюсь?

Я киваю в ответ. Когда дверь за секретаршей закрывается, судья говорит, что во время оккупации видел фильм *"Мари-Мартина"* с Рене Сир в главной роли.

– Как она была очаровательна, как трогательно играла! А какой мелодичный голос! Какое мастерство!

Несколько секунд он будто грезит наяву, а потом, все так же глядя расширенными глазами в пустоту, сообщает:

– Вот и на этот раз ваш подопечный ускользнул от наказания и исчез... Знаете, чем он меня восхищает?

Судья глубокомысленно смотрит на меня.

– Упорством и отвагой, благодаря которым он всегда выходит сухим из воды и устремляется дальше... – Следует вздох. – Чтобы в конце концов прибежать – куда? Знаете, где его поймали? В одном из тех заведений, где он уже однажды нашел приют и которые распорядилась закрыть Марта Ришар. Круг замкнулся, его погубила женщина.

Судья перебирает листки в раскрытой папке, вытаскивает один и, пробежав глазами, говорит:

– В одно сумрачное воскресенье, сумрачное прежде всего для вашего клиента, в "Червонной даме"...

Блуждающий по моим коленям взгляд судьи наполняется такой тоской, что я опасаюсь потока признаний, которые поставили бы меня в затруднительное положение, – о студенческих кутежах, первых подвигах молодости, – выслушивать все это я не в состоянии. Однако Поммери бормочет:

– Редкий экземпляр этот ваш Кристоф! Солдаты, выставлявшие девиц с их чемоданами и птичьими клетками, нашли наверху за раскрашенной холстиной чулан и запертого в нем парня. Вот послушайте, что пишет капрал, который его обнаружил: "Он забился в угол, как испуганный ребенок..."

Еще раз вздохнув, судья поднимается и тяжелым шагом расхаживает по кабинету.

– Поздно вы пришли, любезная. Он схвачен в апреле, в мае приговорен военным трибуналом к расстрелу, в последнюю минуту помилован решением правительства и благодаря хлопотам супруги затребован гражданским судом. Однако военные его не выпускают. В результате образовался целый клубок юридических проблем.

– Вот именно, удивительно то...

Он вяло машет рукой.

– Прежде всего прошу меня не перебивать. Мне и самому крайне неприятно быть причастным к этому делу. Суд, которому предоставлены все полномочия, собирается через пять недель в Сен-Жюльене-де-л'Осеан под моим председательством и при закрытых дверях – семеро присяжных будут выбраны жребием из жителей полуострова. Предполагается, что решение этого суда обжалованию подлежать не будет.

– Но послушайте, как может...

– Так и может, – сухо отрезает Поммери и машинально ударяет ладонью по столу. – Поверьте, я предпочел бы остаться без глаза, чем прибегать к процедуре, которая до такой степени противоречит тому, чему меня всю жизнь учили. Иногда я думаю, не сон ли это.

Отвернувшись, он умолкает и отдергивает на окне занавеску, чтобы немного прийти в себя.

– Конечно, сейчас такое время, – говорит он наконец. – Кроме того, существует прецедент. В тысяча девятьсот девятнадцатом году в Мартиге, что в Буш-дю-Рон, чрезвычайным судом был приговорен к расстрелу Жорж-Мари Дюме. В тысяча девятьсот восьмом он был призывником-матросом и его осудили за убийство девочки-подростка. Дюме бежал с каторги, его схватили спустя одиннадцать лет после совершения преступления и расстреляли. Будь моя воля, я бы вынес вашему клиенту самый суровый приговор, и ему, как Дюме, пришлось бы выбирать между расстрелом и гильотиной.

Щеки мои горят, и я способна выдавить из себя только одно:

– Но Кристоф невиновен.

– Невиновен в чем, детка? За то время, что вам осталось, вы не сможете распутать и шестой доли обвинений против него! Одно только перечисление вменяемых ему преступлений занимает двадцать три страницы! Самые мелкие из них – дезертирство, взятие в заложники, покушение на убийство, изнасилование, пытки, спекуляция оружием, сношения с врагом, шпионаж...

– Что?

– Шпионаж! Военные жаждут его крови! И, к несчастью для вас, вашим самым ожесточенным противником будет герой войны, весь увешанный орденами, бригадный генерал Котиньяк. Кому присяжные больше поверят?

Голос у меня перехватывает, я еле сдерживаю гнев. Ухожу я с огромным досье, которое он отложил для меня, – три скрепленных ремнями “кирпича”. Прощаясь, он с безутешным видом треплет меня по щеке.

– Я найду всех женщин, с которыми имел дело Кристоф. Им они поверят, – обещаю я.

Судья молчит. Он запирается в своем кабинете вместе со своим скептицизмом и конфетами.

В вестибюле я сталкиваюсь с Изабеллой, секретаршей. Она протягивает мне пропуск в тюрьму для свиданий с Кристофом: свиданий в течение часа по вторникам и пятницам вплоть до суда – между тремя и шестью вечера.

– Я видела, как вы защищали клиента в парижском суде, – говорит девушка. – У меня в комнате на стене ваши фотографии, я их вырезаю из журналов. Вы лучше всех и самая красивая. Я уверена, вы выиграете процесс.

Конечно, девица немного не в себе, но от ее слов я готова разреветься.

Я шагаю по набережной с гордым видом, словно современная Матильда, прижимающая к груди голову своего возлюбленного. Я бросаю ее на заднее сиденье своей легковушки, черной, как мои мысли. Напрасно я твержу, что через несколько часов увижу, обниму, въяве прикоснусь к человеку, который навсегда остался в моей душе, – добрую минуту я плачу, склонив голову на руль.

Спустя год после окончания войны на косе Двух Америк было не так оживленно, как было в летние сезоны. Здесь, как в Дюнкерке, немцы сдались лишь на следующий день после общей капитуляции 9 мая 1945 года. Повсюду валялись снаряды, некоторые, застряв в дюнах, так и не взорвались.

Об этом мне поведал ворчливый рыбак, который подрядился довезти меня до крепости. Черт меня дернул в это первое посещение вырядиться как на парад – строгий темно-синий костюм, плотно облегающий фигуру, и туфли на высоком каблуке – идеальная одежда для плавания в протекающей и к тому же провонявшей рыбой моторной лодке. Слава Богу, переправа занимает не больше десяти минут, и плывем мы по спокойному морю под голубыми небесами.

Тюрьма, где содержат Кристофа, – это крепость, построенная при Ришелье и лишь во время оккупации как-то обустроенная. Мы причаливаем к пристани на ржавых сваях под высокой отвесной стеной. Меня поджидает солдат, заприметивший нас еще издали. Он очень сожалеет, но я не могу ступить на остров раньше трех.

Мне приходится четыре минуты просидеть в лодке, обдуваемой теплым ветерком.

– В армии как делали все через задницу, так и продолжают. Болван на болване, – говорит рыбак, обращаясь к солдату.

– Вот уж не думаю. Когда ты служил, болванов в ней было куда больше, ты один стоил десятка, – парирует тот.

Наконец, поддерживая – один сверху, другой снизу, – они втащили меня на понтон. Можно себе представить, как мне было удобно в узкой юбке, задравшейся выше подвязок. И туфлю я чуть было не потеряла – хорошо, что рыбак успел ее подхватить, прежде чем она шлепнулась в воду.

Не знаю, был ли солдат предупрежден о моем визите, но пропуск он у меня потребовал. Я предъявила. Он крикнул:
– Эй, там!

Со скрежетом открылась тяжелая дверь. Меня перепоручили другому солдату. Всего, как я слышала, их тут тридцать – из них два санитара, трое работают на кухне, – и все заняты одним-единственным узником.

Пересекаю двор, вымощенный во время оно булыжником, теперь он весь в колдобинах и порос травой. Со стен крепости на меня глазеют часовые, я их, разумеется, забавляю, но посмеиваются они молча.

Перед строением, на вид не самым заброшенным, мой провожатый снова кричит: "Эй!"

Нам открывает сержант, который тоже хочет видеть мой пропуск. Он надевает очки и, шевеля губами, читает каждое слово по два раза. Потом заучивает наизусть мое удостоверение личности. Смотрит на часы и сообщает:

– Вы должны уйти ровно в четыре.

Я вхожу в коридор, пропахший хлоркой. Сержант подводит меня к двери, зарешеченной толстыми прутьями, отпирает ее привязанным к поясному ремню ключом, мы входим, и он запирает ее за нами. Дальше мы спускаемся по винтовой лестнице с железными ступеньками – грохот от нас, как от целого батальона.

Внизу опять такая же решетка, и за ней – новый часовой. Вид у него странный: на нем лишь старые штаны, обрезанные по колено, и вылинявшая, без рукавов рубаха, а в качестве знака отличия – латунный гном из сказки о Белоснежке – Чихун, кажется, – пришпиленный на отворот нагрудного кармана. Солдату, довольному, что появился какой-то народ, лет двадцать пять, он босой, и вокруг головы у него повязка с красным солнцем, как на японском флаге.

Не говоря ни слова, сержант уходит, а я следом за своим занятным проводником углубляюсь в нескончаемые коридоры. Я уже теряю надежду куда-нибудь дойти, как вдруг отворяется новая бронированная дверь, запоров на которой больше, чем в банке, и капрал в летней форме, в галстуке защитного цвета впускает меня в помещение, куда, как я подозреваю, выходят тюремные камеры.

– Мое почтение, сударыня, – приветствует он меня, потом обращается к моему провожатому: – Спасибо, Джитсу, ты свободен.

Дверь вновь запирается на все засовы, и капрал оборачивается ко мне – рот у него до ушей, но улыбка кажется кривой, потому что уши у него – одно выше, другое ниже. Роста он небольшого, коренастый, голова к сорока годам полысела, а глаза-пуговки, как и уши, на разной высоте.

– Меня прозвали Красавчиком, – говорит он. – Вот увидите, мы поладим.

Капрал не спрашивает у меня пропуска, зато требует показать, что в моем кожаном портфеле. Я взрываюсь. С каких это пор адвокат обязан...

– С каких пор, не знаю, – перебивает он меня. – Приказ я получил сегодня утром. Я должен убедиться, что вы без моего ведома ничего не передадите заключенному.

Я пожимаю плечами и отдаю ему портфель. Он заглядывает внутрь, закрывает и кладет на стол из неструганого дерева, который вкупе с низким стенным шкафчиком и двумя стульями составляет всю обстановку комнаты.

– Несказанно сожалею, – продолжает он, – но я вынужден вас обыскать.

– Меня что?

– Я тут ни при чем. Наверное, там думали, что будет адвокат-мужчина.

– В таком случае пошлите за женщиной.

– Я не против, – притворно вздыхает он, – но на это уйдет несколько дней.

Я с трудом удержалась, чтобы не сказать ему грубость: пусть-де лапает самого себя и все такое.

– Хорошо, – говорю я холодно, – обыскивайте, но быстро!

– Подымите, пожалуйста, руки.

Он ощупывает меня снизу доверху и сверху донизу. Сначала спереди, не слишком при этом торопясь, потом сзади, поворачивая меня, как куклу. Меня уже обыскивали несколько раз во время войны, при переходе демаркационной линии на реке Шер, но ни одна сволочь не проделывала это с таким усердием.

Выпрямляясь, он одаривает меня самой поганой из своих гримас:

– Ну вот видите, было из-за чего волноваться. А теперь я должен посмотреть, не прячете ли вы чего-нибудь в чулках.

Покраснев не столько от стыда, сколько от негодования, я еле сдерживаюсь, чтобы не влепить ему пощечину, но ему спешить некуда, спешить надо мне, и я покоряюсь. Потом быстро опускаю юбку и спрашиваю:

– Извольте теперь сказать, где мой клиент!

В глубине коридора сбоку расположены три стальные двери. Ухмыляясь, он семенит к средней из них. Пока я привожу себя в порядок и беру портфель, он отодвигает засовы.

– Вот увидите, тут все выкрасили заново. С Кристофом обращаются хорошо. Я ему как брат родной, – говорит он и открывает дверь.

Посреди камеры в рубашке и брюках защитного цвета стоит высокий парень – немного, правда, постаревший, немного раздавшийся, но взгляд, улыбка прежние.

Я приготовила первые слова, предусмотрела жесты, которые должны были скрыть мое замешательство при встрече. Я помнила о Констанции. Я сочинила сказочку, в которой останусь верной, преданной подругой и мы с Кристофом коснемся в разговоре только будущего процесса. Но, едва переступив порог, я оказываюсь в его объятиях, льну губами к его губам и, слабея, с первым же поцелуем вновь обретаю вкус и нежность моей единственной настоящей любви.

Красавчик стоит как истукан и пялит на нас глаза. Когда же Кристоф слегка отстраняется и через мое плечо окидывает его ледяным взглядом, он, кашлянув, демонстрирует нам свою изумительную деликатность.

– Удаляюсь на цыпочках, – шепчет он.

Тяжелая дверь и впрямь захлопывается за ним. Кристоф сжимает меня в объятиях, а потом, потом...

Что толку рассказывать, и так ясно, что в оставшиеся недолгие сорок пять минут нам было не до разговоров. Лишь под самый конец, когда я одеваюсь и, глядя в зеркало пудреницы, стараюсь хоть как-то привести себя в порядок, мы касаемся вопроса защиты. И тут я замечаю в двери камеры небольшое круглое отверстие – меня всю переворачивает при мысли, что к нему сейчас припал своим глазом – то ли верхним, то ли нижним – гнусный капрал.

В одной комбинации я подбегаю, закрываю ладонью отвратительную дыру и задним числом содрогаюсь.

– Какой ужас! Неужели он все это время за нами подглядывал?

Но Кристоф знает не больше меня.

– Если и подглядывал, – говорит он, – кому из нас троих больше не повезло? Но в следующий раз принеси жвачку.

Я надеваю костюм. Когда я вновь оказываюсь в его объятиях на краю узкой койки, у меня уже не хватает мужества расспрашивать о событиях, из-за которых он попал в тюрьму. Впрочем, он меня упреждает:

– Я обратился к тебе за помощью только для того, чтобы вновь тебя увидеть. От этого процесса я ничего хорошего не жду. Будет одна брехня, как в прошлые разы. Меньше всего я хочу оправдываться перед этими жалкими людишками.

Я умоляю его не отчаиваться. Я буду помогать ему изо всех сил, сделаю все, лишь бы его спасти. Я слыву изобретательным адвокатом. А уж для него разобьюсь в лепешку.

Он кладет мне на губы палец:

– Я не отчаиваюсь, я уверен, что выкарабкаюсь.

У него прежний озорной взгляд, а на лице неожиданно проступает мальчишеское выражение.

Я спрашиваю:

– Как тебе это удастся?

– Раньше удавалось. Я ведь уже один раз отсюда выбрался, у меня есть опыт.

Я невольно радуюсь его безмятежности, сам он тоже радуется, видя, что я довольна.

Скорей бы пятница. Что я могу ему принести, кроме жвачки? Ему ничего не надо. Еды и сигарет у него завались. Он проглатывает уйму журналов о кино и комиксов. Красавчик и Джитсу привозят их ему с материка. Оба они – люди генерала Котиньяка, и тот бы их за это расстрелял, если б узнал, но он не знает, а Кристофу достаточно их подмазать. Впрочем, он подкупает обоих деньгами, которые у них же и выигрывает в белот или даму.

Стены камеры блестящие, выкрашены в жемчужно-серый цвет – выглядит недурно, – а на стене напротив кровати прикноплены фотографии актрис: Нормы Ширер, Жизель Паскаль, Джин Тирни, других, мне незнакомых, и, конечно, Фру-Фру в картине *"Шея"*, где она приоткрывает свой пухлый рот, и в *"Ногах"*, где она демонстрирует безукоризненные бедра, – эти картины принесли ей двух "Оскаров".

– Вырезал как смог, – говорит Кристоф, – мне не дают ни ножа, ни ножниц.

– А правда, что Фру-Фру увезла тебя на яхте в начале войны?

Его лицо омрачилось:

– Мне не хочется об этом говорить.

Я пока не настаиваю, к тому же дверь открывается, и Красавчик, переваливаясь с ноги на ногу, изрекает:

– Прошу прощения, но уже четыре, и если дама сейчас не уйдет, мне придется зазвонить в колокол.

– Возвращайся скорее, – говорит на прощание Кристоф.

Вернувшись из Крысоловки, я встретилась со своей помощницей Эвелиной Андреи – она на моей машине приехала в порт Сен-Жюльена.

Она присоединилась ко мне накануне. Мы допоздна сидели с ней над ее записями, обсуждая наши шансы.

Это сорокалетняя женщина с щедрой душой и с такими же щедрыми формами, пожалуй, чуточку злоупотребляющая светлым пивом и крепким табаком, но глаза ее искрятся лукавством, и она деятельнее муравья.

Пока я была у Кристофа, она объездила весь полуостров и насобирала разных сведений, которыми делится со мной по пути в гостиницу.

Мадам, бывшая хозяйка "Червонной дамы", заведует теперь матримониальной конторой в Бурже. Эвелина связалась с ней по телефону. На все увещевания та упрямо отвечала:

– Для содержательницы публичного дома профессиональные секреты значат не меньше, чем для адвоката. Так что сожалею.

Доктор Лозе, который долгое время пользовал женщин из этого самого заведения, покоится на кладбище в своем родном селении в Дордони. Его горничная, несмотря на глухоту и старческое слабоумие, утверждает, что помнит, "как если бы это было вчера", некоего Тони или Франсиса, высокого голенастого парня. Он жил, по ее словам, с двумя девушками-двойняшками, торговавшими на пляжах мороженым. Доктор будто бы дважды выковыривал из него дробь в разное время – до мобилизации и после. Надо взять на заметку.

Госпожа Боннифе, парикмахерша, потеряла во время оккупации мужа, а после капитуляции немцев – волосы. Потом эмигрировала в Германию и вышла замуж вторым браком за того из солдат гарнизона, с кем коллаборация у нее была наиболее тесная.

Умер и Северен, незадачливый супруг Эммы, разведенец, милисьен: выпал из окна в состоянии сильного опьянения. Перед тем как отдать Богу душу, он успел заклеймить позором родного брата и заявить о своей правоте в старой и весьма запутанной ссоре из-за лошади.

Бывшая повариха пансиона святого Августина теперь хозяйничает у плиты богадельни на острове Олерон, где спокойно доживает свой век ее восьмидесятитрехлетняя мать. Если я сочту нужным, Эвелина съездит к ней.

Я вижу, что Эвелина хорошо поработала за тот час с небольшим, на который я ее оставила в порту, особенно если учесть жару и, в связи с нею, необходимость пропустить стаканчик-другой пивка на террасах порта, однако самую главную новость мой муравей приберег напоследок. Ошеломляющее открытие, которое она доводит до моего сведения, когда мы въезжаем в гостиничный парк, заключается в том, что этот ужасный Красавчик и чудаковатый солдат по имени Джитсу, с которыми я имела дело в крепости, – свидетели бурного прошлого Кристофа. Если верить владельцу рыболовецкого судна из Сен-Жюльена, который за стопкой водки не делает тайны из того, что был завсегдатаем "Червонной дамы" и перепробовал всех сменявших друг друга тамошних девиц, первый был сутенером рослой Белинды, а второй – чем-то вроде мальчика на побегушках в самом заведении.

Я сидела за рулем и от удивления чуть не врезалась в пальму. В эту ночь, как и в предыдущую, мы почти не смыкаем глаз. В наших смежных комнатах в гостинице "Великий Ришелье" на ковре в беспорядке валяются листы из досье, переданного мне судьей, остатки ужина, который мы попросили принести наверх, полные пепельницы, пустые пивные бутылки. Обе в неглиже, мы терпеливо, стоя на коленях, восстанавливаем маршрут Кристофа после его побега в августе 1939 года. Скрупулезно сопоставляя факты, мы стараемся определить, где могут обитать сегодня женщины, которые давали ему приют, любили, ненавидели и зачастую губили его.

Вопреки кажущемуся на первый взгляд, добраться до тех, кто живет дальше других, проще, а не труднее. Прямо в досье мы обнаруживаем адреса Йоко, Эсмеральды, девицы по кличке Орлом-и-Решкой. Парижский импресарио сообщает нам по телефону адрес Фру-Фру в Лос-Анджелесе. Затем мы определяем местонахождение почти всех остальных. К тому времени, когда первые лучи солнца проникли в наши открытые окна, Эвелина уже отпечатала и вложила в конверт мои призывы о помощи всем, кого я перечислила, и еще Эмме, Зозо и Толедо. Днем настает очередь Белинды, а назавтра мы можем отослать письмо и Каролине благодаря помощи ее бывшей кухарки.

Вероятно, ни я, ни кто другой так и не узнаем, что стало с Ванессой и Савенной, двумя сестрами-близнецами из "Червонной дамы". Я очень сожалею об этом, поскольку сведения из досье косвенно подтверждают болтовню старой горничной доктора Лозе. Бросив промышлять проституцией, они, по-видимому, целый год прятали у себя Кристофа – с того момента, как он, раненый, убежал из осажденного пансиона святого Августина, и до того, как он, находясь в столь пиковом положении, бежал на борту "Пандоры". Так как Кристоф был не в состоянии различить их даже в постели, он так и не мог сказать, которая из двух выстрелила в свою сестру из ружья в лачуге на берегу моря, где они делали ванильное и фисташковое мороженое, – к несчастью, в тот самый момент, когда его надоумило встать между ними.

Не узнать мне, что стало с Саломеей, Малюткой Лю, Ясминой, некоей Гертрудой, которую он встретил в Вене и которая донесла на него англичанам, – о ней он упорно хранил молчание, сказав лишь:

– Бывает, нас предают и женщины, если они слишком долго прожили среди мужчин.

Я вспоминаю этот июль и этот август как время жесточайших контрастов – прохладной тени и палящего зноя.

Благотворная тень – это камера Кристофа. Кровать, одеяло защитного цвета. Стол, прикрепленный к стене, занятый целиком макетом “Пандоры”, который Кристоф клеил из спичек, чтобы как-то развлечься. Давно забытый запах школьного клея. Высоко под потолком – зарешеченная отдушина, глядевшая во двор, куда Кристофа выводили на прогулку. Стул один-единственный, но великолепный и страшно нелепый, типичный стул из борделя, сохранившийся от веселых времен. Его из “Червонной дамы” приволок один сентиментальный артиллерист-немец, выменяв на ящик маргарина.

Фотографии на стене менялись почти так же часто, как состав правительства, однако Кристоф оставался неизменным в своих привязанностях – актрисы фигурировали одни и те же: Норма Ширер, Жизель Паскаль, Джин Тирни, Фру-Фру и Мартина Кэрол, еще только возносившаяся в небеса, усеянные юными звездами.

Зной – это мои ночи, мое одиночество, моя борьба с временем. Эвелина Андреи отправилась в Париж. Для поездок в Крысоловку и обратно я наняла скутер. По примеру Белинды, проделывавшей то же самое ради Красавчика, я поднималась на маяк и созерцала высокие стены, за которыми держали моего возлюбленного.

Красавчика я бы с радостью убила. Я решила, что так и сделаю, когда все будет позади и Кристоф окажется на свободе. Я буду поджаривать Красавчика на медленном огне, как апачи в вестернах, и упиваться его нескончаемыми мучениями. Не помню, чтобы я кого-нибудь так ненавидела, но ненависть к такой мрази не может быть грехом.

После первого посещения тюрьмы и унижений, которым он меня подверг – не говоря уже о том, что он лицезрел меня во всей моей наготе и страсти, – я хотела пожаловаться судье Поммери. Но по зрелом размышлении отказалась от этого намерения. Что бы я выиграла, сознавшись, что доставляла своему клиенту в камере те удовольствия, которых он был лишен? В лучшем случае они отвели бы нам для бесед специальную комнату, где нам с Кристофом пришлось бы вести разговор в присутствии вооруженных до зубов охранников. И потом, Красавчик, полновластный владыка пятачка, где содержался Кристоф, обладал в наших глазах неоценимым достоинством, которого мог быть лишен другой тюремщик: его легко было подкупить. Зачастую людям и невдомек, до какой степени услужливости доходит подкупленный человек.

Короче, я раздумала – по крайней мере, до процесса – строить из себя недотрогу, чтобы не оказаться в смешном положении перед судебным ведомством. Что же до глазка в двери, в который пялился этот тип, я последовала совету Кристофа и во второе свое посещение – как и во все прочие – принесла американскую жвачку "Дентин", предохранявшую, кроме всего прочего, зубы от кариеса. Стоило мне, войдя в камеру, разжевать кусочек и заткнуть глазок, ситуация менялась на противоположную: теперь уже Красавчик не мог на нас жаловаться, не обвинив самого себя в том, что он покушался на тайны защиты. Судебное решение, бывало, отменяли и по менее серьезному поводу.

Я обязала себя, разговаривая с этим гнусным типом, изображать приветливость, дабы привлечь его на нашу сторону. Даже без чулок – жара стояла невыносимая, и я одевалась легко – я, направляясь в крепость, натягивала на правую ногу резинку, к которой прицепляла новехонькую тщательно сложенную банкноту. Оставаясь наедине со мной в предбаннике перед камерами, он еще не успевал высказать свое пожелание, как я с готовностью приподнимала юбку, но не слишком высоко – дальше ему нечего было соваться. Красавчик сам нагибался за деньгами, из-за которых, собственно, и держал язык за зубами. В первый раз он был если не шокирован, то, во всяком случае, изрядно удивлен. Но потом привык. Однажды он осмелел до такой степени, что сделал мне своеобразный комплимент:

– Знаете, если когда-нибудь ваши дела пойдут плохо и вы захотите освоить новую профессию, обращайтесь ко мне. Можем скооперироваться.

Мне даже не захотелось давать ему пощечину. Я лишь пожала плечами и сказала, что там будет видно.

Мир, в котором мы живем, обезумел. Что же странного, если я тоже сошла с ума? Осмысленным в какой-то степени оставалось во мне только воспоминание о сухом щелканье запоров в недрах острова посреди океана, о двери, которая, отворяясь, дает доступ к лучшей поре моей жизни, к лицу, голосу, телу любимого человека, к тому, что как раз и принято называть, Бог знает почему, безумством.

Первой, против всякого ожидания, откликнулась на мой призыв Эсмеральда. Она прислала из Нью-Йорка телеграмму, написанную по-французски:

Если Фредерик и Кристоф – действительно одно и то же лицо, я считаю его способным на все преступления, в которых его обвиняют, кроме, разумеется, первого. Свидетельствую, как на духу, что вступила с ним в половую связь из простой заботы о своем душевном равновесии, – о насилии ни с той, ни с другой стороны не могло быть и речи. Если он утверждает обратное под тем предлогом, что поначалу я держала его связанным по рукам и ногам, то пусть ему отрубят голову. Обязуюсь открыть специальный счет в Национальном банке, чтобы его могилу два раза в неделю украшали цветами. Поверьте, я очень огорчена случившимся. Примите мои уверения в совершеннейшем почтении.

Эсмеральда.

Когда я показала это послание Кристофу, он расхохотался, а на последовавшие вопросы по своему обыкновению ответил:

– Прошу тебя, это было так давно, что мне не хочется об этом говорить.

Второй пришла телеграмма от Йоко. Она обещала прислать длинное письмо, в телеграмме же сообщала, что выходит замуж за очень обаятельного инженера-агронома – именно через него Фредерик-Кристоф передал Йоко весточку о себе, – тот был *"пленным японским солдатом, в Бирме, и эти славные люди, француз и медсестра, кормили его"*.

На этот раз Кристоф был несколько красноречивее обычного, но до конца я все для себя прояснила, лишь дождавшись рассказа Толедо.

Затем мы получили бредовое письмо от девицы по кличке Орлом-и-Решкой. Эвелина Андреи, давясь от смеха, перевела мне его по телефону, так как английский знала много лучше меня. Если вкратце – а это нелишне отметить, – то во время кораблекрушения моя корреспондентка испытала такой ужас, что у нее, бедняжки, полностью нарушился обмен веществ, теперь она весит больше двухсот фунтов, это позволило ей сделать успешную карьеру в женском кетче, очень популярном в США, но стоило ей привязанности двух мужей, на которых она подала в суд: на одного (Стокаммера), настоящего, законного ее мужа, – за то, что он страдал жестоким психическим недугом, на другого (Матьё, актера) – потому, что он убежал из дома в "Беверли-Хиллз" вместе с цветной служанкой и полотном Таможенника Руссо, принадлежавшим ему лишь на треть. Еще она обвинила их в том, что они принуждали ее к неумеренному потреблению алкогольных напитков и половым извращениям, как-то: оральному возбуждению полового члена, бичеванию и содомии. В качестве возмещения она требовала миллион долларов, возврата трети картины и целиком всей служанки, а также кое-чего по мелочи, например замены фильтра в бассейне, охотничью фуражку, которую в 1943 году подарил ей на Рождество генерал Паттон или, может, его ординарец, а также полной оплаты еженедельных визитов к психиатру, лечившему ее от провалов памяти. Именно в один из таких провалов и угодил Фредерик-Кристоф, а также все пассажиры и пассажирки "Пандоры" и сами ее обломки после кораблекрушения. Но если когда-нибудь кто-либо или что-либо связанное с этой ужасной катастрофой всплывет в ее памяти, бесплатно я эти сведения не получу. Ведь она до сих пор остается единственной их владелицей и, если меня угораздит воспользоваться ее именем, подаст в суд и на меня.

Я попросила Эвелину выбросить опус этой психопатки в корзину.

Когда я пересказала основные пассажи ее письма Кристофу, он насупился. Признаться, на мгновение у меня мелькнула мысль, уж не заговорила ли в нем мужская гордость из-за того, что женщина, некогда им завоеванная, оказалась способна его забыть, пусть даже после кораблекрушения. Однако он объяснил свою реакцию следующим образом:

– Картину, о которой она ведет речь, я видел на борту "Пандоры", она изображала деревенскую свадьбу, там было множество зелени и маленькие желтые цветы. Ее нарисовал один художник с киностудии для фильма *"Глаза"* о глухонемой с Фру-Фру в главной роли. Похоже, у бедняжки не все в порядке с головой, если только Таможенник Руссо не работал художником в Голливуде.

Потом, выйдя из затянувшегося состояния задумчивости, он хмыкнул и сказал:

– Кетчистка! Она и вела себя как кетчистка, когда запиралась со мной в своей каюте.

Я дала ему хорошего тумака, но во мне не было и половины веса этой девицы, и он быстро со мной сладил.

В начале августа я стала получать свидетельские показания, которые, если мой план удастся, будут предшествовать моим.

Первым делом я ознакомилась с историей Каролины, которую та поведала в длинном письме, написанном от руки на листках из ученической тетради изысканным, хотя и несколько угловатым почерком, который выдавал привычку пользоваться перьями "Сержан-мажор". Помарок в письме я обнаружила мало – учительница явно редактировала написанное, прибегнув сперва к плану и черновику, как учила этому своих учеников. Я не стану обсуждать ее стиль, так как сама не больно в ладах с имперфектом сослагательного наклонения, но, как я уже отмечала в свое время, лицемерие этого ангела добродетели не раз приводило меня в оторопь.

Что бы там ни было, теперь она занимается новым благородным ремеслом: стала бортпроводницей. Письмо, судя по штампу, она послала из Стокгольма. Вот так война переворачивает все вверх дном.

Белинду, которая давно уже не живет по адресу, по которому ей написали, мой муравей нашел в парижском кабаре "Четыре флага" на улице Гэте. Между двумя буги-вуги студенческого квинтета Белинда исполняла номер, принесший ей некоторый успех в последние дни существования "Червонной дамы".

Как-то вечером, в пятницу, после посещения Кристофа, я села в Рошфоре на поезд и поехала ее повидать. В черном смокинге, галстуке-бабочке и складном цилиндре слащавым, монотонным, на удивление детским голосом она пела по-французски попурри из наиболее известных песен Марлен Дитрих. Примерно моя ровесница, она жила одна в небольшой квартире на улице Деламбр и из окна могла видеть то место, где в качестве проститутки делала свои первые шаги.

Теперь она это занятие бросила – так она сама мне заявила, и врать ей вроде ни к чему. У нее был безмятежный вид человека, завязавшего с прошлым. На Дитрих Белинда не походила, была женщиной иного склада, но очень красивой, много красивее, чем я ожидала. Заработанными деньгами ей воспользоваться не пришлось – после расчетов с Мадам у нее ничего не осталось, – но она и думать об этом не думала. И все же с прошлым она завязала. Каждый вечер в свете юпитеров, а в воскресенье еще и утром, она становилась той, кем мечтала быть в семнадцать лет, и даже *"мундштук был при ней"*.

Я приехала с диктофоном. Она уделила мне три дня, почти все свободное от выступлений время. Я в точности записала рассказ Белинды, сохраняя, по возможности, ее манеру говорить, как, впрочем, поступала и в других случаях. Следует отметить, что Белинда не очень удивилась, когда узнала, что тот, кого она называла Тони, жив.

В последний раз мы виделись с ней в пустынном зале кабаре, освещенном одной-единственной лампой. Смокинг она не сняла и была немного навеселе. В глазах ее стояли слезы усталости. Белинда хотела, чтобы я передала ее слова заключенному, но сама не знала, что́ сказать. Наконец она пожала плечами и махнула рукой, словно говоря: "Да пошло оно все!" На прощание она обняла меня, и я ушла.

На следующий день после моего возвращения в Сен-Жюльен меня ждало большое письмо от Йоко.

Сорок пять листов, отпечатанных на машинке через один интервал на французском языке, который я не стала поправлять, во-первых, из-за недостатка времени, а во-вторых, из-за того, что японочка, вероятно, очень старалась. И потом, стоит судье лишь взглянуть на ее повесть, и она лучше любых отточенных фраз убедит его в искренности собранных мною свидетельских показаний, после чего он уже с легким сердцем приобщит их к делу.

Еще через несколько дней пришло домашнее задание Эммы. Она вновь вышла замуж, за врача из Драгиньяна, и была теперь матерью двух маленьких мальчиков. Писала она мелким, но разборчивым почерком рисовальщицы. Эмма выражала надежду, что я не стану просить ее присутствовать на процессе.

Здесь мне нужно повиниться в оплошности, которую я совершила в ту ночь, когда обратилась к этим женщинам за помощью. Среди прочего бреда обвинение упивалось баснословными суммами, которые Кристоф якобы заработал на спекуляциях и спрятал за границей. Мне показалось весьма существенным – или, если употребить здесь наиболее подходящее выражение, пунктом первостепенной важности – выдвинуть на первый план наследство, которое Кристоф получил от бабушки. Он сам в Марселе в феврале подписал ее дарственную в присутствии нотариуса. Сам он отказывался об этом говорить. Нетрудно догадаться, что в случае несчастья все должно было перейти Констанции, но мне показалось хитроумным расспросить об этом своих корреспонденток. Прежде всего я хотела узнать подробности, но, признаться, в какой-то степени также использовать это в качестве приманки, если бы кто-нибудь из них заколебался, стоит ли мне отвечать.

Заканчивая письмо, Эмма назвала мой вопрос по этому поводу "оскорбительным" и не преминула утереть мне нос. Кристоф же, узнав об этом, обозвал меня идиоткой.

Наконец, ближе к концу августа, пришло написанное по-английски письмо из Нью-Мексико от Дженнифер Маккины по прозвищу Толедо – Эвелина Андреи очень точно перевела ее рассказ. Отсидев три месяца в тюрьме за *"халатность, нанесшую урон Военно-морским силам США",* бывшая медсестра вышла замуж за владельца придорожной закусочной *"Twin Oaks",* "Сросшиеся дубы", куда поступила официанткой. Всего лишь меньше года назад Кристоф бросил ее посреди виноградника на севере Бирмы – кстати, совсем недалеко от британского гарнизона, – а она говорила об этом, как если бы с тех пор протекла целая жизнь. Так оно, впрочем, и есть, ведь время движется для всех по-разному.

Под конец Эвелине Андреи удалось отыскать Зозо, адреса которой мы не знали, – отыскать в городе, указанном в досье. Этот цветок колоний цветет теперь в Довиле. Более дальновидная, чем Белинда, она покинула "Червонную даму" до того, как Мадам рассчиталась с ней по-свойски, и истратила свои десятилетние сбережения, чтобы выкупить саму себя у своего хозяина, возместив его потери при расчетах с содержательницей публичного дома. Не имея ничего за душой, в последние месяцы оккупации и во время освобождения Нормандии она обслуживала высших военных чинов – немцев, а затем и американцев, оказывая тем и другим неоценимую услугу: уступая неодолимой тяге к цветным женщинам, они могли сохранить чистой свою совесть.

Эвелина быстренько села на поезд и вскоре уже была в Довиле, где три часа беседовала с Зозо под большим зонтом на залитом дождем гостиничном пляже. Невозможно передать изумление Эвелины, когда она впервые увидела эту лань с лилейно-белым личиком. По телефону она готовила меня к этому потрясению с такими предосторожностями, что я едва ли не представила самое худшее – смерть моей матери. В результате оплошности, встречающейся чаще, чем принято думать, ничто в увесистом досье не позволяло предположить, что Зозо белая. Сама она, разумеется, придавала этому второстепенное значение, но Каролина в своем письме, но Белинда, несколько раз упоминавшая ее имя?!

Эвелина Андреи, возможно не до конца оправившаяся от потрясения, прежде чем записывать ее сюсюканье, изложила ей показания ее бывшей товарки, чем, по-видимому, допустила ошибку, хотя теперь об этом судить трудно. Их версии событий противоречили друг другу, и нам пришлось заключить, что одна из двух гетер все сочинила. Но которая?

Зозо я не видела. Я видела Белинду и знаю, что по крайней мере в главном Белинда была искренна. Тогда как многие годы изо дня в день красить себя с головы до ног в черный цвет – это, строго говоря, не свидетельствует о чистосердечии. Но Эвелина видела Зозо и уверена, что та тоже не лжет. Должна признаться, что при прослушивании записи, несмотря на досадную помеху – стук дождя по полотну зонта, – голос лженегритянки звучит так непритворно, а временами и с такой горячностью, что я, право, не знаю, что и думать.

Мне возразят, что я зря все усложняю, ведь Кристоф, к счастью, рядом и все может расставить по своим местам. Но у него, как потом выяснилось, вовсе не было такого желания.

– Зозо рассказала тебе что хотела, Белинда тоже, – заметил он. – Если та или другая или даже обе пораскинули мозгами, прежде чем говорить, то, конечно, не для того, чтобы мне навредить, и я не стану ловить их на слове, так же как Ляжку, или Толедо, или кого бы то ни было. Каждая из них протянула мне руку помощи в тот момент, когда я в ней больше всего нуждался. А для меня это святое!

Как сейчас помню: я сижу на краю кровати, а Кристоф стоит посреди камеры. Увидев, что у меня на глаза навернулись слезы, он обнял меня и нежно сказал:

– Ты ведь знаешь, как я тебя не люблю!

И весь остаток дня мы так крепко не любили друг друга, что я до сих пор ломаю голову, кто же из них говорил правду: Зозо или Белинда.

В следующий раз, уходя, я протянула Красавчику руку – у него даже дух захватило. Превозмогая отвращение, я долго не отнимала ее. Потом со всей приветливостью спросила:

– А правда, что и вы сидели в этой крепости?

– Ни в коем разе!

– Так говорила ваша старинная приятельница Белинда.

– В первый раз о такой слышу.

– Все, однако, знают, что вы были ее любовником.

– Все лгут.

Я вытерла руку о платье и вышла вон.

У решетки, которую сторожил Джитсу, я вновь попытала счастья. Мне казалось, он парень неплохой. И даже весьма услужливый.

– Вы ведь часто видели Кристофа, когда работали в "Червонной даме"? – спросила я. – С кем он чаще имел дело, с Зозо или Белиндой?

Переступая с ноги на ногу, тот с видом побитой собаки отвел глаза и ничего не ответил: то ли боялся генерала Скотиньяка, то ли ему строго-настрого приказали молчать.

– Умоляю вас, Джитсу, – настаивала я. – Мне очень важно знать.

Я прикоснулась к его подбородку, чтобы заставить Джитсу взглянуть на меня. Он отстранился, будто я зачумленная. Я отказалась от своего намерения, но вид у меня, наверное, был до того убитый, что он, открывая большим ключом решетку, на прощание сочувственно сказал:

– Ну-ну, мадемуазель адвокатша, не надо доводить себя до такого.

Но это и все, что я от него услышала.

Разумеется, у меня сложилось свое представление о правдивости свидетельских показаний, которые я прочла вдоль и поперек и тщательно проанализировала, сопоставив приводимые факты во всем их хитросплетении. И я понимаю, чего эти показания стоят. По сути, ни одна из моих корреспонденток не удовлетворилась ролью свидетельницы.

Не заботясь о том, что их могут оспорить, все они норовили передернуть карты, лишь бы вызволить из беды человека, который в разной степени, но перевернул их жизни, – и все-таки все они, даже Каролина, искренне его любили. Сердце женщины сродни океану – при самых неистовых бурях оно, Бог знает как, упорно сохраняет свое естество, и глубины его темны и незыблемы.

Как бы то ни было, за две недели, предшествующие процессу, я не получила известий только от Фру-Фру. С ней возникли такие сложности, что мы с Эвелиной уже отчаялись вовремя до нее добраться. Теперь она не только кинозвезда, но и вдова магната – владельца парфюмерных фабрик и институтов красоты. Нипочем не узнаешь, в какой стране или в каком самолете она в данную минуту находится.

Помог мне ее найти Кристоф. В одном из журналов, которые я ему каждую неделю приносила, – в "Экран франсэ" – сообщалось о ее пребывании в Монте-Карло на торжественном обеде в пользу чего-то или кого-то. Эвелина тут же помчалась в Монте-Карло.

Фру-Фру на Лазурном берегу, но как к ней попасть? Поначалу моему муравью не удалось уломать даже приятеля помощницы секретарши ее третьего шофера. Но Эвелина так просто не сдается – таков уж самый маленький из ее недостатков. Раз ей не удалось добраться до актрисы, она атаковала предпринимательницу. Я и сама могла бы догадаться об этой возможности, ведь козырем, который Эвелина вытащила из рукава, был мой собственный отец.

Люсьен Деверо-Лепаж, последний носитель этой двойной фамилии, – единственный передо мной наследник (и пусть остается им еще очень долго!) состояния, которое активно приумножали девять поколений парфюмеров, обосновавшихся в Грассе. Фабрики, принадлежащие ветви Деверо, производят кремы и макияжи также во Вьерзоне, Роморантене и некоторых других городках Солони. Я и сама этими кремами пользуюсь с превеликим удовольствием. Девочка из Монружа, еще в бытность свою маникюршей часто видевшая два сплетенных "Л", нашу фамильную монограмму, была польщена телефонным разговором с моим отцом, который затем передал трубку Эвелине, поведавшей ей о том, что приключилось с дылдой, которого Фру-Фру в 1942 году считала мертвым, в 1945 году живым, а потом снова мертвым.

И тут воистину начались чудеса, потому что Фру-Фру ничего не делала наполовину На следующий день утром армейский вертолет прилетел за мной прямо на полуостров и доставил на аэродром в окрестностях Периге, откуда частный двухмоторный самолет переправил меня в Ниццу. Ровно в час я обедала вдвоем со звездой *"Глаз"* и *"Шеи"* в фургоне пятнадцати метров длиной на киностудии "Викторин".

Звезда заканчивала фильм под названием *"Локоть"*, в котором исполняла роль чемпионки по теннису, повредившей правый локоть и втайне учившейся быть левшой, чтобы не выбыть из игры, не опуститься на дно, черпая забвение в алкоголе. В конце концов чемпионат она выигрывает. Над кортами Монте-Карло поднимают американский флаг, и она появляется перед публикой вместе со своим ребенком, о существовании которого никто не догадывался, – отца он, естественно, не знал и воспитывался все это время в швейцарском колледже. "Короче, дерьмо", – заключила Фру-Фру.

Под отменно старомодными очками библиотечной крысы глаза Фру-Фру отливали зеленым. Официально ей было двадцать пять, но для немногих близких друзей – двадцать восемь или двадцать девять, по настроению. Она была такой же красивой, как на экране, но улыбалась куда реже. Фру-Фру бесстрастно шутила, в основном над собой, но при случае не щадила ничего и никого. Она сохранила выговор предместий и стрекотала не хуже пулемета.

На съемки ее позвали лишь в конце дня. Я проводила Фру-Фру до павильона и посмотрела ее в эпизоде –

если кто помнит фильм, – когда в пустой раздевалке ей дает пару пощечин Агнесса Мурхед, ее тренер. Фру-Фру попросила Мурхед бить по-настоящему. Хватило двух проб, пощечина удалась, тем не менее Фру-Фру заявила по-английски:

– Пусть этот сукин сын сценарист отсиживается на Бикини. Попадется мне под горячую руку, прибью.

Вечером Фру-Фру оставила меня переночевать у себя в "Отель де Пари". Рассказ ее затянулся далеко за полночь. Она была в черном махровом пеньюаре, лицо гладкое, без всякой косметики, без очков. Золотые волосы блестели при свете лампы. Я заснула, когда мы бороздили открытое море в районе Мозамбика.

Назавтра было воскресенье. Я пошла с ней на теннисный корт, где она тренировалась каждый день по два часа – до или после съемок. Внимательно, с серьезным видом слушала она наставления чемпиона США – судя по внешности, индейца. Потом ее подошел поцеловать гигант-француз, месяцем раньше выигравший Уимблдонский турнир. Он и сказал мне, пока она рыла носом землю, играя с настоящей теннисисткой, что ее наплевательское отношение к своей профессии – напускное. Я сама заметила, что, хотя она никогда прежде не брала в руки ракетку, за какие-то несколько месяцев ей удалось достичь вполне приличного уровня в игре у сетки. Она бросалась за мячом с жадностью хорька, лупила слева с неутомимостью метронома и совсем не тушевалась при ударе с лету. Но самая большая удача – если в спортивных сценах в середине фильма, когда предполагалось, что она повредила правый локоть, пришлось зеркально перевернуть пленку, то в финальной сцене триумфа она смогла обойтись без пепельно-русой дублерши, потому что сама от природы была левшой.

Разумеется, за два дня нельзя по-настоящему узнать человека, тем более с помощью диктофона, однако когда я переписывала сказанное актрисой, меня часто подмывало кое-что вычеркнуть, кое-что исправить. Но повторю, я не делала ничего подобного ни с одним из полученных мной свидетельств. Надеюсь, однако, что ее показания, в которых сквозит постоянное недовольство собой, ближе к истине, чем другие.

Фру-Фру попросила, чтобы меня отвезли обратно на косу Двух Америк точно так же, как привезли. Она дала мне письмо для Кристофа. Не знаю, что меня удержало от того, чтобы распечатать его во время полета – нежелание предавать их или предавать саму себя. Несмотря на шум моторов, в ушах у меня стояла фраза, которую она сказала на прощание: "Я не шибко грамотная, он всегда надо мной посмеивался".

Кристоф прочел письмо, засунул его в карман рубашки и надолго задумался. Потом вздохнул и сказал:

– Черт, выпить бы чего-нибудь!

У нас уже выработались свои привычки. Я позвала криворожего слугу, и он принес водку, которую хранил у себя в стенном шкафу. Эта бутылка, которую я купила в городе, обходилась с каждым разом все дороже, но Кристоф имел право на бесплатную стопку.

Макет "Пандоры" был закончен. На столе, прикрепленном к стене, уже создавался новый. Кристоф хотел точно воспроизвести свой бамбуковый плот, на котором он странствовал по Тихому океану.

Я его спросила:

– А что ты будешь мастерить потом?

– Если хватит времени, наверно, сампан, на котором мы жили с Малюткой Лю. Или сооружу одно плавучее средство, оно, правда, не очень изящное, и потом, все тут же догадаются, как я смылся отсюда в первый раз.

– А мне ты не хочешь об этом рассказать?

– Нет, а то тебя обвинят в сообщничестве.

– Ты ведь знаешь, я умею хранить тайны.

– Когда их не знаешь, жить проще и спокойнее.

Он так и не раскололся. Не сказал он и о том, как думает убежать сейчас. Ради моего удовольствия и удовольствия любить меня два часа в неделю он решил подождать до оглашения приговора, вот и все.

– Даже если мне скостят срок до трех лет, я убегу.

И его поцелуи отдавали тогда водкой и приключениями.

Суд по техническим причинам, которые я теперь не припомню, отложили на десять дней. Председатель суда Поммери сообщил мне эту приятную новость по телефону, предваряя ею плохую: он прочел "жизненные истории", которые я ему передала, его даже позабавили некоторые фру-фружеские и йокотинские пассажи, но в моих собственных интересах и в интересах моих корреспонденток приобщать эти показания к делу, по его мнению, не следовало.

– Разумеется, – добавил он, – если вы из прихоти станете настаивать и, завизировав каждую страницу, письменно потребуете приобщить их к делу, тогда что ж. Но большого толку от них не будет, а по крайней мере, четырех из этих женщин, уже давших показания, обвинят в лжесвидетельстве, что же до Дженнифер Маккины, ею в первую очередь должно заинтересоваться американское правосудие.

Я впала в уныние. Это было вечером в понедельник. Всю ночь я не сомкнула глаз. Кристоф без особого восторга отнесся к моей затее построить защиту на признаниях его бывших любовниц – по разным причинам, но не последнюю роль сыграло и то, что мои посещения могли проходить куда более приятно. По правде сказать, тут я была с ним согласна.

На следующий день я принесла Кристофу полтораста страниц свидетельских показаний и передала их ему в присутствии Красавчика, призвав на его голову все громы и молнии, если за два дня, которые они будут у заключенного, Красавчик посмеет в них

356

заглянуть. Кроме того, я вручила этой липкой крысе пятьсот франков – он, однако, заметил, что у него, как у всех, два глаза, и мне пришлось подкинуть еще пятьсот.

– Слеп, глух, нем – вот мой девиз, – сказал он, засовывая их в карман.

Когда мы остались с Кристофом вдвоем, он растянулся на кровати и занялся рассказом Эммы. Кристоф даже не заметил, что я раздеваюсь. Я просидела с ним битых полчаса. Несколько раз раздавался его смех. Кристоф положил голову мне на ноги, чтобы удобнее было читать. Машинально он запустил ласковые пальцы – стыдливость не позволяет мне сказать куда. Вдруг он помрачнел, собрал листки и заявил:

– Ты не должна это никому показывать, я запрещаю! Я и так причинил этой женщине достаточно зла.

Уходя, я все же оставила ему шесть других свидетельских показаний.

Я снова села в скутер и вернулась в Сен-Жюльен. У меня руки опускались, хотя это не в моем характере. Не хватало сил и веры даже поставить свечку в деревенской церквушке, как когда-то сделала Белинда. Но как раз в этот вечер произошло чудо – и чудо немалое.

Когда я вошла в новехонький холл "Великого Ришелье" с единственным желанием принять ванну и залечь в постель, ко мне приблизился один из служащих отеля. Он явно испытывал большое облегчение.

– Наконец-то, мадемуазель! Вас в баре ждет женщина, уже несколько часов. Двенадцатую рюмку коньяка приканчивает.

Отдыхающие все еще околачивались на пляже. В глу небольшой пустой залы у опущенных занавесок идела, печально склонив голову, женщина неопределенного возраста с распущенными волосами. Как ейчас помню, она говорила сама с собой и не переста-а, даже когда я подошла к ее столику.

Ее зеленое, искусственного шелка платье выше колен явно сохранилось еще со времен оккупации, и в разрез выглядывал лифчик сомнительной чистоты. Я раньше не встречала этой женщины, но когда она подняла на меня свой затуманенный взор, когда я поглядела на ее одутловатое лицо, на щеки в красных пятнах, она показалась мне знакомой, чего не могло быть. Не знаю почему, но я сразу догадалась, что это девица из "Червонной дамы", и сердце у меня отчаянно забилось. Я почему-то сразу уверилась, что передо мной Саломея.

– Ты, что ли, адвокат? – пропитым голосом спросила она, оттоняя сигаретный дым. – А я Мишу, Ниночка, если угодно. Приятельница Жоржетты – Длинной Жирафы. Приземлись, а то свет застишь.

Я села рядом.

– Кликни официанта, а то меня он обслуживать больше не хочет.

Я заказала ей еще один коньяк. Она наклонилась над столом, чтобы лучше меня разглядеть. Однако видеть она меня явно не видела.

– Это пакостное заведение здорово изменилось, – сказала она. – Уж и не верится, что я тут всю свою молодость провалялась в постели с клиентами.

Я не сразу поняла. Только от нее я и узнала то, о чем умалчивал весь город. Выходит, я жила в бывшем борделе. Этой весной за какие-то десять недель "Червонная дама" превратилась в "Великого Ришелье". Подновили фасад, поставили перегородки, пристроили два современных крыла, расширили парк, соорудили два теннисных корта и бассейн, все покрасили белой краской, покрыли розовым асфальтом, стекло фирмы "Сен-Гобен". Бар, где я слушала Мишу, был прошлом частью большой гостиной, где на диванчиках сидели девицы. Моя комната, судя по описанию, "Конфетницей" Эстеллы – выходит, в этом ло щрялась в разврате Саломея.

Я могла до скончания века тратить свои одинокие дни на поиски этого заведения в Морских Коронах. "Червонная дама" стоит здесь, перед сосновой рощей, тянущейся вдоль океана, у самого выезда из Сен-Жюльена. "Червонная дама" преобразилась окончательно и бесповоротно, зато представление, которое я о ней составила, постоянно менялось по мере того, как я знакомилась с рассказами ее обитательниц. Увы, где теперь хрустальные люстры, прекрасные платья, шампанское, рояль Белинды! Где заведение, радушно открывающее свои двери нотариусу и аптекарю! Где шипучее вино, где покрытое белым лаком пианино Зозо! Прикуривая одну папиросу от другой, Мишу говорила:

– Это был самый жалкий бордель на свете. Гнусная забегаловка для солдат, нравилось там лишь немногим греховодникам, которых не отпугивала грязь. Накачивались дешевым красным вином, слушали старую треснувшую пластинку, которая по нескольку раз за ночь останавливалась на *"Смелее, парни, где там небосвод... вот... вот..."* Черт! Сколько можно вопить об одном и том же!

Мишу нашла меня по объявлению в газете. Она живет теперь в Сенте, и ей пришлось ехать на междугородном автобусе. Если я правильно поняла, Мишу нашла себе пристанище у цыган, поблизости от городской свалки, где добывала себе чтиво. Хотя и наполовину ослепшая, Мишу любила читать, особенно рубрику "О разном" и некрологи, в крайнем случае мелкие объявления. Она оказалась первой и единственной, кто откликнулся на несколько строчек, которые Эвелина Андреи поместила в июльских номерах местных газет.

Я обещала возместить ей затраты на билеты, оплатить очки и подкинуть деньжат в обмен на сведения, которые, если ей верить, должны были меня сильно заинтересовать.

Мишу залпом выпила коньяк, от которого ее всю передернуло. Она это мужественно перенесла, после чего поведала мне жуткую историю.

"Я не всегда была такой, как сейчас, – начала Мишу. – Тогда – с тех пор прошло, наверно, лет двенадцать, которые кажутся мне теперь двенадцатью веками, – я была неоперившимся птенцом. Представь себе пустошь вблизи Сен-Флу, где я пасла коров, – у самой излучины Ла-Бют. Не успела я как следует протереть свои гляделки, как меня уже закадрил один мастак скакать в кровати.

Гляделки были у меня с кулак, светло-серые, и сама я была девка что надо – плотная, не ущипнешь. Волосы вот досюда, я их обесцвечивала перекисью, а щеки – как у русской матрешки. В шутку я говорила, что мою мамашку поимел князь из степей – ах и сволочуга, – от него я и родилась. Поэтому иногда меня звали Ниночкой.

Так вот, представь себе однажды ночью гостиную, прокуренную целой стаей наших горлопанов, и мы с девками – в рубашках да в закатанных чулках на резинках и с голыми задницами, чтобы времени зря не терять, и рожи у всех размалеванные. Волочу я, значит, наверх одного вояку – я с ним раз двадцать забавлялась с тех пор, как начала работать в борделе. Он был капрал, фамилия – Ковальски. В тот день он налакался как скотина – поляк, что с него возьмешь.

Опускаю подробности и то, с каким трудом удалось втащить мужика на лестницу. Короче, добрались мы до комнаты, а он не хочет ни сверху, ни снизу, ни валетом, никак. Знай себе скулит на краю кровати, возле лампы с подвесками, которые делают дзинь-дзинь, когда дотронешься. Уставился в пустоту и скулит, скулит, и ни слова, как партизан. Я наклоняюсь штырь ему нарастить, а он, хрен такой, даже портки не снимает. Не надо ему. За сто су он хочет лишь шмыгать носом и скулить, как больная собака.

Что ж, отдохнуть я не прочь. Сажусь сзади, достаю лак для ногтей, чтобы закрепить петлю на белых чулках.

– Что, цыпленочек, жизнь наперекосяк пошла? Поделись со своей девочкой, облегчи душу.

А он знай трясет меня как грушу и долдонит:

– Я дерьмо! Дерьмо! Я никому еще про этот ужас не рассказывал, но сегодня не могу терпеть! Сил нет!

И снова как воды в рот набрал. Чувствую, стану сидеть бревном, он еще долго будет копаться молча в своих воспоминаниях, вот я его и подначиваю, не выпуская из рук чулка.

– Давай-давай, рассказывай, цыпленочек.

Тут он вытирает лицо ладонью и, всхлипывая, говорит:

– Было это в прошлом году, под Арлем, на празднике Четырнадцатого июля. Один наш рядовой подцепил на балу красотку – дочь деревенского головы в той самой деревне, где нас расквартировали...

«Полине было восемнадцать, – рассказывал Ковальски. – Свежа была, как весеннее утро.

А он – черноглазый, высокий, звали его Кристоф, а по прозвищу Канебьер – он из Марселя, там есть такая улица – или еще Артист – он так здорово пересказывал фильмы, что все слушали разинув рты. Впрочем, я уверен, он эти фильмы сам выдумывал, особенно про брошенных детей и сбежавших отцов – со всеми подробностями, как видишь на экране. Сюжет с каждым разом все заковыристей, того и гляди запутаешься, но он всегда выкручивался.

День был солнечный, – рассказывал Ковальски, – я как сейчас вижу как они бегут по винограднику, сам-то я туда пришел немного вздремнуть да поесть винограду. Оба простоволосые – свой кружевной чепчик Полина держит в руке, – бегут, весело хохоча, и то и дело останавливаются, чтобы поцеловаться вдали от праздничного шума.

Я быстро смекнул, что ведет она его к себе на свою ферму, ведь вся ее родня отправилась на праздник. Не знаю, как получилось, но я пошел за ними.

Черта с два я себя за это упрекаю, – говорил Ковальски. – Мы сильно тогда наклюкались, голову припекало, и что, спрашивается, видел я в своей жизни, кроме публичных девок, шлюх вроде тебя?

Ты не обижайся, – говорил он Мишу, но та и не думала придираться к словам, – ты встань на мое место.

Они сначала заскочили в гостиную, но только за бутылкой, и тут же обратно. Потом двинули на сеновал.

Я немного подождал, а потом тоже вошел и бесшумно поднялся по деревянной лестнице – я слышал, что они наверху, на сене. Они были слишком заняты друг другом, чтобы заметить мое присутствие.

Я спрятался, я старался не дышать, я все видел.

Они целовались, голые как Адам и Ева, ласкали друг друга, и Полина тихо постанывала под его ласками. Она в первый раз занималась любовью и сдавленно вскрикнула, когда он вошел в нее, но потом ей стало хорошо, она что-то радостно зашептала, все громче, все сильнее, а потом снова закричала, но уже от удовольствия.

Затем они опять смеялись и шутили, Кристоф пил из горла, после они опять обнялись, и все пошло-поехало по новой. Я боялся уйти, ведь они могли меня застукать, я глядел на них и плакал, до того это было здорово, до того здорово, что мне стало больно.

Не знаю, сколько прошло времени, – размазывая слезы, бормотал Ковальски. – Час или два. От вина и усталости Кристофа сморило. Полина щекотала ему ухо и шею травинкой, нежно его целовала, но все без толку. Кристоф спал как убитый. Тогда она надела свою крестьянскую рубашку, стоит и потягивается лицом к свету, проникающему в отверстие, через которое поднимают сено, а снаружи меж тем по-прежнему доносятся звуки праздничного веселья.

Тогда-то и случилось это ужасное преступление, от одного воспоминания о котором кровь стынет в жилах».

– Ты набросился на нее и изнасиловал! – в страхе заключила Мишу

– Да нет же! – запротестовал Ковальски. – Дай расскажу, что было дальше.

«Я сидел, спрятавшись за снопами, и подсматривал в щелку шириной с ладонь. И вдруг обернулся: кто-то поднимался по лестнице с теми же предосторожностями, что и я. В полумраке появилась грозная фигура нашего сержанта Котиньяка – злобного великана, готового чуть что дать пинка любому. Он с ходу понял, что произошло между Кристофом и малышкой, и в бешенстве направился к ней. Прошел в двух шагах от меня, я прямо дышать перестал.

На моего спящего приятеля он едва взглянул, смотрел только на Полину. Глухим голосом, прерывающимся от гнева, он спросил:

– Полина! Зачем ты это сделала? Зачем? После того, что я сказал тебе вчера вечером!

Он схватил юную арлезианку за руки и сильно встряхнул – мужик он был здоровенный, – но Полина гордо вскинула голову: сразу было видно, что уступать она не собирается. Тем же, что и Котиньяк, громким прерывающимся шепотом – словно оба боялись разбудить Кристофа – она выпалила:

– А ну отпусти, старый ублюдок! Я люблю его! Я имею право!

Она вырывалась, колотила кулачками в грудь сержанта.

– Право на что? – бросил он, и его лицо исказила дикая злоба. – На эти мерзости? Я думал, ты не такая, как все! Не такая! А вы все одинаковые! Сука!

И тогда он стал ее бить, колотить изо всей силы, как безумный, своими ручищами.

Шатаясь из стороны в сторону, обливаясь кровью, бедняжка закрылась руками и отступила назад. И вдруг, не успев даже вскрикнуть, вывалилась из отверстия сеновала. Я услышал мягкий стук ее падения – такая жуть.

Пот лил с меня градом, я дрожал как в лихорадке.

Ошеломленный, Котиньяк выглянул вниз и разом успокоился. Дышал он теперь со странным присвистом. Он посмотрел вниз, посмотрел на свои руки в крови, потом на спящего Кристофа, обессилевшего от вина и любви, бесшумно добрался до лестницы и был таков.

Я весь дрожал, не в силах прийти в себя от увиденного, в голове у меня все перемешалось. Затаившись в углу я подождал, пока Котиньяк отойдет подальше от фермы, чтобы никто не увидел, как я буду выходить. И побежал, не оборачиваясь, не отваживаясь даже взглянуть на тело несчастной».

– Вот что мне рассказал этот сукин сын поляк, – сказала Мишу. – Я даже о петле на чулке забыла.

Кончил он свою историю и сидит себе на краю кровати в грязных серо-голубых портках, и слезы ручьем. Я пихаю его в спину, тормошу:

– А дальше, зараза! Что было дальше? Тебя что, за язык тянуть?

– Дальше, а что дальше? – говорит он, размазывая по щекам слезы. – Сержант Котиньяк арестовал рядового и отправил под трибунал, теперь бедолага заперт до конца дней своих в крепости напротив. А когда Котиньяк стал унтер-офицером и его перевели в Сен-Жюльен, меня сделали капралом, и я последовал...

Тут он снова заскулил и замкнулся, как устрица. Я вскочила со своего греховного ложа, вновь пихнула его – на этот раз прямо в его красную рожу – и закричала:

– Не может быть! Ты ничего не сказал?

А тот в ответ:

– А что я мог сказать? Я испугался! Мне всегда было страшно. У меня внутри все обрывается при одной только мысли: вдруг Котиньяк когда-нибудь узнает, что я все видел.

И скулит, скулит, у меня духу не хватило обругать его еще раз, страх – дело такое, тут никто не виноват. Наконец, заливаясь слезами, он пробормотал:

– И потом, кому бы больше поверили, сержанту или мне?"

Так в гостинице "Великий Ришелье" из уст бывшей обитательницы "Червонной дамы", в кислом дыму папирос, которые я ей подносила и которые она зажигала одну от другой, я узнала правду о трагедии тринадцатилетней давности.

Мишу молчала. У меня же от волнения пропал голос. Долгое время мы не раскрывали рта. В углу пустынного бара, куда сквозь опущенные шторы проникал лишь скудный свет, мы невидящими глазами глядели на разделявший нас стол, на смешавшиеся следы от рюмок, которые опорожнила Мишу. Потом мы обе одновременно вздрогнули, и я недоверчиво спросила:

– А вы, Мишу? Вы тоже никому об этом не рассказывали?

Устало пожав плечами, она ответила:

– Кто бы мне поверил? Шлюхе-то.

– Но парня осудили несправедливо! И на всю жизнь!

Ее губы задрожали, на глаза навернулись слезы. Она жалобно пролепетала:

– Знаю... Я последняя скотина! Потому и превратилась в такую вот!

И Мишу брезгливо смахнула со стола рюмку и пепельницу.

После того как она побожилась, что выступит свидетельницей на суде, я посадила ее в автобус на Сент и тут же позвонила Поммери.

Он принял меня, когда уже стемнело.

Сначала он застыл в кресле, словно его хватил удар. Потом постепенно глаза его оживились и на лице появилась скептическая улыбка.

– Генерал Котиньяк! – воскликнул судья. – Вы что, белены объелись? Сколько вы дали этой пьянчужке, чтобы она затвердила подобную чушь?

– Убедиться, что она говорит правду, проще простого. Капрала Ковальски, кем бы он теперь ни стал, можно найти. Вызовите его в суд.

– Я сам знаю, что мне делать! – И Поммери стукнул по досье ребром ладони. – Не вам меня учить!

Впрочем, судья тут же устыдился своей несдержанности. Он встал и поместил ружье, которое чистил до моего прихода, на прикрепленную к стене стойку. Сунув в ящик тряпку, Поммери, то ли извиняясь, то ли переводя разговор на другую тему, произнес:

– Меня пригласили на следующей неделе поохотиться в Солони. Ведь это ваши родные края?

– Да, там я провела детство.

– Я, конечно, буду иметь удовольствие увидеться с вашим отцом. Мои хозяева очень дружны с ним. Дельтеи де Бошан.

– Отец не охотится. А Дельтеи – деревенщина.

Мой надутый вид рассмешил судью.

– Послушайте, дитя мое, – сказал он. – Вы добьетесь того, что выведете меня из терпения.

Он проводил меня до порога и на прощание, как и в первую нашу встречу, потрепал по щеке.

– Вот уж поистине любовь зла. Я завтра позвоню в военное министерство. Если только ваш свидетель не почил, присяжные его выслушают.

Я не могла передать Кристофу записку, в итоге она попала бы в руки самого Котиньяка. Так что поведать Кристофу о поразительном рассказе Мишу мне пришлось лишь в следующий вторник.

Возбуждение, гнев, надежда сменяли друг друга в душе Кристофа, но в конце концов он отнесся ко всему этому скептически, хотя совсем по другой причине, нежели Поммери.

– Даже если этот солдат жив, он человек пропащий. И ему самому это известно. Он нипочем не заговорит.

И Кристоф, подперев рукой подбородок, задумался.

– Ковальски... Ковальски... Что-то не припоминаю... Но меня в той компании действительно называли Канебьером. Правда и то, что Полина сперва зашла в дом и захватила бутылку вина из шкафа. Хорош же я был, если не заметил, что за нами следили.

– Надо же так нализаться!

– Да нет же. Это последняя бутылка меня доконала.

– На суде ты сказал, что не спал более полутора суток – праздник начался накануне.

– Когда я увижу Ковальски собственными глазами, то пойму, правду ли он говорит. Но я не представляю себе, чтобы Котиньяк-Скотиньяк ухаживал за Полиной, а потом убил ее в припадке ревности. Мишу наболтала с три короба. Или Ковальски, если он действительно существует.

– А если это правда?

– Что теперь гадать, ведь во второй раз они ее не скажут!

Кристофа я знала как облупленного и давно. Говорил он мало, но соображал быстро. Однако потом я не могла к нему с этим подступиться. Он надувал щеки, и мне приходилось переводить разговор на другую тему.

Ковальски оказался живехонек. Он работал на севере, между Пон-де-ла-Дель и Дориньи, сторожем при шлагбауме. В сороковом, во время танкового прорыва Гудериана, он потерял правую ногу. Пусть это прозвучит цинично, но я решила, что нога, потерянная за Францию безвестным солдатом-поляком, перевесит в глазах присяжных все регалии генерала, который слишком поздно примкнул к голлистам, так что сокрушаться по этому поводу мне было не резон.

Как на грех, скромную лачугу нашего главного свидетеля обнаружили лишь за день до процесса. Только его успели привезти, как началось судебное разбирательство. Я выслушала его в первый раз уже перед присяжными.

Последние сражения прошлого года не пощадили Дворца правосудия в Сен-Жюльене. Двери там были сломаны, и он долгое время был открыт всем ветрам, не говоря уже о том, что шпана всех возрастов справляла во дворце естественные надобности.

Поэтому трибунал заседал в классе коммунальной школы, в которой раньше находился пансион Каролины, за семь протекших лет тут добавились лишь кое-какие надписи на стенах. Для суда передвинули скамьи и парты, поставили помост для свидетелей, и все.

На учительском возвышении сидел председатель суда Поммери и заседатели. Обвинители – штатские и военные – расположились вдоль окон. Я была в первом ряду с другой стороны. Кристоф сидел сзади меня между двумя охранниками.

В глубине зала заняли место присяжные. Их было семеро, и все женщины, которых я с ходу восстановила против нас, когда мне их представляли в бывшей столовой.

– Как так получилось, – спросила я, не подумав, у председателя суда, – что все присяжные – женщины?

– Дело в том, уважаемая коллега, что, хотя этот полуостров декретом от тысяча девятьсот третьего года передан военным, он по-прежнему составляет часть нашей страны, а насколько я знаю, присяжных по закону выбирает жребий. Напоминаю, однако, что вам, как и обвинению, дозволено без объяснения причин отводить присяжных, пришедшихся вам не по вкусу.

Запасными присяжными – не иначе как по иронии судьбы – тоже оказались женщины, и мне ничего не оставалось, как дать задний ход и принять всех при сяжных скопом. Я уже ничего не могла поправить. Все два дня, что длилось судебное разбирательство, эти полуостровитяне смотрели на меня зверем. Жара стояла не приведи Господь. Присяжные под партами помахивали юбками, чаще всего когда я брала слово, поэтому не думаю, что для прохлады.

Я одела Кристофа надлежащим образом: костюм из темно-синего альпака, голубая рубашка и галстук – то ли светло-синий, то ли темно-голубой. Тщательно причесанный, хорошо загоревший во время своих ежедневных часовых прогулок, Кристоф выглядел настоящим соблазнителем. Но я перестаралась. Присяжные явно не различали соблазнителя и совратителя. И потом, разве не чудовищно так заботиться о своей внешности за шаг до гибели? Они не могли глядеть на него без чувства неловкости.

Одно только чтение обвинительного заключения заняло несколько часов. Когда я первый раз попросила слова – не помню, шла ли речь об изнасиловании, похищении или сутенерстве, – один из моих противников сказал как бы в сторону:

– Только бы защита не обмишурилась с натуги – такое на себя взвалить!

Раздался смех, и мне пришлось усесться на место.

Консультировавший военных генерал Котиньяк не спускал с меня мрачного взгляда, – он сидел почти напротив. На нем была летняя форма без галунов, а на фуражке, лежавшей на парте, были всего две звездочки, как у другого генерала, самого знаменитого. От этого человека с суровыми чертами лица, со сломанным носом боксера веяло грубой силой, и седина ничуть не смягчала этого впечатления. Однако признаюсь: увидев его, я, как и Кристоф, усомнилась в том, что это он убил малышку Полину.

Как бы то ни было, он ни разу не вмешался в ход процесса. Даже когда я позволила себе назвать его имя, что тут же вызвало протесты его друзей и призывы судьи к сдержанности, он сохранил каменное выражение лица и лишь бросил на меня мрачный взгляд. Глаз Котиньяк не опускал.

Но к чему долго задерживать внимание на процессе? Я выглядела жалко. В первый день я все делала шиворот-навыворот, а на следующий – и того хуже. Я перебивала присяжных, когда они просили объяснений, выражала сомнение в искренности суда. Я как последняя дура поднимала на смех все доводы, на которые не могла ответить. Без конца ссылалась на показания, которые не были представлены обвинению, повергая в отчаяние весьма, впрочем, расположенного ко мне председателя суда Поммери, который первым счел их неприемлемыми.

На самом деле я рассчитывала разом отправить противника в нокдаун при появлении на помосте для свидетелей Мишу и Ковальски. Я уже не чувствовала наносимых мне ударов, даже Кристоф давно потерял всякий интерес к делу, переключившись на мух, собственные ногти и трусики присяжных, проветривающих свои ноги в первом ряду. Когда я к нему оборачивалась, он мило улыбался и подмигивал, чтобы подбодрить: не бери, мол, в голову, я же предупреждал, что будут нести всякий вздор.

Наконец появилась Мишу. Деньгам, которые я ей дала, чтобы она приоделась, она нашла куда лучшее, на ее взгляд, применение. От нее за двадцать шагов несло спиртным и помойкой. Сказала она слово в слово следующее:

– Я была пьяной, когда виделась с адвокатом. Наговорила невесть что. Ничего не помню.

Потом настала очередь Ковальски. Он произвел неизгладимое впечатление своей деревянной ногой. Это был краснолицый толстяк в тесноватом воскресном костюме, с беретом в одной руке и повесткой в суд – в другой. Он торжественно приветствовал генерала. Выглядел Ковальски запуганным.

Кристоф дотронулся до моего плеча и прошептал:
– Решено. Я смываюсь.

Приветствуя генерала, Ковальски уронил повестку. Наклонившись за ней, он опрокинул помост, а когда хотел поставить помост на прежнее место, грохнулся сам. Пока его поднимали, он по своему обыкновению скулил. Вот его точные слова:

– Поймите меня! Поймите! Я был пьян вдрызг, когда поднялся с девицей. Наболтал лишнего. Ничего не помню.

Это было на второй день, поздним утром. За школьными воротами, как и во времена Каролины, вперемешку стояли местные жители и отдыхающие в надежде что-нибудь увидеть. С улицы через открытые окна доносились звуки аккордеона, крики детишек, продавцов хрустящего картофеля и мороженого.

Я произнесла блистательную речь.

Кристофа вторично приговорили к смертной казни.

Обсуждение заняло десять минут. То ли для приличия, то ли из садизма председатель суда Поммери целый час продержал присяжных в запертой комнате первого этажа. Ни одна из них не возвысила голос в защиту моего подопечного.

После оглашения приговора я разрыдалась. Кристоф наклонился ко мне, поцеловал в волосы и прошептал:

– Я тебя люблю. Ты потрясающе держалась. Я сгораю от желания, чтобы ты легла со мной в постель прямо в этой хламиде.

Он имел в виду мантию адвоката.

На следующий день я положила ее в портфель и отправилась в тюрьму, захватив кое-какие бумаги, которые Кристоф должен был подписать. Он меня утешил, обласкал и взял полуодетой.

Он быстро все подписал, но лишь для того, чтобы доставить мне удовольствие. Ему было наплевать на апелляцию, кассационную жалобу и еще больше на ходатайство о помиловании.

Вот что он мне сказал:

– Я помню Ковальски, этот болван не в состоянии ничего придумать, тем более поверить в свою выдумку до такой степени, чтобы пустить слезу. Не сомневаюсь, что двенадцать лет назад он сказал Мишу правду. Их обоих запугали.

Когда мы заговорили о наших дальнейших планах, Кристоф вдруг попросил:

– Рыбка моя, сделай, если можешь, одно: попроси Поммери, чтобы меня перевели этажом выше, в прежнюю камеру, где я провел шесть лет жизни.

– Зачем?

– Скажи, что я хотел бы перед смертью вспомнить молодость. Очень уж я сентиментальный.

Когда Красавчик по своему обыкновению без стука открыл дверь, мы еще находились друг у друга в объятиях. Я с грустью засунула в портфель черную мантию и оделась в присутствии этого типа. Меня не очень заботило, что он видит меня голой. Должна, однако, сказать, что Красавчик в смущении отводил глаза, словно в нем заговорило что-то вроде жалости.

На пороге я страстно впилась в губы Кристофа – впрочем, я еще не знала, что больше его не увижу.

Как только взятый напрокат скутер пришвартовали в порту Сен-Жюльена, я вскочила в свою машину и помчалась в Рошфор. К судье.

Его не было дома. Изабелла, секретарша, сказала, что он встал спозаранок и отправился на охоту в Солонь. Она приложила немало усилий, чтобы связаться с ним по телефону. Только тут я поняла, какой у меня извращенный ум – напрасно приняла ее за любовницу хозяина. Она оказалась его дочерью, Изабеллой Поммери, девятнадцати лет, – она так часто проваливалась на экзаменах, что ей пришлось оставить учебу на юридическом.

Изабелла из кожи лезла, чтобы выказать мне симпатию. Я рассказала о желании своего несчастного клиента вернуться в прежнюю камеру. Изабелла проводила меня до машины, пообещав, что еще засветло дозвонится до отца. Она шла рядом, молча склонив голову, как глубоко задумавшийся ребенок. Под длинными белокурыми волосами розовели ее щеки. Изабелла была высокой, даже в босоножках выше меня на добрых несколько сантиметров.

Я села за руль, а она все смотрела на меня большими, наивно-голубыми глазами. Я высунулась, чтобы поцеловать ее на прощание. Изабелла наклонилась, подставила щеку и убежала.

Я вернулась в "Великий Ришелье". У портье меня ждало письмо генерала Котиньяка. Убийца Полины сухо напоминал мне, что по окончании процесса мой пропуск уже не действителен, поэтому впредь мне нет смысла являться в крепость.

Это меня добило. Теперь Кристоф погиб. Я осознала вдруг, что это он служил мне до сих пор поддержкой. Я позвонила генералу, но он отказался со мной разговаривать. Потом спустилась в бар. Пить не хотелось, и я пошла на пляж. Я поклялась себе утопиться, если мой любовник умрет.

Вот, кстати, доказательство, что я не путаю ни года, ни времени суток. В газете, которую я мельком просмотрела в гостинице, когда не знала, чем заняться, шла речь о воздушной катастрофе, случившейся накануне на линии Копенгаген – Париж. Двадцать один человек погиб. Кроме того, в этот день произошла еще одна катастрофа – при взлете разбился самолет, следовавший рейсом Париж – Лондон. На этот раз погибло двадцать человек. Это произошло 3 и 4 сентября. Можно проверить.

Я приняла снотворное и погрузилась в сон без сновидений. Когда я открыла глаза, день уже был в полном разгаре. Чувствовала я себя лучше – во всяком случае, появилось желание побороться. Я снова позвонила Скотиньяку. Он распорядился передать, что его нет. Я знала, что он живет в большой вилле на другом конце полуострова, и решила туда отправиться.

Когда я была в ванной, зазвонил телефон, и я подумала, что это он. Но это оказалась Изабелла Поммери. Она дважды пыталась дозвониться до меня ночью, но никто не брал трубку. По ее печальному голосу я сразу догадалась, что она сейчас скажет.

– Отец не хочет.

– Вы с ним говорили?

– Больше двадцати минут. Он не хочет. Генерал уже посетовал на то, что к вам относятся с излишней снисходительностью. Отец полагает, что посягать на власть генерала во вверенной ему крепости – это уж слишком. И потом, он не видит разумных причин для перевода вашего клиента в другую камеру.

– Когда ваш отец возвращается?

Изабелла надолго умолкла. Было слышно, как она дышит в трубку. Наконец она сказала:

– Он не передумает, но мне наплевать.

– Не понимаю.

– Приказ уже подписан.

– Какой приказ?

Поколебавшись, Изабелла проговорила:

– Боюсь, нас подслушивают.

Так или иначе до меня дошло. Наверно, кое-кто удивится, но у меня не вырвалось ни единого слова, чтобы помешать дочери предать отца. Ничтоже сумняшеся я инстинктивно сыграла на ее самой чувствительной струнке, пусть возмущаются. Как и Изабелле, в эту минуту мне было наплевать. Кристофу для побега необходимо попасть в старую камеру. Ко всему остальному я оставалась глуха и если не знала теперь жалости, то лишь потому, что любовь – сама по себе преступница и любящему не бывает стыдно.

Я сказала:

– Приходи ко мне. Я буду ждать.

Через час я увидела с балкона, как она подъезжает на черном "матфорде" довоенного образца, наверняка принадлежащем судье. В расклешенной бежевой юбке и белой блузке, причесанная как взрослая дама, Изабелла поднялась ко мне в комнату.

Я не совсем представляла, как мне себя с ней вести. Побледневшая, она стояла передо мной молча, опустив глаза. За всю свою жизнь я лишь раз, играя в фанты, целовала женщину, свою соученицу. Сейчас я поцеловала Изабеллу, и ее нежные губы затрепетали. Я сказала, что только раз целовала женщину, свою соученицу, и все такое. Изабелла покраснела.

– Садись, я быстренько причешусь, и мы пойдем позавтракаем.

Она была слишком простодушна, чтобы скрыть свое разочарование.

– В гостиничном ресторане, тут, внизу.

Едва пробило двенадцать, и зала была пуста. Я посадила Изабеллу против себя за столом, за которым обычно ела сама. Мы немного поговорили, склонившись над большим блюдом ракушек. Изабелла выпила стакан совиньона и рассказала, что отправила Котиньяку письмо с посыльным и что она уже не в первый раз подделывает подпись отца. Разумеется, в прежних случаях не без его ведома. Изабелла это делала, чтобы не терять времени и еще забавы ради. В сумочке она принесла мне письменное согласие отца.

Я была готова побиться об заклад, что Котиньяк не удовлетворится письмом и позвонит судье.

– Но попадет на меня, – ответила Изабелла. – Генерал знает, что я в курсе всех дел. Не беспокойтесь. Я вообще считаю, что гадко отказывать приговоренному к смерти в такой ерунде. Когда отец узнает, что я действовала через его голову, он, конечно, признает мою правоту.

Я слушала ее с болью в сердце, поэтому перевела разговор на другую тему, стала расспрашивать Изабеллу об учебе, о ее матери, вышедшей вторым браком за художника, о дружках.

– У меня их нет. И никогда не было, – ответила Изабелла.

В общем, она изо всех сил помогала мне выпутаться из затруднительного положения, брала огонь на себя. Когда с пляжа потянулись первые обитатели гостиницы, я уже не боялась подняться к себе в комнату. Изабелла так и не узнала, почему мне сперва приспичило выходить, – она решила, что я просто проголодалась.

При тусклом свете, пробивавшемся сквозь закрытые ставни, я ее раздела, распустила ей волосы и притянула на кровать. Я дала ей то, чего она никогда не получала ни от мужчины, ни от женщины. Я ласкала и целовала Изабеллу, как меня научил Кристоф. Думаю, Изабелла вскоре забыла, где она, кто она, в самом конце она уже не уступала мне в смелости, и я тоже распалилась, вошла в раж.

Короче.

Позже, много позже, приведя себя в пристойный вид, одевшись, причесавшись, уже на выходе мы обнялись, и я вырвала у нее обещание никогда больше не стремиться к встрече со мной. Она несколько раз молча кивнула, не в силах напоследок улыбнуться. Потом посмотрела на меня, выдохнула:

– Я тебя люблю.

И, чтобы не расплакаться, побежала прочь.

Не успела я захлопнуть дверь, как она снова постучала. Я открыла.

Запыхавшись, она протянула мне письменное согласие отца, которое забыла отдать.

– Совсем память отшибло!

И умчалась еще быстрее, чем в первый раз.

Оставшись одна, я сказала себе, что Изабелла – красивая, милая, очаровательная девушка и я от всего сердца желаю ей счастья. Как я могла заподозрить, что столько времени сжимала в объятиях человека, который решит судьбу моего возлюбленного?

Приближается зима. Сколько уже дней и ночей я пишу при свете красной лампы?

Но вот и конец.

Сначала все шло как по маслу. Разъяренный генерал позвонил судье. Изабелла подтвердила, что отец, уезжая, предоставил осужденному, дабы скрасить тому последние дни, возможность перебраться в старую камеру и что он очень рассердится, если Кристофа не переведут туда немедленно.

Котиньяку пришлось смириться. Он довел это до моего сведения и не преминул добавить, что на всякий случай удвоил охрану.

Меня подмывало тут же, по телефону, выложить все, что я о нем думаю, но я лишь поблагодарила его. Я даже не пыталась выпросить разрешение увидеться с Кристофом. Не время было действовать генералу на нервы.

Два дня спустя, в воскресенье 8 сентября, в шесть часов утра сирены крепости подняли в Сен-Жюльене всех, кто не был глухим и еще не встал.

За это утро я пережила все мыслимые стадии возбуждения и тревоги. В полдень в порту от одного солдата, которого люди вынудили разговориться, я узнала, что Кристофа не поймали. Его исчезновение, по-видимому, обнаружили лишь через несколько часов. Солдат понятия не имел, как заключенный выбрался на свободу. Сейчас разбирают пол и стены камеры, чтобы найти хоть какое-то объяснение. Часовые, совершавшие обход, ничего необычного ночью не заметили, кроме плывшей по воде старой бочки – то ли испанской, то ли португальской.

Так как ни бочки, ни чего-то другого, что могло объяснить, как улетучился Кристоф, до сих пор не обнаружено, мне остается только гадать. Помню таинственное плавучее средство, макет которого Кристоф отказывался делать, потому что "в нем нет ничего изящного", да и могут тогда догадаться, как он убежал в первый раз. Зная склад его ума, я уверена, что он вряд ли отказал бы в изяществе старой бочке, пусть и самой обычной. У меня в заключении было время об этом подумать. Вероятно, он говорил не про бочку или имел в виду то, как ее использовали. Может, в крепости и были деревянные бочки, только я их не видела. Я, как и все, видела только большие железные – с отбросами. Солдаты увозили эти бочки – вернее, мусоросборники – на катере в Сен-Жюльен.

Когда я отсюда выйду, если такое вообще случится, проверю, где в Крысоловке ставили мусоросборники. По логике вещей, неподалеку от кухонь. Кухни выходили к океану. Я еще раз съезжу туда, где теперь нет ни заключенных, ни стражи, но, наверно, есть люк для более удобной погрузки отходов на корабль. Через этот люк я выпрыгну и утоплюсь, как поклялась себе в прошлом году, или в позапрошлом, или в позапозапрошлом – какая разница.

Судье сообщили о побеге примерно в то время, когда я была в порту. Он тут же понял, кто подписал приказ перевести осужденного в прежнюю камеру. Разумеется, он все взял на себя, чтобы выгородить Изабеллу.

Я вернулась в гостиницу, уверенная, что Кристоф найдет способ связаться со мной или передать записку. Но я понимала, что это произойдет не ранее чем через несколько дней и, уж конечно, не на полуострове. Я принялась собирать вещи. Когда пришли меня арестовывать, кровать еще была завалена моей одеждой.

Меня отвезли в рошфорскую жандармерию. Я с чистой совестью сказала, что понятия не имею, где находится Кристоф. Мне дали бутерброд и посадили под замок. Днем снова допросили. Я ответила то же самое.

Не моргнув глазом я выслушала, что после безрезультатных поисков генерала Котиньяка, начавшихся с полудня, отправились в конце концов к нему на виллу. Генерала обнаружили на стуле в погребе полузадушенным, связанным по рукам и ногам, с кляпом во рту.

С этой минуты надежда меня оставила. Я решила, что Кристоф зря потратил драгоценное время, что его обложили на полуострове, что он никогда теперь оттуда не выберется.

Мне принесли лимонад.

За окнами без занавесок спустилась ночь.

Я помню, что мне принесли лимонад.

А потом в комнату, где я его пила, вошел председатель суда Поммери. Бледный как смерть. И заплаканный. Его сопровождали двое жандармов.

Кристоф вырвал у генерала письменное признание, чтобы снять с себя обвинение в убийстве малышки Полины. Он позвонил судье, но в свою очередь попал на Изабеллу. Остальное поведала Поммери сама Изабелла. Она говорила с Кристофом по телефону из кабинета отца. Назначила Кристофу свидание на закате в бухте Морские Короны. Тот хотел передать ей признание генерала. Повесив трубку, она взяла со стойки ружье и зарядила двумя патронами.

Кристоф ждал ее в условленном месте, сидя на песке на пустынном пляже. Большой красный шар плыл над линией горизонта. Одежду – белые штаны, белую тенниску, мокасины – Кристоф, судя по всему, позаимствовал у Котиньяка, который был с ним одного роста.

Изабелла с ружьем вышла из "матфорда". Он не понял, он протягивал ей клочок бумаги, который, как он надеялся, все уладит, исправит, но она закричала:

– Плевать мне на вашу бумажку! Знаете, что вы наделали? Теперь Мари-Мартина месяцы, а то и годы проведет в тюрьме. Я тоже не премину туда попасть.

Судью уволят, вся его жизнь пошла насмарку! А это мой отец! Слышите? Мой отец!

И она выстрелила, пуля как будто попала в меня, она выстрелила еще, и мой мозг словно заклинило на образе Кристофа, который с пробитой грудью опрокидывается и опрокидывается навзничь на песок. Безумные слова судьи кинжалом вонзались мне в сердце.

Тем сентябрьским вечером я и умерла – было это в прошлом году или уже давным-давно...

Но сердце по привычке забилось вновь.

А разум, говорят, я потеряла.

21.10

На бескрайнем пляже теперь все, насколько хватает глаз и ушей, спокойно и пусто, и молодой человек, хранимый, по его словам, счастливой звездой, уже скоро час как мертв.

Он лежит на песке, распростертый на спине, и приливу, который уносит все: красные солнца и безумства живых, – осталось преодолеть лишь крупицу вечности, чтобы унести и его. Он унесет его – как тот себе и представлял – черт знает куда между здешним побережьем и берегом обеих Америк, и никто ничего не найдет, если не считать каких-нибудь мелочей, которыми пренебрегут поганые рыбешки ради более сытной трапезы.

Рука его по-прежнему прижата к красному пятну, расползшемуся по белой тенниске. Осенившее его напоследок видение – разлетающиеся на качелях юбки – запечатлело на его лице выражение, которое следует признать улыбкой, хотя и слегка страдальческой.

От света дня осталось лишь бледно-розовое свечение на дальнем краю океана. Взошла луна, смолкли чайки.

А издалека, из-за дюн и сосен, вновь доносится звон колокола. На протяжении последних нескольких минут он становится все нетерпеливее, и этот бесшабашный молодой авантюрист, само собой разумеется, не шевелится – но один глаз все-таки приоткрывает.

Черт бы их всех побрал, говорит он себе, да подавись они своим колоколом, зануды!

Он вскакивает на ноги, чувствуя некоторое онемение во всем теле от столь долгого лежания, отряхивает песок, налипший на красную пакость у него на груди, а колокол звонит все неистовее, и он пускается бежать бегом.

Для молодого человека, не позволяющего себе стареть – на самом деле он приближается к сорока годам, – он бежит быстро, длинными легкими шагами. Однажды, в младших классах у отцов иезуитов, он получил в безумном кроссе "Переходящий приз за участие" – их награждали тогда за количество. Происходило это в первые дни после Освобождения, а теперь он бежит в свете бледной луны, на которую с тех пор успел ступить человек, мимо сарайчика на сваях, куда по вечерам складывают зонты и шезлонги, – хижины из дерева и бамбука, на которую даже и не смотрит, погрузившись в воспоминания детства.

Все так же бегом он огибает гряду высоких желтых скал и бежит вдоль бухты, на этот раз мельком взглянув на большую белую яхту, что стоит на якоре, но она так далеко от берега, что он не может разобрать названия у нее на корпусе и даже различить цветов ее флага.

На вершине дюны, все же немного запыхавшись, он останавливается вытряхнуть песок, набившийся в мокасины, и вновь бежит по дорожке среди частого как джунгли сосняка, приглаженного западным ветром.

В этот час дорога вдоль океана свободна. Забыты на время потоки машин, отчаянные гудки, рассыпающиеся веером отряды из спортивных лагерей, испуганные мамаши и акробатические ухищрения пацанов, лавирующих среди автомобилей. Еще одна короткая перебежка, и он уже среди привычных запахов гостиничного парка.

Гостиница – ни больше ни меньше чем гранд-отель "Ривьера", хоть стоит она на Атлантике и скорее похожа на мотель благодаря множеству бунгало, рассыпанных вокруг основного здания – большой белой виллы постройки 30-х годов с двумя послевоенными бетонными пристройками по бокам.

Центральная аллея – длинный туннель между пальмами – круто поднимается вверх, но он не сбавляет темпа. Обежав фасад и безлюдные теннисные корты, он наконец останавливается на засыпанном гравием круглом пятачке, куда выходят двери гостиницы.

Как он и ожидал, его любовь с чистыми глазами и лебединой шеей уже несет свою вечернюю вахту, сидя на качелях у края лужайки в вытертых джинсах, в рубашке, которой хватило бы на двух таких, как она, и с его свитером, наброшенным на плечи. Ее светлые волосы пострижены коротко, как у мальчишки, ей семнадцать лет, и зовут ее Жанна.

Спотыкаясь и тяжело дыша, он подходит к качелям. Она говорит своим как всегда спокойным голосом:

– Ну вот, опять получишь нагоняй, папочка!

– М-м... да уж!

Она кивает подбородком на грязно-красное пятно, расползшееся на его груди.

– Что это у тебя там?

И на сей раз безудержный фантазер говорит чистую правду, и говорит ее с гримасой отвращения, которое в данных обстоятельствах, как, впрочем, и во многих других, эта самая правда заслуживает:

– Представь себе, помидор. Я его, собаку, на пляже не заметил и улегся прямо на него.

– И ведь какой сочный оказался!

– Гнилой – вот это вернее!

Помидоры невесть почему всегда внушали ему ужас. Натягивая поверх тенниски свитер, который протянула ему Жанна, он говорит ей, что нет все же худа без добра и он, кажется, набрел на идею для обещанного сценария, который никак у него не выганцовывался.

– Ты гений, – говорит Жанна. – Пошли, расскажешь.

Она обнимает его за талию, и они входят в ярко освещенный вестибюль. Мерзавец управляющий – черный смокинг, седая шевелюра, расплющенный нос боксера – беседует со своей супругой, которую никто никогда не называет иначе как Мадам. При виде опоздавших он с язвительным почтением восклицает:

– Однако вы, как всегда, не торопитесь, господин писатель! Если желаете, мы будем накрывать на стол специально для вас! В полночь!

– Поверьте, я крайне сожалею...

– Да вы сожалеете каждый вечер! – отвечает этот гнусный тип. – Я звонил в колокол раз десять, не меньше!

– А ну вперед и смелее! – шепчет Жанна, которая накануне смотрела по ящику "Жанну д'Арк" с Ингрид Бергман.

Не обращая больше внимания на чету Котиньяков, она решительно переступает порог столовой. Где прошел ребенок, пройдет и его отец, говорит себе терзаемый муками голода молодой человек и следует за ней.

Под огромными люстрами в виде гроздьев из стеклянных шаров слышен шум голосов и звяканье ложечек – пятьдесят столующихся уже принялись за десерт. В кильватере у дочери бесшабашный молодой авантюрист направляется к столу, где его давно ждут. На ходу он узнает лица и улыбки, которые его безудержная фантазия переместила на сорок лет назад и раскидала до границ Китая. А ведь большинство из них он видел лишь мельком – кого за вечерней трапезой, кого на пляже, на корте или на белых улицах поселка. Женщины, которые так страстно его любили, живут здесь кто две недели, а кто только два дня; есть среди них и такие, что вовсе не живут у них в гостинице, а появляются в ней изредка, когда их спутники, исчерпав ресурсы полуострова, уж и не знают, куда повести их поужинать.

При виде их всех он испытывает странную нежность: в реальности они куда более волнующи, чем час назад, когда, смертельно раненный помидором в грудь, он лежал на песке и рассказывал себе их жизни.

Каролина вежливо смеется над какой-то шведской шуточкой своих белокурых приятелей по каникулам. Она сидит рядом с мужем – как говорят, преподавателем французского в Стокгольме.

Эмма млеет от восторга наедине с востроносым рекламным агентом, за которого она вышла не далее как неделю назад.

Сногсшибательная Йоко, скорее всего, такая же японка, как чилийка, но у нее миловидное немного азиатское личико, и она днями напролет прогуливается в трусиках от купальника и маечке с надписью: *"Japan Air Lines"*. Она ужинает с дядей – доктором Лозе, тетей – Трещоткой и юной кузиной – Полиной.

За другим столом, самым большим и роскошным, расположились Фру-Фру, Эсмеральда и Орлом-и-Решкой в вечерних туалетах, они сидят в компании попутчиков по "Пандоре" – капитанов аграрной индустрии.

Вон и Толедо – она в самом деле американка, и вместе с белокурой длинноногой Белиндой и Малюткой Лю, брюнеткой совершенно западного типа, но косящей под Аджани, они составляют трио студенток. Сегодня вечером их пригласил одинокий усач, который выглядит весьма шикарно в своем синем блейзере, но носит на шее стальной обруч для поддержания головы.

Мари-Мартина ужинает с Поммери и своей дочерью Изабеллой. Она журналистка, он директор банка, а у малышки большие наивные голубые глаза.

Роскошная Зозо, загорелая как шоколадка, и Кита-ёза-Деньгам-Угроза – влюбленная парочка, которая привлекает всеобщее внимание. Насколько известно, он тулузец, владеющий множеством ресторанов в Париже.

Лизон-Саломея вновь обрела своего мужа-кузнеца – в действительности нотариуса, что видно с первого взгляда. Но она его все равно в упор не видит – может, потому, что он с ней никогда и слова не скажет. Сумрачным и гордым взором цыганки она обозревает окружающих.

Ванесса и Савенна, двойняшки, сидят за столом каждая со своим мужем. Дабы избежать супружеских недоразумений, они никогда не одеваются и не причесываются одинаково, но лишь они одни и знают – если только знают, – которая из них нынче вечером в бриджах, а которая в мини-юбке от Пако Рабанна.

Мишу́ – служащая за стойкой.

Джитсу и Ковальски – официанты в белых куртках.

Красавчик – тоже официант, но по напиткам. Молодой человек с безудержной фантазией сталкивается с ним в тот самый миг, когда добирается до стола, за который уже усаживается его дочь, – стола перед большим окном, что выходит на последние блики заката. За столом он обретает свою дорогую бабушку, нечувствительную к грузу лет, белокурую мамочку – обе они приехали из Марселя, чтобы провести несколько дней подле блудного дитяти, чьи визиты становятся все реже и реже, – и, разумеется, свою ненаглядную Констанцию, еще более обворожительную, чем когда-либо. Первая, по своему обыкновению во всем черном, ковыряется в рыбе, вторая – в крабе, третья же, чтобы не начинать ужин без него, углубилась в изучение семейных фотографий.

– Ты уж нас прости, – говорит бабушка, – не было сил терпеть.

– Ну и где же ты был? – спрашивает мамочка тем же тоном, что и в его семь лет.

В ответ он только вздыхает и, садясь за стол, машет рукой – дескать, далеко, очень далеко.

Констанция убирает у него со лба непокорную прядь, что закрывает ему правый глаз, и говорит:

– Я все заказала сама, пеняй на себя.

Он наливает себе стаканчик мюскаде.

Когда он отставляет бутылку, бабушка завладевает ею, снимает с горлышка полоску свинцовой фольги, тщательно складывает ее и прячет в черную сумку, висящую на спинке стула.

И поскольку он, умиленный этим, улыбается, она улыбается ему в ответ, собрав тысячу морщинок вокруг проказливо сверкающих глаз, и трое остальных на всякий случаи следуют их примеру, задаваясь вопросом, что же произошло такого забавного.

Тогда упрямый молодой человек дает себе обещание, что доведет до конца только что задуманный сценарий, что будет упорно подниматься столько раз, сколько раз очередное препятствие или отчаяние будут швырять его на песок, и что последним кадром фильма, идеально подходящим его замыслу, будет та самая картина, какую он видит сейчас своими глазами: женщины четырех поколений, собравшиеся за одним столом, смотрят на него и улыбаются.

Поглощая закуски, он обводит взглядом своих героинь. Судьбу каждой он знает. Знает он и то, что герой, которым они так увлечены в его воображении, – не совсем он. Конечно, он одолжит ему кое-какие свои черты: прядь на лбу, расхлябанную походку, ностальгию по кинокартинам своего детства – воспоминания о них будут фоном всего фильма ("Забавно, конечно, но поглядишь – и хочется реветь", – как сказала бы Жанна), одолжит и множество других вещей: воспоминания, надежды, сожаления – разве можно что-нибудь придумать, не вложив изрядную долю себя? Но, в общем-то, это будет не совсем он.

И вдруг ему приходит в голову мысль.

Приходит в эту самую минуту в этой гостиничной столовой на берегу Атлантики, и его пробирает холодок неуюта: а что, если он не за пределами этой уже завершающейся истории, что, если он сам внутри этой истории? Что, если кто-то как раз в этот миг придумывает эту историю, и в том числе его самого, и выходит, что его жизнь держится на волоске столь же безудержной, как и его, фантазии?

Черт побери, говорит он себе, вот тебе проблема, над которой лучше не задумываться, особенно когда поблизости торчат волчьи уши. Слишком много ему подобных до него ломали себе голову над этим вопросом, так что достаточно надеяться, что тот, в чьих руках он игрушка, еще долго не напишет слово

конец

и не отправит все в небытие.

Как и он, неуверенный в природе вещей, я и сам от этого воздержусь.

Возможно, где-то кто-то придумал и придумывает до сих пор, что я люблю рассказывать истории и что я тоже достаточно упрям, чтобы не поддаться своим смертельным врагам: сомнению, тревоге и одиночеству. Не знаю. Я только могу сказать, что одним июльским утром в прошлом году я, после того как столько раз отступал от этого рассказа на самом его пороге, вдруг подумал, что дело принимает заманчивый оборот и мне все-таки надо туда пойти. И я в самом деле совершил попытку.

Олерон, лето 1985 г. – Париж, весна 1986 г.

Содержание

СЕБАСТЬЯН ЖАПРИЗО
ЛЮБИМЕЦ ЖЕНЩИН

Лицензия ЛР 070054 от 16.08.96.
Редактор С. Князев. Художественный
редактор А. Веселов. Верстка Н. Ха-
лимончук. Корректор Н. Князева.
Компьютерное обеспечение Е. Падал-
ка. Подписано в печать 12.04.2001.
Формат 84 x 108 $^1/_{32}$. Гарнитура "Бас-
кервилль". Бумага офсетная. Печать
офсетная. Усл. печ. л. 12,25. Тир.
5000 экз. Зак. 1809.

Издательство "Лимбус Пресс".
198005, Санкт-Петербург, Измайлов-
ский пр., 14. Тел. 112-6706. Тел./факс
в Москве: (095) 291-9605.
Отпечатано в АООТ «Типография
"Правда"». 191119, С.-Петербург,
Социалистическая ул., 14. Тел. 164-6830.

Издательство

"Лимбус Пресс"

представляет издания "Мастер серии":

Владислав Отрошенко
ПЕРСОНА ВНЕ ДОСТОВЕРНОСТИ

Алан Черчесов
ВЕНОК НА МОГИЛУ ВЕТРА

Александр Мелихов
РОМАН С ПРОСТАТИТОМ
(распродано)

Виктор Астафьев
ВЕСЕЛЫЙ СОЛДАТ

Эргали Гер
СКАЗКИ ПО ТЕЛЕФОНУ

Михаил Кононов
ГОЛАЯ ПИОНЕРКА

Юрий Мамлеев
БЛУЖДАЮЩЕЕ ВРЕМЯ

Телефоны отдела маркетинга:
в Санкт-Петербурге

(812) 164–49–33
в Москве

(095) 291–96–05

D4